Rudolph Dvorak

Abû Firâs, ein Arabischer Dichter und Held

Rudolph Dvorak

Abû Firâs, ein Arabischer Dichter und Held

ISBN/EAN: 9783743366817

Hergestellt in Europa, USA, Kanada, Australien, Japan

Cover: Foto ©Raphael Reischuk / pixelio.de

Rudolph Dvorak

Abû Firâs, ein Arabischer Dichter und Held

ABÛ FIRÂS,

EIN ARABISCHER DICHTER UND HELD.

MIT ṮAÂLIBÎ'S AUSWAHL AUS SEINER POËSIE

(IETÎMET-UD-DAHR Cap. III)

IN TEXT UND ÜBERSETZUNG MITGETEILT

VON

Dᴿ. RUDOLPH DVOŘÁK.

Mit Unterstützung der kaiserlichen Akademie
der Wissenschaften in Wien.

LEIDEN. — E. J. BRILL.
1895.

I.

Verschieden sind die Gesichtspunkte, von welchen aus
man die arabische Poësie nach Zeitabschnitten eintheilen
kann. In arabischen Quellen begegnen wir bald einer Zwei-
theilung in al-mutaḳaddimûna (bis gegen Ende des 1. Ihr.
H.) und al-muḥditûna, bald einer Dreitheilung in al-ǵâhilijjûna (vor Muḥammed), al-islâmijjûna (die Dichter der
ersten Zeit des Islâm, bis in's II. Ihr. H. hinein) und al-
muwalladûna (die Übrigen). Später wurde behufs genauerer
Eintheilung zwischen al-ǵâhilijjûna und al-islâmijjûna die
Klasse der muhadramûna aufgestellt, derjenigen Dichter,
die aus der Zeit des Heidenthums in die Zeit Muhammeds
hineingelebt haben, und schliesslich auch hinter die al-
muwalladûna als 5 Klasse al-ᶜasrijjûna (die Zeitgenossen)
hinzugefügt [1]).

So charakteristisch aber auch die Merkmale sind, durch
die nach den arab. Literar-historikern einzelne dieser Kategorien charakterisirt erscheinen [2]), ebenso wenig ist zu ver-

---

1) Näheres s. bei Ahlwardt, Ueber Poësie und Poëtik der Araber 13 ff.
2) Vgl. T̠aâlibî, Jetîmet-ud-dahr (Cod. Mon. 503 ff. I, Z. 8: كانت اشعار

الاسـلامبّين ارقّ من اشعار ٱلبجاهـلبّين واشعـار المحـدثين الطف
من اشعار المتقدّمين واشعار المولدين ابلـح من اشعار المحـدثـين
ثمّ كانـت اشعـار العَصُربين اجمع لنوادر المحاسن وانظم للطائف
البدائـع من اشعار سائـر المذكورين وانتهائها الى ابعـد غايات

kennen, dass einzelne von ihnen mit mehr Recht als Ent-
wickelungsphasen *einer* Richtung aufgefasst als für selbstän-
dige Strömungen gehalten zu werden verdienen. Letztere
sind in der arabischen Poësie eigentlich nur zwei zu unter-
scheiden und hängen eng mit den Veränderungen zusammen, die der Islâm in den Lebensumständen der Araber
hervorrief.

Vor Muhammed begegnen wir der arabischen Poësie,
als dem ersten Produkte des arabischen Geistes, bekanntlich in Form von einfachen, kurzen Improvisationen in
rhytmischer Prosa, die einer bei vorkommender Gelegenheit und nach jedesmaligem Bedürfnisse sprach. Aus diesen
ersten Anfängen entwickelt sich die Poësie raschen Schrittes
durch grössere Übung und Kunstfertigkeit der Dichter und
von der eigenthümlichen Anlage, lebhaften Empfindung und
schwungvollen Phantasie des Volkes unterstützt und erreicht
bald jene Höhe, auf welcher sie Gemeinstolz der Araber
wurde und unerreichbares Vorbild für alle späteren Jahr-
hunderte blieb. Nach einer späteren arab. Definition, mitgetheilt von Hammer [1]), "lobt" der Dichter dieser Zeit,
"liebt, zürnt, trauert und beschreibt, die Schönheit der
Natur sowie die der Frauen". Der Gegenstand seiner Poësie
ist unmittelbare Anschauung und Wahrnehmung, wie schon
der arab. Ausdruck für Poësie (ši'r) besagt, das Haupt-
merkmal derselben Aufrichtigkeit des Gefühles, die uns
überall entgegentritt. War ja und blieb die Poësie, selbst

الحسن وبلوغها اقصى نهايات الجودة والظرف تكاد تخرج من باب
الاعجاب الى باب الاعجاز ومن حدّ الشعر الى حدّ السحر

Abschrift Thorbecke; Die Damascener Ausgabe I, ٢٦ ff lässt den Passus von
ثمّ كانت bis الطف weg.

1) Litteraturg. der Araber I. (Einleitung).

in grösseren Dichtungen, — die sich, wie bekannt, nie zu einem einheitlichen Ganzen erheben, sondern immer aus einer Anzahl einzelner Gedichtchen und Bilder, die mehr oder weniger locker zusammenhängen, zusammengesetzt sind — der natürliche Erguss einer momentanen Stimmung und der arabische Dichter ein Improvisator im eigentlichsten Sinne des Wortes, wenn er, von einer Erscheinung begeistert, sein Pferd anhielt, sich im Steigbügel aufrichtete und so seine Verse aus dem Stegreife vortrug (الارتجال).

Dieser Richtung entgegen finden wir in der Chalifenzeit eine Poësie, die wohl ihrer Form sowie ihrer Sprache (zum Theil auch dem Inhalte) nach mit der alten Poësie übereinstimmt, sonst jedoch grundverschieden erscheint. Eine neue Welt von Gedanken und Anschauungen haucht uns entgegen aus Poësie dieser deren Träger, statt in der Wüste mit den nahen Beziehungen zur Natur, meist in Städten und Residenzen oder geradezu an fürstlichen Höfen leben und in ihren mehr oder weniger affektirten Dichtungen das freudenvolle städtische und höfische Leben schildern (Trinklieder und Erotik), auf der andern Seite ihre mächtigen und einflussreichen Gönner mit bezahltem Lob überhäufen. Wiewol diese Poësie mit ihrem lebhaften Hervortreten von Gefühl sowie ihren Reflexionen in Form von Weisheitssprüchen u. ä. unserem modernen Geiste besser entspricht, bedeutet sie für die arabische Poësie, namentlich später, wo all die Schwelgerei und Unsittlichkeit des Lebens sowie der religiöse Indifferentismus der höheren Klassen [1]) auch in ihr ihren Ausdruck finden, die Zeit des Verfalles, der um so grösser wird, je mehr sich die Poësie

---

1) Die dagegen protestirende elegische und ascetische Poësie ändert an dem ganzen Bilde nicht viel.

von ihrer idealen Höhe auf die schlüpfrige Bahn der Heuchelei herablässt und, von den Dichtern gewerbmässig betrieben, dem Grundsatze huldigt, denjenigen mehr zu loben, der besser zahlt. Mit der Zeit schwindet auch die dichterische Begabung, ein Mangel, den die bis zur Unverständlichkeit künstliche Form der gelehrten Verfasser durchaus nicht zu ersetzen vermag, und mehr oder weniger gewandte Versmacherei gilt als das Höchste in der Poësie. So sinkt die Poësie, zwar allmählich, aber unaufhaltbar von ihrem Höhepunkt, den sie mit den ersten ʿAbbâsiden erreicht, bis sie unter den letzten ʿAbbâsiden bloss eine Spielerei in Händen versmachender Lobhudler wird [1]).

Eine ehrenvolle Ausnahme aus der Zeit der schon verfallenden arabischen Poësie ist das Auftreten des durch schwungvollen und edlen Ausdruck und ritterlichen Geist seiner Poësie gleich ausgezeichneten Dichters Abû Firâs al-Ḥamdânî, dessen in jeder Hinsicht interessanten Gestalt diese Arbeit gewidmet ist.

Abû Firâs [2]), mit dem vollen Namen Abû Firâs al-Ḥârit [3]) ben Abil-Alâ Saʿîd ben Ḥamdân ben Ḥamdûn al-Ḥamdânî, war im J. 320 [4]) (nach einer andern Angabe 321.) H. = 932 (933) unserer Zeitrechnung geboren.

---

1) Näheres s. bei v. Kremer, Culturg. des Chalifenreiches II. Poësie, Ahlwardt a. a. O., Hammer. Litteraturg. der Araber I. (Einleitung) u. a.

2) Falsch فَرَّاس u. فُرَّاس, wie es in den Handschriften vokalisirt vorkommt (siehe Slane, Ibn Ḥallikâns Biographical Dictionary III. 667.)

3) Al-Ḥârit nennt der später zu erwähnende Abû Ḥusain unsern Dichter in einer Risâlet mitgetheilt im Dîwân des Abû Firâs ed. Beirût 1873. pag. ٤٢, 12; Abû Firâs nennt sich selbst so im Cod. Berolinensis Ms. Or. oct. 306 fol. 16a, 10.

4) Für das Jahr 320 spricht eine eigene Angabe des Abû Firâs im Cod. Berol. fol. 30a (zu Ende): قال ابو فراس غزونا مع سيف الـدولة وفتحنا حصن العيون فى سنة ٣٣٩ وسنّى اذ ذاك تسعة عشر سنة

Sein Vater Abul-ʿAlâ Saʿîd ben Ḥamdûn lebte am Hofe des Chalifen al-Muḳtadir, bei ihm angesehen, und hielt sich, wie Ibn Ḥalavaihî erzählt, meistens in seiner Gegenwart oder an seiner Thüre auf[1]). Ein tapferer Kämpfer hat er auch wiederholt seinen Muth und seine Unerschrockenheit an den Tag gelegt[2]). Abû Firâs selbst feiert seinen Vater in seiner Ḳaṣîde, die er als Gegenstück zu Abû Hamdûn (l. Aḥmed) ʿAbdullâh ben Muḥammed ben Warḳâ aš-Šuibânî's Ḳaṣîde zur Verherrlichung von Saifuddaula's Siege über Benî ʿÂmir ben Saʿsaa (sowie des Ruhmes von Muḍar in den Tagen von Bekr und Taġlib in der Ǵâhilijja und der ersten Zeit des Islâm und ihrer Feinde) zum Lobe seiner Väter und Vorfahren sowie seiner Verwandten und zwar im Islâm mit Ausschluss der Ǵâhilijja verfasst hatte,[3]) mit den Worten[4]):

Tawîl:

اولئك أَعْمَامى و والِدى آلَّذى

حَمى جَنْبَاتِ الْمَلْكِ وَالْمَلْكُ شَاغِرُ[5])

„Es sprach Abû Firâs: Wir unternahm einen Feldzug (gegen Ungläubige, hier Griechen) und eroberten Ḥiṣn ʿUjûn im J. 339 und mein damaliges Alter war 19 Jahre".

1) Cod. Ber. fol. 36b.

2) In Cod. Ber. fol. 37a wird ein Gedicht mitgetheilt, worin Abul-ʿAlâ Saʿîd, der selbst ein Dichter war, seinen Sieg über Benî ʿUkail bei Šarḥ schildert. Der letzte Vers lautet:

Sarîʿ:

أَنا سَعِيدٌ وَأُبى أَحْمَـد بِالسَّيْفِ ضُرّى وَبِهِ أَنْفَعُ

„Ich bin Saʿîd und mein Vater war Aḥmad. Durch das Schwert schade (könnte auch passivisch aufgefasst bedeuten: nehme ich Schaden) und nütze ich".

3) Cod. Ber. 27b. 3 Zeile von unten (Vgl. Dîwân ٣٣, 11).

4) Dîwân 9, 14 ff. jedoch mit zahlreichen Textverbesserungen aus dem weiter zu nennenden Handschriftenmateriale.

5) Bezieht sich auf einen grossen Aufstand, der sich in Bagdâd im J. 317 ereignete (S. Die Hamdaniden, ihre Stammtafel und Geschichte aus der Chro-

بِحَيْثُ نِسَاءُ ٱلْغَادِرِينَ طَوَالِقُ

وَحَيْثُ إِمَاءُ ٱلنَّاكِثِينَ حَرَائِرُ

لَهُ بِسُلَيْمٍ ١) وَقْعَةٌ جَاهِلِيَّةٌ

يُقِرُّ بِهَا قَيْسٌ وَيَشْهَدُ حَاجِرُ

وَأَذْكَتْ مَذَاكِيهِ بِشَرْجٍ ٢) وَأَرْضُهَا

مِنَ ٱلضَّرْبِ نَارًا جَمْرُهَا مُتَطَائِرُ

شَفَتْ مِنْ عُقَيْلٍ أَنْفُسًا شَفَّهَا ٱلسُّرَى

فَهُنَّ عَجْلَانُ وَهُوَّمٌ سَاهِرُ

وَأَوَّلُ مَنْ شَدَّ ٱلْمَجِيدَ بِعَيْنِهِ

وَأَوَّلُ مَنْ قَدَّ ٱلْكَمِيَّ ٱلْمُظَاهِرُ

غَزَا ٱلرُّومَ ٣) لَمْ يَقْصِدْ جَوَانِبَ عِزَّةٍ

وَلَا سَبَقَتْهُ بِٱلْمُرَانِ ٱلنَّذَائِرُ

---

nik Ahmed ben Mohammeds (Nedîm) in Wickerhausers Deutsch-Türk. Chres tomathie lo; Cod. Ber. fol. 36b. lesen wir darüber, dass die Aufrührer vor das Thor des Palastes kamen und den Kämmerer Ibn Jâḳût und die übrigen Bediensteten im Hause vertrieben, sodass nur Abul 'Alâ mit einigen Burschen beim Chalifen blieb. Mit diesen stürmte er auf Befehl des Chalifen auf sie los und hielt Stand, obwol sie von allen Seiten über ihn herfielen und ihm schwere Verwundungen beibrachten, bis er sie in die Flucht schlug. Im Cod. Ber. werden zwei Verse einer Ḳaṣîde des Hârûn al-Kiuânî mitgetheilt, die er zum Preise dieser Heldenthat des Abul 'Alâ Sa'îd dichtete.

1) Bezieht sich auf die Benû Sulaim, die nach Cod. Ber. 37a die Wallfahrer (Mekkapilger) hinderten. Abul 'Alâ Sa'îd griff sie an und tödtete sie. Ueber Faid und Ḥâgir S. Ibn Ḫurdâdbih ed. de Goeje, ١٢٧.

2) Bezieht sich auf einen Ueberfall der Benî 'Ukail bei Šarḥ من الارض (العانك من وراء نجد). Abul 'Alâ Sa'îd tödtete in einem heftigen Kampfe einen Theil ihrer Reiter, indess er einen anderen gefangen nahm. Seinen Sieg besang er selbst in einem Gedichte, das im Cod. Ber. 37a mitgetheilt wird und dessen letzten Vers wir oben angeführt haben.

3) Nach Ibn Ḫâlawaihî im Cod. Ber. 37b drang Abul 'Alâ Sa'îd im J. 319 in das Land der Byzantiner ein, machte unzählige Kriegsgefangene sowie grosse Vorräthe an Nahrungsmitteln; unter Anderem empfieng er von den Benil-Jezîd 600.000 Dînâre, worauf sie noch auswandern mussten.

فَلَمْ نَرَ اِلَّا قَالِقًا هَامَ فَيَلْقَفُ

وَبَحْرًا لَهُ تَحْتَ الْعَجَاجَةِ زَاخِرُ

وَمُسْتَرْدِفَاتٍ مِنْ نِسَاءٍ وَصِبْيَةٍ

نُثَنَّى عَلَى أَكْتَافِهِنَّ الضَّفَائِرُ

بُنَيَّاتُ أَمْلَاكٍ أَنِيسَ فُجَاءَةٍ

قُهِرْنَ وَفِي أَعْنَاقِهِنَّ الْجَوَاهِرُ

Dîwân des Abû Firâs (ed. Beirût), pag. 9. Vers 14 ff. (Cod. Ber. 36^b ff.).

Gelten diese Verse dem Heldenmuthe von Abû Firâs' Vater, so lesen wir anderswo[1]) von seinem Edelmuthe, in dem er einzig dastand:

حَمْدَانُ جَدِّي خَيْرُ مَنْ وَطَأَ الثَّرَى

وَأَبِى سَعِيدٌ فِي الْمَكَارِمِ وَاحِدُ

"Hamdân, mein Grossvater (= Ahne), war der beste derjenigen, die je den Boden mit den Füssen getreten, indess mein Vater Saʿîd in den Edelthaten einzig in seiner Art dastand". Erwähnen wir schliesslich noch, das Abû Firâs' Vater, gleich seinem jüngsten Bruder Naṣr Abû-s-Sarûjâ, Dichter war[2]), haben wir drei hervorragende Merkmale, denen wir auch bei Abû Firâs begegnen und die er demnach zum Theil von seinem Vater geerbt zu haben scheint.

Das Ende des Abul-ʿAlâ Saʿîd war tragisch. Noch jung

---

1) Cod. Ber. 25a, Siche auch Dîwân ٣٩, 17 ff.

2) Cod. Ber. 37a: وكان هو (اخوه نصر ابو السرايا) وابو العلى

شاعِرَىْ بنى حمدان

Ueber ersteren lesen wir 36a: وكان ابو السرايا اصغر الاخوة واحسن الناس وجها واسمكهم واشجعهم واشعرهم.

starb er bereits im J. 323 (im Monate Reǵeb), von seinem Neffen Nâṣir-ud-daula, einem Bruder des Saifuddaula, gefangen genommen und getödtet, als er sich mit nur 50 Sklaven geheim nach Mosul begeben hatte, die ihm vom Chalifen Râḍî-billâh übertragene Verwaltung von Mosul und Dijâr Rabî'a zu übernehmen. Wir erfahren, dass der Chalife diesen Verlust sehr schwer getragen hat [1]).

Der des Vaters beraubten Familie nahm sich Saifuddaula, ein Vetter des Abû-Firâs, an. Von den einzelnen Mitgliedern derselben erfahren wir nicht viel. In einem Gedichte, welches Abû Firâs aus seinem Gefängnisse an seine beiden Burschen Ṣâfî und Manṣûr richtete, lesen wir folgenden bündigen Bericht über seine Lieben [2]).

"In Haleb ist meine Zurüstung und meine Grösse und mein Ruhm (d. h. Saifuddaula);

und in Manbiǵ derjenige, dessen Zufriedenheit mir köstlicher (lies انفس für اتعس) ist als alle Schätze, (wohl der älteste Bruder) [3]) und diejenige, deren Liebe eine Auszeichnung ist, durch welche die Versammlung geehrt wird, (die Mutter), und Knaben, wie Vogeljunge, älter und jünger,

und Leute, an welche wir uns gewöhnt haben, da der Zweig der Liebe noch grünte,

die (wörtlich: deren Angelegenheiten) mir so vorkommen, als ob sie gegenwärtig wären."

Neben Saifuddaula auf der einen und den Stammesgenossen des Abû Firâs auf der andern Seite, sind es haupt-

---

1) Ueber die Art seines Todes vgl. Ibn Ḥallikân I 367. Freytag, Selecta ex historia Halebi 134.

2) Dîwân, pag. ٨٣ Verse 1—6.

3) Siehe S. 17 ff. dieser Arbeit.

sächlich die Mutter und die Geschwister, derer hier Abû Firâs so schön gedenkt.

Den Namen der Mutter des Abû Firâs erfahren wir aus Ibn Ḥallikân, sie hiess Saḥîna [1]). Ihre Liebe zu ihrem Sohne bewies sie namentlich zur Zeit, wo derselbe gefangen genommen wurde und in der griechischen Haft schmachtete. Wie Abû Firâs selbst sagt (Dîwân 32, 7) lebte sie in Manbiǵ als eine Freie, doch angemessen der Trauer, die sie nach ihm empfand. Von Manbiǵ aus begab sie sich, wie wir erfahren [2]), nach Ḥaleb und schickte in Angelegenheit ihres Sohnes zu Saifuddaula — erfolglos. Denn, wie es weiter heisst, geschah dies eben zu der Zeit, wo die (von Saifuddaula gefangen genommenen) Patricier gefesselt zugeführt wurden [3]). So wurde denn auch Abû Firâs (von den Griechen) in Ḥaršana in Bande geschlagen. Dies wirkte so erschrecklich auf sie, dass sie vor Trauer und Schmerz krank wurde. In der Ḳaṣîde, welche Abû Firâs dichtete, als er dies erfuhr, macht er Saifuddaula bittere Vorwürfe darüber, dass er die in Verzweiflung Gerathene, die vor allen anderen nur in ihn ihr Vertrauen gesetzt, zurückgewiesen hat, als sie die Zurückgabe ihres Einzigen verlangte [4]). An einer andern Stelle [5]) lesen wir sogar, dass der Schmerz seine (des Abû Firâs) Mutter derart übermannte, dass sie, wie es in Cod. Ber.$_2$ (Ms. Or. Pet. II. 409) fol. 46ª heisst, infolge dessen starb [6]).

---

1) Ibn Ḥallikân a. a. O. 368. Aus Dîwân ٣٨, 8, wo Abû Firâs von seinen griechischen Oheimen mütterlicher Seits spricht (اخوالى الروم) haben wir zu schliessen, dass des Abû Firâs Mutter griechischer Herkunft war.

2) Cod. Ber. fol. 75b.

3) Statt اجلب ist wohl كلب zu lesen, also in Ḥaleb gefesselt, in Bande geschlagen wurden.

4) Dîwân ٨٠, 6, 7.

5) Cod. Ber. 53b.

6) وغلبت الحسرة على أمه وهو فى الحبس فماتت فقال فيها In Cod. Berol. Ms. Or. oct. 306 fehlt فماتت, für فيها steht dagegen بيرثيها.

Die beiden Berliner Handschriften, sowie das Oxforder Manuscript, bringen an dieser Stelle wirklich eine rührende Elegie des Abû Firâs auf den Tod seiner Mutter, die wir, da sie in der Beirûter Ausgabe fehlt, hier mittheilen wollen.

من الوافر

أَيَا أُمَّ ٱلْأَسِيرِ[1] بِمَنْ أُنَادِى

وَقَدَّمَتِ[2] ٱلذَّوَائِبَ وَٱلشُّعُورُ

إِذَا ٱبْنُكِ سَارَ فِي بَرٍّ وَبَحْرٍ

فَمَنْ يَدْعُو لَهُ أَوْ يَسْتَجِيرُ

حَرَامٌ[3] أَنْ يَبِيتَ قَرِيرَ عَيْنٍ

وَلُوْمٌ[4] أَنْ[5] يُلِمَّ بِهِ ٱلسُّرُورُ

وَقَدْ ذُقْتِ[6] ٱلرَّزَايَا وَٱلْمَنَايَا

وَلَا وَلَدٌ لَدَيْكِ وَلَا عَشِيرُ

وَغَابَ حَبِيبُ قَلْبِكِ عَنْ مَكَانٍ

مَلَائِكَةُ ٱلسَّمَاءِ بِهِ[7] حُضُورُ

لِيَبْكِكِ كُلُّ يَوْمٍ صُمْتِ فِيهِ

مُصَابِرَةً وَقَدْ حَمِىَ ٱلْهَجِيرُ

لِيَبْكِكِ كُلُّ لَيْلٍ[8] قُمْتِ فِيهِ

إِلَى أَنْ يَبْتَدِى[9] ٱلْفَجْرُ ٱلْمُنِيرُ

لِيَبْكِكِ كُلُّ مُضْطَهَدٍ مَخُوفٍ

أَجَرْتِيهِ[10] وَقَدْ قَلَّ[11] ٱلْمُجِيرُ

---

1) O (sic) لمن نزتّى .حريم ان ابيت   2) Ber. ، ، ، .الايادى   3) O

4) O .واومر   5) B₂ به O بى يؤمّ يمرّ.   6) B.. ، .المنايا والرزايا

7) O له.   8) B₁ يمّ.   9) O .بيّن   10) B₁ O اجريته.   11) O جلّ.

لِـيَـبْـكِكِ كُلُّ مِسْكِينٍ فَقِيرٍ
أَغَنْـتَـيـهِ[1] وَمَا فِى العْظُمِ زِيـرُ
أَيَـا أُمَّـاهُ كَمْ قَوْلٌ[2] طَـوِيـلٍ
مَضَى بِكِ لَمْ يَكُنْ مِنْهُ نَصِيرُ
أَيَـا أُمَّـاهُ كَمْ سِرٍّ مَصُونٍ
بِقَلْبِكِ مَاتَ لَيْسَ لَهُ ظُهُـورٌ[3]
أَيَـا[4] أُمَّـاهُ كَمْ بُشْرَى بِقُرْبِـى
أَتَـتْكِ وَدُونَـهَا الْآجَـلُ الْقَـصِيرُ
إِلَى مَـنْ أَشْتَكِى و لِمَنْ[5] أُنَـاجِى
إِذَا[6] ضَاقَتْ بِـمَا فِيهَـا الصُّدُورُ
بِـأَىِّ دُعَـسـهَ دَاعِـيَـةٍ أُوقَـى
بِـأَىِّ ضِيَـاءَ وَجْهٍ اسْتَـنِـيـرُ
بِمَنْ يَسْتَـدْفَـعُ الْقَـدَرُ الْمَرْجِى[7]
بِمَنْ يَسْتَـفْـتَـحُ الْأَمْرُ الْعَـسِيـرُ
نَسَـلِّى عَنْكِ أَنَّا عَنْ قَلِيلٍ
إِلَى مَا صِرْتِ فِى الْأُخْرَى[8] نَصِيرُ

Diese Elegie, welche Abû Firâs abzusprechen durchaus
kein Grund vorliegt, da sie ganz sowol in den Rahmen
seiner Poësie passt als seiner Gemüthsanlage entspricht,
wie wir sie in seinen sonstigen Gedichten, die er im Gefängnisse verfasst, wahrnehmen, zwingt uns Ibn Ḫalliḳâns
Mittheilung für unrichtig zu erklären, wonach Saḫîna ihren
Sohn Abû Firâs überlebt und, als sie seinen Tod vernahm,

---

1) B₁, ₂ اعينتيه.   2) O هـمّ.   3) B₂ طهير.   4) Fehlt in B₁, ₂.
5) B₁, ₂ بمن.   6) U وقد.   7) O الموخى.   8) O. الدنيا.

ihr Gesicht mit den Händen geschlagen und sich die Augen ausgerissen haben soll [1]).

Wie Abû Firâs ein Liebling seiner Mutter war, ebenso zärtlich hing er selbst an ihr und seine rührend schönen Gedichte, die er aus seiner Gefangenschaft in Ḥaršana und Constantinopel an sie nach Manbiǵ richtete, sind um so interessanter, je seltener wir derart feineren Gefühlen in der meist vom kriegerischen Geiste beseelten Poësie der Araber, selbst der späteren Zeit, begegnen. Neben dem soeben mitgetheilten Trauergedichte auf seine Mutter gehören hieher namentlich die Ḳaṣîden: Cod. Berol. fol. 72[b], geschrieben aus der Gefangenschaft, als seine Wunde, von der später die Rede sein wird, sich derart verschlimmerte, dass der Dichter schon alle Hoffnung auf Genesung aufgab. Damals schrieb der selbst verzweifelnde Dichter diese Ḳaṣîde, seine Mutter zu trösten [2]). Daselbst fol. 75[b], wohl an Saifuddaula gerichtet, als er (Abû Firâs), zu Ḥaršana in Bande geschlagen, von der Krankheit seiner Mutter erfuhr [3]), doch auch mit der Mutter sich beschäftigend und sie anredend; schliesslich fol. 102[a], der Mutter nach Manbiǵ geschrieben [4]). Namentlich dieses Gedicht ist es, worin, mit Ahlwardt zu sprechen [5]), der in der Gefangenschaft jahre-

---

1) Ibn Ḫallikân a. a. O. 368.

2) Cod. Ber. 72b; Dîwân ٢٩, 15 ff, wo freilich als Anlass angegeben wird: „Und er sprach, seine Seele (=sich selbst) zu trösten, nachdem er an ihr infolge seiner schweren Wunde schon verzweifelte (وقال يعزى نفسه وقد يبّس منها لتنقل الجراح). Siehe die Uebersetzung im 2 Theile der vorliegenden Arbeit.

3) Dîwân, S. ٧٩, 4; Text und Uebersetzung im 2 Theile der vorliegenden Arbeit.

4) Dîwân S. ٣٢, 2 ff; Text und Uebersetzung im 2 Theile der vorliegenden Arbeit.

5) Ueber Poesie und Poetik der Araber 44; Kremer, Culturg. II 383.

lang schmachtende Dichter, dem es in Erinnerung an die
Liebe und Güte der Seinen daheim sehnsuchtswehmüthig
zu Sinn wird, "sein weiches Herz gegen die alte treue
Mutter klagend ausschüttet". Dasselbe löst auch mit seinen
Anfangsversen:

"Wäre nicht das Altmütterchen in Manbiǵ, ich fürchtete nichts, wodurch der Tod veranlasst wird,

und gewiss hätte meine Seele aus Stolz dasjenige
zurückgewiesen, worum ich gebeten, — den Loskauf.

Doch ich habe das gewollt, was ihr Wille war, selbst
wenn ich dadurch in Schmach hingerissen werden sollte:

denn ich sehe, dass, sie zu vertheidigen, damit kein
Unrecht ihr angethan werde, meine Ehrenpflicht ist,"
das Räthsel, dem wir in Abû Firâs' Person begegnen —
auf der einen Seite ein Held, bei dem es kein Mittelding
gibt, dem entweder der erste Platz in der Welt angehört
oder aber das Grab, dem seine Seele (Leben) in der Aus-
übung von grossen Leistungen als etwas geringes erscheint [1]),
der feige Rettung aus dem Kampfe, selbst bei seinen Feinden, für Niedrigkeit erklärt hat [2]) u. s. w., auf der andern
Seite ein Weichling, der wohl behauptet, sein Schicksal mit
Geduld zu ertragen, gleichzeitig aber nichts ausser Acht
lässt, wodurch er seinen Loskauf beschleunigen könnte und
an Saifuddaula, dessen Söhne sowie seine Freunde jammer-
volle, unmuthige Klagen sendet, die Slane nicht mit Unrecht mit Ovid's Tristia vergleicht [3]).

Abû Firâs hatte mindestens eine Schwester und mehrere
Brüder, älter und jünger, wie er selbst sagt [4]). Stellen des

---

1) Dîwân, ٨٧, 6, 7.   2) Dîwân ١٢٩, 8 ff.
3) Slane, Ibn Ḥallikân's Biographical Dictionary I. 369
4) Dîwân, ٨١٣, 4.

Dîwâns, an welchen Abû Firâs von sich als dem "Einzigen" spricht [1]), berechtigen uns zur Annahme, dass er seine Geschwister sämmtlich überlebte.

Abû Firâs' Schwester war an Saifuddaula verheirathet, dem sie die Söhne Abul-Makârim und Abul-Maʿâlî gebar [2]). In der Beirûter Ausgabe des Abû Firâs [3]) heisst es von einem Gedichte, dass Abû Firâs es gesprochen (gedichtet) als Elegie auf den Tod seiner Schwester. Wäre dies der Fall, so müssten wir annehmen, dass es sich hier um eine andere Schwester handelt, denn es heisst daselbst unter Anderem [4]):

من المنقارب

عَقيلَتى استَلَبِت مِنْ يَدي

وَلَمَّا أَبِعْهَا وَلَمَّا أَقَبْ

وكنت اقِيك الى ان رَمَتْك

يَدُ ٱلدَّهْرِ مِنْ حَيْثُ لا أَحْتَسِبْ

"Mein Trefflichstes ist meiner Hand geraubt worden, bevor ich es noch verkauft oder verschenkt habe;

ich bewahrte dich, bis dass die Hand des Schicksals dich traf, woher ich es nicht vermuthete."

Nach Cod. Ber. [5]) handelt et sich hier jedoch um eine Elegie auf seinen (des Abû Firâs) Bruder, was gewiss das Richtige ist. Denn anders wären die in Vers 2 vorkommenden männlichen Formen unmöglich [6]).

---

1) Dîwân, ٨٠, 6, 7; Cod. Ber. f. 53b. (S. Seite 12 Z. 13 dieser Arbeit) u. a. m.

2) Cod. Berol. fol. 82a.   3) Dîwân, ٩٩, 7.

4) Dîwân ٩٩, 11, 12.   5) Cod. Ber., fol. 12a.

6) Dîwân ٩٩, 9:

فان كنتَ تصدقُ فيما تقول فَمُتْ قبل مَوْتِكَ مَعَ مَنْ تُحِبْ

Von Abû Firâs' Brüdern finden wir in seiner Poësie einige erwähnt. Der älteste dürfte Abû-ʿAbdallâh al-Ḥusain ben Saʿîd ben Ḥamdân gewesen sein. Wie später Abû Firâs, stand auch er im Dienste Saifuddaulas, mit dem er sich jedoch im J. 332 in Mosul derart entzweite, dass ihn Saifuddaula ins Gefängniss setzen wollte. Dieses Zerwürfniss benutzte Saifuddaula's Bruder Nâṣir-ud-daula, der sich im selben Jahre gemeinschaftlich mit Tuzun, infolge einer friedlichen Vereinbarung, des Gebietes von Syrien, von Mosul bis zur äussersten Grenze, bemächtigt hatte, und machte Abû-ʿAbdallâh zum Verwalter von Ḥaleb (mit der Umgegend), Dijâr Muḍar und ʿAwâṣim, sowie derjenigen Theile von Syrien, die er eventuell noch erobern würde. Abû-ʿAbdallâh bemächtigte sich im Reǵeb des J. 332 der Stadt Raḳḳa, die er theilweise einäscherte, zog von da aus nach Ḥaleb, dessen Anführer vor ihm die Flucht ergriffen, nahm Besitz von Maʿarra an-Nuʿmân und Emessa und liess sich schliesslich in Ḥaleb nieder. Doch musste er schon im Monate Ḍul-hiǵǵa des J. 332 vor Iḫšîd nach Raḳḳa fliehen. In Raḳḳa versöhnte er sich mit Saifuddaula, worauf er sich nach Ḥarrân und von diesem nach Mosul wandte ¹).

Abû Firâs rühmt diesem Bruder Stärke und Unerschrockenheit nach. Denn, während er in dem schon erwähnten Lobgedichte auf seine Vorfahren seiner Familie ohne Ausnahme die höchste Freigebigkeit und Gastfreundschaft mit den Worten ²) nachrühmt:

---

1) Freytag, Selecta ex historia Halebi 37 ff. (nach Kemâl-ad-dîn, nach Freytag der besten Autorität, was Syriens Geschichte überhaupt und Ḥalebs Geschichte insbesondere betrifft).

2) Dîwân, ١٤, 4. Statt اِبهُا ist أَيَّنَا (wen immer von uns) mit Cod. Oxf. oder أَيِّبَا mit den beiden Berliner Codices zu lesen.

"Du siehst, wem immer du von den Söhnen meines
Vaters begegnest, dass er einen Melker hat, der nicht erst
nach Zwischenräumen melkt (sondern ununterbrochen) und
einen Kamelschlachter",
so heisst es in den zwei folgenden Versen eigens von seinem Bruder [1]):

$$وكان أخى ان رآم أمرًا بنفسه$$
$$فلا ٱلتخوف موجود ولا ٱلعاجز حاضر$$
$$وكان أخى ان يسع ساع لمتجده$$
$$فلا ٱلموت محذور ولا ٱلسم ضائر$$

"Und bei meinem Bruder war, wenn er etwas wollte,
weder Furcht vorhanden noch Schwäche gegenwärtig.
Und wenn man zum Ruhme eilte, da war für meinen
Bruder weder der Tod etwas, wovor er sich hütete, noch
das Gift, was ihm schadete."
Seinen kriegerischen Thaten sind die folgenden Verse [2])
gewidmet. Abû Firâs erwähnt hier, wie er die Feinde von
Ardebîl entfernte, darauf Âzerbeiğân durchzog, mit dessen
Heerführer (nach der Erklärung des Ibn Ḫâlavaihî [3]) Rustem
ben Sârija aš-Šârî) und seinen Truppen zusammentraf, ihn
in die Flucht schlug und in Âzerbeiğân die Ordnung her-
stellte. Dann zog er nach Dijâr Muḍar, dem Dârimî als
Wâlî vorstand, kam nach Raḳḳa, welches er mit Gewalt
einnahm, besiegte den Dârimî und wandte sich nach Šâm,
dessen Anführer بائس الونسى (?)[4]) und ابن عباس الكلابى) vor
ihm Ḥaleb verliessen [5]). Nun ging er gegen Râḍî-billâh los,

---

1) Der Text ist nach 2 Berliner und einer Oxforder Handschrift recon-
struirt. Die Beirûter Ausgabe (Dîwân ١٣, 5) hat hier nur einen, zum Theil
abweichenden Vers.

2) Dîwân, ١٣, 7—14. 3) Cod. Ber. f 41a.

4) L. يانس المونسى vgl. Ibn-ul-Aṯîr VIII. ٣٣٥;

5) Cod. Ber. 41.a.

bei dem sich Jaḥkam ben Ḥamdân aufhielt, vertrieb beide
aus ihrem Lande, worauf er sich noch gegen den Türken
Balja [1]) wandte, den Râḍî-billâh mit Kafartûṯâ belehnt hatte,
überfiel ihn und vernichtete sein Heer derart, dass er selbst
allein entfloh [2]). Schliesslich besiegte er noch ʿAdl ben Mahdî,
der mit seinen Truppern Niṣîbîn überfallen hatte, der daselbst
befindlichen Schätze und Güter Saifuddaula's sich bemächtigte und überhaupt eine grosse Energie entwickelte. Abû
ʿAbdallâh nahm ihn gefangen und brachte ihn nach Bagdâd
zu Nâṣir-ud-daula, wo er geblendet wurde [3]). Der Dichter
Ḫalîʿî nennt Abû ʿAbdallâh für seine Verdienste Krone des
Reiches, ähnlich wie Saifuddaula Schwert des Reiches und
Nâsir-uddaula Helfer des Reiches hiess [4]).

In Cod. Ber. fol. 48[b] lesen wir ein Gedicht des Abû
Firâs über die Trennung seines älteren Bruders (وقال فى مفارقته
أخيه الكبير) [5]). Im ganzen Gedichte finden wir keinen An-
haltspunkt für eine nähere Bestimmung desselben. So viel
scheint jedoch sicher, dass es sich hier um den ältesten
Bruder handelt, der in der Familie förmlich des Vaters Stelle
vertrat. Abû Firâs selbst bekennt, ihn nicht nur geliebt
sondern ihm auch gehorcht zu haben, und das ganze Gedicht zeugt, wie schwer er sich von ihm getrennt hat:

"Es hörte nicht auf das mit einander Ringen von

---

1) Lies Balba s. Ibn-ul-Aṯîr VIII. 266 f.
2) Cod. Ber. a. a. O. 3) Cod. Ber. a. a. O.
4) Cod. Ber. a. a. O. (Metrum Basîṭ)

$$ \text{قَانْ سَمَا سَيْفُهَا فِيهَا وَتَاصِرُقَا} $$
$$ \text{فَأَنْتَ تَاجٌ لَهَا انْ أَحْسَنُوا ٱللَّقَبَا} $$

5) Vgl. Dîwân, ٥٨, 11, wo dieses Gedicht falsch als Selbstlob (وقال يفتخر)
bezeichnet wird.

Sorgen in seinem Busen, bis dass er dir mittheilte, was von seinen Geheimnissen er schloss.

Ich verbarg deine Liebe (= Liebe zu dir), indess die Thränen sie öffentlich bekannt machten, und faltete deine Trennung zusammen (= suchte sie hintanzuhalten), indess (dein) leidenschaftliches Begehren sie entfaltete (= dich forttrieb).

Wer kann meine Thränen, selbst mit Gewalt, zurückhalten, da das leidenschaftliche Begehren, flink ihm beizustehen, mir Unrecht thut.

Es liess im Stiche mich ein Bruder, auf dessen Liebe ich mich verlassen, vor dessen bösem Verrath ich unter allen Umständen sicher war.

O dem ich gehorchte, so zwar, dass es mir gar nicht als Gehorsam vorkam, bis dass ich auf seinen Befehl aus seinem Befehle heraustrat!

Und ich verliess die Annehmlichkeit des Lebensgenusses, ohne mich darum zu kümmern (Var. daran theilzunehmen), nachdem ich gesehen, dass in seiner (des Lebens) Bitterkeit das Kostbarere davon liegt.

Denn der Mann reift nicht in seinem Lande,
ebensowie der Adler nicht in seinem Neste jagt" [1]).

----

1) Cod. Ber. fol. 48b. Vers 1—7:   من الكامل

مَــا زَالَ مُعْتَلِـجِ ٱلْــهُــمُــوم بِــصَــدْرِه

حَتَّى أَبَــاحَــكَ مَــا طَوَى مِنْ سِرِّه

أَضْمَرْتُ حُبَّـكَ وَٱلــدُّمُوع تُذِيـعُـه

وَطَـوَيْـتُ هَجْـرَكَ وَٱلْهَوَى فِى نَشْرِه

مَنْ لِـى يَرِدَّ ٱلدَّمْـع قَـسْرًا وَٱلْـهَـوَى

يَــعْـدُو عَـلَـىَّ مُشَـيَّـرًا فِى نَحْرِه

Neben diesem ältesten Bruder finden wir in Abû Firâs'
Gedichten noch zwei Brüder erwähnt, und zwar: Abulfaḍl
(Cod. Ber. fol. 74ᵇ, 59ᵇ und 53ᵇ) und Abul-Haiġâ, letzte-
ren öfters (Cod. Berol. fol. 5ᵃ, 8ᵇ, 10ᵇ, 12ᵃ, 58ᵃ, 63ᵇ,
65ᵇ, 94ᵃ, vielleicht auch 101ᵃ). Beide waren wohl jünger,
Abul-Haiġâ der jüngste.

Cod. Ber. 74ᵇ, 3 Zeile von unten, erfahren wir, dass
sich Abul-Faḍl bei Abû Firâs wegen eines Fehltrittes, von
dem wir sonst nichts näher erfahren, entschuldigt hat. Abû
Firâs antwortete ihm mit einem kurzen Gedichte von nur
3 Versen, wie folgt: [1])

أَعْيَيَتَنِى عَلَى أَخٍ وَثِقْتُ بِسُؤْدُدِهِ

وَأَمِنْتُ فِى ٱلْحَالَاتِ سَيِّئَ غَدْرِهِ

يَا مَنْ أَطَعْتُ فَمَا رَأَى لِى طَاعَتِى

حَتَّى خَرَجْتُ بِأَمْرِهِ عَنْ أَمْرِهِ

وَتَرَكْتُ حُلْوَ ٱلْعَيْشِ لَمْ أَحْفِلْ بِهِ

لَمَّا رَأَيْتُ أَعَزَّهُ فِى مَرِّهِ

وَٱلْمَرْءُ لَيْسَ بِبَالِغٍ فِى أَرْضِهِ

كَالصَّقْرِ لَيْسَ بِقَائِدٍ فِى وَكْرِهِ

Vgl. Dîwân ٥٨ 12, 13, 17, 18; ٥٩, 6, 7, 8 jedoch mit vielfach abweichender Lesart.

1) Cod. Ber. fol. 74b: من البسيط

ٱلْعُذْرُ مِنْكَ عَلَى ٱلْحَالَاتِ مَقْبُولُ

وَٱلْعَتْبُ مِنْكَ عَلَى ٱلْعِلَّاتِ مَحْمُولُ

لَوْلَا ٱشْتِيَاقِى نَمْ أَقْلَقْ لِبُعْدِكُمْ

وَلَا غَدَا فِى زَمَانِى بَعْدَكُمْ طُولُ

“Deine Entschuldigung wird unter allen Umständen angenommen, ebensowie deine Missbilligung der Schwächen (Defecte) ertragen wird.

Wäre meine Sehnsucht nicht, ich wäre wegen der Entfernung von euch nicht unruhig,

und es käme in meiner Zeit keine Länge nach euch vor (= es käme mir gar nicht vor, dass ich von euch schon so lange fort bin).

Denn verachtet ist mir jeder, der erwartet wird, ausser dir, und jeder Sache bin ich überdrüssig, nur deiner Begegnung nicht”.

In der Beirûter Ausgabe [1]) lesen wir, dass Abû Taġlib, ein Sohn des Nâṣir-ud-daula, seinen Bruder Ḥamdân in Raḳḳa einschloss und belagerte.

Nach Cod. Ber. 59ᵇ begab sich Abû Taġlib zu Ḥamdân, sich ihm anzuschliessen, um ihn zu tödten [2]). Dies erfuhr Abû Firâs und schrieb, als die Befehlshaber in Raḳḳa sich versammelten, an seinen Bruder Abul-Faḍl das eben erwähnte Gedicht [3]).

“Der Ruhm ist in Raḳḳa versammelt und die Trefflichkeit (daselbst) zu sehen und von ihr zu hören.

Es befinden sich daselbst Leute, deren Freigebigkeit

وَكُلُّ مُنْتَظَرٍ الآنَ مُحْتَقَرُ

وَكُلُّ شَىْءٍ سِوَى نُقْيَاكَ مَمْلُولُ

(Fehlt im Dîwân).

1) Dîwân ١٢٨, 6 ff.

2) Cod. Ber. 59b. (Cod. Ber., 51a قد سار ابو تغلب (بن ناصر الدولة الى اخيه حمدان يلازمه ليقتله. Ueber Abû Taġlib vgl. Abulfeda, Annales II. 507 u. ff. Er starb ermordet im J. 369; a. a. O. 543.

3) Dîwân ١٢٨, 7 ff.

allumfassend ist, deren Hände Quellen von Freigebigkeit
sind,

und von denen jeder all seine Kräfte gerne aufbietet [1]),
dessen Wohnhaus ein Zelt ist, über dem Himmel erhoben
(aufgeschlagen).

Doch es kam eine Schrecken erregende Nachricht mir
zu Gehör und herzbeklemmend [2]).

Siehe die Söhne meines Onkels! Gott behüte, dass ich
sie beschuldigen sollte!

Ihre Vereinigung [3]) (Var. ihr Stamm) ist durch Zwiespalt [4]) getheilt.

Was ist mit dem Stocke meines Volkes? Schon hat
ihn gespalten [5]) (= Unfrieden in meinem Volke gestiftet,
Zwiespalt erregt) ihr Rivalisiren [6]) einerseits, ihr Verlust
durch Nachlässigkeit andererseits.

Söhne eines Vaters — es hat sie von einander getrennt

ein Verläumder, als Siegel (so dass man seinen Worten um so leichter glaubte) dem erbitterten Hasse auf-
gedrückt.

Kehrt zu dem Schönsten zurück, was ihr seid [7]) (Var.
was unter euch zu finden ist),

— mögen euch die weissen Frühlingswolken Regen
senden [8]).

---

1) Cod. Ber. وكل ميبذول القوى.

2) Cod. Ber. يضيّيقّ عنه.   3) شملهم (Cod. Ber.)

4) بالخلّف Var. للخّف wegen einer Kleinigkeit, einer unbedeutenden
Sache; للّتحنّف bis auf den Tod (?).

5) Cod. Ber. شقّها.   6) Ber. Oxf. Tr. تّفارط.

7) Ber. ما كنتم.   8) Ber. سقّتكم الغّرّ المرابيع.

Der Ruhm (Adel) eines durch Ruhm Ausgezeichneten ist nicht vollkommen, wenn bei ihm keine Umkehr und kein Zurückgebrachtwerden vorkommt.

Schenken wir denn unseren Feinden Liebe,

indess sie den Brüdern vorenthalten bleibt?

oder sind wir mit den entferntesten unserer Leute durch Freundschaft verbunden,

indess der nächste Verwandte ausgeschlossen (verlassen) bleibt?.

Wo Trennung vorhanden ist, ist die Grösse von keiner Dauer.

Ein Anderer als du möge sich durch Albernheit beirren lassen" [1]).

Aus fol. 53[a] erfahren wir schliesslich, dass beide, Abul Faḍl und Abû Firâs, sich gleichzeitig in der Gefangenschaft befanden, Abul Faḍl gleich den übrigen Gefangenen im Gefängnisse, indess Abû Firâs eine, seinem hohen Range entsprechende Unterkunft fand. In dem daselbst mitgetheilten Gedichte [2]) fordert nun Abû Firâs seinen Bruder Abul-Faḍl auf, ihn zu besuchen, was ihm nach dem Cod. Ber. fol. 74[a] freistand:

---

1) Cod. Ber. مخلوع.

2) Fehlt in der Beirûter Ausgabe.   من الطويل

أَتَنْثُرُكَ اتْنَيْسَانَ ٱلزِّيَسَارَةِ عَامِـدًا

وَأَنْتَ عَـلَـيْـهَـا لَـوْ تَشَآءُ قَـدِيـرُ

وَعَيْشُكَ لَوْلاَ مَـا عَلِمْتُ لَمَـا وَنَـتْ

إِلَى ٱلـدَّارِ مِنِّـى رَوْحَـةٌ وَبُـكُورُ

فَلِمْ كَانَ رَأْيِى فِى لِقَائِكَ نَافِذًا

وَرَأْيُكَ فِيـهِ نِيـثَةٌ وَفُـتُـورُ

"Lässt du denn absichtlich davon ab, zu Besuche zu kommen,

da du es doch im Stande bist, wenn du wolltest (od. willst)?

Bei deinem Leben! wäre das nicht, was du weisst,

fürwahr, es würde meinerseits nicht aufhören das Kommen zum Hause (= deinem Gefängnisse) zur Abendzeit und am Morgen.

Warum ist denn (od. soll denn sein) mein Beschluss, mit dir zusammenzukommen, durchdringend (= durchzuführen),

indess dein Beschluss darin (nur) Vorhaben (Absicht) und Lauheit ist?

Du sagt: Ich komme morgen; verspürtest du aber Sehnsucht darnach, fürwahr, es wäre dir lang die Nacht, wiewohl sie kurz ist.

Doch eine Zeit lang zeigst du mir Liebe,

indess du (sonst) ganze Ewigkeit (selten wie) Gold bist" [1]).

تَقُولُ غَدًا آتِى وَلَوْ كُنْتَ رَاغِبًا

لَطَالَ عَلَيْكَ ٱللَّيْلُ وَهُوَ قَصِيرُ

وَلَكِنَّ وَقْتًا أَنْتَ فِيهِ مُكَبَّب

إِلَيَّ وَدَهْرٌ أَنْتَ فِيهِ نَضِيرُ

يَضِيقُ عَلَى ٱلْجَيْشِ حَتَّى تَزُورَهُ

فَمَا هُوَ إِلَّا رَوْضَةٌ وَغَدِيرُ

صَبَرْتُ عَلَى هَذِى فَمَا أَنَا بَعْدَهَا

عَلَى غَيْرِهَا مِمَّا صَبَرْتُ قَدِيرُ

1) Ich weiss nicht, wie anders das im Text vorkommende نضير zu deuten wäre. Oder wäre hier etwa an نضير als خيبر حى من يهود (Muḥîṭ al-Muḥîṭ II (٢٠٨٩) zu denken?

“Es hält das Heer mich eng umschlossen”; bis du zu ihm zu Besuche kommst, (wirst du finden), dass es nichts weiter ist als Garten und Teich.

Diesmal habe ich mich geduldet, doch künftighin werde ich nicht mehr im Stande sein, mich zu gedulden“.

Der grössten Liebe von allen erfreute sich bei Abû Firâs der jüngste Bruder Abul Haiġâ Saʿîd ben Ḥamdân. Den Grund für diese besondere Anhänglichkeit gibt Abû Firâs selbst in der auf S. 16 angeführten Stelle der Elegie auf seinen Tod an.

Einen andern Grund erfahren wir aus einem andern Gedichte des Abû Firâs an Abul-Haiġâ [1]), nämlich Treue und Aufrichtigkeit, worin Abul Haiġâ nach dem Gedichte den Brüdern seiner Zeit ziemlich unähnlich war, und welche in einem, im Dîwân nicht vorkommenden Verse [2]), folgends geschildert werden.

“Deine Aufrichtigkeit in der Ferne ist wie (dieselbe) in der Nähe, und deine Liebe im Herzen wie auf der Zunge.”

Aus einer Ḳaṣîde [3]) des Abû Firâs (Cod. Ber. 8b) erfahren wir von der förmlichen Verzweiflung, die sich Abul-Haiġâ's bemächtigte, als er die Nachricht von Abû Firâs’ Gefangen-

---

1) Dîwân ٧٨, 10 ff.; Text und Uebersetzung siehe im 2 Theile der vorliegenden Arbeit. In den Berliner Hss. wird das Gedicht bloss mit وقال „und er (Abû Firâs) sprach” eingeleitet, ohne irgendwelche Beziehung auf Abul-Haiġâ. Thatsächlich ist auch zwischen diesem Gedichte und Dîwân ٦٩, 11, 12 eine Incongruenz nicht zu verkennen.

2) Cod. Ber. 94a, 5. Z. v. o., Oxf. 229 v.

Metrum: متقارب

صَـفَـاوُكَ فى ٱلْبُعْـد مِـثْـل ٱلـدَّنوّ

ووَدك فى القـلب مـثـل اللـسـان

3) Dîwân, ٨٧, 9 ff.

nahme vernahm. Abû Firâs schrieb diese Ḳaṣîde, sich gegen diejenigen zu verwahren, die seine Standhaftigkeit am Tage seiner Gefangennahme verdächtigt hatten, gleichzeitig aber tadelt er auch Abul Haiĝâ wegen seiner übermässigen Bestürzung [1]). Ein anderes Gedicht [2]) dagegen ist der Ausdruck der sehnsuchtsvollen Liebe, die der von seinem Bruder getrennte Abû Firâs nach Abul-Haiĝâ empfindet:

"Vor Sehnsucht nach dir", heisst es hier, "hören meine Thränen nicht auf, und mein Herz leidet das Martyrium durch den langdauernden Kummer.

Ich strenge mich an, dies in Abrede zu stellen, doch meine Seele weist Lüge zurück.

Um dich zerfliesse ich fürwahr in Thränen (wörtlich: bin einer, dessen Thränen fliessen, Var. bin ich Nachbar von Thränen),
um dich bin ich fürwahr liebeskrank.

Und ich pflegte mein Leben nicht zu schonen, selbst wenn ich schliesslich dazu gelangt wäre, was unerlässlich ist (= der Tod).

Doch (damals) schenkte ich ihm freigebig die Fortdauer in der Hoffnung, dem zu begegnen, was du liebst.

Denn der Mann von Kopf und Herz lässt sich in den Zeiten des Unwillens (Zornes) eine Zurüstung für die Zeit des Wolgefallens" [3]).

In einem kurzen Gedichte von nur drei Doppelversen [4]) erklärt sich Abû Firâs damit zufrieden, dass es ihm ge-

---

1) Cod. Ber. 8b.   2) Dîwân ١٢٤, 3 ff.

3) In Cod. Ber. 10b. findet sich eine Ḳaṣîde des Abû Firâs als Antwort auf den Brief eines seiner Brüder, der ihm Geduld anempfohlen. Nach der Jetîma ist hier jedoch mit dem بعض الاخوة Ibn Asmar gemeint. Siehe im 2. Theile der vorliegenden Arbeit.

4) Fehlt im Dîwân; Cod. Ber. 63b., Oxf. 207r.

währt ist, sich brieflich mit dem Bruder Abul-Haiĝâ zu beschäftigen [1]):

وكتب الى اخيه ابى الهيجاء   من الخفيف

يَـا أُخَى قَد وَقَبْـتُ نَذْبَ زَمَانٍ

قَصَدَتْنِي صُرُوفُـهُ بِـالْمَهَـالِكِ

لَـمْ يَـهَـبْ لِى صَبَـابَـةَ رُقَـادٍ

لَمْ يَجُدْ لِى فِيهَا بِطَيْفِ خَيَـالِـكِ

قَـدْ رَضِيـنَـا بِـذلِـكَ النَّزْرِ مِـنْـهُ

وغَـفَـرْنَـا لَـهُ الـذُّنُـوبَ لِـذلِـكَ

"O Bruder! schon habe ich die Schuld geschenkt (verziehen) der Zeit,

deren Wechselfälle mit Verderben gegen mich losgezogen,

die mir nicht einmal ein wenig Schlaf gewährt und im selben mir mit der Erscheinung deiner Gestalt (deines Phantomes) wolgethan.

Schon sind wir mit diesem Wenigen von ihr zufrieden, und haben ihr deswegen all' ihre Schulden verziehen" [2]).

In der schon erwähnten Ḳaṣîde ruft Abû Firâs, nachdem er Abul Haiĝâ's Schmerz über seine Trennung von ihm geschildert: [3])

"Mein Bruder! O Gott! lasse mich nicht den Verlust eines solchen erleiden (wörtlich: kosten),

---

1) Fehlt im Dîwân; Cod. Ber. 63b, Oxf. 207r.

2) Auch ein anderes Gedicht der Berliner Handschriften (63b) soll nach der Ber.₂ dem Abul-Haiĝâ gelten. Der Anfangsvers lautet:

"Hast du mich als Herrscher gefunden, dem gehorcht wird, fürwahr du findest mich als Diener des aufrichtigen Freundes".

Das ganze Gedicht enthält jedoch mehr eine eigene Charasteristik des Abû Firâs.

3) Dîwân ٨٩, 16—18; ٩٠, 2—4.

denn wo gibt es einen wie er, und wo einen, der ihm nahe kommt?

Die nahe Verwandschaft ist in gegenseitige Liebe zwischen uns übergegangen,

infolge dessen ist er (mir) näher geworden als ein Familienangehöriger (Verwandter) dafür gehalten wird.

O möchte ich neben meinem Kummer auch mit dem seinigen beladen werden, und mein Bruder fern und frei von Sorgen bleiben''.

Und dieser Bruder starb, und Abû Firâs macht ihm förmlich Vorwürfe darüber, dass er so den unverbrüchlichen Bund der gegenseitigen Treue gebrochen.

In der Elegie auf seinen Tod [1]) heisst es:

"Glaubst du, dass du ein treuer Freund bist,

nachdem der Staub (Var. der Tod) denjenigen den Blicken entzogen, den er entzogen?

Wenn du wahrhaftig und aufrichtig warst in dem, was du sagtest: so stirb denn vor deinem Tode (Var. deiner Zeit), mit demjenigen, den du liebst.

Sonst haben diejenigen Recht, welche sagen: Es gibt keine Verwandtschaft zwischen Lebenden und Toten [2]).

. . . .

. . . .

So hat mir denn nichts genützt, dass ich fest auf dich vertraut, noch hat es von dir den Wechsel der regelmässigen Folge von Ereignissen abgewandt.

So bleibt denn nicht gesund ein Auge, das nicht Thränen vergossen, und nicht bestehen ein Lockenhaar, das nicht grau geworden.

---

1) Dîwân ٩٩, 8 ff. In der Ueberschrift ist hier يرثى اخاه zu lesen (Vgl. Cod. Ber. 12a).

2) Folgen die zwei Verse, die bereits auf S. 16 mitgetheilt sind.

Man tröstet mich wegen deiner [1]), doch wo bleibt der Trost (wo kann ich Trost finden)?

Es ist aber ein Brauch, in dem man sich gefällt (den man liebt).

Könnte aber der Rechtschaffene voll ausbezahlt (ersetzt) werden mit dem, wie er es verdient [2]),

fürwahr ich hätte im Leben keine Noth".

Nur das Bewusstsein, dass sein Bruder als Depositum bei Gott hinterlegt und so gut aufgehoben ist, vermag dem Dichter zum Troste zu gereichen, wie es im Dîwân [3]) heisst:

"Ich bringe fürwahr manche Nacht schlaflos zu [4]) und rufe ihm den grössten Theil derselben nach (rufe ihn herbei) bis zum Morgen, und es ist fürwahr ein hartes Lager [5])!

O Gott! mein Bruder ist mein Depositum bei dir

für immer; denn es geht nicht verloren, wofür wir die Obsorge dir anempfehlen".

Abû Firâs hatte eine Tochter, welche nach Cod. Ber. 13[b] an Abul-ʿAšâir al Ḥusain ben ʿAlî ben Ḥusain ben Ḥamdân [6])

---

1) Nach Cod. Ber. 12a: ولكنّها سنّة تستنكب* يعزّون فيك وأين العزا

2) Cod. Ber. ولو وفّى للحرّ ما يستنكق.

3) Dîwân, ١٢٣, 18 ff. ohne nähere Bestimmung; Cod. Ber. 58a: ولد الى اخيه انى الهيجاء رحمهما الله.

4) Cod. Ber. ابيبت (Dîwân انيمت).   5) Cod. Ber. اقضّ.

6) Der Mannhaftigkeit und Unerschrockenheit des Abul-ʿAšâir ist ein Vers des Abû Firâs in seiner Ḳaṣîde zur Verherrlichung der Ḥamdâniden gewidmet. Dîwân ١٥, 11:

„Und von uns ist Ḥusain der Held, ähnlich seinem Grossvater; er vertheidigte sich selbst, indess das Heer vom Schrecken befallen war".

Nach Cod. Ber. 42b. bezieht sich dieser Vers auf einen Ueberfall des Abul-ʿAšâir durch das Heer des Iḫšîd, da er vom Schlachtfelde bei Anṭâkijja

(Cod. Ber. fol. 18^b) verheirathet war. Dieser fiel in griechische Gefangenschaft, woselbst er in der Folge auch starb [1]).

Abû Firâs, der auf die Nachricht von seiner Gefangennahme dem Abul-ʿAšâir bis nach Marʿaš nachging [2]), ohne
ihn jedoch zu erreichen [3]), schrieb dem Gefangenen in die
Gefangenschaft ein Gedicht, worin er den Abul-ʿAšâir damit
tröstet, dass er selbst auf seiner Heldenbahn mehrere Gefangene gemacht, dass seine Gefangennahme in einer Weise
erfolgt ist, die die Griechen durchaus nicht berechtigt,
damit zu prahlen, schliesslich dass Saifuddaula noch immer
"mag'ere Pferde, scharfe Schwerter, biegsame Lanzen und
flinke Männer besitzt", und dass "morgen" schon seine
Pferde zu Abul-ʿAšâir's Befreiung erscheinen werden, sich
vor Schwere der aufsitzenden Helden, die sie bringen, zur
Erde neigend [4]). Denn, wie es im letzten Verse heisst:

"Fürwahr, der Sohn deines Onkels ist nicht nachlässig
(sorglos);

er beherrscht Könige und löst Bande" [5]).

---

zurückkehrte. Trotzdem ein Holzpfeil ihn traf, wüthete Abul-ʿAšâir in ihrer
Mitte, bis er sich selbst befreite. Vgl. auch Jetîmet-ud-dahr I. Cap. IV.
pag. ٤٢.

1) Es ist der von Cedrenus II. 330. erwähnte Ἀπολασαὴρ, von dem es
heisst: ὁ δὲ Λέων (Sohn des Domesticus Bardas Fokas) Ἀπολασαὴρ ἐπίσημον
ἄνδρα καὶ τοῦ Χαβδᾶν (= Saifuddaula) συγγενῆ.... τρεψάμενος καὶ κατα-
σχὼν ἐν Κωνσταντινουπόλει ἀπέστειλε etc.

2) Dîwân, ١٠١, 15 ff; nach dem auf ١٠١, 13, 14 mitgetheilten Distichon
nach Ḥaršana.

3) Cod. Oxf. 221r. Vgl. auch Dîwân ١٠٣, 4 ff., wo Abû Firâs schildert, wie
er Abul-ʿAšâir suchte.

4) Cod. Ber. منتثقلات (wol zu lesen: منتثاقلات).

5) Cod. Ber. fol. 71a. ‫من الكامل‬

‫ان ابن عمّك ليس يغفل انّه‬
‫ملك الملوك وفكّك الاغلالا‬

Abû Firâs' Trost ging jedoch nicht in Erfüllung und Abul-
ʿAšâir blieb in der griechischen Gefangenschaft, bis der
Tod ihn erlöste. Den Verstorbenen betrauert Abû Firâs in
einem Distichon, welches besagt:

من الكامل

ءأَبـا ٱلْعَشـائِرِ لا مَحَـلُّـكَ دَارِسٌ
بَيْنَ ٱلضُّلُوعِ وَلا مَكـانُكَ[1] نَازِحُ

انّـي لأَعْـلَـمُ بَـعْـدَ مَوْتِـكَ أنَّـهُ
مَا مَرَّ لِلْأَسْـرَآءَ[2] يَـوْمٌ صَـالِـحُ[3]

"O Abul-ʿAšâir, dein Sitz wird zwischen (meinen) Rippen
nicht verwischt werden, ebensowie dein Ort (für uns) nicht
entfernt sein wird.

Nach deinem Tode weiss ich fürwahr, dass er (der
Tod) den Gefangenen nicht bitter, (vielmehr) ein guter
(heilbringender) Tag ist."

Der Wittwe nach Abul-ʿAšâir begegnen wir in der Folge
bei Abû Firâs, dessen letztes Gedicht an sie gerichtet ist[4]).

Es würde uns zu weit führen, von Abû Firâs' Brüdern
im weiteren Sinne des Wortes, Verwandten, Bekannten
und Freunden, einzeln zu handeln.

Wir begnügen uns damit, diejenigen von ihnen anzuführen, denen einzelne Gedichte aus seinem Dîwâne gewidmet

---

Den Text sowie die Uebersetzung der ersten Hälfte dieses Gedichtes s. im 2. Theile
der vorl. Arbeit. Vgl. Dîwân ٩٩, 6 ff. Ziemlich ähnlich in ihren Grundge-
danken ist die lange Ḳaṣîde des Abû Firâs ١٠١, 17—١٠٤, 9, theilweise in
Text und Uebersetzung mitgetheilt im 2. Theile der vorl. Arbeit.

1) B₁, ₂ . . . . . مَحَلُّكَ.
2) T. O. لِلْأَمْراءِ.
3) Das Distichon fehlt im Dîwân; Cod. Ber. 18b; Tüb. fol. 26; Oxf. 173.
4) Dîwân ٤١, 18 ff. Text und Uebersetzung siehe im 2. Theile der vorliegenden Arbeit.

sind. Neben seinen zwei Burschen (Knaben غلام) Ṣâfî, im Dîwân
حناف genannt, und Manṣûr, an welche der Dichter die Ergüsse
seiner melancholischen Stimmung richtet[1]), sind es namentlich
die zwei Söhne des Saifuddaula von Abû Firâs' Schwester,
Abul-Makârim und Abul-Maʿâlî, die Abû Firâs sowol wegen
ihrer Tapferkeit und sonstiger Trefflichkeit feiert als sie aus
der Gefangenschaft um Loskauf bittet[2]).

Von Abû Firâs' Freunden sind der Ḳâḍî Abul-Ḥuṣain aus
Raḳḳa und Abû Zuhair ben Muhalhil ben Naṣr besonders
hervorzuheben.

Von Abû Firâs' Freundschaft mit Abû Ḥuṣain[3]) zeugt
namentlich das schöne Gedicht, welches Abû Firâs dichtete, als Abû Ḥuṣain sich anschickte, mit Saifuddaula nach
Raḳḳa zu gehen[4]).

"O der Länge meiner Sehnsucht, wenn Morgen die
Abreise stattfindet!

1) Ahlwardt a. a. O. 44. Ihnen gehören die Gedichte an: Dîwân, ١٣٢, 18 ff.
(an beide), ١٣٣, 5 ff. (an Manṣûr), beide aus der Gefangenschaft; Text und
Uebersetzung im 2 Theile der vorlieg. Arbeit. Die Berliner Hss. haben noch ein
drittes Gedicht von 2 Doppelversen mit يا غلامى بل سيّدى "O mein
Bursche, oder vielmehr mein Herr" beginnend, worin der Dichter erklärt,
dass er nicht wünscht, ihm in die andere Welt vorausgeschickt zu werden, aus
Furcht, es könnte Jemand anderer nach ihm ihn sich auswählen. Cod. Ber. 63b.

2) Cod. Ber. 82a 1 ff. (fehlt im Dîwân). Daselbst (Cod. Ber. 82a V. 16 f.
lesen wir folgende Charakteristik beider: (Kâmil)

لابى المعالى فى العلى   وابى المكارم فى المكارم

بَيْتٌ رفيع سمكه على الثُّرَى ثَبُّتَتِ الدَّعائم

"Abul-Maʿâlî besitzt an Adel, Abul-Makârim an Edelthaten ein hohes Zelt,
dessen Dach hoch von Gipfel ist und auf festen Pfeilern ruht." Dîwân ٨١,
16 ff. (Text und Uebersetzung im 2. Theile der vorlieg. Arbeit).

3) Zu Abul-Husain (Jetîma: Abû Husain) siehe: Jetîma I. V. ff, wo wir
umgekehrt von Abul-Husains Freundschaft zu Abû Firâs erfahren; Freytag,
Selecta ex historia Halebi 39 u. 147; Hammer-Purgstall: Gemäldesaal der
Lebensbeschreibungen III, 12 u. a.

4) Dîwân ٤٩, 1 ff.

Gott trenne nie unser Verhältniss (unsere Freundschaft)!

O gegen den ich aufrichtig handle, von der Nähe wie von der Ferne,

und gegen ihn mit Treue verfahre, sei er abwesend oder anwesend!

Es schreckt die Trennung ein Herz, gegen welches du dich wohlwollend erwiesest (auch: mit ihm vertraut umgingst),

und mehrt Thränen und Schlaflosigkeit zwischen den Augenlidern.

Möge Gott eine Person nicht entfernen, die mir ein vertrauter Freund war [1]), welche, wenn sie fort (entfernt) ist, mich die Welt gar nicht freut,

welche, ebensowie ich, insgeheim und öffentlich, mich für ihren Sohn hielt, indess ich sie für meinen Vater hielt;

der nicht aufgehört hat, immer eifriger, Verse auf mich zu machen,

indess ich ebenso eifrig Verse auf ihn machte,

bis ich mich ergab (meine Schwäche gestand); denn seine Vorzüge haben mich übertroffen,

und er trug den Vorrang davon und riss die Trefflichkeit so an sich, dass er allein da stand, indess ich leer ausging.

War (od. ist) dein Vermögen zu schwach, sein Ziel (dasjenige Ziel, welches er erreicht) zu erreichen,

so ist die beste Entschuldigung dafür (wörtlich: besserer Entschuldiger als alle Menschen) derjenige, der dir gegeben hat, was (bei dir) vorhanden ist.

Gott erhalte uns unsern Herrn am Leben, und unsere Tage mögen nie aufhören, sich in seinem Schatten (unter seinem Schutze) zu erneuern.

---

1) Cod. Br. كان لى أنسًا.

Möge kein vom Himmel gesandtes Ereigniss, das zu fürchten ist [1]), über seinen Hof kommen,

noch Unglücksfälle ihre Hand nach ihm ausstrecken.

Lob sei Gott immer und ewig! Es gab die Zeit (das Schicksal) mir etwas, was sie sonst Niemanden gewährt" [2]).

Andere Gedichte bekunden Abû Firâs' Theilnahme an dem Schicksale seines Freundes; so das Gedicht Cod. Ber. 92b [3]), geschrieben und geschickt an Abul-Ḥuṣain, als dessen Sohn gefangen genommen wurde, und ein anderes, geschrieben aus demselben Anlasse, "als nämlich Abul-Baḳâ, ein Sohn des Abul-Ḥuṣain, gefangen genommen wurde, nachdem zuvor ein anderer Sohn desselben, Muḥammed, gestorben war" [4]). Andere Gedichte schliesslich gelten Abul-Ḥuṣain als Dichter.

Wir erfahren nämlich von Ibn Ḫâlawaihî, dass zwischen dem Ḳâḍî Abul-Ḥuṣain ʿAlî und zwischen Abû Firâs Bekanntschaft und Briefwechsel in Versen bestand. [5]) Im Dîwân [6]) wird ein solches, kurzes Sendschreiben des Abul-

---

1) Ber. المكذور; wir fassen hier نازِل als = نازِلة auf; sonst wäre zu übersetzen: möge kein Absteigender, der . . . .

2) Zu lesen يَعْطه statt اعطه. Nach der Jetîma I. ٧ ist der letzte Vers der Anfangsvers von Abul-Ḥuṣains Antwort auf diese Ḳaṣîde des Abû Firâs. Aehnliche Sehnsucht nach dem lieben Freunde athmet ein anderes Gedicht des Abû Firâs (Dîwân ۴۴, 17 ff.), ein Ausdruck der Freude über bevorstehende Zusammenkunft in Bâlis.

3) Fehlt im Dîwân. Vgl. auch Dîwân ۴٥, 10 ff. und ۴۸, 12 ff. (Im 2. Theile der vorl. Arb.).

4) Cod. Ber. 64a; Dîwân ۴٥, 4 ff., wo der Anlass abweichend angegeben wird: وكتب للقاضى المذكور وقد اسر In Cod. Orf. 212v werden die Namen der beiden Söhne anders angegeben: وقال وكتب بها الى القاضى ابى الحسين وقد اسر ابنه ابو الهيثم من حمص وكان قد اصيب بابنه الحسن بايام رحمه الله تعالى.

5) Dîwân ۴۴, 9 ff.   6) Dîwân ۴۴, 12—13.

Ḥuṣain mitgetheilt, mitsammt der Antwort des Abû Firâs
darauf [1]), wobei gleichzeitig Abû Firâs' Geständniss erwähnt
wird, dass er ausser Stande war, das Gedicht ähnlich zu
reimen, und sich veranlasst sah, andern Reim zu wählen.

In einer Ḳaṣîde, welche Abû Firâs, ebenfalls als Ant-
wort auf ein Schreiben des Abul-Ḥuṣain, an denselben nach
Raḳḳa richtete [2]), lesen wir von dem Eindrucke, welchen
Abul-Ḥuṣains Schreiben auf Abû Firâs machten, wie folgt:

"Was das Schreiben anlangt, so lese ich es nicht,
ohne dass die plötzlich hervorbrechenden von meinen
Thränen einander zuvorzukommen suchen.

Es fliesst (zieht sich) eine Perlenschnur, gleich der in
ihm (im Briefe) enthaltenen Perlenschnur (der Worte),
und streut Perlen auf Perlen, welche er gestreut.

Und der Blick fühlt sich glücklich in dem, was sein
Schreiber geschrieben, und das Gehör ist angenehm berührt von dem, was sein Dichter gesprochen.

Und setze ich mich vor dem Stamme nieder, ihn (den
Brief) zu recitiren,
so ist der Wunsch der Frauen: seine Perlen (Juwelen)
mögen nie ausgehen (d.h. der Brief möge kein Ende haben)" [3]).

Von gegenseitiger Recitation eigener Gedichte zwischen

---

1) Dîwân ff, 17 ff.   2) Dîwân fo, 10 ff.

3) Dîwan fq, 10—12 (vgl. auch fv, 11—12); der letzte Doppelvers fehlt
im Dîwân. Nach Cod. Ber. 45b lautet er: بسيط

وان جلست امام الحىّ انشده

وت ألـخـرائـد لاتـفـنى جواهـره

Statt جلست hat Oxf. وقفت; statt لاتفنى bietet er لو تفنى, was jedoch
kaum einen richtigen Sinn geben kann.

Abul-Ḥuṣain und Abû Firâs erfahren wir aus dem Dîwâne.

Daselbst wird nämlich erzählt, dass der Ḳaḍî Abul-Ḥuṣain dem Abû Firâs ein Gedicht recitirte, welches Abû Firâs schön fand, worauf Abû Firâs selbst ein Gedicht recitirte, welches wiederum Abul-Ḥuṣain für vortrefflich erklärte [1]. Das daselbst von Abû Firâs in Form eines Gedichtes gefällte Urtheil über Abul-Ḥuṣains Poësie [2] s. im 2. Theile der vorliegenden Arbeit.

Abû Zuhair Muhalhil ben Naṣr ben Ḥamdân war ein Mitglied der Familie Ḥamdân, nach Cod. Ber. [3] ein Vetter des Abû Firâs (ابى عمّى, wie ihn dort Abû Firâs selbst nennt).

Ibn Ḫâlawaihî [4] nennt ihn daselbst "den besten Reiter und Dichter unter den Arabern" (اثرس العرب واشعرها). Seine Tapferkeit soll er nach demselben Berichte im J. 337 H. in Dijâr Rabî‘a bewährt haben; auch an den Kämpfen gegen die Griechen nahm er teil, namentlich an Saifuddaula's Feldzuge gegen dieselben im J. 339 (bei Ḥiṣn ‘Ujûn und Ṣafṣâf), auf dem er auch nach Cod. Ber. getödtet wurde [5]. Von seiner Poësie, die Ibn Ḫâlawaihî [6] als مليح lieblich, anmuthig bezeichnet, sagt derselbe, dass sie meist aus Sendschreiben bestand, die Abû Zuhair an Abû Firâs richtete.

Abû Firâs selbst hat ihm in der wiederholt erwähnten

---

1) Dîwân ۴۸, 6 ff.   2) Dîwân ۴۸, 8—11.
3) Cod. Ber. fol. 39a (zu Ende).   4) Cod. Ber. fol. 42a.
5) Cod. Ber. fol. 39a (zu Ende), wo Abû Firâs sagt: واوغلـنـا فى بـلاد الروم وافتتحنا حصن الصفصاف فقال ابن عمّى ابـو زهير مهلهل ابن نصر فى هذه الغزاة وفيها أُسْتُشْهِدَ رضى الله عنه. Folgt das Lobgedicht des Abû Zuhair auf diese Siege des Saifuddaula.
6) Cod. Ber. fol. 42a وله شعر مليح اكثره مكاتبات الى ابى فراس.

Ḳaṣîde zum Lobe der Ḥamdâniden im Islâm folgende Verse [1]) gewidmet, worin er seiner Trefflichkeit im Kampfe gedenkt:

"Und von uns ist (= uns gehört an) der Glänzende (= Ausgezeichnete), Sohn des Glänzenden, Muhalhil,

mein (treuer) Freund zur Zeit, wo sonst der mit Jemandem vertrauten Umgang habende Freund Gegenstand von Tadel ist,

so zwar, dass, wenn ich zur Mühsal aufrufe, er derjenige ist, der (zu meinem Aufrufe) antwortet (ihm folgt: Var.: gegen die Mühsal kämpft),

und wenn ich zur Höhe aufstrebe, er mir zum Gelingen (Siege) hilft [2]).

Und als die Furcht über Dâr Rabîa kam

und Niemand mehr (zu Hause od. am Leben) blieb, als diejenigen, denen Höhlen (Gruben) Schutz gewährten,

da heilte er ihre Krankheit (ihr Übel) am Schlachttage von Serât durch ein Treffen, wodurch der Reichthum und das Glück [3]) der Benî Šaibân zu Falle gebracht wurde".

In einer andern Ḳaṣîde, von Abû Firâs an Abû Zuhair gerichtet, drückt Abû Firâs seine Liebe zu Abû Zuhair sowie seine Bewunderung für ihn mit den Worten aus [4]):

---

1) Dîwân lo, 6 ff.

2) Den hier stark verderbten Text reconstruire ich nach den mir zur Verfügung stehenden Hss., wie folgt: (طويل).

فَاِنْ اَدْعُ لِلْاَوآءِ فَهْوَ مُجَاوِبٌ (محارب)

وَاِنْ اَسْعَ لِلْعَلْيَآءِ فَهْوَ مُظَاهِرُ

3) Lies جلدون st. حلدون des Dîwâns.

4) Fehlt im Dîwân; der hier mitgetheilte Text beruht auf den beiden Berliner Hss. fol. 87b—88b (Cod. Ber.₂ fol. 75b—76a). Der bei weitem grössere Theil des Gedichtes, dessen Schlussverse wir hier mittheilen, ist der Liebe sowie dem Selbstlobe Abû Firâs' gewidmet.

من الطويل

أَخِى وَٱبْنَ عَمِّى يَا ٱبْنَ نَصْرٍ نِدَآءَ مَنْ

أَقِيمَتْ لِطُولِ ٱلْهَجْرِ مِنْكَ مَآتِمُهْ

أَوُدُّكَ وُدًّا[1]) لَا ٱلزَّمَانُ يُبِيدُهُ

وَلَا ٱلنَّأْىُ يُفْنِيهِ[2]) وَلَا ٱلْهَجْرُ صَارِمُهْ

وَلَوْ رُمْتَ يَوْمًا أَنْ تَرِيمَ صَبَابَتِى

إِلَيْكَ أَرَاكَ[3]) ٱلشَّوْقَ مَا أَنَا رَائِمُهْ

فَوَا عَجَبًا لِلسَّيْفِ لَمَّا ٱنْتَضَيْتَهُ

مِنَ ٱلْجَفْنِ لَمْ يُورِقْ بِكَفِّكَ قَائِمُهْ

وَوَا عَجَبًا لِلطَّرْفِ لَمَّا رَكِبْتَهُ

غَدَاةَ ٱلْوَغَى كَيْفَ ٱسْتَقَلَّتْ قَوَائِمُهْ

بِلَيْثٍ إِذَامَا ٱللَّيْثُ حَادَ[4]) عَنِ ٱلْوَغَى

وَغَيْثٍ إِذَامَا ٱلْغَيْثُ أَكْدَتْ سَوَاجِمُهْ

تَعَلَّمْ أَقَيْسَ ٱلسَّوْءِ أَنَّ مَدَامِعِى

لِبُعْدِكَ مِثْلُ ٱلْعِقْدِ أَوْهَاهُ نَاظِمُهْ

وَأَنِّى مُذْ زَمَّتْ رِكَابُكَ لِلنَّوَى

شَدِيدُ ٱشْتِيَاقٍ عَازِبُ ٱلْقَلْبِ هَائِمُهْ

وَقَدْ عَلِمَ ٱلْأَقْوَامُ مِنَّا وَمِنْكُمُ

بِأَنَّ بُدُوَّ ٱلشِّعْرِ فِينَا وَخَاتِمُهْ

فَلَا تَحْسِبَنْ عَنِّى ٱلْجَوَابَ مُوَشَّحًا

بِعِقْدٍ مِنَ ٱلدُّرِّ ٱلَّذِى أَنْتَ نَاظِمُهْ

---

1) Cod. Ber.₂ فودك ودّ   2) Cod. Ber.₁ يقنيه.

3) Cod. Ber.₁ ازال.   4) Cod. Ber.₂ عاد.

“Mein Bruder und Sohn meines Onkels, o Ibn Naṣr, unter dessen Anrufen

meine Trauer infolge der langen Trennung von dir dauernd geworden!

Ich liebe dich mit einer Liebe, welche weder die Zeit verdirbt, noch Entfernung vernichtet, noch Trennung abschneidet (ihr ein Ende macht).

Und wünschte ich es auch einmal, dass meine Liebe zu dir aufhöre,

meine Sehnsucht würde dir zeigen, wonach ich begehre.

Es ist fürwahr ein Wunder für das Schwert, nachdem du es aus der Scheide gezogen, dass sein Knauf in deiner Hand nicht ergrünte (Blätter bekam),

und ein Wunder ist es für den edlen Renner, nachdem du am Morgen des Kampfes ihn geritten, wie seine Füsse frei und leicht sich hoben,

mit dem Löwen, als der Löwe vom Schlachtgetöse sich entfernte (abbog),

durch den Regen, als das Wasser des Regens er-schöpft war [1]).

Wisse (lerne) — möge ich dich vor Übel schützen — dass meine Thränenwinkel wegen deiner Entfernung gleich der Perlenschnur geworden sind, welche ihr Ordner zerrissen,

sowie dass ich, seit dein Reitkamel zur Abreise ge-zäumt worden ist,

heftige Sehnsucht empfinde, mein Herz abwesend (bei dir weilt) und liebestoll ist.

Die Leute wissen schon, von uns und von euch, dass der Anfang der Poësie sowie ihr Schluss bei uns zu suchen ist.

---

1) Doppelvers 6 könnte wohl auch mit تعلم des Verses 7 verbunden wer-den. Der Sinn wäre dann freilich anders.

So glaube denn nicht, dass meine Antwort mit einer Schnur von Perlen verziert ist, welche du aufgereiht"[1]).

Mit Abû Zuhairs Tapferkeit, des Abû Firâs Liebe zu Abû Zuhair, seiner Sehnsucht nach ihm, sowie seiner Bewunderung für Abû Zuhair's Poësie, begleitet von den besten Wünschen für seine Laufbahn, beschäftigen sich auch die übrigen Gedichte, die Abû Firâs dem Abû Zuhair gewidmet, nämlich: Cod. Ber. 13a[2]), 43a[3]) 54a (2 Gedichte)[4]) 60a[5]). Wir wollen hier nur dasjenige erwähnen, was sich auf Abû Zuhair's Poësie bezieht. Erwähnt zu werden verdient, dass nach Dîwân[6]) die ersten Verse, welche Abû Firâs in seiner Jugend gedichtet, zu Abû Zuhair gelangt, dessen erstes Sendschreiben an Abû Firâs veranlassten. In Abû Firâs' Antwort auf dieses Sendschreiben lesen wir nun folgendes Urtheil des Abû Firâs über Abû Zuhair und seine Poësie[7]);

"Und fürwahr, in der Süsse der Rede und ihrer Fülle schöpfst du aus einem Meere und haust aus einem Felsen aus[8]).

---

1) Der letzte Doppelvers findet sich, jedoch in anderem Zusammenhange, im Dîwân ١٩, 9, woraus wir wohl schliessen können, dass er hier unpassend angebracht ist.

2) Dîwân ١٠٥, 13 ff.   3) Dîwân ١٠٧, 3 ff.

4) Dîwân ١٠٤, 16 ff. und ١٣٢, 17 ff., letzteres im Dîwân ebenso wie Ber. bloss mit وقَل eingeleitet.

5) Dîwân ١٩, 13 ff.

6) Dîwân ١٠٤, 12; im Dîwân selbst wird bloss das eine Distichon mitgetheilt (١٠٤, Vers 11); die Hss. Ber.₁, ₂, Oxf. haben noch ein zweites Distichon (Ber.₁, fol. 43b zu Ende).   7) Dîwân ١٠٥, 3—5.

8) Der Doppelvers fehlt im Dîwân. Nach Cod. Ber. lautet er:

طويل

واِنَّك فى عَذْبِ ٱلْكَلَامِ وَجَزْلِهِ

لَتَغْرِفِ مِنْ بَحْرٍ وتَنْحِتُ مِنْ صَخْرٍ

Und einer wie du hat seines Gleichen unter den Menschen nicht,

ebensowie deine Poësie in der Poësie seines Gleichen nicht hat.

Es ist als ob über ihren (der Rede) Worten und ihrer schönen Ordnung

die Wunder sich ausbreiten möchten, die der Frühling aus den Blüthen gewoben. [1])

Es athmen (duften) in ihr Gärten mit reicher Vegetation, vom Thau befeuchtet, und sanft weht der Zephyr der Gärten, das erste Morgenlicht ankündigend. [2])"

Übertroffen hast du durch sie die Leute der Poësie (= alle Dichter), so zwar, dass sie zum Grusse der Wüstenbewohner und vertrauten Gefährten der Ausässigen (der Stadtbewohner) geworden ist. [3])

An einer andern Stelle der Dîwâns lesen wir Folgendes: [4])

"O Bruder! O Abû Zuhair! Giebt es denn [5]) bei dir keine Hilfe für die leicht zu täuschende Gazelle?

Siehe! Mein Körper ist, seit du weggegangen bist, krank, und ich weine wie eine Mutter, die ihr Kind verloren, und fühle mich so elend, wie ein Gefangener.

---

1) Fehlt im Dîwân; Nach Cod. Ber. lautet der Doppelvers:

$$ كَأَنَّ عَلَى أَلْفَاظِهِ وَنِظَامِهِ $$
$$ بَدَائِعَ مَا حَاكَ ٱلرَّبِيعُ مِنَ ٱلزَّهْرِ $$

2) Statt تفنى des Dîwâns lies فاخصّل .l تنقّس .st; واخصل بالندى das sonst ganz guten Sinn gibt, l. نسيم الفاجر, نسيم الروض .st; بالندى.

3) Dîwân ١٠٥, 3. Statt من .st ,تحيّبة .l ,تحيّبة .st ,فضلت .l نصلت.
موذسنة الحضر .l سنه الخفر.

4) Dîwân ١٠٧, 14 ff.   5) St. ألّا .l أهل.

Du hast nicht aufgehört derjenige zu sein, bei dem ich mich in jeder Angelegenheit beschwerte,

mein Helfer, meine Zurüstung und mein Beschützer [1] (Dîwân: mein Rathgeber).

Es kam von dir, o Sohn meines Onkels, eine Braut [2] mir zugeführt, stolz einherschreitend in Brokat und Seide,

mit Reimen, angenehmer (süsser) als kaltes Wasser,

und Worten gleich verstreuten Perlen, solid, (so dass) Farazdaḳ und Aḫṭal ihr nicht gewachsen sind (hinter ihr zurückbleiben) und sie Ǵarîr's Poësie übertrifft.

Du bist der Löwe [3] der Schlacht und der Tod der Feinde,

und Hilfe der Betrübten und um Schutz Bittenden.

Lang waren die Schläge, die du auf die Nacken versetztest, ohne seines gleichen, und zur Höhe erhobst du dich wie sonst Niemand.

Du hast mich erprobt (d. h. du bist es, dem ich meine Erfahrungen verdanke) [4],

denn du warst gross an Jahren (= älter) und für jede schwierige Angelegenheit geschickt.

Bist du (nun), o Sohn meines Onkels, mit meiner Antwort zufrieden,

so bist du mit leicht Gemachtem (= Kleinigkeit) zufrieden. [5]

---

1) Cod. Ber. مجيرى.

2) St. هدايا l. هَدِيَّتى (Cod. Ber.‚, Oxf.); das im folg. liegende Wortspiel (قَافِيَة = Nacken) lässt sich im Deutschen nicht wiedergeben.

3) لَيث für غَيث.   4) Lies mit Cod. Ber. كُنت جَرَّبتَنى.

5) Cod. Ber.₁, ₂:
واذا كُنْتَ يابْنَ عَمّى قَنوعـا

بِجَـوَابى قَـنِـعْـتَ بِـالْمَـيْـسُـور

Es wurde erregt meine Sehnsucht nach dir zur Zeit, als sie (deine Ḳaṣîde) bei mir ankam,

gleich der Sehnsucht eines von der Liebe zum Sklaven gemachten Verlassenen."

Aus einigen Gedichten [1]) erfahren wir von einem Missklang, der zwischen Abû Firâs und Abû Zuhair vorgekommen war. Abû Firâs beschwert sich über das Unrecht, das ihm Abû Zuhair angethan und dabei noch ihn für den Schuldigen gehalten [2]), was er dann selbst zu verschönern suchte. Doch Abû Firâs, gewohnt, wie er sagt [3]), einem Freunde Trennung mit Vereinigung, Verrath mit Treue zu vergelten," fürchtet die Grausamkeit seines Freundes nicht, selbst wenn sein Tadel und seine Vorwürfe noch so zahlreich sein sollten [4]), hält es vielmehr schon für sein Schicksal, dass Freunde mit ihm brechen, mit denen er nicht bricht [5]), und sehnt sich nichtsweniger nach seinem Freunde "gleichwie ein von Sehnsucht und zärtlicher Liebe Erfüllter sich nach seinem Genossen sehnt, wiewol dieser ihn grausam behandelt"; hält ihn auch weiter für einen Treuen, dessen Treue nicht aufhört, und einen Edlen, dessen Edelthaten unzählbar sind, zollt ihm wie früher uneingeschränktes Lob als einem, durch den der Ruhm, sein Stamm wie seine Zweige, erst begründet (eingesetzt) und Ecksteine und Pfeiler der Höhe gestärkt worden sind, nennt ihn einen "Bruder des Schwertes," dessen freigebige Hand es (das Schwert) springen lässt, so dass infolge dessen seine (des Schwertes) Wangen roth, sein Griff dunkelgrün wird, und schliesst mit den Worten: "Giebt es denn bei dir Wohlwollen für mich? So ertrage ich denn, was ver-

---

1) Dîwân ١٠٨, 8; ١٠٩, 13 ff.　　2) Dîwân ١٠٩, 13, 14.　　3) Dîwân ١٠٩, 16.
4) Dîwân ١٠٩, 1.　　5) Dîwân ١٠٩, 2 ff.

gangen ist, und baue das Zelt der Liebe auf, das du zerstört hast." [1]

Und ebenso heisst es in der zweiten Ḳaṣîde: [2]

"So erregte denn dieses Schreiben zärtliche Liebe mir,

(ebensowie) dieser Tadel mir das Seufzen erneuerte.

Bringen aber die Tage das entfernte Haus nahe,

so heilt derjenige, dem durch Tadel Unrecht geschehen, das Herz und es wird Genesung finden,

selbst wenn du dich reuig zur Schuld bekannt haben würdest und ich dir vertrauten Umgang schon aufgesagt haben sollte."

Neben Abû Ḥuṣain und Abû Zuhair war es der Dichter Abû Muḥammed Ǵaʿfar und sein Bruder Abû Aḥmed ʿAbdallâh, Söhne des Warḳâ aš-Šaibânî [3]), nach der Jetîma "von den Häuptlingen und Anführern der Araber von Syrien, innig befreundet mit Ṣaifuddaula, feingebildet und als edelmüthige Dichter gefeiert."

Daselbst erfahren wir, dass zwischen ihnen und Abû Firâs "gegenseitiges Antworten" (مجاوبات) bestand, dessen Proben in der Jetîma mitgetheilt werden. Beide zusammen bezeichnet Abû Firâs als Benî Warḳâ (Söhne des Warḳâ). Auch sie waren mit ihm verwandt, wie wir wenigsten aus Abû Firâs' Anrede يا ابن عمّى (o mein Onkelssohn) schliessen können. In seinem Dîwâne finden wir zwei Ḳaṣîden, die ihnen gewidmet sind. In einer derselben, an Muḥammed Ǵaʿfar gerichtet, macht er diesen zum Schiedsrichter zwischen sich und dem andern Sohne des Warḳâ (Abû Aḥmed [4]).

---

1) Dîwân ٠٩, 8.   2) Dîwân ٠٩, 17 ff.

3) Siehe Ṯaʿâlibî, Jetîmet ud-dahr' I. ٩٧ ff.—٧٠٠.

4) Dîwân ١٤, 5 ff. Siehe im 2.Theile dieser Arbeit. Doch werden statt Abû Ahmed auch andere Personen genannt; so heisst es in Cod. Ber., bloss „zwischen sei-

"Willst du mir einmal Gerechtigkeit verschaffen gegen deinen Onkelssohn (das Unrecht deines Onkels من ظلم عمّك nach Cod. Oxf.)?

Richte ihm aus, was ich sage; denn du bist einer, gegen den man keinen Verdacht hat.

Wenn es mir auch (die ganze Geschichte) zuwider ist, so bin ich doch zufrieden, Abû Muḥammed als Schiedsrichter zu haben"[1]. Ein gegen Abû Firâs' Adel (Grösse) erhobener Verdacht scheint diese Ḳaṣîde veranlasst zu haben, wie wir aus der im Cod. Ber. 78ᵃ mitgetheilten Antwort des Abû Muḥammed Ǵaʿfar auf diese Ḳaṣîde entnehmen.

Das andere Gedicht[2] ist ein Ausdruck von Abû Firâs' Anhänglichkeit und alter Liebe zur Familie des Warḳâ überhaupt und seinen beiden Freunden aus derselben insbesondere. Im Eingange erklärt der Dichter den Tadel für ein Laster für die Liebenden, da ja das schwierige Geschäft der Liebe etwas bedeutendes (hochansehnliches ist)[3]; erklärt, wie besonders er verläumdet wird[4], obwol sein

---

nem Onkel" (عمّه بين), im folgenden Texte jedoch من ابن عمّك; Cod. Ber.₂ nennt ʿOmar ibn Samad.

1) Cod. Ber. 78a, 13—15.

من الكامل

هل أنْتَ يَوْمًا مُنْصِفِى مِنِ ابْنِ عَمّكَ يا ابْنَ عَمّ

أبْلِغْهُ عَنّى مَا أَقُو لُ فَانْتَ مَنْ لا يَتّهَمْ

إنّى رَضِيتُ وانْ كَرِهْتُ أبا مُحَمّدٍ أَلْحَكَمْ

2) Cod. Ber. 79a.
3) Cod. Ber. 78b letzte Zeile (Dîwân ١٨, 17 ff.).

الَلوْمُ لِلْعَاشِقِينَ لَوْمٌ لِأَنّ خَطْبَ الْهَوى جَسِيم

4) Daselbst Vers 3.

يا قَوْمِ إنّى امْرُو كَنْتُمْ تَصْطَحِبُنى مقلَةٌ نَمُومْ

Vertrauter die ganze Nacht hindurch nur Sterne sind[1]) bis
zu ihrem Untergange, der Morgen aber ihn Widerwürtig-
keiten zum Gefährten gibt, so dass er weder Freund noch
Vertrauten hat.

Von seinen Liebeserinnerungen auf seine Liebe zur Familie des Warḳâ übergehend, sagt er[2]):

"Zwischen meinen Rippen sitzt eine alte Liebe
zum Geschlechte des Warḳâ, die nicht aufhört.

Die Zeit ändert Alles, doch meine Liebe gilt ihr für
vollkommen und unversehrt.

Unzugänglich mache ich sie, ausser ihnen, für denjenigen, der nach ihr begehrt, durch sorgfältige Bewachung
nach Art, wie die Frauengemächer (oder Frauen) unzugänglich gemacht werden.

Ist denn irgend ein Verwandter ihnen gleich, oder
kommt ihnen ein Freund nahe?

Wir und sie sind ein Quell und eine Wurzel;
gleicher Ursprung verbindet unsere Zweige.

---

1) Daselbst Vers 5:

ندیمی النجم طول لیلای حتّی اذا غارت النجوم
أصاحبنی الصبح للبلایا فلا حبیب ولا ندیم

2) Daselbst Vers 12 ff.:

بَیْنَ ضُلوعی هوًی قدیم لآل ورقآء لا یَریم
یغیّر الدهر کلّ شیء وهو صحیح له سلیم
أمنع مَن رامه سواهم حفظًا کما تمنع الحریم
وقلّ یساویهم قریب أم قل یدانیهم حمیم
نحن وهم نبعة وأصل تضمّ أغصاننا أروم
لم تنفرّق بنا خؤول فی جذم هزّ ولا عموم

Auf dem Baumstrunke des Ruhmes giebt es bei uns keinen Unterschied zwischen Onkeln mütterlicher und väterlicher Seits" u. s. w.

Neben gleichem Ursprung schreibt Abû Firâs im Folgenden auch die gegenseitige Liebe der Familie des Warḳâ, die er als "aufrichtig und correkt, und ihr Bündniss als unverbrüchlich und dauerhaft bezeichnet" [1]), dem Umstande zu, dass "wir unsere Onkelssöbne durch Gefälligkeit annähern, wie Edle es thun" [2]). Zum Schlusse wünscht er:

"Es mögen ihre Herzen sich uns nicht entfremden, selbst wenn ihre Körper von uns entfernt sind,

und möge uns für sie nie ein Lob mangeln, als ob es gereihte Perlen wären" [3]).

Speziell Abû Aḥmed gilt eine Ḳaṣîde im Dîwân [4]), zum Theil im 2. Theile mitgetheilt. Über desselben Ḳaṣîde auf Saifuddaula und des Abû Firâs Antwort auf dieselbe s. im 2. Theile dieser Arbeit nach. Erwähnt sei noch Abû Firâs' Trauergedicht auf den Tod des Abû Wâil Taġlib ben Dâud [5]) und sein Urtheil über den Dichter Šaizamî [6]) sowie seine Antwort

---

1) Daselbst 79a, 18:

وَدادهم خـالص صـحـيح   وعَهْـدهم ثـابـت مـقيم

2) Daselbst Vers 21:

نْدْني بَني عَمِّنَا الـيـنـا   فَضْلًا كما يفعـل الـكريـم

3) Daselbst V. 24:

لم تَنْـأْ عـنّـا لهْم قلوب   وان نَـأتْ مـنْهـم جْسومْ

فلا عَـدِمْنَا لهم ثَـنـاء   كـأنّـه لـؤلؤ نـظيـم

4) ١٩, 16 ff.

5) Cod. Ber. 64b, auch Jetîmet ud-dahr I. Cap. IV. p. ٩٣.

6) Daselbst 14a (Ueber Šaizamî s. Jetîma I. ٧٦.

auf ein Schreiben in Prosa und Versen des Ibn Aflaḥ al-Kâb (Cod. Ber. fol. 49ᵇ) = Dîwân, ٧٨, 1 ff. [1]).

Kehren wir nun zu Abû Firâs selbst zurück. Hat Saifuddaula sich der ganzen Familie des Saʿîd angenommen, so hat Abû Firâs ganz besonders einen Gönuer an ihm gefunden, der ihm den Verlust des Vaters verschmerzen liess. Abû Firâs selbst erklärt ausdrücklich, dass er an Saifuddaula einen Ersatz für den Vater gefunden, mit den Worten [2]): "Weit entfernt! nicht verläugne ich die Wohlthaten desjenigen, der sie mir erwiesen; du hast, o Sohn des Abul-Haiġâ, den Platz meines Vaters bei mir eingenommen". Und anderswo lesen wir, dass Saifuddaula nicht bloss für seinen Unterhalt und seine Erziehung gesorgt, sondern dass Abû Firâs mit einem Worte Alles ihm verdankte, was er hatte und was er war [3]). "Von Saʿîd ben Ḥamdân ist seine Geburt und von ʿAlî ben ʿAbdallâh das

---

1) Merkwürdigerweise finden wir im ganzen Dîwân des Abû Firâs den Mutanabbî mit keinem Worte erwähnt, mit dem doch Abû Firâs in Ḥaleb in täglichem Verkehr gestanden haben muss. Bekanntlich geschicht auch bei Mutanabbî des Abû Firâs keine Erwähnung. Ṭaʿâlibî erklärt dies als Zeichen von Ehrfurcht und Hochachtung des Mutanabbî für Abû Firâs — sehr unwahrscheinlich. Das Richtige ist wohl, das Mutanabbî einer von den Neidern des Abû Firâs war, auf deren Hälsen letzterer zu hohen Würden aufstieg, wie er selbst sagt. Die Spannung zwischen beiden führte auch wahrscheinlich zum Bruche des Mutanabbî mit Saifuddaula. Einiges darüber steht nach einer Mittheilung von Ahlwardt im Cod. Wetzst. II. 1714 f 87, den ich leider nicht benützen konnte.

2) Dîwân ١٣٨, 16, wo freilich der Text stark entstellt ist. Es ist zu lesen:

خلفت statt خلقت und فى أُبى st. فى ارب (Cod· Ber.₁₁ ₂· Cod. Oxf.)

In einem Gedichte, worin Abû Firâs den Saifuddaula zu seinem Sohne Abul-Kâtib beglückwünscht (Cod. Ber. 82a, fehlt im Dîwân), nennt sich Abû Firâs: "einen Compagnon an Saifuddaula's Vaterschaft und Theilhaber" (mit Saifuddaula's Söhnen): اِنّى وآن كُنْتُ ٱلْمُشَارِكَ فى الابوّة والمُسَاهم. (Kâmil).

3) Dîwân ٤٩, 17, 18.

Übrige. Denn als Kind habe ich meinen Vater verloren —
und mein Vater war der glänzendste von 'den Männern,
deren "Holz" (عود) edel ist". Als einst Abû Firâs dem
Saifuddaula von seiner neuen Station einen Brief schickte,
dessen Wohlredenheit Saifuddaula schön fand, schrieb Abû
Firâs [1]:

"Kann Wohlredenheit, Grossmuth und Höhe von mir
sich abwenden, da du mein Herr bist, der mich erzogen,
da mein Vater selig war?"

Und an einem andern Orte lesen wir unter Anderem
über Saifuddaula [2]:

"Er zeigte mir, wie ich Grossthaten erwerben soll
(od. kann) und gab mir Schutz gegen das Schicksal;

Und er zog mich auf, so dass ich (nur) durch ihn die
Menschen übertroffen habe,

und liess mich aufkommen (aufwachsen), so dass ich
(nur) durch ihn der Menschen Herr geworden bin."

Noch anderswo [3] spricht Abû Firâs von Saifuddaula als
"liebreichem Vater und Herrn und Onkelssohn und Helfer,
wann das Unglück eintritt, der seine Flügel über uns grossen ausbreitet und der Kleinen zu Hause sich annimmt",

---

1) Dîwân ٥٢, 3, 4. (Text und Uebersetzung siehe im 2. Theile der vorliegenden Arbeit.)

2) Cod. Ber., 83a V. 11 ff. (Fehlt im Dîwân, Text und Uebersetzung siehe
im 2. Theile der vorliegenden Arbeit.)

3) Cod. Ber., 47a, V. 9, 10. (Fehlt im Dîwân.)

من الوافر

أَبٌ بَــرٌّ وَمَولًى وَٱبــنُ عَـمٍّ   وَمُسْتَنَدٌ اذَا ما ٱلْخَطْبُ جَارَا

يَمُدُّ عَـلَى أَكابِرِنَا جَنَاحًا   وَيَكْفُلُ فِى مَوَاطِنِهَا الصِّغَارَا

Siehe im 2. Theile der vorl. Arbeit.

u. a. m. ¹). Im Cod. Ber. ²) sagt Abû Firâs, dass er in der That Saifuddaula's Familienangehöriger geworden (مُنْتَسِمًا اليه), obwohl es ihm genug wäre, sein Diener (غلام) zu sein.

Unter so mächtigem Schutze und an der Sonne von solcher Gunst entwickelte sich auch Abû Firâs' Individualität in der glänzendsten Weise und er wuchs zu einem Manne heran, der in beiden Adabs, des Schwertes und des Ḳalems, gleich ausgebildet, sich in gleicher Weise durch Tapferkeit und Beredsamkeit sowie Fertigkeit in allen ritterlichen Künsten auszeichnete, wie Ṭaʿâlibî sagt, oder wie Abû Firâs selbst von sich verkünden lässt ³): من الخفيف

يَا بَنِى ٱلْعَمِّ قَدْ أَتَانَا ٱبْنُ عَمٍّ فِى طِلَابِ ٱلْعُلَى مَعُودٌ لَجُوجُ ¹)

فَاضِلٌ كَامِلٌ أَدِيبٌ أَرِيبٌ قَائِلٌ فَاعِلٌ جَمِيلٌ بَهِيجُ

حَازِمٌ عَازِمٌ ⁵) حَرُوبٌ سَلُوبٌ ضَارِبٌ طَاعِنٌ وَلُوجٌ خَرُوجُ

مُحَرِبٌ ⁶) قَمَّهُ حُسَامٌ ثَقِيلٌ وَجَوَادٌ ⁷) مُطَّهَّمٌ عُنْجُوجُ ⁸)

"O Onkelssöhne, es kam zu uns ein Onkelssohn, emporsteigend, die Höhe zu suchen, streitsüchtig,

trefflich, vollkommen, gebildet, geschickt, sprechend, handelnd, schön, lieblich,

klug, entschlossen, Krieger und Plünderer, schlagend, stechend, eintretend, ausgehend,

Krieg erregend, dessen Alles, was er braucht, ein poliertes Schwert ist und ein edles Ross (guter Renner), mager und flink".

---

1) Siehe namentlich Abû Firâs' Lobrede an Saifuddaula Dîwân ٢٩, 3 ff. (Text und Uebersetzung im 2. Theile der vorliegenden Arbeit), ٤١, 17 ff. (daselbst), ٤٣, 14 ff. (daselbst).　　2) Cod. Ber. 83a, 10.

3) Fehlt im Dîwân; Cod. Ber. 16b, 13 ff.

4) So Oxf. u. Tüb.; Berl.₁, ₂ ولوج.　　5) Oxf. Tüb.; Ber.₁, ₂ عارف.

6) Ber.₂ همّة ماجرب.　　7) Ber.₁, ₂ او.　　8) B., T. O. غنّجوج,

Und Ibn Ḫâlawaihî ruft [1]: "Wer hat denn vom hohen
Adel, wachsendem Verdienste, Bewunderung erregender
Trefflichkeit, vollkommener Bildung, berühmter Tapferkeit
und bemerkenswerther Grossmuth dasjenige erlangt (wörtlich: ist am Orte abgestiegen, wo), was Abû Firâs al-
Ḫâriṯ ben Saʿîd ben Ḥamdân?'' Selbst Saifuddaula, der
wahre Urheber von Abû Firâs' Grösse und Trefflichkeit,
bewunderte, wie es bei Ṯaʿâlibî weiter heisst, diese Vorzüge und zeichnete Abû Firâs durch Ehrenerweisungen vor
seinen übrigen Leuten aus, wählte ihn zur Besorgung
seiner Geschäfte, nahm ihn zum Begleiter auf seinen Feldzügen oder machte ihn zu seinem Stellvertreter während
seiner Abwesenheit.

Auf der andern Seite hing auch Abû Firâs, in vollem
Bewusstsein seiner Verbindlichkeit, mit ganzer Seele an
Saifuddaula, widmete all sein Denken und Thun nur ihm,
indem er, wie Ṯaʿâlibî es ausdrückt, in seinem Dienste die
beiden Adabs, des Schwertes und des Schreibrohres vereinigte, und wünschte, sich von ihm nie zu trennen [2]:
"Ich habe meine Jugend, und Jugend ist etwas, woran man
zäh festhält, dem glänzendsten von den Söhnen meines
Onkels, dem Bewunderung erregenden, geschenkt'' (siehe
im 2. Theile der vorliegenden Arbeit), heisst es an einem
Orte, "Ich stehe bei dem Fürsten'', in einem andern, im Dîwân

---

1) Cod. Ber. fol. 1, 1 ff. قـال ابـو عبد اللـه الحسـين أبن خالويه
النحـوى اللغوى مـن حَـلّ مِن الشرف السامى ولِلحسـب النامى
والفضـل الرائِع والادب البارع والشجـاعة المشهورة والسمـاحة المأثورة
محـلّ ابى فراس للحارث بن سعيد بن حمـدان ۞

2) Dîwân ٣v, 15.

nicht vorkommenden, Gedichte [1]), "und gehöre zu denjenigen, denen es schwer vorkommt, sich von ihm freiwillig zu trennen", mit der Begründung im Verse 3: "denn, ist der Fürst verreist, so habe ich keine Leitung, oder er kehrt zurück, aber auch keine Ruhe".

In der That sehen wir auch, dass nicht nur die ganze Lebensbahn des Abû Firâs mit der des Saifuddaula auf's engste verbunden, sondern auch seine Poësie zum grössten Theile seiner Person gewidmet ist, entweder geradezu an Saifuddaula gerichtet oder doch von ihm handelnd und mit ihm sich beschäftigend. Und trotzdem ruft der Dichter: [2] "Nicht bin ich ihn satt noch habe ich durch den langen Dienst bei ihm meinen heftigen Durst gestillt". Betreffs seiner Poësie befürchtet er, dass seine Reime vielleicht nicht dasjenige erreichen (d.h. nicht hinreichen werden, dasjenige auszudrücken), was er will, und bittet nur, seine Worte mögen (deswegen) nicht zurückgewiesen werden, seine Entschuldigung möge (Saifuddaula) nicht ermüden (verstimmen) [3]. Betreffs seiner Thätigkeit schreibt er sich ohne dies selbst kein Verdienst zu, da er, wie es im Dîwân [4] heisst, nur sein (des Saifuddaula) Thun in jeder Sache befolge und sein Thun sich für immer zum Muster (Führer امام) nehme, so dass, wenn etwas ihm gelingt, ihm selbst ebenso kein Ruhm zukomme, sondern Saifuddaula, wie es bei einem

---

1) Cod. Ber. 47a, 1 u. 3. Siehe im 2. Theile dieser Arbeit. 2)   Dîwân ٣١, 13.

3) Dîwân ٨٩, 5. Siehe auch Cod. Ber. fol. 16a 2, wo Abû Firâs sagt:

خفيف

كُلَّما رُمْتُ أَنْ أَجِىَّ بِوَصْفٍ   قَصُرَتْ عَنْ مَدَى عُلَاكَ صِفَاتِى

"so oft ich mit einem Lobe kommen will, immer erweisen sich meine Attribute als dem Bereiche deiner Höhe nicht gewachsen".

4) Cod. Ber. 83a, 11.

Pfeile der Werfende ist, der das Ziel trifft, nicht aber der Pfeil [1]).

Einem so mächtigen Herrn, wie Saifuddaula, war es freilich schwer, die Wohlthaten zu vergelten, die er Abû Firâs erwiesen hatte.

Abû Firâs bekennt wiederholt ihre Grösse, wie z. B. mit den Worten [2]): "Auf mir lasten von Saifuddaula dem Fürsten Wohlthaten, deren Gesellschaft (= sie zu besitzen, ihrer theilhaftig zu werden) man liebt (أَوانِسُ), die nicht aufhören [3]), meine Verbündeten [4]) zu sein (لايفتِرن عنّى رِبائِب).

Soll (oder kann) ich es läugnen, dass er mir wohlgethan (auch: was er mir an Wohlthaten erwiesen)? Wenn ich dies thäte, ich wäre fürwahr undankbar für die Wohlthat und unaufrichtig [5])".

Anhänglichkeit, Ergebenheit und Aufopferung von Seite des Abû Firâs waren es, womit er sich Saifuddaula dankbar zu erweisen suchte. Ihnen begegnen wir in Abû Firâs' Leben auf Schritt und Tritt, im Dienste Saifuddaula's wie ausserhalb desselben, in Abû Firâs' Thaten und seinen Worten, im Gespräche wie in der Poësie. Als man einmal Saifuddaula aus Anlass eines Festes Gaben darbrachte, rieth man, wie Ibn Ḫâlavaihî erzählt [6]), auch Abû Firâs Verschiedenes, was er seinem Herrn verehren könnte. Abû Firâs erklärte, allen Vorschlägen gegenüber, dem Saifuddaula seine Seele, sein Leben als Geschenk anzubieten, ähnlich dem Schüler des

---

1) Dîwân ٢٤, 17.   2) Dîwân ٨٩,3, 4.   3) Statt ينفرِن l. ينفرون.

4) Var. روانِب, die nicht aufhören (d. h. die ununterbrochen) dabei ständig sind.

5) Siehe auch ٢٩, 6, wo zwar von Saifuddaula's Wohlthaten die Rede ist, النتى جـل قدرها, deren Mass beträchtlich (Quantum gross) ist, dennoch eine neue Wohlthat, der Loskauf, verlangt wird.

6) Cod. Ber. 68b.

griechischen Philosophen, der ebenfalls nichts Besseres und des Meisters Würdigeres finden konnte als sein Ich. Abû Firâs' Begründung dabei lautete: "Nur Herrliches wird ja dem Herrlichen geschenkt." Ähnlich ruft der in der Gefangenschaft schmachtende Abû Firâs, als er von der Krankheit erfuhr, die Saifuddaula heimsuchte [1]): "Wird Leben um Leben angenommen, damit ich ihn loskaufen (= durch eigene Aufopferung retten) könne? Gott weiss, wie theuer [2]) es mir ist! (Und doch) fürwahr, wenn ich dir ein Leben (eine Seele) geben würde, das seines Gleichen nicht hat, ich würde es Niemand anderem schenken als demjenigen, der es mir gegeben hat." Denn, wie wir anderswo lesen [3]): "Wann du gesund bist, ist alles gesund, und wann du am Leben erhalten bleibst (bist), befinde ich mich im Wohlstand.

Du giebst demjenigen, der Beute gemacht, (die gemachte Beute) als seine Beute, indess du dein Vermögen (deine Güter) zum Vermögen desjenigen machst, der keine Beute gemacht."

Abû Firâs' Anhänglichkeit und Ergebenheit an Saifuddaula gipfelte, wie gesagt, in dem Wunsche, sich von Saifuddaula gar nicht zu trennen, und selbst die grösste Auszeichnung, die ihm von Saifuddaula zutheil wurde, er-

---

1) Cod. Oxf. 220r:

وكتب الى سيف الدولة من الاسر وقد خبر علة وجدها

Siehe Dîwân v., 14, 15.

2) Statt تغلو l. اغلى.

3) Cod. Ber. 87b, 10, 11. (Fehlt im Dîwân.)

من الكامل

فَاِذَا سَلِمْتَ فَكُلُّ شَىْءٍ سَالِمٌ   وَاِذَا بَقِيتَ فَاِنَّنِى فِى أَنْعُمِ

أَعْطَيْتَ مَنْ غَنِمَ ٱلْغَنِيمَةَ غُنْمَهُ   وَجَعَلْتَ مَالَكَ مَالَ مَنْ لَمْ يَغْنَمِ

schien ihm schwierig und lästig, wenn sie Trennung von Saifuddaula in sich schloss. Diese Gesinnung des Abû Firâs findet wiederholt ihren Ausdruck in der deutlichsten Weise in seiner Pnësie.

"Mein Herz [1]) zweifelte keine Stunde an seiner Liebe", lesen wir, "noch ist in meinem Sinn je ein Verdacht gegen ihn aufgekommen.

Es lässt meine Erinnerung (an ihn) sowie meine leidenschaftliche Liebe (zu ihm) mich nicht schlafen und sehnsuchtsvoll werde ich zu ihm hingezogen.

Ich besitze Thränen, die mir gehorchen, wenn ich ihnen befehle (aufzuhören), doch sie erweisen sich widerspänstig in seiner Liebe und übermannen mich.

Fürchte, o Fürst Saifuddaula, nicht, dass ich nach Jemand Anderem von den Menschen begehre (Neigung verspüre) ausser dir.

Es wird keine Gunst (als Kleid) angezogen, womit Jemand Anderer als du bekleidet [2]), und selbst die (ganze) Welt nicht angenommen, wenn Jemand Anderer als du sie giebt.

Denn ich [3]) esse nicht von jeder Speise und trinke nicht von jedem Getränke.

Und ich bin nicht zufrieden, wenn mein Gewinn zahlreich ist, wenn dieser Gewinn nicht auf dem Wege des Ruhmes (Ehre) erfolgt ist.

Denn bei mir ist der fürstliche Herr (السيّد القمقام [4])) kein Herr, wenn wünschenwerthe Dinge (d. h. reiche Gaben u. s. w.) ihn von seiner Höhe herabbringen."

---

1) Dîwân ٨٩, 6 ff.   2) Für منعم l. ملبس.

3) Statt ولا نال lies beidesmal وما أنا Cod. Oxf. Tub. oder ولا أنا Cod. Ber.

4) Var. der kühn vorgehende Herr (السيّد المقدام).

Als Abû Firâs einmal durch ein Leiden verhindert wurde,
bei Saifuddaula zu erscheinen, schrieb er an Saifuddaula
ein Schreiben, worin er über das neidische Schicksal klagt,
dass ihn von seinem Besuche zurückgehalten und ihm so
eigentlich mehr Kummer bereitet hat, als die Krankheit
selbst [1]).

Anderswo [2]) erklärt der Dichter sogar, dass es ihm gar
nicht schmecke, den Wein im Frühling zu trinken, wenn
Saifuddaula nicht zugegen sei.

Noch bitterere Klagen führt der Dichter, wenn Beschäftigung ihn zurückhält, bei Saifuddaula zu erscheinen oder
ihn auf seinen Feldzügen zu begleiten:

"Lass Thränen stromweise fliessen und das Feuer der
Sehnsucht hell lodern!

Kann denn mein Schmerz erlöschen und mein Auge
Kühlung (= Trost) finden, wenn ich nicht mit den Aus-
ziehenden das Feuer angezündet habe?" [3]) ruft er, als
Saifuddaula einen seiner Feldzüge unternahm, ohne ihm
zu erlauben, mitzugehen. "Ein andermal", erzählt nach
Ibn Ḫâlawaihî's Berichte [4]) Abû Firâs selbst, "zog Saif-
uddaula nach Baladain Šamašḳîḳ und bestellte mich zu
seinem Stellvertreter in Syrien; mir kam es hart vor, ein
Mal nach dem andern Male sitzen zu bleiben, indess er
selbst mit einigen aus seinem Heere Schlachten lieferte".
Damals schrieb ihm Abû Firâs ein Gedicht, das mit den
Worten anfing [5]):

---

1) Dîwân ٧٨, 6, 7. (S. im 2. Theile dieser Arbeit.) Statt تأخير l. تاخيري
und statt ة الخُرّ (Vers 7) l. ة الحُسرّ.

2) Cod. Ber. 15a (fehlt im Dîwân). S. im 2. Theile der vorliegenden Arbeit.

3) Fehlt im Dîwân; Cod. Ber. 46b, 12, 13. (Siehe im 2. Theile der vorl. Arbeit.)

4) Cod. Ber. 81a; nach Dîwân ٩٢, 2 zog Saifuddaula nach Dijâr Bekr.

5) Dîwân ٩٢, 3—6.

“Ist es Härte, was ich von dir erfahre, oder Ehrener-
weisung? Du setzest der Todesgefahr dich aus, indess
die Geister vernichtet (wörtlich: entwurzelt) werden.

O der du lächelnd Leben und Güter hingibst [1])! schrecket
dich denn weder Tod noch Armuth?

Fürwahr, ich habe von dir geglaubt, dass du weisst,
dass zwischen zwei grossen Heeren die (persönliche) Sicherheit durch die niederfallenden Lanzen gefährdet (be-
einträchtigt, wörtlich zerbrochen, zu Grunde gerichtet)
wird.

Ich beschwöre dich bei Gott! Setze nicht auf's Spiel
eine Seele vom Adel, (von der es gilt): Durch das Leben
ihres Besitzers werden Völker am Leben erhalten.....

Du kaufst [2]) durch Aufopferung deiner Seele Völker los,
die du geschaffen hast und deren Pflicht es war, selbst
durch eigene Aufopferung dich loszukaufen....

Du hast [3]) sie damit bekleidet, womit sie sich bekleiden,
und ihnen die Reitthiere gegeben, auf denen sie reiten,
ihnen mitgetheilt, was sie wissen, und sie kennen gelehrt, was sie kennen.

Wie du es ihnen gezeigt hast, mit glänzenden Schwertern, welche du ihnen gegeben hast, auf deinen Pferden
wateten sie durch's Meer d. h. Blut.

Reiter waren sie, mit Lanzen in den Händen,
doch, wenn sie dich erblickten, wurden sie Löwen
und (ihre) Lanzen Wald”.

Im Folgenden [4]) lesen wir nun die Worte: “Wahrlich,
schon kränkt mich ein Befehl, von dem ich sonst sagen
muss: Wäre die Trennung von dir nicht, es gäbe keinen

---

1) Statt بازل l. باذل.   2) Dîwân ٢٣, 9.   3) Dîwân ٢٣ 13—16.
4) Dîwân ٢٥, 1.

Schmerz dabei. Auferlege mir nicht die Beschäftigung mit Syriens Angelegenheiten [1]. . . ." und weiter: "Es beraube [2] mich Saifuddaula seiner Gesellschaft nicht, denn sie ist das Leben, wodurch Menschen am Leben erhalten werden [3]. Doch ich widersetze mich ihm nicht in seinen Befehlen, sondern ich bitte nur, und seine Gewohnheit ist es "ja" zu sagen".

Ähnlich ruft Abû Firâs zu Ende des auf S. 57 schon erwähnten Gedichtes [4]:

"Lass, o Gott, mich bald sein Antlitz schauen, ihm aber mache Sicherheit (Wohlsein) zum Begleiter, wohin immer er zieht.

Und lasse ihn seine Wünsche sämmtlich erreichen und sei vor Unfällen ihm Beschützer" u. ä. m.

Später erfahren wir von einer Entfremdung, die zwischen Abû Firâs und Saifuddaula eintrat [5]. Abû Firâs, der von sich selbst erklärt hat [6], dass wol Andere ungerechte Behandlung verändert und sie vom Charakter der Edlen, Getreuen abwendet, nicht aber ihn, der anderswo [7] erklärt, selbst Bande aus Liebe zu Saifuddaula zu tragen und sich für Saifuddaula aufzopfern [8], selbst wenn dieser nichts von ihm wissen wolle, ruft bei dieser Gelegenheit [9].

---

1) L. لا تشغلن بامر الشام‎.

2) Dîwân ٤٥, 4. Statt لا تحرمنى‎ l. لا يحرمنى‎.

3) Variante: فهى الحيوة التى تتحيّا بها الامم‎, analog Dîwân ٤٣, Z. 6.

4) Cod. Ber. 46b ff.—47a, 7, 8.

5) Vgl. Dîwân ٣٨, 13 u. ff. (im 2. Theile der vorl. Arbeit).

6) Dîwân, ٧٩, 9.   7) Dîwân ٧٩, 18.

8) Dîwân ٨٠, 9. (Vgl. auch ٣٩, 7).

9) Cod. Ber. 26b (fehlt im Dîwân).

من الوافر

إِلَى كَمْ ذَا التَّجَنُّبُ وَالصُّدُودُ   أَتَلْتَمِسُ الْمَزِيدَ فَلَا مَزِيدُ

وَتَنْسِبى أَنَّنِى أَهْوَى هَوَاهُ   وَأَتْرُكُ مَا أُرِيدُ لِمَا يُرِيدُ

رَضِيتُ بِحُكْمِهِ فِى كُلِّ حَالٍ   هُوَ الْمَوْلَى وَنَحْنُ لَهُ عَبِيدُ

"Wie lange soll diese Entfremdung und Abneigung
dauern (auch: bis wohin.... gehen)? Verlangst du denn
noch mehr dort, wo es kein Mehr giebt?

Meine Schuld ist, dass ich liebe, was er liebt, und
davon ablasse, was ich will, wegen dem, was er will.

Ich bin unter allen Umständen mit seinem Urtheil
zufrieden: er ist ja der Herr und wir sind seine Diener" [1]).
Und seinen Freunden, die ihn ungerecht behandelten,
ruft er daselbst [2]) zu: "Behandelt mich gut oder schlecht
in eueren Thaten, ich lasse von euch unter keinen Umständen ab (will euch nie vermissen)".

Nach dem Gesagten überrascht es durchaus nicht, wenn wir
von Abû Firâs' Laufbahn und seinen Heldenthaten, so glän-
zend einzelne davon gewesen sein mögen, in den arabischen
Geschichtswerken, selbst solchen, die sich speziell mit Syriens
Geschichte beschäftigen, fast nichts vernehmen, und sein
Name kaum einigemal erwähnt vorkommt. Wurden ja alle in
Saifuddaula's Dienste verübt und bildeten somit einen Theil
seiner Heldenbahn und seines Ruhmes. Die meisten Nach-

---

1) Siehe Dîwân ٤٤, 4, 5: "Sage mir nach, was immer du willst, meine Zunge
ist voll von deinem Lobe, frisch; empfange mich billig oder unbillig, immer
findest du mich, wie du es liebst". Auch Dîwân ١٣٢, 9—12, wo ziemlich
gleiche Gedanken wiederkehren. Es ist jedoch schwer zu sagen, ob es sich
hier ganz allgemein um ein Liebesgedicht handelt, oder ob diese Verse an
Saifuddaula gerichtet sind.

2) Cod. Ber. 72a (fehlt im Dîwân).

من الخفيف

أَحْسِنُوا فِى فِعَالِكُم او أَسِيئُوا   لَا عَدِمْنَاكُمْ عَلَى كُلِّ حَالِ

richten, die wir über die Lebensumstände des Abû Firâs
und seine Lebensbahn im einzelnen besitzen, entnehmen
wir dem Dîwâne seiner Poësie, welchen Freiherr von Kremer nach dieser Seite hin mit vollem Rechte und sehr
passend als ein poëtisches Tagebuch seines (des Abû Firâs)
Lebens charakterisirte [1]. Viele interessante und wichtige
Aufschlüsse verdanken wir dem Grammatiker und Lexiko-
graphen Abû ʿAbdallâh al-Ḥusain ben Ḥâlawaihî, einem
vertrauten Freunde des Abû Firâs, dem Abû Firâs, wie
es in den Berliner Hss. heisst [2], "vor anderen Menschen
(oder mit Ausschluss Anderer) seine Poësie unterbreitete
und seine Prosa praesentirte, wobei sich die die Correspon-
denz vermittelnden Reiter förmlich überholten (سبــقــنــى

وإيّاهُ الركبان). Ibn Ḥâlawaihî sammelte nun von ihm (Abû
Firâs), was er ihm vorgelegt (unterbreitet) hatte, und fügte
als Commentar aus der Menge der Nachrichten über ihn
an den Schlachttagen, deren in ihr (seiner Poësie) Erwähnung geschieht, dasjenige hinzu, was nach seiner Er-
wartung zur richtigen Beurtheilung von Abû Firâs' Edelsinn beitragen könnte [3]". Den Namen eines Commentars
verdienen wohl diese Bemerkungen des Ibn Ḥâlawaihî,
wenigstens wie sie uns in den Berliner Handschriften und
auch der Beirûter Ausgabe vorliegen, nicht. Denn meis-

---

1) Culturgeschichte des Orientes II. 382.

2) Cod. Ber. fol. ١, wo Ibn Ḥâlawaihî sagt: وما زال . . . يُلْقِى إلى
دُونَ ألنّاس شعره ويحصر على نثره.

3) Cod. Ber. a. a. O.: فاجمعت منه ما ألقى التى وشرحت من
مزيد اخباره رضى اللّه عنه فى الايّام المذكورة فيه ما ارجو ان
يُقّرنه بالصواب والرشاد بمنّه وكَرمه.

tens sind es nur Überschriften von einzelnen, bei Weitem nicht allen [1]), Gedichten, in denen mehr oder weniger ausführlich die Umstände erklärt werden, unter denen Abû Firâs das betreffende Gedicht verfasste, und Personen erwähnt werden, denen dies oder jenes Gedicht galt. Eine einzige Ausnahme macht die wiederholt erwähnte Ḳaṣîde zur Verherrlichung von Abû Firâs' Vorfahren und Zeitgenossen im Islâm [2]), welche sammt den sie erläuternden sachlichen Anmerkungen und Excursen in Cod. Ber.₁, von fol. 27ᵇ, 3 Z. v. u. bis fol. 43ᵃ reicht und deren Erklärungen den Namen eines sachlichen Commentars berechtigen. Der hauptsächlichste Werth dieser Erläuterungen des Ibn Ḥâlawaihî besteht darin, dass sie zum grossen Theile auf mündlichen oder schriftlichen Mittheilungen des Abû Firâs selbst beruhen und von Ibn Ḥâlawaihî häufig sogar ihrem Wortlaute nach angeführt werden.

Von Abû Firâs' Jugend [3]) erfahren wir selbst aus diesen Quellen soviel wie nichts. Anfangs scheint er der Minne gehuldigt zu haben, doch schon der erste Vers, den er nach einer Nachricht im Dîwâne [4]) in seiner Jugend gedichtet haben soll, lautet [5]):

"Ich weinte, doch als ich sah, dass Thränen mir nichts nützen, kehrte ich zu einer Geduld zurück, die bitterer war als die Ṣabr-Pflanze" [6]).

---

1) Letztere werden meist ganz allgemein mit ‫وقال‬ "und er sprach" oder ‫وله‬ "und ihm gehört an" angeführt.

2) Dîwân ٣, 18—١٥, 18, hier jedoch ohne Commentar.

3) Einer Erinnerung an die glücklich zu Hause verbrachte Jugend begegnen wir in einer Ḳaṣîde, die Abû Firâs in der griechischen Gefangenschaft dichtete. (Dîwân ٨٢, 6 ff. S. im 2. Theile der vorl. Arbeit.)

4) Dîwân ١٠٢, 10.   5) Dîwân ١٠٢, 11.

6) Könnte wohl auch übersetzt werden: "die noch bitterer (auch fester) war als Geduld selbst".

Im Dîwâne des Abû Firâs finden wir die Liebespoësie
zwar hinreichend vertreten, und Ta'âlibî hat in seiner Auswahl derselben einen eigenen Abschnitt gewidmet. Der Dichter nimmt sich hier der Liebenden an, "deren Tage ohne-
dies gering an der Zahl sind und deren Herz eine andere
Beschäftigung hat, als Tadel anzuhören, der in der Liebe
eigentlich das Dümmste ist, was es giebt" [1]), und, selbst der
Liebe huldigend, hält er in seinen Ḳaṣîden weinend auf verlassenen Spuren an, lässt sich nach dem Vorbilde der alten
arabischen Poësie vom Phantome seiner geliebten Asmâ
im Traume Besuche abstatten zur Zeit, wo die Reiter,
seine Genossen, schlafen [2]), erklärt die Liebe für den Haupt-
grund für sein unstetes Wesen, denn: wäre seine Geliebte
nicht, nicht wackelte sein Steigbügel, noch würden seine
Winde dem (l. الى) Hochlande zuwehen; nur um des Liebchens willen wählt er gefährliche Wüsten zu seinem Wohnsitze und trinkt die Milch der Milchkamelinnen [3]), besingt
die Gazellen von glänzender Schönheit, deren so manche
ihr Lager in seinem Herzen hat [4]), spricht von schönen
Monden, "die zu lieben ihn das Schicksal selbst antreibt,
dem er nachgiebt, nachdem er sich lange Zeit vor dem
Winde in Acht genommen, der sein Schiff in den Hafen

---

1) Dîwân ٥٧, 3, 4.

2) Dîwân ١٠١, 17 f; ٧٢, 9 lesen wir von der Geliebten Umm 'Amr, welche
der Dichter bittet, ihn nicht billig zu verkaufen, da einer wie er theuer verkauft werde. Die Wohlthat der Vereinigung mit ihr bezeichnet er für sich als
den schönsten Zustand der Welt. Dieselbe Umm 'Amr wird auch in einem
Gedichte der Cod. Ber (fol. 2a) erwähnt:

كم وناد خُرِمْتِيِه . أم عَمْرو   من كرام وتّوا النّدى والعلاء

Cod. Ber. 15b wird Selmâ erwähnt, ebenso Cod. Ber. fol. 60a, 1 u. a.; daselbst
kommt auch Umm Mâlik vor (Vers 4).

3) Dîwân ١٧, 2 ff.   4) Dîwân ٢١, 18.

der Liebe trieb" [1]), erwähnt der Mädchen, in deren Mitte er von so manchem schönen Kleide, das er anzog, die Schleppe stolz nachschleifte [2]), erzählt, wie, wenn die Nacht ihn veranlasst, irgendwo einzukehren, er nach der Liebe die Hand ausstrecke [3]), schildert mit lebhaften Farben seine nächtlichen Abenteuer [4]), die so lange dauern, bis das Kleid der Nacht so dünn ist, dass es ihn nicht mehr birgt, nennt sich einen von der Liebe zum Sklaven gemachten [5]), der in der Jugendhitze die Liebe gleich einem grassreichen Orte mit Verschwendern abweidet [6]) u. a. m.

Wir glauben annehmen zu dürfen, dass, wo nicht alle, doch der grössere Theil dieser Gedichte bei Abû Firâs mehr der Mode zuzuschreiben ist, die eigentlich von einem jeden Dichter verlangte, auch Liebesgedichte zu machen, als Abû Firâs' eigener Neigung. Hat ja bekanntlich z. B. auch der arabische Pessimist Abul-ʿAlâ in seiner Jugend Liebchen besungen, obwol er, weil blind, keines je gesehen, und, wie wir seiner eigenen Poësie entnehmen, auch keines je erkannt hat. Abû Firâs' wahre Gemüthsrichtung scheinen im Gegentheil Verse zu verrathen, in welchen er von Liebe als einer ihm kaum bekannten Sache spricht: "Und ich habe keinen Gebrauch gemacht von den Einladungen des zur leidenschaftlichen Liebe Einladenden bis zur Zeit, wo der mich zum Ernste Einladende zu mir kam", heisst es ausdrücklich im Dîwân [7]). Der Grund dafür wird anderswo angegeben mit den Worten: "Und ein Unglück, womit die

---

1) Dîwân ١٢١, 18 ff. Cod. Ber. 2b, 3, 4 finden wir die Röthe auf den weissen Wangen der Geliebten mit dem Weine verglichen, der mit Wasser gemischt worden ist, oder einem weissen Unterkleide unter einem rothen.

2) Dîwân ٩٥, 8 ff.   3) Dîwân ٨٥, 7,   4) Dîwân ٢١, 5 ff.

5) Im 2. Theile der vorl. Arbeit (fehlt im Dîwân).   6) Dîwân ٣٨, 11.

7) Dîwân ٩٥, 10.

Tage mich trafen, liess mich die Liebe (l. الهوى st. الجوى)
vergessen und machte den Tod süss meinem Munde, da
doch der Tod bitter ist [1]). In dem gleich darauf folgenden
Verse [2]) erklärt nun Abû Firâs selbst das Vorkommen von
Liebesversen in seiner Poösie: "Und bei Gott! nicht habe
ich die Schönheit der Geliebten gepriesen ausser zur Unterhaltung; denn von anderem als der Liebe Feuer war mein
Herz entbrannt" [2]). Zwar lesen wir, dass der Übergang zum
ernsten Wesen erst dann erfolgte, "als die ganze Zeit der
Jugend vorüber war und die erste Jugendblüthe von Abû
Firâs sich trennte und ihm Lebewohl sagte; erst da verlegte sich Abû Firâs auf das Suchen von Zufriedenheit
zwischen Trennung und Tadel, so zwar, dass er Sachen
begehrte, die man zu begehren nicht wagt, die verwehrt
(unzugänglich) sind" [3]). Denn anderswo heisst es: "Es ist
eine Schande für dich, in den Wohnstätten zu verweilen
(= zu Hause zu hocken), nachdem die entlehnte Jugend
einmal zurückgegeben worden ist" [4]). Bei Abû Firâs trat
dies jedoch sehr frühzeitig ein. Wir erfahren nämlich [5]),
dass unser Dichter mit zwanzig Jahren schon grau wurde
oder, wie er es selbst ausdrückt, "die Zeit auf seinen Scheitel
sich herabliess (st. حلّى l. حلّ) und ihn mit grauem Haare
krönte, gleich einer mit Juwelen verzierten Krone". "Ich

---

1) Dîwân ١٠٢, 5. Vgl. auch Cod. Ber. fol. 87b. 15:

(طويل)   وَمَنْ ذَاقَ طَعْمَ ٱلْحُبِّ مِثْلِى فَإِنَّهُ

عَلِيمٌ بِأَنَّ ٱلْحُبَّ مُرٌّ مَطَاعِمُهُ

• "Wer der Liebe Geschmack gleich mir gekostet hat, der weiss fürwahr, dass
die Liebe bitter von Geschmack ist".

2) Dîwân ١٠٢, 6.   3) Dîwân ٣٧, 17, 18.

4) Dîwân ٢٠, 11.   5) Dîwân ٣٨, 2.

sah graues Haar erscheinen (schimmern), da sprach ich:
Willkommen! und nahm Abschied vom Irrthum und der
Jugend. Und nicht bin ich vor Alter grau geworden", sagt
da Abû Firâs selbst [1]). Anderswo finden wir dieses, für Abû

1) Dîwân ٢٤, 4 f. Im folgenden lesen wir allerdings eine, bei Abû Firâs recht

überraschende, Erklärung der grauen Haare: Ich erfuhr (f. لَغِيتُ l. رَأَيْتُ)
von den Geliebten, was mir graue Haare wachsen liess. Sie sandten einen Trupp
von Sorgen zu mir und machten ihm Abneigung zum Reitkamele. Vgl. auch
Cod. Ber. 14a Vers 3:

طويل

فَمَا لِلْغَوانِي أَنْ عَلَا ٱلشَّيْبُ مَفْرِقِي

يُعَلِّلْنَ قَلْبِي بِالْأَمانِي ٱلْكَوَاذِب

أَراهُنَّ يُبْدِينَ ٱلصُّدُودَ عَنِ ٱلْفَتَى

إِذَاما بَدَا ٱلشَّيْبُ ٱلَّذِي فِي ٱلذَّوَائِب

فَمَا لِيَ إِلَّا ٱلْبِيضُ وَٱلْبِيضُ وَٱلْقَنَا

وَجُرْدٌ كِرامٌ مُخْصَرَاتُ ٱلْجَوَانِب

„Was ist denn mit den Mädchen? Da graues Haar auf meinen Scheitel
sich herabgelassen, suchen sie mein Herz durch falsche Vorspiegelungen
zu vertrösten.

Ich sehe, dass sie Abneigung vom Helden (Ritter) zeigen, wenn graues
Haar in seiner Stirnlocke zum Vorschein kommt.

So bleibt mir denn nichts mehr (w. habe ich nur) als die „Weisse" (=
das graue Haar), blanke Schwerter und Lanzen und edle, glatthaarige Pferde
mit dünnen Flanken". Cod. Ber. 15b, 11 ff:

خفيف

أَخَذَتْ فِي تَطَلُّبِ ٱلْعِلَّاتِ

حِينَ لَمَّا رَأَتْ مَشِيبَ شَوَاتِي

يَا لِشَيْبِ ٱلْعِذَارِ وَٱلرَّأْسِ مَا يَفْ

عَلْ فِي ٱلْعَاشِقِينَ وَٱلْعَاشِقَاتِ

ظَهَرَتْ فِي مَفَارِقِي شَعَرَاتٌ

هُنَّ بُغْضِي إِلَى هَوَى ٱلْغَانِيَاتِ

Firâs so bedeutende, Ereigniss zeitlich näher bestimmt:
"Und nicht hatte mein Alter die Zahl zwanzig überschrit-

عَجَّلَ ٱلشَّيْبُ فِى عِذَارِى وَهٰذَا

شَاهِدٌ عِنْدَهَا بِشَيْبٍ لِذَاتِى

أَنَّ سَلْمَى لَا يُبْعِدُ ٱللّٰهُ سَلْمَى

تَرَكَتْ مُقْلَتِى بِغَيْرِ سُبَاتٍ

لَاحَظَتْنِى فَأَسْقَمَتْنِى وَمَا زَا

لَ سَقَامُ ٱلْمُحِبِّ فِى ٱللَّحَظَاتِ

Sie fing an die (= meine) Unvollkommenheiten aufzusuchen
zur Zeit, als sie meine Kopfhaut grauhaarig sah.

O was macht (verursacht) das graue Haar der Wange und des Kopfes
unter den Liebenden!

Es kamen zum Vorschein auf meinem Scheitel einzelne Haare,
welche mich der Liebe der Mädchen verhasst machen.

Es fand das graue Haar sich vorzeitig ein auf meiner Wange,
und dies ist bei ihnen ein Beweis dafür, dass auch meine Wollust grau
geworden (gealtert ist).

Siehe, Selmâ — Gott entferne die Selmâ nie — liess mein Auge ohne
Schlaf.

Sie sah mich von der Seite an und machte mich dadurch krank.

Denn nicht hört die Krankheit des Liebenden auf den Blicken inne zu
wohnen".

Und daselbst fol. 16a, 1. heist es:

قِيلَ لِى اِنَّكَ اعْتَلَلْتَ فَأَبْلِيـ   ـتَ جَدِيدَ ٱلْخُدُودِ بِٱلْعَبَرَاتِ

Man sagte zu mir: Fürwahr, du bist krank geworden und in folge dessen
bist du durch Kummer (wörtlich: Thränen) abgetragen worden (wie ein altes
Kleid), wiewol noch jung (frisch) von Wangen.

Cod. Ber. 17b, 3:

من الوافر

أَخَا عِشْرِينَ شَيَّبَ عَارِضَيْهِ

مَرِيضُ ٱللَّحْظِ فِى ٱلْأَحَدِّ ٱلصِّحَاحِ

Mit zwanzig Jahren hat seine Wangen grau gemacht der kranke (=
schmachtende) Blick in der gesunden Pupille.

ten; was ist also die Entschuldigung dafür, dass graues Haar auf den hintern Theil meiner Wange sich herablässt?"[1] heisst es im Dîwân, indess ein Distichon[2] im Cod. Ber. besagt:

خفيف

شَعَرَاتٌ فِى ٱلرَّأْسِ بِيضٌ وغُنْجِ

حَلَّ رَأْسِى جَيْشَانِ رُومٍ وزَنْجِ

أَيُّهَا ٱلشَّيْبُ لِمْ حَلَلْتَ بِرَأْسِى

إِنَّمَا لِى عَشَرٌ وَ عَشْرٌ وِيُنْجِ

Cod. Ber. 44a, 6.

من الوافر

وَقَالَ ٱلْغَانِيَاتِ صَبَا غُلَامًا   وَكَيْفَ بِهِ وَقَدْ شَابَ ٱلْعِذَارِ

Und er sprach: die Mädchen liebt er leidenschaftlich nach Art von Jünglingen. Doch was ist mit ihm, da seine Wange grau geworden ist?

Cod. Ber. fol. 60a.

من الطويل

هِىَ ٱلدَّارُ مِنْ سَلْمَى وَقات ٱلْمَرَابِعُ

فَحَتَّى مَتَى يَا عَيْنِ دَمْعُك قَامِعُ

أَلَمْ يَنْهَك ٱلشَّيْبُ ٱلَّذِى حَلَّ نَازِلًا

وَفِى ٱلشَّيْبِ بَعْدَ ٱلْجَهْلِ لِلْمَرْءِ وَازِعُ

لَئِنْ وَصَلَتْ سَلْمَى حِبَالَ مَوَدَّتِى

فَإِنْ وَشِيكَ ٱلْبَيْنِ لا شَكَّ قَاطِعُ

Dies ist das Haus von Selmâ und hier die Weideplätze!

Bis wann (wie lange) werden denn, o Auge, deine Thränen fliessen?

Verbietet (es) dir nicht das graue Haar, das herabsteigend (bei mir) eingekehrt ist?

Denn im grauen Haare hat der Mann nach der Dummheit etwas, was (ihn) im Zaume hält.

Fürwahr, wenn Selmâ die Stricke meiner Liebe angeknüpft hätte,

es hätte sie ohne Zweifel von einander getrennt die eilig eintretende Trennung" u.s.w.

1) Dîwân ٩٥, 9.   2) Cod. Ber. fol. 17a 1, 2.

Haare auf meinem Haupte sind weiss und schwarz:

zwei Heere, Griechen und Neger,

sind auf meinem Haupte abgestiegen.

O graues Haar! Warum hast du dich auf mein Haupt herabgelassen?

bin ich ja nur fünf und zwanzig Jahre alt!

An der mitgetheilten Stelle des Cod. Ber. f. 60ᵃ 2 sagt Abû Firâs, "dass das graue Haar den Mann nach der Dummheit (wir würden sagen: nach den Flegeljahren) im Zaume hält". Dies war auch bei Abû Firâs der Fall, wie wir aus dem Dîwâne erfahren [1]:

Jetzt, wo ich meinen rechten Weg kennen gelernt habe und dazu gelangt bin, auf meiner Hut zu sein,

wo ich meiner Seele verbiete und sie infolge des Verbotes sich enthält,

wo ich mein Herz verscheuche und es sich verscheuchen lässt,

— denn fürwahr, schon war es auf den Irrthum gerichtet, dann aber fügte es sich und wurde fest [2] —

ist Liebe in ihm (= gilt ihm als) Schmach,

ausser einem männlichen menschlichen Wesen gegenüber [3].

Weit entfernt! Ich wäre Abû Firâs nicht, wenn ich treu wäre demjenigen gegenüber, der sich treulos zeigt [4].

Von nun an ist der Kampf die Hauptbeschäftigung des Abû Firâs [5], wie wir seinen Worten entnehmen, die er im

---

1) Diwân ٧١, 8 ff.   2) l. ثم أنعن وآستمر (Cod. Ber.)

3) l. الا على الرجل الذكر.   4) Statt عذر l. غدر.

5) Ein Umstand, der es hinlänglich erklärt, warum in seiner Poësie "weit aus mehr vom Kampf und Streit die Rede ist, als von Minne und Zechlagen" (Kremer a. a. O. 382).

Gefängnisse schrieb, der Wunde genesen, die ihm eine Pfeilspitze verursachte, welche dritthalb Jahre in seinem Körper
steckte [1]):

"Schildert mir den Krieg nicht, denn meine Speise und
Nahrung ist er, seit ich die heisse Jugendliebe verkauft
habe". Abû Firâs blieb hierin der Tradition seines Geschlechtes treu, die er selbst so schön in einem Verse an Abû Zuhair
mit den Worten ausdrückt [2]): "Wenn Iemand von uns zur
Welt kommt, sind nur Lanzen und feine, glänzende Schwerter
sein Talisman". Denn, wie es im Cod. Ber. [3]) heisst: "Wem
etwas Anderes als Schwert seinen Lebensunterhalt verbürgt,
dessen eine Seite neigt (= verfällt, gehört an) unumgänglich der Schmach zu". Im Einklange damit, nennt sich
auch Abû Firâs selbst [4]) den Sohn der Schlagenden (انا ابن
الضاربين) und zwar den glänzendsten unter ihnen (اثقبها شهابا [5]).

In einem Distichon des Cod. Ber. [6]) spricht er "von seiner
Lanze als seinem Bruder und Helfer zur Zeit der Noth,

---

1) Dîwân ٨٢, 3—5. (Cod. Ber. 8b).

2) Dîwân ١٠٨, 18.

3) Cod. Ber. 5b, 3:

طويل

$$\text{وَمَنْ كَانَ غَيْرُ ٱلسَّيْفِ كَافِلَ رِزْقِهِ}$$
$$\text{فَلِلذُّلِّ مِنْهُ لَا مَحَالَةَ جَانِبٌ}$$

4) Dîwân ٣٩, 17.   5) Dîwân ٣٩, 18.

6) Cod. Ber. 94b (zu Ende), fehlt im Dîwân:

كامل

$$\text{رُمَّاحِي أَخِي وَمُعَاوِنِي فِي شِدَّتِي}$$
$$\text{نِعْمَ ٱلْمُعَاوِنُ لِلشُّجَاعِ ٱلْمُحْسِنِ}$$
$$\text{وَحَمَلْتُهُ لِلطَّعْنِ فِي يَوْمِ ٱلْوَغَى}$$
$$\text{وَعَلَامَ أَحْمِلُهُ إِذَا لَمْ أَطْعَنِ}$$

die er trägt, um damit am Tage des Kampfes zu stechen
— denn wozu sollte er sie tragen, wenn er nicht stäche —
und ruft: Was für ein treflicher Helfer für den Tapferen,
der sie zu führen versteht!" Und Abû Firâs ist ein solcher.
Denn [1] "vor ihm schützt der Panzer [2] nicht die Seele ihres
Besitzers, indess er selbst weder des Helmes noch des Schildes
zum Schutze sich bedient (w. sie für zulässig erklärt). Und
nicht kehrt er mit seiner Lanze zurück, ohne dass sie gebrochen ist, und nicht geht er mit seinem Schwerte weg, ohne
dass es (vom Blute) gefärbt [3] erscheint, so dass selbst Feinde
dem Saifuddaula insgesammt zurufen [4]: "Ist dein Onkelssohn dieser Reiter der Araber?" Seiner kriegerischen Laufbahn steht die ganze Welt offen, wie wir wiederholt vernehmen: "Und ich habe bei den Gewaltthätigen (auch Feinden) in jedem Lande Schuldverpflichtungen mit bestimmtem
Zahlungstermin, deren richtige Zahlung mir meine Lanzen
verbürgen" [5]); und "die Besitzer von Ländern haben Schläge
(Var. Lanzenstiche) bei mir (aufgehoben), welche auf die
beharrlich standhaltenden, harten Panzer sich niederlassen,
und einen Tag, an welchem sich die Tüchtigen umarmen,
wo jedoch die gegenseitige Aussöhnung durch die breiten
Seiten der Klingen geschieht" [6]). In einer Ḳaṣîde an Abû
Zuhair ruft der über die Unbill des Schicksals klagende
Dichter, nachdem er sein Urtheil über das Schicksal mit
den Worten abgegeben: "Denn fürwahr, ich sehe (habe die

---

1) Dîwân ۱۳۸, 13 ff.   2) Statt الدمع l. الدرع.

3) l. مختضب st. مختصب des Textes.

4) st. في هم l. الاعذار قَاطِبَّةً الاعداء (Cod. Ber.)

5) Fehlt im Dîwân und auch in den Berliner Hss., steht dagegen im Cod.
Oxf. und Tüb. Siehe im 2. Theile der vorl. Arbeit. Doch vergl. Dîwân ۱۷, 17.

6) Dîwân ۱۷, 14, 15.

Erfahrung gemacht), dass das Schicksal (die Zeit) der un-
gerechteste Richter ist, dem es gleich ist, ob einer feindlich
sich ihm entgegensetzt oder Frieden mit ihm hält", wie
folgt [1]):

طويل

فَاِنِّى رَأَيْتُ ٱلـدَّهْرَ أَجْـوَرَ حَـاكِمٍ

سَوَآءٌ مُعَادِيهِ مَعًا وَ مُسَالِمُهْ

سَلِ ٱلدَّهْرَ عَنِّى هَلْ خَضَعْتُ لِحُكْمِهِ

وَهَلْ زَاعَنِى أَضْلَالُهُ وَ أَرَاقِمُهْ

وَهَلْ مَوْضِعٌ فِى ٱلْبَرِّ مَاجِبْتُ أَرْضَهُ

وَلَا وَطِئَتْهُ مِنْ بَعِيرِى مَنَاسِمُهْ

وَلَا شَسَعَتْ لَمَّا وَرَدْتُ نَجُودُهُ

وَلَا بَعُدَتْ أَغْـوَارُهُ وَتَهَائِمُهْ

وَمَا صَحِبَتْنِى قَطُّ اِلَّا مَطِيَّتِى

وَعَضْبٌ حُسَامٌ مِخْذَمٌ ٱلْحَدِّ صَارِمُهْ

وَاِنَّ ٱنْفِرَادَ ٱلْمَرْءِ فِى كُلِّ مَشْهَدٍ

لَخَيْرٌ مِنِ ٱسْتِصْحَابِ مَنْ لَا يُلَائِمُهْ

وَنَحْنُ أُنَاسٌ يَعْلَمُ ٱللَّهُ أَنَّنَا

اِذَا جَمَحَ ٱلـدَّهْرُ ٱلْغَشُومُ شَكَائِمُهْ

اِذَا نَزَلَ ٱلْخَطْبُ ٱلْجَلِيلُ فَاِنَّنَا

نُصَابِرُهُ حَتَّى تَضِيقُ حَيَازِمُهْ

وَاِنْ جَاءَنَا عَافٍ فَاِنَّا مَعَاشِرٌ

نُشَاطِرُهُ أَمْوَالَنَا وَ نُقَاسِمُهْ

بَنَيْنَـا مِنَ ٱلْعَلْيَآءَ مَجْدًا مُشَيَّدا

وَمَـا شَائِدٌ مَجْدًا كَمَنْ هُوَ قَادِمَةٌ

سَلِ ٱلْمَجْدَ عَنَّا يَعْلَمِ ٱلْمَجْدُ أَنَّـنَا

بَـنَـا أَطَـدَتْ أَرْكَانُهُ وَ دَعَائِمَـةٌ

"Frage die Zeit nach mir, ob ich mich ihrem Rechts-
spruche (je) unterworfen und ob ihr Unheil (wörtlich: ihre
Basilisken und Giftschlangen) mich je in Furcht versetzt
hat?

Und ob es einen Ort auf dem Festlande gibt, dessen
Boden ich nicht durchwandert und den die Hufe meines
Kameles nicht getreten hätten?

Und nicht war mir, da ich ankam, sein Hochland
sehr weit entfernt, noch sein Niedergrund und seine
Küsten abgelegen (d. h. keine Entfernung war mir zu
gross).

Und nie hatte ich eine Gesellschaft ausser meinem
Reitthiere

und einem Schwerte, spitzig, scharf von Schneide und
schneidig.

Denn es ist besser, der Mann begibt sich allein überall,

als er nimmt zum Genossen Jemand, der ihm nicht
zusagt (mit ihm nicht übereinstimmt).

Und wir sind Leute, von denen Gott weiss, dass wir,
wenn die ungerechte (nach Willkühr handelnde) Zeit stör-
rig wird, ihr Gebiss sind.

Wann ein grosses Unglück auf uns herabsteigt, fürwahr, wir zeigen uns ihm gegenüber so geduldig, dass
ihm die Brust beengt wird (d. h. es selbst Geduld ver-
liert und von uns ablässt).

Und (= dagegen), wenn zu uns ein Gast kommt, wir

sind fürwahr eine Gesellschaft, die ihre Güter zu gleichen Hälften mit ihm theilt und ihm die eine davon giebt.

Wir haben aus edlen Handlungen hohen (festen, soliden) Ruhm erbaut

— und nicht ist einer, der den Ruhm hoch baut, demjenigen gleich, der ihn niederreisst (zerstört).

Frage den Ruhm nach uns, es weiss der Ruhm, dass durch uns seine Winkel und Pfeiler befestigt worden sind"[1].

Ist Abû Firâs als Krieger überall zu Hause[2], so ist namentlich das byzantinische Reich der Schauplatz seiner Heldenbahn. Und in dem schon erwähnten Gedichte, das über Abul-ʿAšâir's Gefangennahme durch die Griechen handelt, verspricht er den Griechen "sie zu schlagen, solange das Schwert einen Griff hat, und sie zu stechen, solange die Lanze eine Spitze hat"[3]. "Und wüthen werden wir", heisst es in dem folgenden, im Dîwân nicht vorkommenden Doppelverse[4], "hinter der Meerenge mit (auf) schlanken Rossen, die durch Meere waten werden, deren einige Busen Blut bilden wird" u. s. w.

Selbst seinen Tod hofft er inmitten der Lanzen zu finden,

-----

1) Folgt die schon auf S. 39f. mitgetheilte Stelle. أَخِي و أَبْن عَمِّى etc. Aehnliches, fast mit denselben Worten, lesen wir auch Dîwân ١٠٨, 14 ff.

2) Vgl. Dîwân ٨٧, 18: "und mein Brauch ist es, die Wohnorte wegen ihrer Bewohner zu lieben, indess die Menschen sonst Pfade desjenigen wandeln, was sie lieben".

3) Dîwân ١٠٣, 18.

4)
$$\text{وَتَغْضَب مِن خَلْف ٱلْخَلِيج بِضُمّر}$$
$$\text{تَخُوض بُحُورًا بَعْض خُلْجَانِها دَم}$$

(Cod. Ber. fol. 90a, Vers 5; خَلْف st. خوص ist dem Cod. Ber. 2 entnommen.)

wie es im Dîwân heisst [1]): "Ist mein Buch dem Ende genaht, so sterbe ich zwischen Lanzen und Zügeln". Denn, wie es weiter heisst [2]): "Der Tod am Orte des Ruhmes ist den Reitern (Rittern) köstlicher als Lebensgenuss (Wohlleben) im Dienste (= in der Stellung als Diener)".

Im einzelnen lässt sich nur Weniges von der Lebensbahn des Abû Firâs näher bestimmen. Das wichtigste Ereigniss in seinem Leben, gleichzeitig der Ausgangspunkt seiner Höhe, dürfte das Jahr 336 H. (947 a. D.) gewesen sein.

Von diesem Jahre an datirt Saifuddaula's fester Besitz von Ḥaleb [3]), woselbst er einen Palast erbaute und als unabhängiger Fürst den Thron bestieg. Im selben Jahre schmückte er den sechszehnjährigen Abû Firâs mit den Abzeichen der Würde eines Verwalters von Manbiǵ und der umliegenden Festungen [4]), ein wichtiger Posten, da ja Manbiǵ als Vorhut von Ḥaleb galt. Kurze Zeit vorher begegnen wir Abû Firâs in Raḳḳa. Wir erfahren dies aus einem Gedichte, welches Abû Firâs von Manbiǵ aus an seine Freunde Abul-Faraǵ und Abul ʿAbbás Aḥmed ben ʿUbaid at-Tanûḫî in Raḳḳa schickte. Verse 1—11 dieser Ḳaṣîde (welche nur im Dîwân und Cod. Tub. vorkommt) sind der Schilderung eines Liebchens gewidmet, dessen Gedankenbild aus der Ferne an den Dichter herantritt, einer jungen Gazelle, die um den Preis der Mutter und des Vaters zu erkaufen zu wenig wäre, die selbst den Enthaltsamen durch einen einzigen Blick verführt u. s. w.

---

1) Dîwân ١٢٢, 4; statt يبدللن منى des Textes ist منى ما يَكُّنْ zu lesen, statt يكن l. أمْنتْ.   2) Dîwân ١٢٢, 11.

3) واستقرت ولاية سيف الدولة لحلب من سنة ست وثلثين وثلثمائة. Freytag, Selecta ex historia Halebi ٥٦.

4) a. a. O. وقلّد ابا فراس ابن عمّه منبج وما حولها من القلاع

Im Verse 12 heisst es nun [1]):

"Reichlich möge deine Fluren, o Syrien, eine Wolke bewässern, erscheinend infolge der mit der grössten Sicherheit Regen bringenden Gestirne (الانواء)!

Diese Sorglosigkeit, Zügellosigkeit und heisse Jugendliebe, und dabei (doch) der Ort für Mannhaftigkeit (Ritterlichkeit) und Edelsinn;

Die Mannigfaltigkeit von Blumen, der üppige Gartenwuchs (wörtlich: das sich einwickeln, üppig verschlungen sein der Gärten) [2]), die Klarheit des Wassers und das gemässigte Klima;

und die ungebohrten Perlen (= die keuschen, unberührten Jungfrauen) gleichwie Götzenbilder (Marmorstatuen), die uns einen doppelten Becher zu trinken geben, ihre Blicke und den Wein —

Und wenn sie ihren Becher unter den Zechgenossen umkreisen lassen, singen sie [3]) uns die Gedichte des Ibn Aus des Ṭajjiten vor. —

Ein Wein [4]) (ist es, von dem es gilt):

Wenn die Ruhe ihre Reitthiere birgt, sind Reitthiere der Sehnsucht in den Eingeweiden:

Ich trennte mich, da ich von all dem wegging, von meinem Vergnügen

und liess die Zustände der Freude hinter mir zurück.

Und ich kehrte vom Lande Mesopotamien an einem Orte ein, der leer [5]) von Genossen und Vertrauten ist,

so dass mir jeder Wohlgeschmack bitter vorkommt,

der doch dem Ersten und Besten angehört, was er (der

---

1) Dîwân III, 12 ff. — II٢, 4.   2) Statt التفات l. التفاف.

3) Statt اغنين عن lies غَنَّيْنَنَا.   4) Statt واح l. راح.

5) Statt حلوا l. خلوا.

Ort) bietet, und jeder freie (offene) Platz mich beengt (mir zu eng ist).

Syrien nicht, Mesopotamien ist mein Vergnügen,

und Ḳuwaiḳ [1]) nicht, das Wasser des Eufrât ist mein Begehr.

Ich verweile als einer, dessen Herz als Pfand gegeben (verpfändet, hier = in Raḳḳa zurückgelassen) ist, in Manbiǵ, dem schwarzen, nicht in Raḳḳa, der weissen.

Wer überbringt den Vertrauten die Nachricht von mir, dass ich als Vertrauter den Abend bei den Sternen des Orion zubringe (oder allgemein: dass ich Vertrauter von Orion's Sternen bin)?

Denn fürwahr, ich habe meine Bruderschaft bewahrt [2]); o wenn ich doch wüsste, wer von euch, trotz der Entfernung der Wohnorte, meine Bruderschaft bewahrt hat!

Das tollkühne Unternehmen des begierig Strebenden — und ich sage es unbefangen — (lautet): wahrlich, ich begehre leidenschaftlich nach Höhe (Grösse, Ruhm).

Und meine Kunst ist das Schlagen mit den Schwertern sowie dass ich es im Dichten mit den Dichtern aufnehme [3]).

Und Gott lässt dauernden Ruhm uns angedeihen und Wohlfahrt verbunden [4]) mit Beständigkeit".

Seinen Aufenthalt in Manbiǵ schildert Abû Firâs selbst in einer Ḳaṣîde, die er später aus der griechischen Gefangenschaft schrieb [5]). Aus ihr erfahren wir, dass sich Abû Firâs bald mit seinem Aufenthalte in Manbiǵ ver-

---

1) Statt ويزيل ist وقويق (Cod. T.) zu lesen.

2) l. ولقد رعيبت.   3) Statt متعرض l. منعرض.

4) Statt موصلة, welches gegen Metrum ist, ist موصولة zu lesen.

5) Dîwân ٨٢, 6 ff. (S. im 2. Theile der vorl. Arbeit.)

söhnt hat und Manbiǵ ihm dann ebenso lieb wurde, wie kurz vorher Raḳḳa.

Ein Ausdruck von Abû Firâs' Dank für diesen ihm von Saifuddaula verliehenen Posten sind die Worte, die wir im Dîwân lesen [1]). Aus Cod. Ber., fol. 20ᵇ erfahren wir, dass Abû Firâs diese Verse bei Gelegenheit der Ankunft des Saifuddaula in Manbiǵ dichtete. Saifuddaula brachte ihm Geschenke und andere Beweise seines Wohlwollens (الالطاف), worauf er sich von ihm verabschiedete und nach seiner Provinz zurückkehrte [2]). — Seine Beschäftigung in Manbiǵ bildete neben der Verrichtung von Amtsgeschäften, zu denen wiederholt auch die Verwaltung der ganzen Herrschaft Saifuddaula's während seiner Abwesenheit hinzutrat, hauptsächlich die Jagd. Abû Firâs' Vorliebe für die Jagd beweist namentlich das grosse Jagdgedicht im Dîwân [3]), das an Vollständigkeit wohl in der arabischen Poësie einzig dasteht, aber auch wegen seiner lebhaften Schilderung des ganzen Verlaufes der Jagd, wobei der Dichter der lebendigsten Farben sich bedient, verdient, mit Ahlwardt [4]) als Muster der Jagdgedichte bezeichnet zu werden. Aus diesem Gedichte lernen wir den Abû Firâs, der uns in seiner sonstigen Poësie meist nur als ernster und muthiger Krieger entgegentritt, als lustigen Jäger und heiteren Genossen kennen, der es nicht verschmäht, auch die nach und neben seiner ernsten Beschäftigung erlebten Freudentage zu seinem Leben zu rechnen,

---

1) Dîwân اٯ, 18 ff. (Im 2. Theile der vorl. Arbeit).

2) Cod. Ber. 20b. وقال هذه الابيات عند قدوم سيف الدولة الى منبج فحمل اليه هدايا والطافا ووّدعه وعاد الى ولايته.

3) Dîwân ۱۱۲, 6—۱۱۹, 11; Text und Übersetzung im 2. Theile der vorliegenden Arbeit.

4) Ahlwardt, Ueber Poësie und Poëtik der Araber, S. 37.

der wohl keine grosse Gesellschaft will, aber im Kreise seiner Auserwählten, mit Ausschluss der Schwerfälligen, sich ganz behaglich fühlt, mit ihnen scherzt, isst und zecht, mehrere Tage hindurch, bis sich alle einen Rausch antrinken und in der Gesellschaft kein einziger zu finden ist, der nüchtern wäre. Der Tag, den Abû Firâs hier beschreibt, war nach eigener Angabe des Abû Firâs der angenehmste [1]), den er in Syrien erlebt hat; aber er selbst sagt ausdrücklich [2]), dass er sogar in der Zeit, wo Freude bei ihm ein seltener Gast war, eine Anzahl ähnlicher Tage aufzählen könnte; um so häufiger mussten sie bei ihm in seiner freudenvollen Jugend gewesen sein.

In einem Halbverse [3]) des erwähnten Jagdgedichtes sagt Abû Firâs, dass er in einer Reihe von Männern einherschritt, "als ob sie zum Kampfe auszögen". In der That lesen wir, dass sich einige solcher Jagdpartien zu förmlichen Streifzügen gestalteten. So erzählt z. B. Ḫâlawaihî Folgendes über den Anlass eines, im Dîwân nicht vorkommenden, Gedichtes [4]):

"Eines Morgens jagte Abû Firâs und merkte nichts, bis eine grosse Anzahl von Reitern ihn umringte. Da hörte er (Abû Firâs), sagt Ḫâlawaihî, nicht auf, sie zu bekämpfen, bis er sie in die Flucht schlug. Und er tödtete ihren Anführer, indess er eine Anzahl von ihnen gefangen nahm."

---

1) Dîwân ١١٢, 10.   2) Dîwân ١١٢, 9.   3) Dîwân ١١٣, 15.
4) Text und Übersetzung im 2. Theile der vorl. Arbeit. Cod. Ber. fol. 82b

(zu Ende): قال ابن خالويه غدا ابو فراس ينصيّد فلم يعلم حتى

احدقت به الخيل فى عَدَدكثير فلم يزل يقاتل حتى كشفهم و قتل

فارسهم و اسر عدة منهم

Statt وقتل, das dem Cod. Ber., entnommen ist, bietet Cod. Ber., واعتنق
فارسهم und ihre Reiter packten einander beim Halse.

Wir erfahren nämlich, dass in der Umgegend von Ḥaleb eine Anzahl unruhige arabische Stämme umherstreiften, die nicht nur die ganze Gegend unsicher machten und vielen Schaden anrichteten, sondern selbst vor die Thore der Stadt sich wagten und selbe belagerten. Die gegen dieselben geschickten Truppen wurden von ihnen wiederholt geschlagen [1] und in die Flucht gejagt, und nur selten gelang es, sie auf kurze Zeit zu unterjochen. Denn bald empörten sie sich und nahmen ihre frühere Thätigkeit wieder auf. Auch Saifuddaula und mit ihm, oder in dessen Stellvertretung, Abû Firâs, mussten wiederholt gegen sie in's Feld ziehen, wie wir unter Anderem aus mehreren Gedichten des Abû Firâs erfahren. Im Dîwân [2] finden wir ein Gedicht des Abû Firâs als Selbstlob überschrieben (وقال يفتخر). Im Cod. Ber. [3] ist dasselbe Gedicht als eine Beschreibung dessen charakterisirt, wie man den Benî Kilâb und Numair (zwei von diesen Stämmen) einmal nach dem andern Male verzieh, sowie eine Warnung an sie", wie es denn auch dem Inhalte des Gedichtes ganz entspricht.

"Gott klage ich", sagt der Dichter, "was ich von den Stämmen sehe (= was für Stämme....)".

"Wann wir uns nähern, mehren die Dummen unter ihnen [4] die Entfernung (d. h. suchen sie das Weite).

Und fürwahr, unsere Sanftmuth [5] doppelt (wiederholt)

---

1) Siehe Freytag, Selecta ex historia Halebi 28, 30 u. a.

2) Dîwân ٤, 2 ff.

3) Cod. Ber. 21a: وقال يصف الصفح عن بنى كلاب و نمير مرّةً بَعْدَ مَرَّةٍ و يحذرهم بهذه

4) Statt جاهلهم l. زادنا حالهم.

5) Statt حلمنا l. حلمنا.

das Wohlwollen gegen sie, wenn ihre Wege noch so [1])
schlecht sind.

Und es kommt uns schwer vor, gegen einen Stamm
Gewalt zu üben:

sonst wäre für uns der Weg leicht zu finden [2]), der
zu ihrem Schaden führt, (= wir könnten ihnen viel
leichter schaden als sie uns), wenn wir ihnen schaden
wollten.

Und wenn wir einen Stamm entfernen wollen, wir
machen das (bedienen uns des) sie zur Eile Spornen vor
seinen Leuten zur Zurückweisung [3]) (d. h. wir begnügen
uns damit, sie in Furcht zu setzen, und veranlassen sie
so, sich eiligst davon zu machen).

Wenn diese Stämme [4]) es verstünden, den rechten Weg
zu beschreiten,

dann würden sie uns ihre Feinde zurückweisen.

Doch ich sehe — Gott mache ihre Sache wieder gut
und mache sie für die richtige Führung geeignet —,
dass ihnen die richtige Leitung fehlt [5])".

Im Folgenden fragt nun der Dichter, wie lange die
Lanzen von ihnen durstig wiederkehren und die von Groll
erfüllte Brust der Reiter von ihnen sich abwenden wird,
und drückt die Befürchtung aus, es könnte einmal zum
Ausbruche des Kampfes kommen, den zu bannen Niemand
im Stande sein werde, wo die Sanftmuth zu Ende sein
und die Gewalt des Unglückes alle gleich, Freie wie
Sklaven, treffen wird. Dies trat denn auch wirklich ein.

---

1) Statt احدا l. جدّا.   2) Statt هدا l. اهدى.

3) Statt نجدا (zur Hilfe) l. ردّا.   4) Statt العشيرة l. المشائر.

5) Dîwân ٤٠, 2—7.

Anfangs lesen wir zwar nur von einzelnen Heldenthaten rein persönlicher Natur, die Abû Firâs mehr oder weniger auf eigene Faust ausübte. So erzählt Ibn Ḫâlawaihî [1]), dass Benî Kilâb den Hüter der Kamele ʿÎsâ ben ʿAbbâd ben Ḥumaid ben Nâfiʿ ben ʿAlî ben Ḥakam gefangen nahmen. Abû Firâs trat zu ihm heraus (فخرج البيه) und entriss ihn ihnen mit Gewalt. Abû Firâs selbst sagt über diese seine That:

"Ich stellte den Benî Ḳais durch mein Schwert einen Gefangenen [2]) zurück, dessen Rückkehr gar nicht erwartet wurde.

Durch seine Befreiung erfreute ich sogar (den Stamm) Numair und betrübte die Benî Rabîaʿ und die Ḍabâb (den Stamm Ḍabâb [3]).

Und ich verlange keine Belohnung ausser Dank; denn Dank gehört mit zu der besten Belohnung.

Gibt es denn also Jemanden im Stamme Numair, der mich dafür preist [4]), dass ich die hohe Statur der Benî Kilâb von ihnen abgewandt?"

Ebenso berichtet Abû Firâs selbst in einem Gedichte im Dîwân [5]), wie er, ohne eigene Schuld, einem thörichten Kilâbiten Schlimmes mit Schlimmem vergolten und ihn getödtet, obwol er unter seinen Stammesgenossen für den Freigebigsten galt.

---

1) Cod. Ber. 4a.

2) Im Dîwân ۴٩, 14 wird Ḥassân, der Herr der Benî Ḳuṭa, genannt. Statt بنفسى im Dîwân ۴٩, 16 ist بسيفى zu lesen, ebenso im Cod. Ber. statt ابن سيفى.

3) Statt وسدت بنى سبيعة والضباب im Dîwân (۴٩, 17) l. mit Cod. Oxf. وسؤت بنى ربيعة والضباب.

4) Statt يمنى „der mir Wohlthaten erweist" des Dîwâns ist mit Cod. Ber. مّنّ zu lesen:

5) ٩٩, 2—7. S. im 2. Theile der vorl. Arbeit.

Hieher gehört wol auch die im Dîwân [1]) geschilderte und gepriesene Heldenthat des Abû Firâs, die nach einer Notiz im Cod. Ber. die erste auf seiner ritterlichen Laufbahn gewesen sein dürfte und deren Schauplatz Bâlis war. Im Cod. Ber. lesen wir folgenden Bericht darüber [2]): Es versammelten sich gegen Abû Firâs einige Araber in Bâlis, an deren Spitze Ġaihân ben ʿArfaġa al-ʿUmairî und Keṯîr ben Ausaġa al-Ḳarmaṭî waren. Da begegnete ihnen (Abû Firâs) im Jahre 10 (في سنة عشر wohl zehnjärig?) und Gott verlieh ihm den Sieg über sie und er tödtete das Haupt der Benî Ḳarmaṭ. Da schrieb ihm Abû Zuhair Muhalhil ben Naṣr ben Ḥamdân[3]):
من البسيط

يَا خَيْرَ مُنْتَخَب (٩ يمنيه خَيْرُ أَب
مَتَخِيلَتِى فِيكَ لَمْ تَكْذِبْ وَلَمْ تَنْخِبْ

اِنْ كَان وَجْهَكَ لَمْ تُخَطِّطْ عَوَارِضُهُ
فَأَنْتَ كَهْلُ ٱلْحَجَى وَٱلْفَضْلِ وَٱلْآدَبِ

وَقَفْتَ يَا ٱبْنَ سَعِيد وَقْفَةً شُهِرْت
لَا زِلْتَ أَدْعُوكَ فِيهَا فَارِسَ ٱلْعَرَبِ

"O bester der Auserwählten, dessen Rechte das Beste eines Vaters ist (= was ein Vater besitzen kann)!

Meine Einbildungskraft hat hinsichtlich deiner nicht ge-

---

1) Dîwân ١٢٩, 8—16, hier allerdings nur mit وقال eingeleitet; Text und Uebersetzung s. im 2. Theile der vorl. Arbeit.

2) Cod. Ber. 42a (zu Ende).

3) Im Cod. Ber. wird diese Heldenthat des Abû Firâs erzählt als Anlass der im Folgenden mitgetheilten Verse des Abû Zuhair.

4) Cod. Ber., bietet: يمينه خَيْرُ أَبْ, was gegen Metrum ist, Cod. Ber., undeutlich: يَنِيه خَمْراب. Die Lesart يمنيه ist eine Conjectur des Herausgebers.

logen, noch ist sie in ihren Hoffnungen getäuscht worden.

Wenn auch die Wangen deines Antlitzes noch nicht mit dem ersten Wangenflaum geziert (wörtlich: mit Linien bezeichnet) sind,

so bist du doch alt (in reifem Alter), was Klugheit, Trefflichkeit und Bildung betrifft.

Stand hast du gehalten, o Sohn des Saʿîd, in einer Weise, die allgemein bekannt (berühmt) geworden ist,

und bei welcher ich nicht aufhöre, dich "den Reiter der Araber" zu nennen".

Abû Firâs selbst spielt auf diese seine Heldenthat an in einem Gedichte des Cod. Ber. fol. 82ᵇ [1]), welches einen ähnlichen Fall behandelt. Ibn Ḫâlawaihî erzählt nämlich daselbst, dass Marḥ [2]) ben Ǵahš (oder Ḥabš, wie es im Gedichte heisst), al-Bašramî und Muṭʿim ben ʿAlî aḍ-Ḍabâbî mit einer Anzahl Reiter des Stammes Numair ʿAin Ḳâṣir überfielen; Abû Firâs ritt ihnen aus Manbiǵ nach und verfolgte sie die ganze Nacht hindurch, bis er sie am Morgen einholte "als die untersten (letzten) der Zurückkehrenden" (اسفل عائدين), noch mit einigen Männern.

Erschreckt flohen sie wie Strausse, wobei Marḥ ben Habš zur Erde niedergeworfen wurde, ohne dass Jemand sich darum kümmerte oder ihn vertheidigte. Da trat Mutʿim, mit einer Lanze bewaffnet, zum Zweikampfe mit Abû Firâs, der ein Schwert führte, hervor. Doch bald wendete er den Rücken und floh. Doch Abû Firâs kam ihm am Eufrât zuvor, fing den Fliehenden auf und hinderte sein Häuflein am Übergange nach Raḳḳa. Im dritten Verse dieses Gedichtes apostrophirt nun der Dichter die Numair:

---

1) Fehlt im Dîwân.
2) Maraḥ, Mariḥ? Im Cod. Ber. auch Marǵ oder Mazḥ genannt.

من الوافر

أَلَـمْ يُخْبِرْكَ خَيْلِى عَـنْ مَقَامِى

بِبَالِسَ يَـوْمَ ضَاقَ بِـهَا ٱلْمَقَامُ

"Haben meine Reiter dich nicht von meinem Standorte
zu Bâlis benachrichtigt, am Tage, wo der Ort für sie eng war?"

Im Dîwân [1]) ist davon Rede, wie Abû Firâs die Benî
Ḳais von den Benî Kilâb überfiel und ihre Güter zum Ge-
meingut machte, nach Cod. Ber. 93[b] auch die Frauen für
sich allein nahm (فَحَاز الحَرِيمَ). Dagegen heisst es im letzten
Halbverse des diesen Angriff verherrlichenden Gedichtes [2]),
"dass ihre Weiber mehr unzugänglich waren als ihre Reiter". Daselbst [3]) lesen wir von einem Angriffe des Abû Firâs
auf Benî Kilâb, eigentlich Benî Zurâra dieses Stammes.

Der eigentliche Schuldtragende war hier Muṣʿab der
Ṭajjite, ein Verbündeter der letzteren [4]); doch sollten auch
sie bestraft werden, da, wie es im Gedichte heisst [5]):
„Wenn ihr nun auch frei von seiner Schuld seid (so gilt
doch): Wer den Schuldigen unterstützt [6]), wird selbst schul-
dig". Wir erfahren jedoch, dass die Weiber des Stammes [7])
zu Abû Firâs ausgingen und für den Stamm baten, worauf
Firâs von ihren Gütern abliess [8]).

---

1) Dîwan ٥١, 5 ff.   2) a a. O. V. 14.   3) Dîwân ١٢٥, 13.

4) Cod. Ber. 93a. Muṣʿab selbst wurde nach dieser Stelle sowie Cod. Oxf.
229v gefangen genommen.

5) Dîwân ١٢٥, 18.   6) Statt رِفْص l. رفد.

7) Unter ihnen wird Umm Bassâm (Cod. Oxf. u. Berol., im Texte des
Gedichtes im Cod. Ber. ام شنتام) ausdrücklich hervorgehoben.

8) Dîwân ١٢٥, 15; Etwas ähnliches erfahren wir bei einer andern Gelegenheit aus Dîwân ٥٢, 7 ff. Saifuddaula zieht hier gegen Benî Kilâb und ihre
Verbündete los. Nach Cod. Ber. 4b erreicht er eine Niederlassung der Benî
Tamîm, deren Häuptling Mâʿis war, und schliesst selbe ein (bemächtigt sich
derselben). Da geht zu ihm die Tochter des Mâʿis aus, im Unterkleide und
baarfuss, der aufgehenden Sonne gleich, und wirft sich vor Saifuddaula auf's

Neben diesen Streifzügen rein privater Natur, welche Abû Firâs auf eigene Faust unternahm, erfahren wir auch von Saifuddaula's Expeditionen gegen diese Stämme, an denen Abû Firâs theilnahm, sei es als Begleiter des Saifuddaula, sei es von ihm zur Cooperation aufgefordert. So erzählt z. B. Ḥâlawaihî [1]) zu einem Verse der wiederholt erwährten Ḳaṣîde des Abû Firâs zur Verherrlichung seines Stammes im Islâm, der lautet [2]):

"Manchmal wächst (wird gross) die leichte (geringfügige) Angelegenheit und es werden die Grossen dessen beschuldigt [3]), was die Kleinen verbrochen", wie folgt: "Die Benî Kilâb richteten etwas in der Gegend von Mâlis an, worauf sie schnell davon flohen. Saifuddaula zog gegen sie von Ḥaleb aus und befahl Abû Firâs, ihm von Manbiǵ aus entgegenzuziehen. Abû Firâs zog ihm also von Bâlis aus entgegen und erreichte ihn bei Ǵasr. (Saifuddaula) griff sie nun an und bemächtigte sich ihrer Frauen und ihrer Schätze. Der Frauen enthielt er sich jedoch, bekleidete sie und stellte sie ihren Familien auf Kamelsänften zurück. Da kam der ländliche Regen. (Abû Firâs) bat (Saifuddaula), bleiben zu dürfen, und dieser willigte ein".

Ebenso erfahren wir aus Cod. Ber. [4]), dass die Benî Kilâb hinter Saifuddaulas Rücken (der gegen die Kurden ausgezogen war) das Gebiet der Kelb feindlich überfielen, was Saifuddaula veranlasste, von der Meeresküste zurückzukehren. Er griff die Stämme Ḍabâb und Benî Ǵaᶜfar an und

---

Gesicht nieder. Saifuddaula verzeiht ihr zu Liebe der Niederlassung und befiehlt alles zurückzugeben, was genommen worden war.

1) Cod. Ber. 40b.   2) Dîwân ١٣٨, 8.

3) Statt تَنْتاكى l. mit Cod. Ber. تَاجْتَنَنِى.

4) Cod. Ber. 86a (fehlt im Dîwân).

unterwarf Alle seiner Botmässigkeit. Aus dem Gedichte, welches Abû Firâs aus diesem Anlass dichtete, müssen wir schliessen, und er lässt dies selbst durchblicken, dass er diesen Feldzug des Saifuddaula mitmachte.

Auch Cod. Ber. 12[b] erfahren wir, dass Saifuddaula, als er die Benî 'Uḳail und Numair und Kilâb angriff, zur Zeit, da sie in seiner Provinz Verderben stifteten und wütheten, Abû Firâs mit einigen Truppen gegen sie ausschickte, der sie auch wirklich besiegte, worauf er das auch im Dîwân mitgetheilte Gedicht dichtete und an Saifuddaula schickte [1]). Der grösste von allen diesen Feldzügen scheint derjenige gewesen zu sein, der allen diesen Stämmen galt und den Abû Firâs in einer langen Ḳaṣîde verherrlicht [2]). Rebîa, Nazâr, Benî Buzaiġ, Benî Ḳušair, 'Ukail, Beni-l-Muhannâ, Benî Bakr, Ḍabâb, Kelb, Kilâb, Ṭajj und Numair mussten sich damals Saifuddaula's Botmässigkeit fügen, der sie sämmtlich besiegte, viele von ihnen umbrachte oder gefangennahm, ihnen zum Theil ihr Land zwangsweise wegnahm und sie auch versetzte. Abû Firâs schildert diesen Feldzug mit all seinen Detaillen mit einer Genauigkeit, die allen Zweifel an seiner persönlichen Theilnahme am selben ausschliesst.

Zeitlich lassen sich wohl nur die wenigsten von diesen Streifzügen gegen die verschiedenen arabischen Stämme bestimmen. So z. B. ein Feldzug, den der von seiner Expedition gegen die Byzantiner im J. 339 siegreich zurück-

---

1) Dîwân ١٣٨, 10, wo es freilich ganz anders überschrieben ist:

قال وكتب بها لسيف الدولة من بلاد الروم

2) Dîwân ٢٤, 1—٢٦, 18. Einen Theil der Ḳaṣîde s. im 2. Theile der vorl. Arbeit. Es scheint derselbe Feldzug zu sein, dem auch Mutanabbî eine eigene Ḳaṣîde gewidmet hat. (Hammer, Motenebbi 291).

kehrende, jedoch von den Byzantinern auf dem Rückzuge in den Engpässen überfallene Saifuddaula gegen die übermüthigen Kaʿb unternahm, ein Zug, welcher von Abû Firas, der allen Unternehmungen des Saifuddaula das gebührende Lob zollt, einem Wunder gleich bezeichnet (كالمعجزة) wird. Abû Firâs berichtet darüber nach Cod. Ber. [1]) wie folgt: "Wir zogen mit ihm nach Dijâr Muḍar (Cod. مصر), da einige Stämme der Kaʿb übermüthig geworden waren und ihre Sache für durchaus mannhaft (energisch) galt (استفحل امرها). Nachdem wir jedoch den Eufrât überschritten hatten, ergriffen sie die Flucht. Saifuddaula befahl mir, sie einzuholen und zum Gehorsam zurückzubringen. Ich that dies und nahm ihre Geisseln. Da schrieb mir Abû Muḥammed, Sekretär am Hofe des Saifuddaula:

$$ \text{أَصْلَحْتَ أَمْرَ عُقَيْلٍ} \qquad \text{وَسُسْتَ أَمْرَ قُشَيْرِ} $$
$$ \text{وَكُنْتَ أَيْمَنَ حِلْفٍ} \qquad \text{عَلَى خِلَالِ نُمَيْرِ} $$
$$ \text{فَلَا تَزَالُ نِزَارٌ} \qquad \text{مَا دُمْتَ فِيهَا بِخَيْرِ} $$

"In Ordnung hast du die Angelegenheit der ʿUkaîl gebracht (auch schön hast du ausgeführt) und

die Sache der Ḳušair gut geleitet.

Und du bist der sicherste (glücklichste) Verschworene zum Bunde gegen die Wirksamkeit der Numair.

Nazâr wird nicht aufhören, gut zu sein, solange du unter ihnen bleibst".

Wichtiger als diese Streifzüge gegen die rebellischen Stämme der Araber scheint des Abû Firâs' Theilnahme an Saifuddaula's Kämpfen gegen die Byzantiner (Rûm). Dieselbe beginnt mit dem J. 339 (950) und dauert fast unun-

---

1) Cod. Ber. 39b.

terbrochen [1]) bis zur Gefangennahme des Abû Firâs durch die Griechen. Zwei Jahre vorher, im J. 337 (= 948 f. Ch.), begleitete Abû Firâs den seinem Bruder Nâṣir-ud-daula zu Hilfe gegen den Bûjiden Muʿizz-ud-daula ziehenden Saifuddaula. Wir erfahren dies aus Cod. Ber. 20[b] von Ḫûlawaihî, jedoch als eigene Mittheilung des Abû Firâs [2]). "Ibn Bûja der Dîlemite hatte es im J. 337 auf Emîr Nâṣir-ud-daula abgesehen. Da wandte sich dieser nach Niṣîbîn und schrieb an Emîr Saifuddaula, herabzusteigen, damit sie übereinkommen, was hierin zu verfügen sei. Saifuddaula zögerte einige Tage, bevor er sich in Bereitschaft setzte, das Kriegszeug nahm und nach Raḳḳa zog; inzwischen hatte sich Nâṣiruddaula mit seinem Sultân versöhnt und haben beide den Frieden geschlossen". Wir erfahren nichtsdestoweniger, dass Nâṣiruddaula über Saifuddaula's Aufschub der Reise böse war. Da, heisst es weiter, schrieb Abû Firâs: "Ich wurde verhindert zu euch zu reisen, denn, wäre es in meiner Macht gewesen, ich wäre der erste von denjenigen gewesen, die gekommen sind (oder: der gekommen wäre)" [3]).

Auf dasselbe bezieht sich ein anderes Gedicht des Abû

---

1) Cod. Ber.₁, fol. 64a, 3 wird ein Distichon des Abû Firâs mitgetheilt, geschrieben an Saifuddaula nach dem Lande der Byzantiner (الى ارض الروم), worin Abû Firâs seine Sehnsucht nach Saifuddaula ausdrückt und ihm Vorwürfe macht, dass er so lange ausbleibt. Doch heisst es im Cod. Ber.₂ الى ارض الشآم statt الى ارض الروم.

2) Vgl. Abulfedae Annales muslemici II, 452.

3) Dîwân ٥٣, 16. Der Anlass der Verse wird hier jedoch anders angegeben. Es heisst hier: "Zwischen Abû Firâs und einigen (od einem) seiner Vetter kam es zu einem Streite (قـتـل Cod. Oxf. خـلاف), da er noch jung war. Saifuddaula fing an, ihn deswegen zu tadeln, da recitirte Abû Firâs diese Verse. Dasselbe lesen wir im Cod. Oxf. 179r, als Anlass der Verse wird jedoch angegeben, dass Saifuddaula mit Abû Firâs über die Angelegenheit seines Streites scherzte . . . . . مازحه سيف الدولة فى امرٍ جرى.

Firâs im Cod. Ber. 83^b, worin der Dichter "den Saifuddaula
lobt, dem Nâṣir-ud-daula aber in versteckter Weise vor-
hält, dass er vor Muʿizz-ud-daula geflohen" [1] . . . .

Dem J. 339 (950 n. Chr.) gehört des 19jährigen Abû
Firâs erste Heldenthat gegen die Byzantiner an. Wir erfahren dies aus Ibn-Ḫâlawaihî's Commentar zur bekannten
Ḳaṣîde zur Verherrlichung der Hamdâniden [2]. "Wir unter-
nahmen mit Saifuddaula einen feindlichen Einfall und eroberten Ḥiṣn ʿUjûn im Jahre 339, und mein Alter damals
war 19 Jahre. Und wir drangen in's Land der Byzantiner
ein und eroberten Ḥiṣn Ṣafṣâf" [3]. Darüber sagte Abû Firâs'
Vetter Abû Zuhair ben Muhalhil, der hier den Märty-
rertod fand (استشهد فيها):

من الوافر

لَقَدْ سَنِخَتْ عُيُونُ ٱلرُّومِ لَمَّا   فَتَحْنَا عَنْوَةً حِصْنَ ٱلْعُيُونِ

وَبِٱلصَّفْصَافِ أَجْرَعْنَا [4] عُلُوجًا   شِدَادًا مِنْهُمْ كَأْسَ ٱلْمَنُونِ

وَدَوَّخْنَا بِلَادَهُمُ بِجُرْدٍ   سَوَاهِمَ شُزَّبًا [5] قُبَّ ٱلْبُطُونِ

عَلَيْهَا مِنْ رَبِيعَةَ كُلُّ قَرْمٍ   فَقِيدُ ٱلْمِثْلِ مُنْقَطِعُ ٱلْقَرِينِ

"Übelriechend wurden die Quellen Rûm's fürwahr, nachdem wir mit Gewalt die Feste ʿUjûn eingenommen.

Und bei Ṣafṣâf haben wir den Barbaren, und zwar den
heftigsten unter ihnen, den Becher des Todes zu schlucken
gegeben.

Und wir eroberten ihr Land mit glatthaarigen Rossen,

---

1) Fehlt im Dîwân.

2) Dîwân ١٢, Vers 3; Cod. Ber. 39a (zu Ende).

3) Ueber Ṣafṣâf s. Abulfeda a. a. O. II, 649 u. 77. Muḳaddasî ed. De
Goeje ١٥..

4) Ber., جرعنا.   5) Ber., شرب (?)

die (= wörtlich: im Zustande) schlank, mager und dünn-
leibig waren;

auf ihnen sassen aus (dem Stamme) Rabî'a lauter Helden,
jeder ohne seines Gleichen und ohne Nebenmann".

"Und auf diesem Feldzuge wurde die Stadt Ḥaršana sowie
Ṣâriḫa ¹) verbrannt, Domesticus geschlagen und in die Flucht
getrieben und seine Patricier ergriffen (gefangen genommen)". Auf die Einäscherung der beiden Städte bezieht
sich nach Ibn Ḥâlawaihî Dîwân ‏ا‎ Vers 7. Abû Firâs
selbst spielt auf diese Plünderung von Ḥaršana in einem
Gedichte an, welches er später als Gefangener zu Ḥaršana
dichtete ²). „Und wir zogen und eroberten das Land der
Rûm", setzt Abû Firâs fort, "und er (Saifuddaula) hiess
mich vorangehen und ich nahm die Feste Ǵurfa ein ³).
Und wir kehrten zurück zum Darb Mûz (‏درب موز‎); da fanden
wir bei ihm, und zwar am Ausgange desselben, Konstantin,
Sohn des Domesticus, so dass kein Ausgang aus ihm möglich war ⁴). Da kehrten wir nach dem Lande der Byzantiner zurück und Saifuddaula passte ihnen an einem andern
Orte auf und tödtete viele von ihnen. Ein Dichter sagte
folgende Verse darüber:

من الكامل

طَلَعَتْ لَهُمْ فَوْقَ ٱلـدُّروع سَحَابَـةٌ

تَهْـمِى بِـحَـرُبِـي عِـشْيَرٍ وقَـنَـامِ

---

1) Ueber Ṣâriḫa siehe Ihn Ḥauḫal (ed. de Goeje) pag. ‏١٢٩‎.

2) Dîwân ‏٨٢‎, 7.   3) Siehe Ahulfeda a. a. O. II, 457.

4) Dass Saifuddaula hier überfallen, viele seiner Leute niedergehauen und viele
gefangen genommen wurden, dass die Beute und die Gefangenen, die er im byz.
Lande gemacht hatte, ihm wieder genommen wurden und er mit nur wenigen
sich rettete, erfahren wir aus Abû Firâs freilich nicht, wiewol die geschicht-
lichen Quellen der Araber keinen Grund finden, diese erlittene Niederlage zu
verheimlichen. Abulfeda ε. a. O. II, 457; Elmacini Historia saracenica, 277 u. a).

وَٱلْمُسْلِمُونَ بِمَعْزِلٍ مِنْهُمْ[1] سِوَى
مَنْ أَفْرَدُوهُ لِنُصْرَةِ ٱلْإِسْلَامِ
وَأَبُو فِرَاسٍ فِى ٱلْهِيَاجِ أَمَامَهُ
مِثْلَ ٱلْحُسَامِ بَدَى أَمَامَ حُسَامِ

"Es stieg ihnen über ihren Panzern eine Wolke auf,
einen doppelten Regenguss ausgiessend, des aufgewir-
belten Staubes und der Dunkelheit.

Und die Muslimen waren weit weg von ihnen, mit
Ausnahme derjenigen, die sie für sich allein ausgeschickt
hatten, dem Islâm zu Hilfe (zum Siege).

Und Abû Firâs war im Kampfe vor ihnen (= ihr Führer),
gleich der Schwertschneide, die vor dem scharfen
Schwerte sich zeigt (erscheint)".

"Darauf zogen wir gegen Eufrât und setzten über ihn [2]).
In Râḳibîn [3]) angekommen erfuhren wir von Domesticus und
seinem Aufbruche nach Šâm.

Saifuddaula rief sofort zur Bereitschaft [4]), und wir zogen
(auf Umwegen, heimlich? = نَطْوِى), bis dass wir von Samo-
sate (سماط im Cod. Ber.₁, سماط im Ber.₂, wohl [5] سميساط
zu lesen) zurückkehrten. Und es erreichte ihn Saifuddaula
hinter Marʿaš mit 600 Kämpfern. Da griff er sie an, trieb
ihn in die Flucht, nahm Konstantin gefangen, tödtete

---

1) Wol عَنْهُم zu lesen.

2) Diesen Uebergang schildert Abû Firâs ١٢, 9 mit den Worten: «Wir pas-
sirten auf ihnen (den Reitthieren) die Mitte des Eufrât (statt الغرات l. الفرات),
als ob gesattelte Inseln (st. جَزَائِر l. جَرَائِر) mit uns sich bewegen möchten".

3) Dîwân ١٢, 10 الرقتين (Vgl. Istaḫrî ed. De Goeje ٧١), jedenfalls das
Richtige.

4) Statt بالنتاقب l. بالناقب.   5) Istaḫrî (ed. De Goeje), pag. ٧١.

einen Patricier [1]) und schlug den Domesticus ins Gesicht.
Und wir trugen den Sieg über sie davon".

Was der Commentar hier erzählt, erfahren wir auch
von Abû Firâs selbst [2]):

"Sie (die Pferde) hörten nicht auf", heisst es im Vers
13, "sich in das Schlachtgetümmel zu stürzen, bis dass
ihre Fusshaare blutgefärbt waren.

Und sie umgaben Konstantin von allen Seiten und
er wurde als Gefangener an den Füssen gebunden, da
Patricier und Zirzâre [3]) um ihn herum standen.

Sofort wandte Domesticus den Rücken zur Flucht —
auf seinem Gesichte eine Narbe, vom Schwerthiebe zurückgelassen; —

er rettete sich (sein Leben) durch Aufopferung eines
Sohnes, der ihm wie sein Leben (seine Seele) theuer war,

— für die harte Noth werden ja Schätze (Vorräthe) erworben [4]). —

Es kommt schon vor, dass ein wertvolles Glied wegen
eines andern abgeschnitten [5]) wird und ungeheuerliche
Dinge (كبائر) mit etwas bedeutendem abgehalten [6]) werden".

Auf dasselbe spielt Abû Firâs in dem Gedichte an, das

---

1) Im Texte heisst es hier وقتل البطريق بن الملايين, und tödtete den
Patricier Ibn-ul-Mulâjin (?).   2) Dîwân ٩٢, 11—17.

3) Vgl. Muḥîṭ al-Muḥîṭ I, ٨٩٣, Col. 1. s. v. زرزر, wo es als persisch
(اعجمية) bezeichnet wird سرهزار, Anführer von Tausend?).

4) Statt الك تقنى ist wohl تُفْنَى الذخائر (Cod. Ber.₂) zu lesen und
dann zu übersetzen: Zur Zeit der harten Noth werden ja die Vorräthe ver-
braucht (wörtlich: verschwinden gemacht).

5) Statt يقلع (wird abgenommen) l. يقطع.

6) Statt يدفع l. تدفع.

er auf Abul-ʿAšâir's Gefangennahme dichtete. Im selben lässt er dem Domesticus Folgendes sagen [1]):

"So sage denn dem Sohne des Fokas: Lass den Krieg bei Seite,

denn du bist ein Byzantiner, indess dein Gegner ein Muslim ist [2]).

Infolge dessen trägt dein Gesicht die Spuren eines Schwerthiebes, hat deine Mutter ihren Sohn verloren [3]),

sind deine Stammesgenossen in Gefangenschaft gerathen und ist deine Braut [4]) ohne Gemahl.

Und von dir selbst sind die glänzenden Schwerter nicht abgesprungen, wo immer gekämpft wurde,

sondern (der Grund dafür, dass du bis jetzt immer unversehrt geblieben bist, liegt nur darin), dass es bei uns für verboten gilt, einen Alten zu tödten".

Dies ereignete sich im J. 342 H. (= 953) [5]) und bildet den glänzendsten Sieg Saifuddaula's über den Domesticus der Leibwache, Bardes Phocas, und dessen drei Söhne Nikeforos, Leo und Konstantinos.

Im Dîwâne [6]) wird als der nächstfolgende Sieg Saifuddaula's der Tag von Uḥaidab erwähnt und als ein Tag bezeichnet, "an dem man sich, was Ruhm anlangt, ein

---

1) Dîwân ١٠٤, ٤.   2) Der zweite Halbvers hat zu lauten:

$$\text{فَاِنَّكَ رُومِيٌّ وَ خَصْمُكَ مُسْلِمٌ}$$

3) Statt عرسك l. أُمَّكَ.

4) L. وعرسك أبيّم. Nach Angabe der Byzantiner wurde nämlich Konstantin, da er sich nicht zum Islâm bekehren wollte, in der arab. Gefangenschaft vergiftet (Cedrenus II, 331). Siehe auch Dîwân ٩٨, 3.

5) Vgl. Hammer's Mutanabbi S. 260; Cedrenus II, 330 (ed. Bonnensis).

6) Dîwân ١٢, 18 ff.

Beispiel nimmt" [1]). Nach Ibn Ḥâlawaihî [2]) ist Uḥaidab ein
Berg der auf Ḥadaṯ [3]) herabschaut. Hier trafen, wie wir
erfahren, die beiden Heere, des Domesticus und des Saifuddaula, unerwartet auf einenander, so zwar das Saifuddaula erst dann des byzantinischen Heeres gewahr wurde,
als er Uḥaidab erstieg und herabschaute. Ibn Ḥâlawaihî
erzählt, dass "der Anblick (dasjenige, was sie sahen) den
Muslimen derart Entsetzen einjagte, dass sie sich unver-
merkt von Saifuddaula davon machten und er nur eine
geringe Anzahl derjenigen hatte, die mit ihm geblieben
waren. Saifuddaula griff nichtsdestoweniger die Byzantiner
mit denjenigen an, die bei ihm ausharrten, denn er hatte
Scharfblick, sagt Ḥâlawaihî; und Gott gab ihnen Ausdauer
und Sieg. Damals wandte Domesticus den Rücken zur Flucht
und es wurden gefangen genommen sein Schwäher, und
der Sohn seiner Tochter und seine Verwandten. Die zwei
ersteren liess Saifuddaula am Leben, indesser die übrigen
umbrachte [4]). 343 H. = 954 n. Chr."

Ibn Ḥâlawaihî fügt hinzu: "Und es hörten Gesandte nicht

------

1) نْتْنى ٱلْأَخْنَامِرُ drückt hier ;عَلَى مِثْلَها فى ٱلْعِزِّ نْتْنَى الخْنَامِرُ
wol dasselbe aus, was sonst نْعَقَّدُ لِلْخَناصر im Sinne von بِه ويَحْتَنْفَظ
Vgl. Muḥîṭ al Muḥîṭ I, ٩٠١, s. v. الخْنِصِر.   2) Cod. Ber. fol. 40a.

3) Ḥadaṯ (اَلْحَدَث) war eine Festung an Syriens Gränze. Vgl. Istaḫrî ed.
de Goeje ٥٥, ٦٢; nach ٦٧, 13 war sie 2 Tage von Manbiǧ entfernt. S. Abulfeda, Annales II, 772. Nota 362.

4) Dîwân ١٢٣, 3. Vgl. Abulfeda II, 461, wo jedoch nur ganz allgemein von
einem grossen Treffen die Rede ist, worin von beiden Seiten viele getödtet
wurden, Saifuddaula aber dennoch als Sieger hervorging. Siehe auch Wicker-
hauser, Deutsch-türkische Chrestomathie (Benû Ḥamdân in Ḥaleb und Kin-
nesrîn) ٣٢٨, Zeile 9. In Zeile 10 heisst es, dass die Dichter der Zeit zum
Preise dieses grossen Sieges viele Ḳaṣîden gedichtet haben.

auf, aus- und einzugehen, bis dass Abû Firâs im J. 351 gefangen genommen wurde". Einer solchen Gesandschaft gedenkt Abû Firâs im Dîwân [1]). Das hier mitgetheilte Gedicht bezieht sich jedoch wohl auf die Friedensverhandlungen, welche der byzantinische Kaiser durch den Magister Paulos im J. 342 (= 953) anknüpfte und welche den Zweck hatten, die Auslösung griechischer Gefangenen, in erster Reihe des Konstantinos, zu erwirken. Wir erfahren, dass Saifuddaula bei dieser Gelegenheit 1000 seiner Mamlûken auf geharnischten Pferden ausrücken liess, um dem Gesandten einen Begriff von seiner Macht beizubringen, wie denn auch Mutanabbî die dem Gesandten so eingeflösste Furcht schildert [2]).

Abû Firâs' Antheil an Saifuddaula's Siege von Ḥadaṯ lernen wir aus Ibn Ḥâlawaihî's Commentar [3]) zu Dîwân I., 18 ff. kennen. Hier lesen wir: 'Saifuddaula forderte Abû Firâs auf [4]) Raġbân [5]) aufzubauen, welches wiederholtes Erdbeben zerstört hatte. Abû Firâs baute es in 37 Tagen auf. Und es kam Konstantin, Sohn des Domesticus, ihn aus demselben zu verdrängen. Doch Allâh wies ihn mit seinem Zornausbruch zurück". Ein arabischer Dichter feierte diese Heldenthat des Abû Firâs, "die derselbe mit der Lanze zu Saifuddaula's Zufriedenheit ausgeführt und dabei, wie

---

1) Dîwân ابل, 5 ff. S. im 2. Theile der vorl. Arbeit. Vgl. Hammer, Motenebbi 251.

2) Hammer, Motenebbi 274.   3) Cod. Ber. 38b.

4) Als Datum wird hier ٣٤٥ سنة angegeben, jedenfalls unrichtig, da Konstantin bereits im J. 342 in die arabische Gefangenschaft gerieth. Mit Rücksicht darauf, sowie auf Ibn Ḥâlawaihî's Fortsetzung der Erzählung, wo in der Folge das J. ٣٤٣ erwähnt wird, haben wir wol ٣٤٢ سنة zu lesen.

5) Raġbân (nach De Goeje Ra'bân رعبان) war nach Ibn Khordâdhbeh (ed. De Goeje, pag. ٢٥٤) eine von den عواصم هذه الثغور neben Dolûk und Manbiġ.

immer, sein Leben auf's Spiel gesetzt und einen Ruhm aufgebaut, der das Gestirne des Bären (بنات نعش), an Grösse mit ihm gemessen, überragen würde: "Raġbân hast du zurückgelassen mit dem, womit du ihm wohlgethan hast, in einem (solchen) Zustande, dass seine Ebenen wie seine Berge dir dafür Lob zollen", heisst es im Verse 5 [1]).

Wir erfahren bei dieser Gelegenheit von einem im Dîwân nicht vorkommenden Gedichte, welches Abû Firâs an Aḥmed ben ʿAbdallâh schrieb, ihn missbilligend, dass er feig zu Hause zurückgeblieben, indess er (Abû Firâs) gegen Raġbân zieht, "förmlich sich sehnend, als ob er zum Gastmal geladen wäre".

"Nach der Vollendung des Baues von Raġbân", sagt Ibn Ḫâlawaihî, "blieb Abû Firâs in Marʿaš. Und es kam Domesticus zu ihm, doch Saifuddaula trieb ihn in die Flucht, worauf er im J. 343 Hadat̲ aufbaute. Abermals erschien Domesticus mit grossem Heere, doch Saifuddaula trieb ihn auch diesmal in die Flucht, nahm seinen Schwäher und den Sohn seiner Tochter gefangen und warf sie in's Gefängniss".

In folgenden Jahren wiederholen sich einerseits Saifuddaula's Züge gegen die Griechen (345 H. = 956 n. Ch.; 349 H. = 960 n. Chr.), andererseits griechische Streifzüge in's Gebiet des Islâm. In den letzteren fiel dem Abû Firâs die Aufgabe zu, Manbiġ als Vorhut von Ḥaleb zu vertheidigen, wohl der Grund dafür, warum wir von seiner Theilnahme an den letzteren Zügen des Saifuddaula (wenigstens ausdrücklich) nichts erfahren.

Wohl erfahren wir aus Ibn Ḫallikân, dass Abû Firâs bei Maġâret-ul-Kuḥl im J. 348 H. = 959 n. Chr. von den Griechen gefangen genommen und nach der Festung Ḥaršana am

---

1) Cod. **Ber.** a. a. O.

Eufrât gebracht wurde. Hier soll er zu Pferde von der Festungsmauer herab in den Strom gesprungen und so den Griechen entkommen sein [1]. Aber weder Ibn Ḫâlawaihî noch arabische Geschichtsschreiber (Elmacin, Abulfeda, Ibnul Aṯîr) wissen etwas von dieser Gefangennahme und auch in Abû Firâs' Poësie geschieht derselben keine Erwähnung. Elmacin [2] berichtet zwar, dass im J. 348 die Griechen den Hâriṯ Abû Firâs b. Saʿîd ben Ḥamdân, einen Onkelssohn des Saifuddaula, gefangen nahmen; doch die Umstände, unter welchen nach ihm diese Gefangennahme vor sich gegangen sein soll, stimmen mit denen der Gefangennahme vom J. 351 so wörtlich überein, dass wir kein Bedenken tragen, auch die von Elmacin erzählte Gefangennahme diesem Jahre zuzuweisen. Überhaupt liegt kein Grund vor, eine doppelte Gefangennahme des Abû Firâs anzunehmen [3].

Von der Gefangenschaft im J. 351 H. = 962 n. Chr. berichtet Ibn Ḫâlawaihî im Cod. Ber. [4], als Einleitung zu einer Ḳaṣîde, die im Dîwân [5] als das erste Gedicht nach der Gefangennahme bezeichnet wird, wie folgt:

"Als Theodoros der Strategos ((بودرس الاصطرطيغـوس [6]),

---

1) Ibn-Ḥalliḳân I, 367. Auch Kemâl-ud-dîn in Freytag's Selecta etc. 134 erzählt, dass der von dem Streifzuge ins byzantinische Gebiet (im J. 348 oder 349) zurückkehrende Saifuddaula im Engpasse von Maġâret-ul-Kuḫl dem Leo, einem Sohne des Domesticus Phokas, im Kampfe begegnete, jedoch geschlagen wurde. Viele von den Seinigen wurden umgebracht, Abû Firâs als Gefangener nach Ḫaršana und von hier nach Constantinopel gebracht.

2) Elmacin, historia Saracenica 278.

3) Eine solche wird von Ibn-Ḥalliḳân a. a. O. I. 367 angenommen. Siehe auch Freytag, Excerpta 134. Kremer, Culturg. des Chalif. II. 381 spricht davon, dass Abû Firâs »mehrmals in griechische Gefangenschaft fiel«.

4) Cod. Ber. 21b (zu Anfang). Vgl. Abulfedâ, Annales II. 479, der im 10 Monate des J. 351 den Abû Firâs aus Manbiġ in die Gefangenschaft fortgeschleppt wissen will. S. auch Ibnul Aṯîr VIII, 404.   5) Dîwân ٢v, 10.

6) So deute ich das الاسطواطبيغـوس der Hss. Ueber die Bedeutung von στρατηγὸς vgl. Fürst, Glossarium Graeco-Hebraeum, 63 s. v. אססרטינא, אסטרטיגוס·

Sohn des Patriciers Merdîs (Cod. Ber.₂ Merdûs) — und er war der Schwestersohn des Herrschers von Rûm — mit 1000 Reitern einen Streifzug aus Rûm in die Umgebung von Manbiǵ unternahm, begegnete er dem Emîr Abû Firâs, der mit 70 Reitern jagte. Seine Gefährten riethen ihm zur Flucht. Doch er lehnte es ab und hielt Stand, bis er, schwer verwundet, gefangen genommen wurde [1]).

Und im Collegium des Emîr Saifuddaula befand sich der Bruder des Theodoros, der, eben so wie sein Vater, am Tage gefangen genommen worden war, als sein Grossvater Domesticus bei Ḥadaṯ in die Flucht geschlagen wurde. Als nun Abû Firâs in die Hände des Theodoros fiel, erklärte dieser, ihn gegen Freigebung seines Bruders loslassen zu wollen oder aber gegen ein Lösegeld. Da schrieb Abû Firâs an Saifuddaula das erwähnte erste Gedicht aus der Gefangenschaft" [2]).

Aus Cod. Ber. [3]) erfahren wir jedoch, dass "Saifuddaula nichts davon wissen wollte, den Schwestersohn des Königs freizulassen, ausser gegen vollkommenen (allgemeinen) Loskauf, und so wurde denn Emîr Abû Firâs nach Constantinopel gebracht" [4]).

Unterwegs passirte er Ḥaršana, wie er dies in einem

---

1) Abû Firâs selbst schildert seine Gefangennahme im Dîwân ٨٦, 15 ff. (statt أَثَرْت ist das erste Wort im V. 15 أُسِرْتُ zu lesen; statt تَغُّل l. بِعِزِّ; statt لامِنّى

l. رَبِّ, u. s. w.), ٣٩, 7 ff. Vor 7 fehlt hier der Vers: "Dir zu Liebe begegnete ich 1000 Blauäugigen mit 70 (S. im 2 Theile).

2) Dîwân ٢٧, 11 ff.—٣٩, 13. Text und Uebersetzung im 2 Theile der vorl. Arbeit.   3) Cod. Ber. 5b.

4) Abû Firâs, dem die Nachricht davon zukam, dichtete bei dieser Gelegenheit die Ḳaṣîde im Dîwân ٣٢٣, 11—٣٦٩, 1. Text und Uebersetzung im 2 Theile der vorl. Arbeit.

kurzen Gedichte erwähnt [1]), worin der Dichter seinen Aufenthalt daselbst einst, wo er als Eroberer auftrat, und jetzt, wo er die Stadt als Gefangener besuchte, vergleicht. Sein Aufenthalt daselbst dürfte einige Zeit gedauert haben, da man sich von griechischer Seite noch immer der Hoffnung hingab, gegen Abû Firâs den Loskauf griechischer Gefangener zu erlangen. Erst als die byzantinischen Patricier in Ḥaleb in Bande geschlagen wurden, wurde auch Abû Firâs gefesselt. Um diese Zeit begab sich auch die Mutter des Abû Firâs von Manbiǵ nach Ḥaleb, Saifuddaula für den Loskauf ihres Sohnes zu gewinnen — umsonst [2]). Dieser Aufenthalt in Ḥaršana ist es wahrscheinlich, der später von den auf S. 98 angeführten Quellen für die erste Gefangenschaft des Abû Firâs erklärt wurde.

In Constantinopel wurde Abû Firâs mit Ehrenbezeugungen aufgenommen, wie sie wohl nie einem muslimischen Gefangenen zuteil wurden. Ibn Ḫâlawaihî erzählt darüber, und zwar mit Abû Firâs' eigenen Worten, wie folgt [3]): "Es sprach Abû Firâs: "Als ich in Constantinopel ankam, erwies mir der Herrscher der Byzantiner Ehrenerweisungen, wie er sie vor mir keinem Gefangenen erwiesen hat und zwar: Es gehört zu ihren Gewohnheiten, dass in der Stadt ihres Herrschers kein Gefangener auf einem Thiere reitet, bevor er dem Herrscher begegnet, sondern zu Fuss und mit entblösstem Haupte auf einen Platz kommt [4]), hier dreimal oder so etwas niederknieet und der König ihm in einer Versammlung [5]) auf den Nacken tritt [6]). Mir liess er dies

---

1) Dîwân, ٨٢, 7 ff.; Text und Uebersetzung im 2 Theile der vorl. Arbeit.

2) Cod. Ber. 75b statt انجلب l. بكلب. Das bei dieser Gelegenheit an Saifuddaula gerichtete Gedicht wurde bereits auf S. 14 erwähnt.

3) Cod. Ber. fol. 74a.   •   4) يعرف بالبطوم.   5) يعرف بالتّورى.

6) Hierzu vgl. Cedrenus, II. 331, wo erzählt wird, dass Konstantinos dem gefangenen Abul-'Ašâir «κατὰ τοῦ τραχήλου πατήσας".

Alles nach und überführte mich sofort in ein Haus, wo er mir einen Partisan [1]) zur Bedienung gab und befahl, mir Ehrenbezeugungen zu erweisen und Jedermann von den muslimischen Gefangenen zu mir zu holen, den ich wünschen würde [2]). Auch schenkte er mir den Loskauf, und zwar für mich allein, doch ich schlug es aus, mich den übrigen Muslimen vorzuziehen nach dem, was Allâh mir gegeben von Ehre und Lebensmitteln, von Gesundheit [3]) und Würde".

Wiederholt erfahren wir von Unterredungen, deren Domesticus selbst den Abû Firâs würdigte und welche trotz der Beleidigungen, die sie für die Muslimen enthielten, als eine Auszeichnung für Abû Firâs angesehen werden müssen [4]).

So eine Ḳaṣîde im Dîwân [5]), worin "Abû Firâs seine Gefangenschaft und eine Unterredung erwähnt, die zwischen ihm und Domesticus über den Glauben vorgekommen", und eine andere [6]), worin er auf die spöttische Bemerkung des Do-

---

1) برطسان.

2) Vgl. auch Cod. Ber. 53a, wo wir erfahren, dass Abû Firâs nicht mit den übrigen Gefangenen im دار البلاط untergebracht wurde. Im selben Gedichte fordert er seinen mitgefangenen Bruder auf, ihn zu besuchen (S. auf S. 24 f. der vorl. Arbeit). Cod. Ber. 51a wird das im Dîwân ٨٥, 4 ff. mitgetheilte Gedicht (vgl. im 2 Theile der vorl. Arbeit) mit den Worten eingeleitet: »Er sprach es als Selbstlob, nachdem er erfahren, dass die Byzantiner gesagt hatten: Nicht haben wir je Einen gefangen genommen, ohne ihm seine Kleider zu nehmen, ausser Abû Firâs. Abû Firâs selbst sagt darüber in dem eben erwähnten Gedichte (Dîwân ٨٧, 2): "Sie wünschen, mir die Kleider auszuziehen, doch ich habe auf mir nur rothe Kleider von ihrem Blute".

3) من العافيه. Dazu vergleiche, was über den Anlass dieses Gedichtes in der Jetîmet (auch Cod. Oxf.) berichtet wird (S. im 2 Theile der vorl. Arbeit).

4) Vielfach erfahren wir freilich auch von Plackereien, denen Abû Firâs von Seite der Byzantiner ausgesetzt wurde, ja einmal lässt Abû Firâs sogar einen Schmerzensschrei vernehmen, aus dem hervorzugehen scheint, dass sein Leben ernst gefährdet wurde. Beispiele in der folgenden Auswahl des Ta'âlibî.

5) Dîwân ٩٤, 3 ff. (S. im 2 Theile der vorl. Arbeit).

6) Dîwân ٩٧, 17 ff. (S. im 2 Theile der vorl. Arbeit).

mesticus antwortet, die letzterer im Laufe einer andern Unterredung fallen liess:

"Was habt ihr mit dem Kriege zu schaffen, ihr seid ja nur Schreiber".

Doch alle Ehrenbezeugungen und sonstige Annehmlichkeiten von Seiten der Byzantiner ·vermochten dem Abû Firâs nicht dasjenige zu ersetzen, was er verloren, die persönliche Freiheit und die Anwesenheit der Seinigen. Dieser doppelte Verlust ist auch der ständige Gegenstand der zahlreichen, Niedergeschlagenheit und Traurigkeit athmenden Gedichte, welche der in der Gefangenschaft schmachtende Dichter an die Seinen in Ḥaleb (vorzugsweise Saifuddaula und seine Söhne) und Manbiǵ (seine Familie, in erster Reihe die Mutter) richtete und worin er seiner Sehnsucht nach Syrien in den rührendsten Worten Ausdruck gibt und die Bitte um Auslösung immer und immer nachdrücklicher wiederholt:

"Siehe in der Haft einen von zärtlicher Liebe Erfüllten,

dessen Thränen auf die Wangen herabströmen;

er sitzt als Gefangener in Rûm, doch sein Herz weilt in Syrien.

Immer von neuem suchend begegnet er keinem Ersatz für dasjenige, was er liebt" [1]

sagt er in einem Gedichte aus der Gefangenschaft; und seinem Bruder schrieb er aus Constantinopel: [2]

---

1) Dîwân ۴۱, 11—13. Statt صب . . . اننى im V. 11. l. لَصبتُّا . . . انّ; im V. 12 st. أسيير‎ l. مقيم; im V. 13 st. مـمَّـن l. مـمّـا. S. auch Dîwân ۹۸, 18 ff, namentlich V. 3, wo derselbe Gedanke wiederkehrt.

2) Dîwân ۱۲۴, 11. 12.

Ich beklagte mich dann und wann über Entfernung
von dir, da zwischen uns Länder waren, die, wann immer ich wollte,

das weit und schnell ausschreitende Pferd annäherte
(annähern konnte).

Wie nun, da zwischen uns das Reich des Kaisers ist
und weder Hoffnung die Seelen belebt noch Versprechen".

In einem rührenden Gedichte, gerichtet an eine Taube,
welche der Dichter auf einem hohen Baume in der Nähe
seines Gefängnisses klagen hörte, fragt der Dichter nach
der Ursache des klagenden Girrens der Taube, die doch
weder Trennung von den ihrigen gekostet noch ihre Freiheit verloren, und erklärt, selbst weit mehr Grund dazu zu
haben [1]). Ebenso rührend apostrophirt der Dichter anderswo
das Bairâmsfest, welches ihn im Gefängnisse gefunden,
und, anstatt ihn, wie sonst, in freudenvolle Stimmung zu
versetzen, nur seine Betrübniss vermehrt hat [2]).

In einem Gedichte des Cod. Ber. [3]), welches im Dîwân
fehlt, beneidet er förmlich die Juden deswegen, dass sie
an jedem Sabbat zusammenkommen, indess bei ihm ein
Besuch geradezu ein Festtag geworden ist (wegen seiner
Seltenheit); wünscht darin ein Genosse der Juden zu sein,
ja ist nahe daran, den Wunsch zu erklären, ein Jude zu
werden. Die Juden erwarten an ihm (am Sabbat) den Mes-
sias — er erwartet einen ehrwürdigen, liebenden Bruder,
wo nicht in Wirklichkeit, so wenigstens im Schlafe als
Traumgesicht".

---

1) Dîwân ١٣٣, 6 ff. (Text und Uebersetzung im 2 Theile der vorl. Arbeit).
2) Dîwân ٣١٨, 18 ff. (Text u. Uebersetzung im 2 Theile der vorl. Arbeit).
3) Cod. Ber. 27a, 12—15.

Das Gefühl der Einsamkeit und Verlassenheit, welches diese und ähnliche Gedichte des Abû Firâs verrathen, steigerte, wie wir aus anderen Gedichten erfahren, die Entfremdung, die bald nach seiner Gefangennahme zwischen ihm und den meisten der Seinigen, nicht einmal Saifuddaula ausgenommen, eintrat.

Schon während seiner ritterlichen Laufbahn konnte Abû Firâs über die grosse Anzahl Hasser und Neider klagen, die ihm Saifuddaula's Gunst sowie seine von Glück begünstigten Heldenthaten erregt haben. Nach seiner Gefangennahme traten Schadenfreude sowie verschiedenartige Verläumdungen bei Saifuddaula hinzu, die schliesslich, wie es wenigstens scheint, bei Saifuddaula Gehör fanden und zeitweilige Entziehung seiner Gunst dem Abû Firâs zur Folge hatten. — Zur Zeit seiner Grösse setzte sich Abû Firâs über Anfeindungen aller Art leicht hinweg. Mit Nachdruck betont er [1]), dass er auf Hälsen seiner Neider durch Saifuddaula's Gunst zu Würden aller Art emporgestiegen ist, ja wiederholt erklärt er mit Stolz die Menge seiner Feinde als Beweis für seine Grösse. So heisst es z. B. in einem Gedichte [2]);

"Und zu meinem Adel gehört es, dass man nicht aufhört, mich deswegen zu tadeln, worum man mich beneidet.

Es treffen die Augen der Menschen mich (neidisch) mit Blicken, dass ich glaube:

es werden in der Zukunft (einmal) auch die Sterne in der Anzahl der Neider mich beneiden.

Und ich sehe nichts als Feinde, die mich bekämpfen —

---

1) Dîwân ٣٩, 5.

2) Dîwân ٨٨, 8 ff. Statt يغيبنى u. غائب im V. 8. l. يعيبنى u. عائب.

und ihr letztes Gute besteht bei mir (nach meiner Meinung) darin, dass sie mich (offen) bekämpfen[1].

Und sie löschen den Ruhm aus (suchen meinem Ruhme ein Ende zu machen),

doch Allâh zündet ihn wieder an (auch: indess Allâh ihn anzündet, so dass er nicht auszulöschen ist),

und sie vermindern die Trefflichkeit, indess Allâh sie giebt.

Und sie hoffen selbst Höhe zu erreichen und wissen nicht, dass grosse Leistungen (Gottes) Gaben sind. u.s.w.”
Ähnlich .heisst es in einem Distichon[2], wohl ganz allgemein, aber gewiss auch mit Rücksicht auf Abû Firâs:

“Mögen deine Feinde nicht zu Grunde gehen, vielmehr mögen sie ewig sein;

und du mögest nie frei von Neidern sein, denn nur derjenige ist Herr, der beneidet wird”. Nicht so später.
In einer Ḳaṣîde im Dîwân[3] schildert Abû Firâs seine Haft und erwähnt einige seiner Neider. Die Anfangsverse derselben lauten:

“Demjenigen, der mit Neidern zu kämpfen hat, gebührt der Lohn eines Muǵâhid (eines Glaubenskriegers);

denn das hoffnungsloseste von all dem, was mir begegnet, ist die Zufriedenstellung des Neiders.

Und ich sehe, dass keiner, der wie ich ist, heute mehr Neider[4] hat als ich,

---

1) Hierzu vgl. Dîwân ١٢٤, 4.

2) Fehlt im Dîwân; Cod. Ber. 27a, 9 u. 10:   من السريع

لا بَادَ أَعْدَاؤُكَ بَـلْ خُلِّدُوا حتّى يَرَوْا فيكَ ٱلَّذى يُكْمِد

وَلَا خَلَوْتَ ٱلدَّهْرَ مِن حَاسِد فَإِنَّـمَـا ٱلسَّيِّدُ مَنْ يُحْسَد

3) Dîwân ٩٥, 11 ff.   4) St. الحامد l. الحاسد حَاسد.

so dass es scheint, als ob die Herzen der Leute für mich ein einziges Herz wären.

Hat denn diese Zeit vor mir keinen Trefflichen gesehen, und haben die Neider vor mir über keinen Ruhmvollen den Sieg erlangt?

Ich sehe geheimen Hass von unten der Heuchelei [1]) und ziehe (sammle) das Gift schwarzer Schlangen [2]) aus dem reinsten Honig" [3]).

Doch es hat wenig sich zu entschuldigen derjenige, dessen ganze Schuld darin besteht, dass er hohen Leistungen nachgeht und löbliche Handlungen (Ruhm) zu erwerben sucht [4])·

Am meisten kränkte jedoch Abû Firâs die Theilnahmlosigkeit seiner Leute, die allmählich in Vernachlässigung überging und schliesslich geradezu in Feindschaft sich umwandelte [5]).

"Könnte ich durch die Nähe meiner Nächsten (Verwandten) erfreut sein, wenn ihre Herzen mir entfremdet sind"?, ruft er in einem Verse der eben erwähnten Ḳaṣîde [6]). Und anderswo [7]) lässt er sogar die Worte vernehmen:

---

1) Statt النقاء (Reinheit, Unschuld) l. النفاق; st. وراحتى (und mein Wein) l. واجتنى. 2) St. الاشارد l. الاساود. 3) St. المازى l. الماذى; das folg. و ist zu streichen.

4) Dieser Vers fehlt im Dîwân:

$$\text{قَلِيلُ ٱعْتِذَارٍ مَنْ تَبِيَّنَ ذُنُوبُه طِلَابُ ٱلْمَعَالِي وَٱكْتِسَابُ ٱلْمَحَامِدِ}$$

5) Dîwân ٣٨, 7 sagt Abû Firâs ausdrücklich «Ich verweilte zwei Jahre in Rûm, ohne Einen von den Menschen zu sehen, der betrübt gewesen wäre oder auch nur sich betrübt gestellt hätte."

6) Dîwân ٩٥, 17, wo jedoch die zum Halbverse وهل ناعى gehörige zweite Hälfte fehlt, eben so wie die erste Hälfte des folgenden Halbverses. Letztere lautet:

$$\text{وَقَلْ أَنَا مَسْرُورٌ بِقُرْبِ ٱلْأَقَارِبِ}$$

7) Dîwân ١٢٩, 4 ff.

"der ärgste von deinen Feinden ist derjenige, der dich nicht (offen) bekämpft,

und der beste von deinen Freunden derjenige, der nicht in eine Familie mit dir hineingehört [1]).

Ich habe fürwahr meine Kenntniss der Tage und der Menschen vermehrt und habe Erfahrungen gemacht, bis dass die Erfahrungen mich auspolirt haben.

Infolge dessen (nach diesen Erfahrungen) sind die Entferntesten unter ihnen am meisten entfernt, gegen mich schlecht zu handeln,

indess die Nächsten unter ihnen demjenigen am nächsten sind, was ich verabscheue.

Was für einen Wert hat aber das gesellige Leben in einem Hause, wo es keinen Vertrauten gibt,

und die Nähe von Leuten, unter denen es (trotz ihrer nahen Verwandtschaft) keinen gibt, der es verdiente, wirklich als naher Verwandter bezeichnet zu werden [2])?.

Fremd bin ich (in einem solchen Hause), wenn auch meine Leute überall sind, wo mein Blick sich hinwendet,

und vereinsamt, wenn auch rings um mich Schaaren von meinen Männern sich befinden",
sagt in der Fortsetzung dieses Gedichtes im Cod. Ber. [3]) der Dichter, welcher anderswo denselben Gedanken auf sein ganzes Zeitalter ausdehnt [4]):

"Fremd bin ich in dieser Zeit und bei ihren Leuten, ebenso wie mein Handeln ihnen fremdartig erscheint".
Im Cod. Ber. 16[a] (zu Ende) ruft er sogar:

---

1) L. ‏يناسب‏.

2) St. ‏مغارب‏ l. ‏مقارب‏.   3) Cod. Ber. 5b., Vers 1.

4) Fehlt im Dîwân; Cod. Ber. 10a, 12:

ولكنني فى ذا الزمان و اهله غريب وافعالى لديه غرائب

"Die Söhne des Ḥamdân sind sämmtlich meine Neider

(بنو حمدان حُسَّادى جميعا)".

Ibn Ḫâlawaihî ist geneigt [1]), diese und ähnliche Aus-
sprüche des Abû Firâs seinem krankhaften Zustande zuzuschreiben, in dem er sich in der ersten Zeit seiner Haft
befand. Wir lesen hier nämlich die Worte, die wahrscheinlich Abû Firâs selbst (der hier freilich nicht genannt wird)
später zu seiner Entschuldigung geäussert hat: "Ich bin
nicht zufrieden mit Allem, was ich gesagt habe. Denn ich
war sehr krank, und die Poësie des Kranken ist krank" [2]).

Wir erfahren nämlich aus Cod. Ber. 8b [3]), dass Abû Firâs'
Gefangennahme in Folge einer Wunde erfolgte, die derselbe im Kampfe mit den Griechen erlitten hatte und
an deren Folgen er dritthalb Jahre im Gefängnisse krank
danniederlag. Eine Pfeilspitze war nämlich in seinem Körper
(nach der Jatîma [4]) im Schenkel) stecken geblieben und
konnte nicht eher entfernt werden, bis dass man die Haut
aufschnitt. Aber selbst dies musste nach Cod. Oxf. [5]) sechs-
mal wiederholt werden. Abû Firâs selbst sagt darüber [6]):
"Meine Seele hat schon das Einlassen von Sonden [7]) kennen
gelernt, und meine Haut ist aufgeschnitten und so von
bläulichen Pfeilspitzen [8]) befreit worden". Anderswo schildert Abû Firâs seine Wunden als solche, vor welchen selbst

----

1) Nach Cod. Ber. 5b.

2) ما ارضى كلّها قلته فى الطرف لآنى كنت شديد العلة وشعر
العليل عليل   3) Zu Dîwân ٨٢, 3 ff.

4) Auch Ibn Ḥallikân a. a. O., 367.

5) Cod. Oxf. 165r: وشقّ عليه سنن مرّات حتى خرج.

6) Dîwân ٧٢, 4.   7) Statt زرق المسابير l. المسامير.

8) Statt الفطل l. النصول.

Ärzte zurückschaudern [1]). Wiederholt erfahren wir auch, dass sich sein Zustand derart verschlimmerte, dass er selbst alle Hoffnung auf Genesung aufgab [2]).

So wenig es einem Zweifel unterliegt, dass Abû Firâs' Krankheit, verbunden mit seiner Haft, nicht ohne Einfluss auf sein Gemüth bleiben konnte und auch geblieben ist, so sind wir doch geneigt, seine pessimistische Beurtheilung der Seinigen in erster Reihe der veränderten Gesinnung zuzuschreiben, wie sie ihm die Seinigen nach seiner Gefangennahme durch ihr Benehmen an den Tag legten. Von seinen früheren Bekannten und Freunden sagt Abû Firâs ausdrücklich [3]), dass ihn einer nach dem Andern vergisst, mit Ausnahme einer kleinen Schaar, die vielleicht auch morgen der andern sich anschliesst und ihre Gesinnung ihm gegenüber verändert. Ja selbst Saifuddaula wirft er vor, dass er über ihn Reden angenommen und dass Lügen bei ihm dauernden Anklang gefunden [4]), die ihn veranlassten, anders über Abû Firâs zu reden als sonst [5]), so dass er (Abû Firâs) jeden zweiten Tag eine neue Verläumdung des Saifuddaula zu hören bekam. Dies Alles waren nur Lügen, wie es Abû Firâs anderswo ausdrücklich erklärt, ersonnen von seinen Neidern, dem Abû Firâs zu schaden [6]), wiewol

---

1) Dîwân ٢٩, 16a (S. im 2 Theile der vorl. Arbeit). Vgl. auch ٩٢, 5, wo der Dichter erklärt, dass sein Körper Wunde an Wunde ist und immer neue Wunden sich bilden.

2) So Cod. Ber. 73b zu Dîwân ٣١, 5 ff., Cod. Ber. 72b (Dîwân ٢٩, 14).

3) Dîwân ٣٠., 1.),   4) Dîwân ٤٣, 12.

5) Dîwân ٤٤, 3; st. اقوام l. اقوال. Vgl. auch Dîwân ٩٥, 1 ff.

6) Cod. Ber. 68b: من الكامل

وَيَـقُولُ فِـى ٱلْحَاسِـدُونَ تَكَـذُّبًا

وَيُـقَـالُ فِى ٱلْمَتْخْسُودِ مَا لَا يَفْـعَـلُ.

sie den Schein von Besorgniss[1]) um ihn hatten. Doch sie erreichten ihr Ziel und Abû Firâs klagt[2]) über Beleidigungen (جنايـة) eines Wohlthäters (منعم), "dem Zorn des Feindes und Verletzung des Neiders innewohnt" und von welchem er, gegen alle Erwartungen, verworfen wurde, wiewohl er ihn früher immer, und mit Recht, als seine Zurüstung angesehen. Wir erfahren ausdrücklich von einer Verläumdung, die ganz besonders geeignet war, Saifuddaula's beleidigte Eitelkeit gegen Abû Firâs zu stimmen. Einer von Abû Firâs' Mitgefangenen soll sich nämlich im Namen des Abû Firâs an den Herrscher von Ḫurâsân mit der Bitte um Loskauf gewendet haben. Saifuddaula, dem dies hinterbracht wurde, hatte wirklich Abû Firâs in Verdacht, dass er der Urheber davon war[3]), und äusserte bei dieser Gelegenheit die für Abû Firâs, der als Held weit und breit bekannt war, gewiss beleidigenden Worte: "Woher kennen ihn denn die Ḫurâsâner?" Im Cod. Ber.[4]) lesen wir, dass in Folge dessen Saifuddaula's Briefe ausblieben; daselbst[5]) erfahren wir auch, dass Abû Firâs die Nachricht davon zukam, dass man nicht willig sei, ihn aus der Haft zu befreien. Wohl damit hängt zusam-

$$\text{يَتَطَلَّبُونَ اسَاءَتِى لَا نَمَنى}$$
$$\text{إِنَّ الْحَسُودَ بِمَا يَسُوءُ مُوَكَّلُ}$$

---

1) Aus einigen Stellen des Dîwân erfahren wir, dass man Abû Firâs den Vorwurf machte, dass er seine Gefangennahme selbst verschuldet hat, da er sich leichtsinnig in den Kampf mit dem überlegenen Feinde einliess, obwohl man es ihm abrieth, z. B. Dîwân ٢٩, 8; ٩٥, 6.

2) Dîwân ٥٣, 17 ff.

3) Dîwân ٤١, 14 ff. Die Antwort des Abû Firâs auf diese Verdächtigung siehe im 2. Theile der vorl. Arbeit.   4) Cod. Ber. 7a.

5) Cod. Ber. 24a. Vgl. Dîwân ١١., 3 ff. (S. im 2 Theile der vorl. Arbeit.)

men, was wir anderswo [1]) lesen, dass Abû Firâs Saifuddaula mittheilte, was er hinsichtlich des Loskaufes mit dem König der Byzantiner abgemacht hatte, die Antwort des Saifuddaula jedoch ausblieb. Da schrieb ihm Abû Firâs einen Brief, worin er seinem Zorne darüber Ausdruck gab und den Verzug seiner Angelegenheit betonte. Darüber war wiederum Saifuddaula böse und schalt Abû Firâs deswegen in seinen Briefen an ihn und Andere [2]).

Abû Firâs kränkte dies Alles um so mehr, je inniger sein Wunsch war, möglichst bald aus der griechischen Gefangenschaft befreit zu werden. In einem Halbverse des Cod. Ber. [3]) erklärt er zwar das Gefängniss für seiner Väter und sein Absteigequartier, und im Dîwân [4]), dass einer wie er entweder als Fürst oder als Gefangener stirbt; auch vor dem Zugrundegehen hat er keine Furcht, da er nicht hofft, seinen Tag (wenn er gekommen sein sollte) auf Morgen zu verschieben [5]), und auch mit dem Leben geizt er nicht, bereit, dasselbe jeden Augenblick aufzuopfern [6]). Doch er zieht es vor, den Tod der Söhne seines Vaters zu sterben, nämlich auf dem Rücken der Pferde, ungepolstert [7]), und nicht verloren in den Händen der Christen [8]), der griechischen Hunde (كلب الروم), wie er sie anderswo nennt [9]), ähnlich einem siechenden Leberkranken" u. s. w.

Dieser Wunsch ging lange nicht in Erfüllung, trotzdem

---

1) Cod. Ber. 58b (zu Dîwân ٣٧, 8 ff).

1) Des Abû Firâs Antwort darauf s. im 2 Theile der vorl. Arbeit.

2) Cod. Ber. 23a, 6b:

مَوارِدُ آبائى الاولى ومواردى

3) Dîwân ٨٢, 15; statt des letzten اميرا l. اسيرا.

4) Dîwân ٢٨, 1.   5) Dîwân ٢٧, 12.   6) Dîwân ٢٧, 14

7) Cod. Ber. 21b.   8) Dîwân ٢٨; 9.

Abû Firâs keine Gelegenheit unbenützt liess und wir aus
seinen Gedichten wiederholt von Verhandlungen lesen, auf
die er sich in Frage seines und der Gefangenen Loskaufes
mit den Byzantinern einliess [1]). In dieser Lage suchte er,
wie es bei Freytag [2]) heisst, in der Religion Trost zu finden.
In der That begegnen wir in seinem Dîwân einer Anzahl
von Gedichten, deren Proben in der Jetîma unter der Überschrift الحكمة والموعظة vorkommen, deren einige jedoch mit
gleichem Rechte zu den زهديات gezählt werden könnten [3]).
Einzelne Verse ähnlichen Inhaltes finden wir übrigens fast
in jedem Gedichte des Abû Firâs; besonders häufig sind
sie, wie es aus dem Gesagten leicht zu erklären ist, in
den Rûmijjât. Ist es das rührend zarte Gefühl, das uns in
den meisten Rûmijjât entgegentritt, so ist es frommer Geist
und ergebungsvolles und unerschütterliches Vertrauen auf
Gott, der, wie er schon öfters geholfen, auch diesmal helfen
wird, was diese Gedichte und Verse ganz besonders aus-
zeichnet.

Nach Ibn Ḥallikân [4]) blieb Abû Firâs vier Jahre in der
griechischen Gefangenschaft zu Constantinopel. Erst im
J. 355 H. (= 966) wurde nämlich die Frage des Loskaufes,
die Abû Firâs während seiner ganzen Haft beschäftigte,
zwischen Saifuddaula und den Byzantinern zum Abschlusse
gebracht und Abû Firâs sowie Abul-Haitam, Sohn des Ḳâḍî
Abû Ḥuṣain nebst vielen anderen Gefangenen freigegeben [5]).

---

1) Cod. Ber. 40a; 58b; 74a.
2) Selecta ex historia Halebi pag. 134.
3) So z. B. namentlich das schöne Gedicht im Dîwân ١٢٩, 18, im Cod. Ber.
als وقّل في الزهد واجاد überschrieben, das man fast für ein Gedicht des
Abul-'Atâhijja halten möchte, freilich auch andere.
4) Ibn Ḥallikân a. a O. 367. Nach Elmacin 280 dauerte die Haft des
Abû Firâs 7 Jahre und einige Monate. Doch vergl. das auf S. 98 gesagte.
5) Ibnul Atîr VIII. 424 zum J. 355; Elmakîn, 280; Abulfîdâ, Annales II. 487.

Abû Firâs selbst berichtet über diesen Loskauf, verbunden mit der Auswechslung der Gefangenen, wie folgt [1]). "Ich verhandelte mit dem König der Byzantiner über den Loskauf. Da nämlich Saifuddaula die byzantinischen Gefangenen nicht zu schonen pflegte (nicht am Leben liess), befand sich in ihren (der Byzantiner) Händen ein Mehr von 3000 Gefangenen, die in den Provinzen oder aber aus den Heeren gefangen genommen worden waren. Und ich erlangte von ihnen, dass um 200000 byz. Dînâre der Loskauf stattfünde und dieses Mehr losgekauft würde. Und ich leistete Bürgschaft für das Geld und die Muslimen und verliess mit ihnen Constantinopel. Und ich ging mit ihren Vornehmen nach Ḥaršana voraus. Und es ist nie ein Loskauf abgemacht oder ein Waffenstillstand mit einem Gefangenen geschlossen worden. Und darüber sagte ich: [2]) „Es sind mir Bande gelöst worden, die zu lösen die Menschen ausser Stande waren u. s. w.".

Doch nicht für lange war es Abû Firâs vergönnt, sich der so schwierig wiedergewonnenen Freiheit zu erfreuen. Im J. 356 (= 967) starb [3]) nämlich Saifuddaula an einer Harnkrankheit und mit seinem Tode erlosch der Glanz seines Reiches, das unter seines Sohnes Saʿduddaula Herrschaft allmählich seinem Untergange nahte. Das folgende Jahr 357 ist auch das Sterbejahr des Abû Firâs [4]). Über seinen Tod berichtet Ibn Ḫâlawaihî bei Ibn Ḫallikân, dass sich Abû Firâs nach dem Tode des Saifuddaula entschlossen hat, mit Gewalt

---

1) Cod. Ber. fl. 74a.

2) Folgt das im Dîwân ١٣٧, 2 ff mitgetheilte Gedicht, ein Ausdruck des Dankes für all diese ihm erwiesenen Wohlthaten. Siehe im 2. Theile der vorl. Arbeit.

3) Abulfedâ, Annales II. 493; Elmacinus, 280.

4) Ibn Ḫallikân a. a. O. 368; Ibnul Aṯîr VIII. 434. zum Jahre 357.

von Emessa Besitz zu nehmen [1]). Saifuddaula's Sohn Abul-Ma'âlî, der von dieser Absicht erfahren hatte, schickte gegen ihn seine Truppen aus, die den von vielen Säbelhieben bedeckten und zum Kampfe unfähig gemachten Abû Firâs gefangen nahmen. Unterwegs soll er infolge seiner Wunden gestorben sein, bei einer Meierei Namens Ṣadad, Freitag am 8 des Monates Rabî' ul-âḫiri des J. 357 (= im März 968).

Nach dem Berichte des Ṭûbit Ibn Sinân as-Ṣâbi, den Ibn Ḥallikân [2]) ebenfalls anführt, soll das entscheidende Treffen zwischen Abû Firâs, der damals in Emessa residierte, und seinem Neffen mütterlicher Seits [3]) Abul-Ma'âlî am Sonntage, dem 2. Tage des Ǵumâdâ I. im J. 357 stattgefunden haben. Abul-Ma'âlî, der den Sieg davontrug, tödtete Abû Firâs im Kampfe und nahm das vom Rumpfe getrennte Haupt mit sich, indess der Körper unter freiem Himmel blieb, bis ein Wüstenaraber kam, ihn in ein Tuch einhüllte und begrub. Einige (vielleicht diejenigen, denen es unglaublich vorkam, dass Abul-Ma'âlî seinen O n k e l mütterlicher Seits eigenhändig getödtet haben sollte, der all sein Dichten und Thun dem Dienste s e i n e s V a t e r s gewidmet und dessen einige Gedichte, an Abul Ma'âlî und seinen Bruder Abul-Makârim gerichtet [4]), untrügliches Zeugniss von der zärtlichen Liebe abgeben, mit welcher Abû Firâs selbst an diesen seinen Neffen hing) wollen wissen, dass nicht Abul-Ma'âlî, sondern sein Kämmerer Ḳargûja, und zwar ohne Wissen des Abul-Ma'âlî, des Abû Firâs Tod herbeigeführt

---

1) Vgl. Dîwân ١٥., 9 ff.　　2) Ibn Ḥallikân a. a. O.

3) Siehe S. 16 der vorl. Arbeit.

4) S 33 der vorl. Arbeit.

hat. Abul-Ma‘âlî soll im Gegentheil die Nachricht von Abû Firâs’ Tode sehr unangenehm berührt haben [1]).

Ibnul Atîr [2]), der ganz allgemein von einer Feindschaft (وحشة) zwischen dem in Ḥimṣ residierenden Abû Firâs und Abul-Ma‘âlî spricht, erzählt, dass Abul-Ma‘âlî den Abû Firâs verfolgte, der sich nach Ṣadad, einem Dorfe bei Ḥimṣ, der Wüste zu, zurückzog. Abul-Ma‘âlî versammelte die Araber des Stammes Benî Kilâb u. a. und schickte sie mit Ḳarġûja aus, den Abû Firâs zu suchen. Bei Ṣadad trafen sie Abû Firâs und schlossen ihn ein. Seine Gefährten baten um Gnade; auch er (Abû Firâs) mischte sich unter diejenigen von ihnen, die um Gnade baten. Da sprach Ḳarġûja zu einem seiner Diener: "Tödte ihn" und er tödtete ihn. Und er nahm sein Haupt, sein Leichnam aber wurde in der Wüste zurückgelassen, bis ein Wüstenaraber ihn begrub". Ibn Atîr fügt hinzu: "Es hat Wahrheit gesprochen derjenige, der gesagt hat: Fürwahr, die Herrschaft ist etwas unheilvolles" [3]).

Diese ziemlich gleichlautenden Berichte lassen wohl keinen Zweifel darüber übrig, was der Anlass von Abû Firâs’ Tode gewesen und wie derselbe erfolgte. Ein Kampf mit einem seiner Verwandten [4]) (Abul-Ma‘âlî), in welchem Abû Firâs unterlag, war sein mittelbarer Grund. Wenig wahrscheinlich ist dagegen, dass Abû Firâs auf dem Schlachtfelde oder nach der Schlacht unterwegs gestorben sein soll. Auch für die Nachricht davon, dass sein Haupt vom Rumpfe getrennt und von Abul-Ma‘âlî mitgenommen wurde, besitzen wir keine hinreichende Gewähr.

---

1) Ibn Ḥallikân a. a. O.   2) Chronikon, VIII. 434.

3) Fast wörtlich dasselbe lesen wir in Kemâl-ud-dîns Geschichte von Ḥaleb fol. 41. (Freytag, Excerpta etc. 129.) Darnach lebten beide Sa‘duddaula (= Abul Ma‘âlî) und Abû Firâs in Emessa.

4) So ist wohl bei Ibn Ḥallikân zu übersetzen statt »a combat with some slaves belonging to his own family", wie Slane übersetzt.

Aus Ibn Ḥallikân erfahren wir unter Anderem, dass Abû
Firâs nicht getödtet oder sonst wie umgebracht wurde,
sondern dass er einige Zeit an Folgen seiner Wunden schmachtete, bevor er den Geist aufgab [1]). Diese Notiz des Ibn
Ḥallikân wird durch ein Gedicht des Dîwân bestätigt [2]),
das von Ibn Ḥâlawaihî als das letzte Gedicht bezeichnet
wird, das Abû Firâs gesprochen hat. Ibn Ḥâlawaihî sagt
ausdrücklich [3]), dass Abû Firâs es bei seinem Tode gesprochen. Das Gedicht ist an die Tochter des Abû Firâs
gerichtet, die, wie gesagt wurde, an Abul-ʿAšâir verheirathet
war, nach dessen Tode in der byzantinischen Haft jedoch
bei ihrem Vater sich aufhielt [4]). Das Gedicht ist so gehalten, dass wir es als Anrede einer anwesenden Person an-
sehen müssen, woraus folgen würde, dass Abû Firâs zu
Hause, in den Armen seiner Tochter starb [5]).

Sein Tod erfolgte im 37 (36) Lebensjahre, ein Alter,
das Abû Firâs' Klage berechtigt, dass es ihm nicht gewährt
worden, die Jugend zu geniessen [6]). Sagt ja Abû Firâs
selbst [7]):

والدهر لا يبقى على فاضل

---

1) Ibn Ḥallikân a. a. O. 367.

2) Dîwân ٧١, 18, hier freilich bloss mit وقال eingeleitet. Auch im Cod.
O. f. 162ᵛ wird sie unrichtig auf die Krankheit des Abû Firâs in Constantinopel bezogen (وله, وقد اعتلّ بقسطنطينيّة).

3) Siehe im 2 Theile dieser Arbeit.

4) Siehe S. 32 dieser Arbeit.

5) Abweichend davon heisst es in den Berliner Cod. (Cod. Ber.₁, fol. 13b,
Ber.₂ fol. 12a), dass Abû Firâs dieses Gedicht sprach, im Begriffe in den
Kampf zu ziehen, und dass er im «selben ahnungsvoll seinen Tod ankündete,
ohne das zu beabsichtigen", wie wir glauben, weniger wahrscheinlich. Den
Text siehe im 2 Theile dieser Arbeit, wo auch das Gedicht mitgetheilt ist.

6) Dîwân ٧٢, 4.

7) Cod. Ber.₁, fol. 65a, Vers 4b.

117

"Das Schicksal lässt den Trefflichen nicht lange leben" und
anderswo [1]):

ولكنها الدنيا فتاجزى بما جزت   فيسفل اعلاها وتعلو الاسافل

"Doch so ist die Welt! sie vergilt nach ihrem Belieben
(wörtlich: belohnt, womit sie belohnt), so zwar, dass ihre
Höheren (Edleren) niedrig sind, indess ihre Unteren hoch
sind", und dasselbe anderswo [2]) ausgedrückt:

ولكنّى رأيّت الدهر يكسو   عزيز القوم اثواب الذليل

"Doch ich sah, dass das Schicksal die Ruhmvollen mit
den Kleidern der Verächtlichen bekleidet".

Zur Charakteristik von Abû Firâs' Poësie ist zu dem
bereits Gesagten nicht viel hinzuzufügen. Durch die im
Verlaufe der Arbeit mitgetheilten und in der Folge noch
mitzutheilenden Gedichte des Abû Firâs nach der in jeder
Hinsicht gelungen zu nennenden Auswahl des Ta'âlibî erscheint sie nach allen Seiten hinlänglich charakterisirt.

Ta'âlibî theilt seine Poësie ihrem Stoffe nach in 9 Kategorien: Gedichte, welche Saifuddaula und Abû Firâs' Beziehungen zu ihm gelten und die wir einfach Saifijjât
(Saifische Gedichte) nennen könnten; Gedichte, welche Abû
Firâs dem Selbstlobe sowie dem Ruhme der Seinen gewidmet hat (Faḫrijjât); Gedichte, die Abû Firâs an seine
Brüder und Freunde gerichtet (Iḫwânijjât) und die ihnen
nahestehende Klage und Tadel; Liebeslieder (gazal wa
nesîb); Beschreibungen und Vergleiche, zu denen auch die
auf S. 78 erwähnten Jagdgedichte (ṭardijjât) gehören;
Spruchpoësie (ḥikma wa mau'iḍa); schliesslich die aus
der byzantinischen Haft des Abû Firâs stammenden Ge-

---

1) Cod. Ber., 68b 2. Dîwân ٢٣٣, 5, wo der erste Halbvers lautet: «Doch
die Tage bringen, was sie bringen".

2) Cod. Ber., 71b, 17.

dichte (R û m i j j â t). Inhaltlich enthalten die Rûmijjât eigentlich mehr oder weniger Gedichte aller vorhergehenden Kategorien, welche, zusammengenommen und den Rûmijjât gegenüber gestellt, mit dem Namen Šâmijjât (die Syrischen) bezeichnet werden könnten. Seine Poësie, die Ta'âlibî als berühmt charakterisirt, verbindet nach ihm Schönheit und Güte, Leichtigkeit und Fülle, Süsse und Würde, Anmuth und Solidität [1]; am selben Orte bezeichnet er sie nach des gelehrten Wezîrs Ibn 'Abbâd (Ṣâḥib) Worten als Schlussstein der arabischen Poësie überhaupt. Ta'âlibî's Urtheile stimmt Ḥâǧî Ḥalîfa [2] bei, indem er die zwei eben angeführten Sätze desselben wörtlich ausschreibt. Ibn Ḥallikân erklärt, dass des Abû Firâs' Poësie reich an Schönheiten aller Art ist [3]. Sonst finden wir seine Poësie wiederholt ganz allgemein als "gut" (جَيِّد) bezeichnet [4].

Von europäischen Kunstrichtern möge es genügen, das Urtheil des A. Freiherrn von Kremer [5] anzuführen: "Dieser ritterliche Mann ist zugleich einer der bedeutendsten Dichter der späteren Zeit und arabische Kunstkenner .... bezeichnen ihn als einen der grössten, ja als den letzten Dichter". "Er [6] ist das Bild der bewegten Zeit, in der er lebte, in ihm verkörpert sich noch einmal der alte, stolze, kriegerische Geist des Altherthums und nur die feineren Gefühle sind eine Zuthat der späteren Kultur. Die innere Geschichte der arabischen Poësie müsste auch wirklich mit

---

1) Ṭa'âlibî, Jetîma Cap. III. Anfang S. 123 dieser Arbeit.
2) Esâmii-Kütüb III. 257 (N° 5254).
3) Ibn Ḥallikân a. a. O. 367. (Slane: his poetry abounds with beauties).
4) Z. B. Ibn Atîr, VIII. 404: وله ديوان شعر جيّد.
5) Kulturgeschichte II. 382.
6) Kremer a. a. O. II. 385.

ihm schliessen, wenn nicht noch ein grosser, hoher Geist
aufgetreten wäre, der die philosophische und beschauliche
Richtung, die Abul ᶜAtâhijja zuerst angeschlagen hatte, in
der neuen und grossartigen Weise selbständig ausbildete
— Abul ᶜAlâ Maᶜarrî".

II.

TA'ÂLIBÎ'S JETÎMET-UD-DAHR

CAP. III.

ÜBER ABÛ FIRÂS UND DIE GLANZPUNKTE SEINER LEBENSGESCHICHTE SOWIE SEINER POËSIE.

Text und Uebersetzung.

الباب الثالث ¹)

فى ذكر ابى فراس الحرث بن سعيد بن حمدان
وغرر اخباره واشعاره ²)

كان فرد ³) دهره وشمس عصره أدبًا وفضلًا وكرمًا ونبلا ⁴) ومجدًا

وبلاغة وجدًّا ⁵) وبراعة وفروسيـة وشجاعة وشعره مشهور سائر

بين الحسن والجودة والسهولة والجزالـة والعذوبة والفخامة

والحلاوة والمتانة ومعه روآء الطبع وسمة الظرف وعزة الملك ولم ⁶)

تجتمع هذه الخلال قبله الا فى شعر عبد الله بن المعتز وابو

---

1) Als Grundlage dieser Ausgabe dienten: Zwei Handschriften des „Dîwânes des Abû Firâs" der Königl. Bibliothek zu Berlin: Ms. or. oct. 306. (bezeichnet als B₁) u. Ms. or. Pet. II 409 (B₂); eine Oxforder (Cod. Poc. 174, bez. O) und eine Tübinger (Cod. Tub. 142, bez. T) desselben, deren Varianten einer Collation aus Thorbeckes Nachlasse entnommen sind, schliesslich die sehr unvollständige und äusserst mangelhafte Beirûter Ausgabe v. J. 1873 (bez. B); zwei Handschriften von Ta'âlibî's Jetîmet-ud-dahr der k. k. Hofbibliothek zu Wien: Cod. Mixt. f. 117 (V₁) und 104 (V²), eine der Münchener Hofbibliothek (Cod. Mon. 503, bez. M), letztere ebenfalls aus Thorbeckes Nachlasse, und die Damascener Ausgabe der Jetîma (bez. D). Einzelne Varianten boten die von Ablwardt (bez. A) und Freytag (F) herausgegebenen Gedichte. T₂ u G beziehen sich auf Varianten zu einigen Gedichten, die Thorbecke in anderen Tübinger und Göttinger) Handschriften vorgefunden hat.

2) M fehlt واشعاره.   3) M فريد.   4) M V₂ fehlt نبلا u. جدّآ.

5) وجِدّا f. in D.   6) V₂ ياجتمع.

فِراس يُعَدُّ ١) أَشْعَرَ مِنْهُ عِنْدَ أَهْلِ ٱلصَّنْعَةِ ٢) وَنَقَدَةِ ٱلْكَلَامِ وَكَانَ

الصَّاحِبُ ٣) يَقُولُ بُدِئَ ٱلشِّعْرُ بِمَلِكٍ وَخُتِمَ بِمَلِكٍ يَعْنِى بِامرِئِ

ٱلْقَيْسِ وَابِى فِرَاسٍ ٤) وَكَانَ المُتَنَبِّى يَشْهَدُ لَهُ بِالتَّقَدُّمِ وَالتبريز

وَيُحَامِى جَانِبَهُ فَلَا يَنْبَرِى لِمُبَارَاتِهِ وَلَا يَجْتَرِئُ عَلَى مُجَارَاتِهِ ٥)

وَاِنَّمَا لَمْ يَمْدَحْهُ وَمَدَحَ مَنْ دُونَهُ مِنْ آلِ حَمْدَانَ تَهَيُّبًا لَهُ ٦)

وَاِجْلَالًا لَا اغْفَالًا وَاخْلَالًا ٧) وَكَانَ سَيْفُ الدَّوْلَةِ يَعْجِب جِدًّا ٨)

بِمَحَاسِنِ ٩) اَبِى فِرَاس وَيُمَيِّزُهُ بِالْاَكْرَامِ ١٠) عَنْ سَائِرِ قَوْمِهِ وَيَصْطَنِعُهُ ١١)

لِنَفْسِهِ وَيَسْتَصْحِبُهُ فِى غَزَوَاتِهِ وَيَسْتَخْلِفُهُ عَلَى أَعْمَالِهِ وَابو فِراس

يَنْثُرُ الدُّرَّ الثَّمِينَ فِى مُكَاتَبَاتِهِ ١٢) اِبَّاهُ وَيُوَفِّيهِ حَقَّ سُودَدِهِ وَيَجْمَعُ

بَيْنَ أَدَبِي السَّيْفِ وَالْقَلَمِ فِى خِدْمَتِهِ

قِطْعَةٌ مِنْ أَخْبَارِهِ مَعَ سَيْفِ ٱلدَّوْلَةِ وَأَشْعَارِهِ فِيهِ

سِوَى الرُّومِيَّاتِ

حَكَى ابن خَالَوَيْهِ قَلَ كَتَبَ ابو فِراس اِلَى سَيْفِ الدَّوْلَةِ وَقَدْ

شَخَصَ مِن حَضْرَتِهِ اِلَى منزِلِهِ بِمَنْبِجَ كِتَابًا صَدْرُهُ كِتَابِى أَطَالَ

ٱللهُ بَقَاءَ مَوْلَانَا مِنَ ٱلْمَنْزِلِ وَقَدْ وَرَدْتْهُ وُرُودَ ٱلسَّالِمِ ٱلْغَانِمِ مثقل

---

١) MV, بعد.   ٢) O الصناعه.   ٣) O الصاحب بن عباد.
٤) D وابا فراس وامرء القيس.   ٥) M المباراته, O مجارنه   6) Fehlt in O.
7) M fehlt واخلالا.   8) Fehlt in O.   ٩) O بمحاسنه.   10) Fehlt
in V₁,₂.   11) D ويصطاحبه.   12) مكانبنته.

البطن [1] والظهر وقرا [2] وشكرًا فاستحسن سيف الدولة بلاغته
ووصف براعته وبلغ ابا فراس ذلك فكتب

اليه [3]   كامل

١ قلْ لِلْفَصَاحَةِ وَٱلسَّمَا حَةِ وَٱلْعُلَى [4] عَنِّى مُحِيدُ [5]

٢ إِنْ أَنْتَ [6] سَيِّدِى ٱلَّذِى رَبَّيْتَنِى وَأَبِى سَعِيدُ

٣ فِى كُلِّ يَوْمٍ [7] أَسْتَفِيدُ [8] مِنَ ٱلْعَلَاءَ [9] وَأَسْتَزِيدُ [10]

٤ وَيَزِيدُ فِىَّ إِذَا [11] رَأَيْتُكَ فِى ٱلنَّدَى خُلُقٌ جَدِيدُ

وكان سيف الدولة قلّما ينشط لمجلس الآنس لاشتغاله عنه
بتدبير الجيوش وملابسة الخطوب وممارسة الحروب فوافت
حضرته احدى المحسنات [12] من قيان بغداد فتاقت نفس
ابى فراس الى سماعها ولم ير أن يبدأ باستدعائها قبل سيف
الدولة فكتب اليه يحثّه على استحضارها

فقال [13]   سريع

١ مَحَلُّكَ ٱلْجَوْزَآءُ أَوْ [14] أَرْفَعُ   وَصَدْرُكَ ٱلدَّهْنَآءُ [15] أَوْ [16] أَوْسَعُ

---

1) V₂ ‏البطين‎.   2) DM ‏وقرا‎.   3) MV₁ ‏ابو فراس‎.   4) D ‏والعلا‎.

5) B₁,₂ ‏مجيد‎.   6) Vers 2 fehlt in B₁,₂,₃; B ‏اوكنت‎, T ‏اذ كنت‎.

7) O ‏امر‎.   8) B₁,₂ ‏استزيد‎.   9) B ‏من العلى او‎; T ‏العنى‎.   10) B₁,₂

‏استفيد‎, ‏شعر‎.   11) B ‏ازا‎.   12) M ‏المستحسنات‎.   13) V₁ dafür ‏شعر‎.

14) BB₁,₂ ‏بل‎.   15) B ‏الدنياء‎.   16) B, B₁,₂ ‏بل‎. In B u. O steht V 3 vor 2.

٢ وَقَلْبَكَ ¹) ٱلرَّحْبُ ٱلَّذِى لَمْ يَزَلْ   لِلْمَجْدِ وَٱلْهَزْلِ بِهِ مَوْضِعُ

٣ رَفَّهْ ²) بِقَرْعِ ٱلْعُودِ سَمْعًا غَدَا   قَرْعُ ٱلْعَوَالِى جَلَّ مَا يَسْمَعُ

فبلغت هـذه الابيـات المهلّبىّ الوزير فأمَر القيـان والقوّالين ³) بتحفّظها ⁴) وتلحينها وصَار لا يَشْرَبُ إِلّا عَلَيْها وكتب ابو فراس إلى سيف الدّولة

شعر ⁵)   كامل

١ يَا أَيُّهَا ٱلْمَلِكِ ⁶) ٱلَّذِى   أَضْحَتْ لَهُ جُمَلُ ٱلْمَنَاقِبْ ⁷)

٢ نُتِجَ ٱلرَّبِيعُ مَحَاسِنًا   أَلْقَحْنَهَا ⁸) غُرُّ ⁹) ٱلسَّحَائِبْ

٣ رَاقَتْ وَرَقُّ ¹⁰) نَسِـيمُـهَـا   فَحَكَتْ ¹¹) لَنَا صُوَرَ ¹²) ٱلْحَبَائِبْ ¹³)

٤ حَضَرَ ٱلشَّرَابُ ¹⁴) فَلَمْ ¹⁵) يَطِبْ   شُرْبُ ٱلشَّرَابِ وَأَنْتَ غَائِبْ

---

1) B فقلبك.   2) B رقّ بنقر العود، M دَرّة. In B₁,₂ lautet der erste Halbvers von 3:   يمقت قرع العود بل عنده

الرَّبع.   3) D fehlt والقوّالين.   4) D بحفظها.   5) DV₂ f. شعر.   6) B₁,₂ الْمَلِكُ

7) Der zweite Halbvers lautet in B₁,₂:

اضحى لدليل (لَدَيْك B₂) المجد ساحب

8) B₁ أَنْتَجْنَهُ, B₂ انتاجه.   9) D غور; B₁ بغور; B₂ عن.   10) M رَاق، B₁,₂ lautet der ganze Halbvers: زرقّت وَرَاق

راع (راعى B₂) العيون بِحُسْنِها

11) A نجَلَت، B₁,₂ تُحكى.   12) B₁ حَدّ, B₂ ضدّ.   13) B₂ الجنائب.

14) B₂ الشباب.   15) V₂, B₁,₂ ولم.

وتأخَّرَ عَنْ حَضْرَتِهِ لِعِلَّةٍ وَجَدَهَا فكتب اليه

من الهزج

١ لَقَدْ نَاقَسَنِي[1] ٱلدَّهْرُ بِتَأْخِيرِي[2] عَنِ ٱلْحَضْرَهْ

٢ فَمَا ٱلْقَى مِنَ ٱلْعِلَّـةِ مَا[3] ٱلْقَى مِنَ ٱلْحَسْرَهْ[4]

وَأَهْدَى الناس الى سيف الدولة فَأَكْثَرُوا[5] فكتب اليهِ ابو فراس

شعر

كامل

١ نَفْسِي فِـدَاوُكَ قَدْ بَعَثْتُ[6] تَعَهُّدِي[7] بِيَدِ ٱلرَّسُولِ

٢ أَقَدَيْنَ نَفْسِي إِنَّمَا يُهْدَى ٱلْجَلِيلُ الى ٱلْجَلِيلِ

٣ وَجَعَلْتُ مَا مَلَكَتْ يَدِي صِلَةً[8] ٱلْمُبَشِّرِ بِٱلْقَبُولِ

وكتب اليهِ يُعَاتِبُهُ

شعر[9]

كامل

١ قَدْ كُنْتَ عُدَّتِيَ ٱلَّتِى أَسْطُو بِهَا

وَيَدِى إِذَا ٱشْتَدَّ[10] ٱلزَّمَانُ وَسَاعِدِى[11]

---

1) B[1,2] ناقضنى.   2) B B[1,2] V[1] بتأخيرِ.   3) B[2] كما.   4) B

في بعض(؟)   5) D واكثروا,, B hat statt dieses und des folgenden: من الحيرة(؟)

6) B الاعياد هدايا فاستنشار ابا فراس عن الذى يهدى به الناس فأجابه.

7) B, B[1], B[2], V[2] بعهدنّى (auch in V[1] als Var.).   فداءك قد بقيت

ان اشتد.   8) B بشرى المبشر.   9) D, MV[2] fehlt شعر.   10) B اشتد.

11) V[1] سادى (ساعدى).

٢   تَرْمِينَ مِنْكَ بِغَيْرِ[1] مَا أَمَلْتُهُ

وَٱلْمَرْءُ[2] يَشْرَقُ بِٱلزُّلَالِ[3] ٱلْبَارِدِ

٣   فَصَبَرْتُ[4] كَٱلْوَلَدِ[5] ٱلتَّقِيِّ لِبِرِّهِ[6]

أَغْضَى[7] عَلَى أَلَمٍ لِضَرْبِ[8] ٱلْوَالِدِ

وعزم سيف الدولة عَلَى الغَزْوِ واسْتِنْخْلَافِ أبي فراس على الشأم فكتب اليه قصيدة منها

بسيط

١   قَالُوا ٱلْمَسِيرُ[9] فَهَزَّ ٱلرُّمْحَ عَامِلَهُ

وَٱرْتَاحَ فِي جَفْنِهِ ٱلصَّمْصَامَةُ[10] ٱلْخَذِمُ[11]

٢   حَقًّا لَقَدْ سَآءَنِي أَمْرٌ[12] ذَكَرْتُ لَهُ

لَوْلَا فِرَاقُكَ لَمْ يُوجَدْ لَهُ[13] أَلَمُ

٣   لَا تَشْغَلَنِّي[14] بِأَمْرٍ[15] الشَّأْمِ أَحْرُسُهُ[16]

---

1) O G بيصد. 2) V₂ وَالحُرّ mit der als richtig bez. Var. وَالمَرْء. Der ganze Doppelvers 2b fehlt in B₂. 3) B بالـذلال. 4) B وصبرت. 5) B₂ كالدلو. 6) B₁,₂ مبرة. 7) B وغـضى, B₁ يـغضى B₂. 8) B كضرب, B₁,₂ لظُلَم. 9) B قالوا سير. 10) B الصمصام ولخدم. 11) MO لخدم. 12) O امرا ذكرت, B₂ امرا ذكرت. 13) B بِه. 14) BDMOV₁,₂ لا نشعلن. 15) B فارض الشام تحرسه. 16) O تحرسها, BDMV₁,₂ تحرسه.

إِنَّ ٱلشَّآمَ[1] عَلَى مَنْ حَلَّهُ حَرَمُ

٤ وَإِنَّ لِلثَّغْرِ[2] سُورًا مِنْ مَهَابَتِهِ[3]

صُخُورُ مِنْ أَعَادِى أَهْلِهِ ٱلْقِمَمُ[4]

٥ لَا يَحْرِمَنِّى سَيْفُ ٱلدِّينِ[5] صُحْبَتُهُ[6]

فَهِىَ[7] ٱلْحَيَوةُ[8] ٱلَّتِى تُحْيَى[9] بِهَا ٱلنَّسَمُ[10]

٦ وَمَا ٱعْتَرَضْتُ[11] عَلَيْهِ فِى أَوَامِرِهِ

لَكِنْ سَأَلْتُ وَمِنْ عَادَاتِهِ نَعَمُ

وكتب[12] اليه يُعَزِّيه

شعر سربع

١ لَا بُدَّ مِنْ فَقْدٍ وَمِنْ فَاقِدٍ هَيْهَاتَ مَا فِى ٱلنَّاسِ مِنْ خَالِدِ

٢ كُنِ ٱلْمُعَزَّى لَا ٱلْمُعَزَّى بِهِ إِنْ كَانَ[13] لَا بُدَّ مِنَ ٱلْوَاحِدِ[14]

---

1) D الششّام. 2) B للعز, BB₁,₂ فان. 3) O مخافته. 4) V₂

5) BD لا تحرمنىّ سيف الدين (B ohne Voc.) 6) B₁,₂ العصمُ

7) B ﯖ st. فَهْىَ; B₁,₂ وﯗ روىّ. 8) D الحياه. 9) DMO رويته.

10) D O V₂ الامم. 11) V₂ اغترصت, B₁ نجِى, نحيا

12) D dafür وقال له ومالىّ (die folgenden zwei Disticha), worauf erst وكتب اليه يعزيه V₂. شعر لابد und M fehlt folgt. وله وكنب اليه يعزيه.

13) B ان كان. 14) D من واحد.

طويل

وقال لَهُ [1]

١ وَمَا لِىَ لَا [2] أُثْنِى عَلَيْكَ وَطَالَمَا وَقَيْتَ بِعَهْدِى وَٱلْوَقَآءُ قَلِيلُ

٢ وَأَوْعَدْتَنِى [3] حَتَّى إِذَامَا مَلَّكْتَنِى صَفَحْتَ وَصَفْحُ ٱلْمَالِكِينَ جَمِيلُ

وكتب اليه ابو فراس [4]

شعر طويل

١ أَبَىا عَانِبًا لَا أَحْمِلُ [5] ٱلـدَّهْرَ عَتْبَهُ عَلَىَّ وَلَا عِنْدِى لِأَنْعُمِهِ جَحْـدُ

٢ سَأَسْكُنُ إِجْلَالًا لِعِـلْمِكَ أَنَّنِى [6] إِذَا لَمْ تَكُنْ خَصْمِى لِىَ ٱلْحَاجِجِ ٱللُّدُّ

وكأن لسيف الدولة غلام يقال له نجا [7] قد اصطنعه ونوّه باسمه وقلّده طَرسوس فاخذ [8] يقرع باب العصيان والكفران وزاد تبسُّطُهُ وسوءُ عشرتِهِ لرُفقائه فبطش به ثلثة نفر [9] منهم وقتلوه [10] فشقّ ذلك على سيف الدولة وأمر بقتل قتلتِهِ [11] فكتب اليه ابو فراس [12]

---

1) Das ganze Gedicht fehlt in B B₂. 2) M ومـالى الآ; O fehlt لا.

3) M واعودتنى; وكتب اليه. 4) Das Gedicht fehlt in B₁, B₂; D V₁ nur وكتب اليه.

5) M لاجمـل. 6) M أَننى. 7) M اسمه نجا. 8) D واخذ.

9) M ثلثه قفز (?). 10 V₁ فقتلوه. 11) D فنكنه. 12) M ابو فراس ohne يستعطفه.

مجتث

١ مَا¹) زِلْتَ تَسْعَى بِجِدٍّ بِرَغْمٍ²) شَانِيكَ مُقْبِلُ³)

٢ تَرَى لِنَفْسِكَ أَمْرًا وَمَا يَرَى ٱللَّـهُ أَفْضَلُ

وكتب اليه يَسْتَعْطِفُهُ⁴) كامل

١ إِنْ لَمْ تَجَافَ عَنِ ٱلـذُّنُو ب وَجَدْتَهَا فِينَا كَثِيـرَهْ

٢ لَكِـنَّ عَـادَتَـكَ ٱلْجَمِيـــلَةَ⁵)⁶) أَنْ تَغُضَّ⁷) عَلَى بَصِيرَهْ

وكتب اليه⁸) وافر

١ مَعَ ٱلْعَبَـرَاتِ تَـنْهَمِـرُ ٱنْهِـمَـارًا

وَنَـارَ ٱلشَّوْقِ⁹) تَـسْتَعِـرُ ٱسْتِـعَـارًا

٢ أَتَـحْـفَـأُ¹⁰) حَسْـرَتِي¹¹) وَتَـفَـرُّ عَيْـنِـى

وَلَـمْ أُوقِـدْ مَـعَ ٱلـغَـازِيـنَ¹²) نَـارًا

ومنها

٣ أَقَمْتُ¹³) عَلَى ٱلْأَمِيرِ¹⁴) وَكُنْتُ مِمَّـنْ

---

1) B₁, B₂ لا. 2) B₂ برغمك. 3) D شَأْنِيكَ اقبـل V₁,₂ شَأْنِيكَ أقبل، وكتب O ;لسيف الدولة اليه, B dafür. شائنك اقبل.

4) M f. فكتب V₂ ;الى سيف الدولة وقد وجد على بعض بنى عمه يستعطفه الجميل. 5) O لكن عوايدك. 6) B₂ ;اليه ابو فراس وقال B₁,₂.

7) B₁ أَنْ تَغُصَّ, B₂ ان تنقص فينا. 8) Das ganze Gedicht fehlt in B

9) B₁,₂ الوَجْد. 10) M B₁,₂ أَتْحَفِى. 11) B₁,₂ زَفَرَّتَى. 12) M

13) M فكنت. 14) B₂ M, O عن الامير. الغاوين.

تَعِزُّ[1] عَلَيْهِ فُرْقَتُهُ ٱخْتِيَارَا

ومنها

٤ إِذَا سَارَ ٱلْأَمِيرُ قَلَا هَدُّوا[2]

لِنَفْسِى[3] أَوْ[4] يَؤُوبُ وَلَا قَرَارَا[5]

ومنها

٥ سَيَذْكُرُنِى[6] إِذَا[7] ٱطَّرَدَتْ[8] رِجَالٌ[9]

رَفَعْتُ[10] ٱلرُّمْحَ بَيْنَهُمْ مِرَارَا

٦ وَأَرْضٍ كُنْتُ أَمْلَؤُهَا رِجَالًا[11]

وَجَوٍّ كُنْتُ أُرْهِجُهُ غُبَارَا

٧ إِذَا بَقِىَ ٱلْأَمِيرُ قَرِيرَ عَيْنٍ

قَدَيْنَاهُ ٱخْتِيَارًا وَٱضْطِرَارَا

٨ يَمُدُّ عَلَى أَكَابِرِنَا جَنَاحًا[12]

وَيَكْفُلُ عِنْدَ حَاجَتِهَا[13] ٱلصِّغَارَا

---

1) B₁, ₂ M V₂ يَعِزّ. 2) B₂ هذو; M V₁, ₂ عدو. 3) D لنفس.
4) O ان. 5) B₂ فرارا(؟). 6) B₁, D M O ستذكرنى, B₂ ستذكرونى.
7) B₂ اذ. 8) D M طردت 9) B₂ رجائى, B₂ رجالى. 10) D M
وقفت, O دفعت, B₂ V₂ دفقت, B₁ دفقت الرمح. In B₁, ₂ steht 5
vor 3, 6, 7 fehlt. 11) O خبيولا. 12) Das ganze Distichon fehlt in M,
in B₁, ₂ steht es als letzter Vers. 13) V₁ حاجتنا, B₁, ₂ مَوَاطِنِها في,
O مواطنا(؟)

ومنها

٩ أَرَانِيَ ٱللّٰهُ طَلْعَتَهُ سَرِيعًا

وَأَصْحَبَهُ ٱلسَّلَامَةَ حَيْثُ سَارَا

١٠ وَبَلَّغَهُ أَمَانِيَهُ جَمِيعًا

وَكَانَ لَهُ مِنَ ٱلْحَدَثَانِ جَارَا

وكتب اليه[1] وافر

١ أَلَا مَنْ مُبْلِغٌ سَرَوَاتِ قَوْمِي   وَسَيْفُ ٱلدَّوْلَةِ ٱلْمَلِكُ ٱلْهُمَامَا

٢ بِأَنِّي لَمْ أَدَعْ فِتْيَاتِ[2] قَوْمِي   إِذَا حَدَّثْنَ جَمْجَمْنَ[3] ٱلْكَلَامَا

٣ شَرِيتُ ثَنَاءَهُنَّ[4] بِبَذْلِ نَفْسِي   وَنَارُ ٱلْحَرْبِ تَضْطَرِمُ[5] ٱضْطِرَامَا

٤ وَلَمَّا لَمْ أَجِدْ إِلَّا فِرَارًا   أَشَدَّ مِنَ ٱلْمَنِيَّةِ[6] أَوْ حِمَامَا

٥ حَمَلْتُ عَلَى وُرُودِ ٱلْمَوْتِ نَفْسِي   وَقُلْتُ لِصَحْبَتِي[7] مُوتُوا كِرَامَا[8]

ومنها

٦ وَقَلَّ عُذْرٌ[9] وَسَيْفُ ٱلدِّينِ رُكْنِي   إِذَا لَمْ أَرْكَبِ ٱلْخُطَطَ ٱلْعِظَامَا

٧ وَأَقِفُوا[10] فِعْلَهُ فِي كُلِّ أَمْرٍ   وَأَجْعَلُ فَضْلَهُ[11] أَبَدًا إِمَامَا[12]

---

1) Das ganze Gedicht fehlt in B. In D M folgt als zweiter Halbvers von V. 1. der zweite Halbvers des folgenden Distichon, an dessen Stelle wieder der zweite Halbvers von V. 1. tritt.   2) B₂ فنيان.   3) G جمّحن.   4) D ثنائهن.   5) In G (Cod. Goth. 26 f. 205) steht hier der 2 Halbvers des Distichon 5.   6) B₁,₂ الحمام.   7) B₁ لعصّبنى.   8) In G steht hier der 2. Halbvers des Distichon 3.   9) G غدر.   10) G واتبع B₁,₂ واقفوا.   11) B₁,₂ فعله.   12) B₁,₂ ابدًا دواما.

٨ وَقَدْ أَصْبَحْتُ مُنْتَسِبًا إِلَيْهِ[1]   وَحَسْبِي أَنْ[2] أَكُونَ لَهُ غُلَامَا

٩ أَرَانِي كَيْفَ أَكْتَسِبُ الْمَعَالِي   وَأَعْطَانِي عَلَى الدَّهْرِ الذِّمَامَا

١٠ وَرَبَّانِي فَفُقْتُ بِهِ الْبَرَايَا   وَأَنْشَانِي[3] فَسُدْتُ بِهِ الْأَنَامَا

١١ فَأَحْيَاهُ[4] الْإِلَهُ[5] لَنَا طَوِيلًا   وَزَادَ اللَّهُ دَوْلَتَهُ[6] دَوَامَا

ما أُخْرِجَ مِنْ فَخْرِيَّاتِهِ[7]

قال من قصيدة يذكر فيها إيقاعه ببني كعب وهو على مقدّمة سيف الدولة وكان قد حسّن بلاؤه في[8] تلك الوقعة

وافر

١ أَلَمْ تَرَنَا[9] أَعَزَّ النَّاسِ جَارًا   وَأَمْرَعَهُمْ وَأَمْنَعَهُمْ[10] جَنَابَا

٢ لَنَا الْجَبَلُ الْمُطِلُّ[11] عَلَى نِزَارٍ   حَلَلْنَا النَّجْدَ مِنْهُ وَالْهِضَابَا

٣ يُفَضِّلُنَا[12] الْأَنَامُ[13] وَلَا نُحَاشَى[14]   وَنُوصَفُ بِالْجَمِيلِ وَلَا[15] نُجَانَى[16]

٤ وَقَدْ عَلِمَتْ رَبِيعَةُ بَلْ نِزَارُ[17]   بِأَنَّا[18] الرَّأْسُ وَالنَّاسُ الذُّنَابَى[19]

---

1) G وقد اصبحت منتسبا اليه.   2) G وحبى ان ".   3) M وانشانى؛ in G folgt فسدت.

4) B₁,₂ فعمره.   5) G الله.   6) B₁,₂ D M G V₂ نعمته st. دولته؛

7) M فخريات.   8) V₂ في الواقعة أولها؛ B ٢۴, 7—17.

9) B نريا.   10) B₁,₂ V₂ وامرعهم وامنعهم.

11) B₂ D المظلّ.   12) B₁,₂ تفضلنا.   13) B D V₂ المجد.

14) In D folgt hier der 2. Halbvers des Verses 4.   15) M فلا.

16) B₂ نجابا.   17) In D folgt hier der 2. Halbvers des Verses 3.

18) B₂ بان.   19) B الذبابا.

٥ وَلَمَّا أَنْ طَغَتْ سُفَهَاءُ كَعْبٍ   فَتَحْنَا بَيْنَنَا لِلْحَرْبِ بَابَا[1]

٦ مَنَحْنَاهَا الْحَرَائِبَ[2] غَيْرَ أَنَّا   إِذَا جَارَتْ مَنَحْنَاهَا الْحِرَابَا

٧ وَلَمَّا ثَارَ[3] سَيْفُ الدِّينِ ثُرْنَا   كَمَا هَيَّجْتَ آسَادًا غِضَابَا

٨ أَسِنَّتُهُ إِذَا لَاقَى طِعَانَا   صَوَارِمُهُ إِذَا لَاقَى ضِرَابَا[4]

٩ صَنَائِعُ فَاقَ[5] صَانِعُهَا[6]   فَقَاقَتْ وَغَرْسٌ طَابَ غَارِسُهُ قِطَابَا

١٠ وَكُنَّا كَالسِّهَامِ إِذَا أَصَابَتْ   مَرَامِيَهَا[7] فَرَامِيهَا أَصَابَا

١١ دَعَانَا وَالْأَسِنَّةُ مُشْرِعَاتٌ   فَكُنَّا عِنْدَ دَعْوَتِهِ الْجَوَابَا

هَذَا أَحْسَنُ مَا قِيلَ فِى مَعْنَاهُ اى[8] لا فَخْرَ لِى بِأَنْ أَصَبْتُ لِأَنِّى كَالسَّهْمِ وهو الرامى وقد[9] أَخَذَهُ الْأُسْتَاذُ ابو العبّاس احمد ابن ابرهيم[9] الضَّبِّىّ[10] فَكَتَبَ فِى كِتَاب فَتَحَ تَوَلَّاهُ باصبهان إلى الصاحب[11] وهَنَّأ[12] اللّه مولانا كافى الكُفَاة هَذه المناجِحُ[13] لِلّٰه فى نَتَائِجِ عَزَائِمِهِ وثمرات صَرَائِمِهِ[14] فا يرى عبده وصَنِيعَتُهُ وسَائِرُ مَنْ يكنُفُهُ ظِلُّهُ وتَرِيشُهُ[15] عِنَايتُه نُفُوسَهُمْ إِذًا وُفِّقُوا[16] لِمَذْهَبٍ[17]

1) Der ganze Vers fehlt in B₁, ₂.   2) B₁, ₂ الرغائب.   3) B سار, سِرنا.
4) Im Folg. hat B B₁, ₂ D folgende Reihenfolge der Verse: 11, 9, 10.
5) B فاز.   6) B₁, ₂ صاحبها.   7) B₂ مرميها.   8) Fehlt in D u. V₁
bis zu وقد, welches in V₂ fehlt.   9) وقد f. in M.   10) M f. الضبى.
11) D للصاحب.   12) M هنّا ohne V₁ و وهب.   13) V₁ المنائح.
14) V₁ صوارمه.   15) D يريشه.   16) D V₁, ₂ وقفوا.   17) V₁ لموقف
المذهب V₂; من مواقف.

من مذاهب الخدمة وهدُّوا لاداء حق من حقوق النعمة الّا سِهامًا
اذا أَصَابَتْ فراميها¹) المصيب وما لها فى المحمدة²) نصيب³)
ولابى فراس من قصيدة اولها⁴)

وافــر

١
أَيَلْتَحَانِى عَلَى الْعَبَرَاتِ لَاحِى⁵)
وَقَدْ يَبِّسَ الْعَوَائِلُ⁶) مِنْ صَلَاحِى

٢
تَمَلَّكَنِى الْهَوَى بَعْدَ التَّنَائِى⁷)
وَرَاضَنِى⁸) الْهَوَى بَعْدَ الْجِمَاحِ

٣
أَلَا يَا هَذِهِ هَلْ⁹) مِنْ مَقِيلِ
لِضَيْفَقَانِ الصَّبَابَةِ أَوْ مَرَاحِ

٤
فَلَوْلَا أَنْتِ مَا قَلِقَتْ¹⁰) رِكَابِى
وَلَا قَبَّتْ¹¹) إِلَى نَجْدٍ¹²) رِيَاحِى

٥
وَمِنْ¹³) جَرَّاكِ¹⁴) أَوْطَنْتُ الْقَيَاذِى

---

1) V₂ ‎وراميها. 2) V₁ فى المجد. 3) V₁ من نصيب
Am Rande von V₂ ist die Note zu lesen: هو فى الحقيقة مدح للسهام
لاح. 4) Fehlt in B V₂ D. 5) M V₁٠٢ ‎وهو مدح لراميها
6) B₁ العوائذى. 7) D التنآبى B₂ التنائى TO التناى
8) B₂ فاوصلنى TO وراض فى النوى V₁٠٢؛ ‎وراضنى. Die folg. Verse in
B IV, 1, 2. 3; 12. 9) B₁٠٢ كم. 10) O التفتن B₁؛ فلقت
11) B₁ هيت. 12) B الانجد. 13) Vor 5 in D ومنها. 14) B₂ حراك.

وَفِيكِ غُذِيتُ[1] ٱلْـأَلْبَانَ ٱلْـلِّقَاحِ

6 أُصَاحِبُ كُلَّ[2] خِلٍّ[3] بِالـتَّجَافِى

وَآسُو[4] كُلَّ دَاءٍ بِٱلسَّمَاحِ

7 إِذَا مَا عَنَّ لِى إِرْبٌ بِأَرْضٍ

رَكِبْتُ لَهُ ضَمِينَاتِ ٱلنَّجَاحِ[5]

8 وَلِى عِنْدَ ٱلْعُدَاةِ بِكُلِّ أَرْضٍ[6]

دُيُونٌ فِى كَفَالَاتِ ٱلرِّمَاحِ

وَلَهُ مِن قصيدة كتب بها إلى جعفر بن ورقاء[7]

كامل

1 إِنَّا إِذَا ٱشْتَدَّ[8] ٱلزَّمَا نُ وَنَابَ خَطْبٌ وَأَذْلَهَمْ

2 أَلْقَيْتَ[9] حَوْلَ بُيُوتِنَا[10] عَدَدَ ٱلشَّجَاعَةِ وَٱلْكَرَمْ[11]

3 لِلِقَا ٱلْعِدَى بِيضُ ٱلسُّيُو فِ وَلِلنَّدَى[12] حُمْرُ ٱلنَّعَمْ

---

1) V[1,2] غديت;(خلّ .   2) B[1,2] فيكك.   3) V[1] خال (darunter

B[1,2] خلّى.   4) M وأَسو V[1,2] وأُسو   5) In B[1,2] steht hier ein dem Wort-

laute nach stark abweichender Vers.   6) B [v, 17؛ B[1,2] لُويت وإن منه لنا

وكتب أبو فراس الى ابى 8—11 .B pag. ١٩ (7   .(نويت B[2]) قليلا

محمد جعفر ابن ورقا وجعلهُ حكما بينه وبين ابى احمد ابن ورقا

8) B[2] أشتر.   9) B[1,2] العيث.   10) O بين بيوتننا.   11) B[2]

12) B[1,2] للقرا .والكرام

۴ هـذا وهـذا دأبـنـا يـودى[1] دمْ[2] ويـرِق[3] دمْ

وله من قصيدة أوّلها[4]   طويل

١ أُقـيـلى[5] فـأيّـام الْمُحِبّ قـلائـل

وفى قلبه شُغلٌ عـن اللّـوم[6] شَـاغـلُ

يقول فيها

٢ نُطالبْني[7] بيضُ[8] الصّوارِم والْقَنَا

بما وَعَدتْ جَدّى فىَّ[9] الْمَخَائِلُ[10]

٣ واللّـه ما قَصّرْتُ فى طَلَبِ الْعُلَى

ولكن كأنّ الدّهْرَ[11] عنّى غافـلُ

ومنها[12]

۴ مَواعيدُ أيّام تُمـاطِلُني[13] بهَا

مُدَارَاةُ[14] أيّـام ودَهْرٌ مُجَـامـلُ[15]

---

1) O يـدمى; B₁ نردى; B₂ نُودى.   2) B₁,₂ دمـا.   3) B₁,₂ نـريق.   4) B ٥v, 4, 15, 16, 17. ٥٨, 2, ٥v, 18. In Ber₁,₂ findet sich der hier als Anfangsvers bezeichnete Vers als 6. Vers.   5) Ber₂ أقـلـبـى.

6) O من اللـوم Ber₂ من الـهـم.   7) A يطالبني البيص.   8) Ber₁,₂, D V₁ البيص.   9) B M فيه.   10) Ber₂ المحايل.

11) B V₁,₂ ولكن كان; Ber₁,₂ ولكن هذا الدّهْرَ.   12) Das ganze folg. Distichon fehlt in B.   13) D نُطالبْني; O تُدَافعُنى; Ber₂ يُمَاطلُني.

14) Ber₁,₂ مرايات (V₂ am Rande) M مرآت ازمان; D موآناة ازمانٍ; مراعات ازمان O ازمانٍ; وهنّ تجابل Ber₂ بهنّ تنحائـل; Ber₁.   15) وهنّ مخايـل O; ودهو منحائـل D M V₂.

٥ وَأَخْلَافُ أَيَّامٍ[1] مَتَى مَا ٱنْتَجَعْتُهَا[2]

حَلَبْنَ بَكِيَّاتٍ[3] وَهُنَّ حَوَافِلُ[4]

٦ تُدَافِعُنِى ٱلْأَيَّامُ عَمَّا أُرِيدُهُ[5]

كَمَا دَفَعَ[6] ٱلَّذَيْنِ ٱلْغَرِيمُ ٱلْمُمَاطِلُ

ومنها

٧ خَلِيلَىَّ شُدَّا لِى عَلَى نَاقَتَيْكُمَا[7]

إِذَا مَا بَدَا شَيْبٌ مِنَ ٱلْفَجْرِ نَاصِلُ[8]

٨ فَمِثْلِى مَنْ نَالَ ٱلْمَعَالِى[9] بِسَيْفِهِ

وَرُبَّتَمَا[10] غَالَتْهُ عَنْهَا[11] ٱلْغَوَائِلُ

٩ وَمَا[12] كُلُّ طَلَّابٍ مِنَ ٱلنَّاسِ بَالِغٌ

وَلَا كُلُّ سَيَّارٍ إِلَى[13] ٱلْمَجْدِ وَاصِلُ

---

1) B واخلاف آيامى, Ber₁,₂; مواعيد آيام O; مواعيد آمال.   2) B₁,₂ جَلَبْنَ, Ber₁,₂; .منى ما امترينتها   3) D جلسن بكيات.   4) Ber₂ جوافل. In Ber₁,₂ steht Vers 5 vor 4.   5) A أُرِيغُهُ بَلِيَّات.   عَمَّا; D O ارومه; O عمّ für عَمَّا; B₁,₂ lautet der erste Halbv. (der ganze Vers steht vor 5) دافع; Ber₂ رفع. ولكن دهرًا دافعتنى خطوبه.   6) Ber₁ جَامِل. In V₂ folgt Vers 6 nach 7.   7) B عَلَى مَا وقبينهما.   8) B اناخحظ منها العاجزُ ٱلْمُتَثَاقِلُ In Ber₁,₂ lautet der zweite Halbvers.   9) B الاعادى.   10) B وبا رُبَّما.   11) O فيها.   12) Vers 9—11 fehlen in B; Ber₁,₂ فما.   13) O الى الحد.

١.   وَإِنْ مُقِيمًا مُنْجِحَ ٱلْعِزِّ[1] خَائِبٌ

وَإِنْ مُرِيفًا[2] خَائِبَ ٱلْجُهْدِ[3] نَائِلُ

١١   وَمَا ٱلْمَرْءُ إِلَّا حَيْثُ يَجْعَلُ نَفْسَهُ

وَإِنِّى لَهَا فَوْقَ ٱلسِّمَاكَيْنِ جَاعِلُ

ومنها[4]

١٢   أَصَاغِرُنَا فِى ٱلْمَكْرُمَاتِ أَكَابِرُ

وَآخِرُنَا[4] فِى ٱلْمَآثُرَاتِ[5] أَوَائِلُ

١٣   إِذَا صُلْتُ صَوْلًا[6] لَمْ أَجِدْ لِى مُصَاوِلًا

وَإِنْ قُلْتُ قَوْلًا[7] لَمْ أَجِدْ مَنْ يُقَاوِلُ[8]

وله من قصيدة[9] أُخْرَى[10]

١   عَذِيرِى مِنْ طَوَالِعَ فِى عِذَارِى

وَمِنْ رَدِّ ٱلشَّبَابِ ٱلْمُسْتَعَارِ

٢   وَثَوْبٍ كُنْتُ أَلْبَسُهُ أَنِيقٍ

أَجَرِّرُ ذَيْلَهُ بَيْنَ ٱلْجَوَارِى[11]

---

1) D ينابجع العز O ؛مناجح العجز؛ Ber, انهج العجز.   2) Ber.

4) B مريعا M مريغا؛ DO   3) Ber. DO جانب لجهد.

٥٨ 9, 10.   5) Ber, أواخرنا.   6) Ber يومًا.   7) Ber.

يومًا.   8) Ber, لى مقاول.   9) Fehlt in V.   10) Fehlt in M.

B ٩٥ 7—9. Fehlt in B1, 2.   11) M V, الجوار.

٣ وَمَا زَانَتْ عَلَى ٱلْعِشْرِينَ[1] سِنِّى
فَمَا عُذْرُ ٱلْمَشِيبِ إِلَى عِذَارِى

أَخَذَه من قول أَبِى نواس[2]   كامل

١ وَإِذَا عَدَدْتُ سِنِى كَمْ هِىَ[3] لَمْ أَجِدْ
لِلشَّيْبِ عُذْرًا فِى ٱلنُّزُولِ بِرَأْسِى

ومنها[4]

٢ وَمَا ٱسْتَمْتَعْتُ[5] مِنْ دَاعِى ٱلتَّصَابِى
إِلَى أَنْ جَآءَنِى دَاعِى ٱلْوَقَارِ

٣ تُلَاعِبُ[6] بِى عَلَى هُوجٍ ٱلْمَطَايَا[7]
خَلَائِقُ لَا تُقِرُّ عَلَى ٱلصَّغَارِ

٤ وَنَفْسٌ دُونَ مَطْلَبِهَا ٱلثُّرَيَّا
وَكَفٌّ دُونَهَا قَيْضُ ٱلْبِحَارِ

٥ وَمَا يُغْنِيكَ[8] مِنْ هِمَمٍ طِوَالٍ
إِذَا قُرِنَتْ[9] بِأَحْوَالٍ[10] قِصَارِ

---

1) D عن العشرين.   2) Fehlt in B.   3) M عُمْرى st. كم.

4) B ٢٥, 10; ٢٦, 4, 5, 7, ٢٧, 4, 5.   5) B أسمعت.   6) V₁,₂

7) B علوج والمطايا.   fehlt in O بى folg. يلاعب; يعتنبك 8) B.

9) B قربت; M اقترنت.   10) O بأعمار.

٦ عَزِيزٌ حَيْثُ حَطَّ السَّيْرُ رَحْلِي   تُدَارِينِسَى ١) الأَنَامُ وَلَا أُدَارِي

٧ وَأَهْلِي ٢) مَنْ أَنَكَحْتُ ٣) إِلَيْهِ عَنْسِي ٤)   وَدَارِي حَيْثُ كُنْتُ مِنَ الدِّيَارِ

وَلَهُ ٥)

وافر

١ لَنَا بَيْتٌ عَلَى عُنُقِ الثُّرَيَّا   بَعِيدُ مَذَاهِبِ الأَطْنَابِ سَامٍ ٦)

٢ تُظَلِّلُهُ الفَوَارِسُ ٧) بِالعَوَالِي   وَتَفْرُشُهُ الوَلَائِدُ ٨) بِالطَّعَامِ ٩)

وله ١٠)

وافر

١ لَقَدْ عَلِمَتْ سَرَاةُ الحَيِّ ١١) أَنَّا   لَنَا الجَبَلُ المُمَتَّعُ ١٢) جَانِبَاهُ

٢ يَفِيُّ ١٣) الرَّاغِبُونَ إِلَى ذَرَاهُ ١٤)   وَيَأْوِي الخَائِفُونَ إِلَى حِمَاهُ

---

1) V_1 يدارينى.   2) D V_1 فاهلى.   3) B أنكحت.   4) B D M عيسى.   5) B ٥٥, 9, 10.   6) B $B_{1,2}$ D V_2 سامى.   7) B_2 الفوارص.   8) B الولايه.   9) B_2 بالصطام.   10) B ٩٩, 4, 5; M وله ايضا.   11) B سرات لحب; V_1 سراة المسجد; in O lautet der erste Halbvers: الا من مبلغ الاعداء انّا.   12) O تمنع.   13) O تنفيا; V_2 تنفى.   14) V_1 ذراه dabei ذرانا als die richtige Lesart bezeichnet; $B_{1,2}$ bietet فناه, was eher eine Glosse zu ذراه ist; in O lautet der erste Halbvers: ويلجا الراغبون الى ذراه; ذراه findet sich auch in V, $B_{1,2}$, in V_1 im Text, jedoch mit der Bezeichnug des حماه als der richtigen Lesart am Rande.

وَلَهُ [1]   وافر

١ لَئِنْ خُلِقَ ٱلْأَنَامُ لِحَثِّ [2] كَأْسٍ   وَمِزْمَارٍ [3] وَطُنْبُورٍ وَعُودِ

٢ فَلَمْ يُخْلَقْ [4] بَنُو حَمْدَانَ إِلَّا   لِمَجْدٍ أَوْ لِبَاسٍ [5] أَوْ لِجُودِ

وله [6]   وافر

١ عَلَوْنَا جَوْشَنًا بِأَشَدَّ مِنْهُ   وَأَثْبَتَ عِنْدَ مُشْتَجِرِ ٱلرِّمَاحِ

٢ بِجَيْشٍ جَاشَ بِٱلْفُرْسَانِ [7] حَتَّى   ظَنَنْتُ ٱلْبَرَّ بَحْرًا [8] مِنْ سِلَاحٍ [9]

٣ وَأَلْسِنَةٌ مِنَ ٱلْعَذَبَاتِ حُمْرٌ   تَخَاطَبُنَا بِأَفْوَاهِ ٱلرِّيَاحِ [10]

٤ وَأَرْوَعُ [11] جَيْشُهُ لَيْلٌ بَهِيمٌ   وَغُرَّتُهُ عَمُودٌ لِلصَّبَاحِ [12]

٥ صَفُوحٌ عِنْدَ قُدْرَتِهِ كَرِيمٌ   قَلِيلُ ٱلصَّفْحِ مَابَيْنَ ٱلصِّفَاحِ

٦ وَكَانَ [13] ثَبَاتُهُ لِلْقَلْبِ [14] قَلْبًا   وَهَيْبَتُهُ جَنَاحًا لِلْجَنَاحِ

وقال [15]   وافر

١ قَتَلْتُ فَتَى بَنِي [16] عَمْرِو بْنِ عَبْدٍ [17]   وَأَوْسَعَهُمْ عَلَى ٱلضَّيِّفَانِ سَاحَا

---

1) Fehlt in B.   2) لِحُبِّ A B₁,₂ لكس D.   3) B₁,₂ وَمُسْمِعٍ.

4) B₁,₂ M V₁ نَتْخَلَقْ.   5) B₁,₂ لِحَمْدٍ.   6) B 5ᵐ, 9—14.

7) B₁,₂ فِى ٱلْفُرْسَانِ.   8) O ظَنَنْتُ عَلَيْهِ بَكْرٍ.

9) T بِٱلسِّلَاحِ, darüber مِنْ.   10) M O T B₁,₂ ٱلرِّمَاحِ.   11) B₁ وَأَوْرَعُ.

12) B V₂ مِنْ صَبَاحِ.   13) B M O T كَأَنْ ohne vorherg. وَ; B₁,₂ V₁ وَلَهُ مِنْ قَصِيدَةٍ فَكَانَ.

14) B₂ فِى ٱلْقَلْبِ.   15) B 99, 4. 6. D

16) B₁ بْنِ; عَمْرِو ٱبْنِ عَبْدٍ B₁,₂.   17) B عُمَرَ ٱبْنِ عَبْدٍ; D عَمْرِو ٱبْنِ عَبْدٍ B وَٱبْنِ عَيْدٍ.

٢ وَلَسْتُ أَرَى فَسَادًا فِى فَسَادٍ يَتَجَرُّ[1] عَلَى فَرِيقَيْهِ[2] صَلَاحًا

كَانَ سَيْفُ الدَّوْلَةِ قَدْ أَبْعَدَ كِلَابًا وَشَرَّدَهَا[3] فَقَصَدَتْ أَبَا فِرَاسٍ وَهُوَ بِبَالِسَ فِى خِفٍّ مِنْ أَصْحَابِهِ وَعَلَيْهِمْ[4] كَثِيرُ بْنُ عَوْسَجَةَ فَهَزَمَهُمْ ثُمَّ طَرَحُوا أَنْفُسَهُمْ عَلَيْهِ وَقَدِمَتْ وُفُودُهُمْ اليه فَخَرَجَ وتوسَّطَ أَمْرَهُمْ مَعَ سَيْفِ الدَّوْلَةِ وقَال فى ذلك[5]

وافــر

١

سَـلْمِى[6] عَنِّى[7] سَرَاةَ بَنِى كِلَابٍ[8]
بِبَـالِسَ عِنْـدَ[9] مُشْتَجِرِ ٱلْعَوَالِى

٢

لَقِيـنَـاهُمْ بِأَسْيَافٍ قِصَارٍ
كَفِينٍ[10] مَوْرُونَةَ ٱلْأَسَلِ ٱلطِّوَال[11]

٣

دَوَلّى[12] بِٱبْنِ[13] عَوْسَجَةَ كَثِيرٍ[14]
وَسَاعُ ٱلْخَطْوِ[15] فِى ضَنْكِ ٱلْمَجَالِ[16]

٤

يَـرَى[17] ٱلْبُرْغُوثَ إِذْ[18] نَتَجَاهُ مِنّـَا

---

1) B₂ تَجَرّ.   2) B D V₂ فريقيه.   3) D شردها.   4) M V₂ وكان عليهم.   5) B ١٤٩, 8—13; 15, 16.   6) O سَلا.   7) D O عنّا.   8) B نسآء بنى معدّ.   9) O يَوْم st. عند.   10) T₂ كفون.   11) B₂ الطوالى.   12) D فولى.   13) O B₁,₂ ابـن.   14) B B₁ كثير; B₂ كثيرا; O T₂ وشاع الطعن.   15) B وساع الطعن.   16) B₂ المجالى.   17) B₁,₂ O ترى.   18) B نتجاه او.

أَجَلّ عَقِيلَةٍ وَأَحَبّ مَال[1]

٥   تَدُورُ[2] بِهِ إِمَاء[3] بَنِى[4] قُرَيْظٍ[5]

وَتَسْأَلُهُ النِّسَاء عَنِ[6] الرِّجَال

٦   يَقُلْنَ[7] لَهُ السَّلَامَةُ خَيْرُ غُنْمٍ[8]

وَإِنّ الذُّلّ فِى ذَاك[9] الْمَقَال[10]

---

٧   وَعَادُوا سَامِعِينَ لَنَا قَعَدْنَا

إِلَى الْمَعْهُودِ مِنْ شَرَفِ[11] الْفَعَال

٨   وَنَحْنُ مَتَى رَضِينَا بَعْدَ سُخْطٍ

أَسَوْنَا مَا جَرَحْنَا بِالنَّوَال

أَخَذَه[12] مِنْ قَوْلِ أَبِى نُوَاس   بسيط

وَكَلَّمْتَ بِالدَّهْرِ عَيْنًا غَيْرَ غَافِلَةٍ   بِجُودِ كَفِّكَ تَأْسُو كُلَّمَا[13] جَرَحَا

وله من قصيدة اولها[14]   وافر

١   وُقُوفُكَ فِى الدِّيَارِ[15] عَلَيْكَ عَارُ   وَقَدْ رَدّ الشَّبَابُ الْمُسْتَعَار

---

1) B لِكُلّ عقيلة او حب مال.   2) M تذدود.   3) B امام.

4) $B_{1,3}$ من.   5) BMOT_2D قريط.   6) BT_3 نساء O.

7) BT_2 فقلن; $B_{1,3}$ M نقول.   8) B_3 ونسلمه النساء الى مغنم.

9) B (المقبل) ذل بى; T_2 (المقال) ذل فى.   10) B_3 المقالى.

11) $B_{1,3}$ كرم.   12) Fehlt in B.   13) $V_{1,3}$ كُلّ ما.   14) B

٢٠, 11, 17, 16; ٢١, 1, 2, 12, 13—17; ٢٣, 1.   15) $B_{1,3}$ V_3 بالديار.

ومنها

٢ وَكَمْ مِنْ لَيْلَةٍ لَمْ أَرَ مِنْهَا   حَنَنْتُ[1] لَهَا[2] وَأَرَّقَنِى ٱدِّكَارُ

٣ عَسَفْتُ بِهَا عَوَارِىَ بِٱللَّيَالِى[3]   أَحَقُّ ٱلْخَيْلِ بِٱلرَّكْضِ ٱلْمَعَارُ[4]

_____

٤ فَبِتُّ أَعُلُّ خَمْرًا مِنْ رُضَابٍ   لَهَا سُكْرٌ وَلَيْسَ لَهَا خُمَارُ

٥ إِلَى أَنْ رَقَّ[5] ثَوْبُ ٱللَّيْلِ عَنَّا   وَنَادَتْ[6] قُمْ فَقَدْ بَرَدَ ٱلسِّوَارُ

ومِنْهَا

٦ إِذَامَا ٱلْعِزُّ أَصْبَحَ[7] فِى مَكَانٍ   سَمَوْتُ لَهُ وَإِنْ بَعُدَ ٱلْمَزَارُ

٧ مُقَامِى حَيْثُ لَا[8] أَهْوَى قَلِيلٌ   وَنَوْمِى عِنْدَ مَنْ أَقْلَى[9] غِرَارُ[10]

٨ أَبَتْ لِى هِمَّتِى[11] وَغِرَارُ سَيْفِى   وَعَزْمِى وَٱلْمَطِيَّةُ وَٱلْقِفَارُ

٩ وَنَفْسٌ لَا تُجَاوِرُهَا[12] ٱلدَّنَايَا[13]   وَعِرْضٌ لَا يُرِفُّ[14] عَلَيْهِ[15] عَارُ

١٠ وَقَوْمٍ مِثْلَ مَنْ صَحِبُوا[16] كِرَامٌ   وَخَيْلٌ مِثْلَ مِثْلِ مَنْ حَمَلَتْ خِيَارُ

_____

1) B جننن; T₂ جنبت.   2) B B₁,₂ T₂ بها.   3) B₁,₂ B T₂ M عوادى اللـيالى; O عوارى الليالى; V₁,₂ عشقن بها عوارى ... عوادى بـ.ـيـالى.   4) V₁,₂ O T₂ B₁ المـغـار. Der ganze Vers steht in B vor وكم (Vers 2).   5) B₄ دقّ.   6) B O T₂ وقـالـت.

7) B D اصح (?).   8) لا fehlt in O.   9) B₂ اقلو.   10) B₃ غرار.   11) B₂ هـمـة.   12) B₁ تجاوزها; O V₁,₂ تكـاورهـا; B يـجـاورها.   13) B₁,₂ الرزايا.   14) O B₂ يزف.   15) B₁,₂ اليه.   16) B₂ صبـكوا.

وَكَمْ بَلَـدٍ شَنْتَـنَّاهُنَّ[1] فِيـهِ   تُحَى وَعَلَى[2] مَنَابِرِهِ[3] ٱلْغُبَارُ[4]   ١١

وَكَمْ مَلِكٍ نَزَعْنَا ٱلْمُلْكَ عَنْهُ   وَجَبَّارٍ[5] بِهِ[6] دَمُهُ[7] جُبَارُ   ١٢

و[8] لَهُ[9] مِنْ قَصِيدَةٍ[10]   طويل

وَلَـوْ نِيلَتِ ٱلـدُّنْيَا بِفَضْلٍ مَنَحْنَهَا   فَضَائِـلَ تَحْوِيهَا[11] وَتَبْقَى فَـضَـائِـلُ   ١

وَنُكِنَّهَا ٱلْأَيَّامُ تَجْرِى[12] بِمَا جَرَتْ[13]   فَيَسْفُـلُ[14] أَعْلَاهَـا وَتَعْلُو[15] ٱلْأَسَافِـلُ   ٢

لَقَدْ قَلَّ مَنْ[16] تَلْقَى مِنَ ٱلنَّاسِ مُجْمِلًا   وَأَخْشَى قَرِيبًا[17] أَنْ يَقِلَّ[18] ٱلْمُجَامِلُ[19]   ٣

وَلَسْتُ بِجَهْمِ ٱلْوَجْهِ فِى وَجْهِ صَاحِبِى   وَإِنْ[20] سَأَلَ ٱلْأَعْمَارَ مَنْ هُوَ[21] سَائِلُ   ٤

---

1) B شنتشاهن ; O سنندهن (!).   2) BV١،٢ وعلى منابره المغار.

3) B١،٢ منابرها.   4) BMT٢ المغار. D وعلا منابره المعار.

5) M وحيا ربه دمه.   6) BOT٢ بها.   7) O دمة.   8) B

4—7a, 8b.   9) Fehlt in V١.   10) D وله من أخرى.   11) B٢

تحويبها.   12) B١،٢ فتجرى الدنيا und جزت.   13) B١،٢

فنسفل.   14) DV٢   15) B ويعل ; M ويعلو.   16) BB١،٢، OT٢

نقل.   17) BOT٢ واخشى قليلا.   18) OT٢ قل ان   19) O

القلائل.   20) BB١،٢ ولو.   21) BB١،٢، DO T٢ V٢ ما هو ; 4b ge-

hört in B١،٢ zu einem andern Verse.

وله[1] طويل

بَخِلْتُ بِنَفْسِى أَنْ يُقَالَ مُبَتَّخِـلٌ[2]

وَأَقْدَمْتُ[3] جُبْنًا[4] أَنْ يُقَلَ جَبَانُ

وَمُلْكِى[5] بَقَايَا مَا وَهَبْتُ مُقَاصَةٌ[6]

وَرُمْحٌ وَسَيْفٌ قَاطِعٌ وَسِنَانُ[7]

وله[8] وافر

١ بِأَطْرَافِ ٱلْمُثَقَّفَةِ ٱلطِّوَالِ[9]   تَفَرَّدْنَا بِأَوْصَافِ[10] ٱلْمَعَانِى

٢ وَمَا تَخْلُو[11] مَجَانِى[12] ٱلْعِزِّ يَوْمًا   إِذَا لَمْ تَجْنِنْهَا[13] سُمْرُ ٱلْعَوَانِى

٣ مَمَـالِكُنَا مَكَاسِبُنَا إِذَامَا[14]   تَوَارَثْنَهَا[15] رِجَالٌ عَنْ رِجَالِ

٤ إِذَا لَمْ تُمْسِ لِى نَارٌ[16] بِأَرْضٍ[17]   أَبِيتُ لِنَارِ غَيْرِى[18] غَيْرَ صَالِى[19]

وقال[20] كامل

١ غَيْرِى يُغَيِّرُهُ[21] ٱلْفَعَالُ[22] ٱلْجَانِى

---

1) B ١٣٠, 13, 14.   2) B٢ بخيل.   3) B١,٢ واقبلتن.   4) B

حينًا, B١١,٢ صبًا.   5) B١١,٢ وعندى.   6) B كرامة.   7) B

وحصان.   8) Fehlt in B.   9) DOMV٢ العوالى.   10) B١١,٢DV٢

باوساط.   11) V٢ تخلو,   12) B٢ مجافى.   13) V٢ يجننها.

14) B ١٤٢, 5, 6.   15) B١ توارثنهما.   16) T٢ نار لى.   17) B١

بغير (لغير) V٢ نارى, MV١١,٢ لنار وجدى B   18) B فانى, BB٢ فانّى.

19) B حصال.   20) B ٧٩, 9—15; 18, 16, vv, 1, DV١١,٢ وله.   21) O

تغيره ، V٢ تعبّره؟   22) B١١,٢ فعال.

وَيَتَحَوَّلُ عَنْ شِيَمِ التَّكْرِيمِ النَّوَافِى

٢ لَا أَرْتَضِى وُدًّا إِذَا هُوَ لَمْ يَدُمْ

عِنْدَ الْجَفَاءِ[1] وَقِلَّةِ الْإِنْصَافِ

٣ نَعِسَ[2] التَّحْرِيصُ وَقَلَّ مَا يَأْتِى بِهِ

عِوَضًا عَنِ[3] الْإِلْحَاحِ وَالْإِلْحَافِ

٤ إِنَّ الْغِنَى هُوَ الْغِنِىُّ بِنَفْسِهِ

وَلَوْ أَنَّهُ عَارِى الْمَنَاكِبِ حَافِى[4]

٥ مَا كُلُّ مَا[5] فَوْقَ الْبَسِيطَةِ كَافِيًا

وَإِذَا قَنِعْتَ[6] فَكُلُّ[7] شَىْءٍ كَافِى[8]

٦ وَتَعَافُ[9] لِى[10] طَمَعَ[11] الْحَرِيصِ قُنُوتِى[12]

وَمُرُوَّتِى[13] وَقَنَاعَتِى[14] وَعَفَافِى[15]

٧ مَا كَثْرَةُ[16] الْخَيْلِ الْعِنَاقِ[17] بِزَائِدِى[18]

---

1) B عند الوفاء. 2) B₂ نفس. 3) BMO من. 4) B حاف, MO جاف. 5) Fehlt in B₁. 6) B فاذا اقتنعت, واذا اقتنعت M. 7) D فبعض. 8) BMOV₂ كاف. 9) BOV₁,₂ ويعاف. 10) B₂ فى. 11) BMO طبع. 12) BB₁,₂ O وعفاف, ابوّتى. 13) BD ومروّتى. 14) B₁,₂ وثنوتى. 15) B₂. 16) B₁,₂ اكثر. 17) BB₁,₂ الجياد. 18) B برائدِ, V₁ برائدِ.

شَرَفًا وَلَا عَـدَد [1]) ٱلسَّوَامِ ٱلضَّافِى [2])

٨ خَيْلِى وَإِنْ قَلَّتْ كَثِيرٌ نَفْعُهَا

بَـيْـنَ ٱلصَّـوَارِمِ وَٱلْقَنَا ٱلرَّعَّاف

٩ وَمَكَارِمِى عَـدَد ٱلنُّـجُومِ وَمَنْـزِلِى

مَـأْوَى [3]) ٱلْكِـرَامِ وَمَـنْـزِلُ ٱلْأَضْيَـاف

١٠ لَا أَقْتَنِى لِصُرُوفِ دَهْـرِى عُـدَّةً

حَتَّى كَأَنَّ خُطُوبَـهُ [4]) أَحْـلَافِى

١١ شِـيَمٌ عُـرِفْتُ بِهِنَّ إِذْ أَنَا [5]) يَـافِعٌ

وَلَقَـدْ عَـرَفْتُ بِمِثْلِهَـا أَسْـلَافِى

وله [6])

وافر

١ أَنَعْجَبُ أَنْ مَلَكْنَا [7]) ٱلْأَرْضَ قَسْرًا   وَأَنْ نُمْسِى وَسَائِدَنَا [8]) ٱلْعِيَاب [9])

٢ وَتُرْبَط فِى مَجَالِسِنَا [10]) ٱلْمَذَاكِى   وَتَنْزِل [11]) بَيْنَ أَرْحُلِنَا [12]) ٱلرِّكَاب

٣ وَهَذَا ٱلْعِزُّ أَوْرَثَنَا [13]) ٱلْمَعَالِى   وَهَذَا ٱلْمُلْك مَلَّكَنَا [15]) ٱلضِّرَاب [14])

---

1) B عدو, O عدم, D ضافى الصوارم عدد.   2) B الصافى, V‍₁

3) B بيت الكرام. Dieser Vers steht in BMO nach 10. الصاف.

4) BO صروفه.   5) BB₁D مذ انا, B₂ مذّ انا, O اذا انا.   6) Fehlt in B.   7) M ملكت.   8) V₁ وسادتنا.   9) DM العراب, V₂

10) B₁₂₃ وسائكدنا. القحاب, B₁₂₃ القنّاب.   11) V₁ وتبرك, V₂ وتترك.   12) V₁B₂ ارجلنا.   13) B₁ اثبته, B₂ ينبه (؟).   14) B₁₂₃

15) B₁ ملكه. العوالى, V₂

٤ فَقَصِّرْ[1] إِنَّ حَـالًا مَلَكْتُمْتَـا لَحَالٌ لَا تُنَدَّمُ[2] وَلَا تُعَابُ[3]

وله من قصيدة[4]   طويل

١ وَنَحْنُ أُنَـاسٌ لَا تَوَسُّطَ عِنْدَنَا[5]

لَنَا الصَّدْرُ دُونَ الْعَالَمِينَ أَوِ الْقَبْـرُ

٢ تَهُونُ[6] عَلَيْنَـا فِي الْمَعَـالِى نُفُوسُنَـا

وَمَنْ خَطَبَ[7] الْحَسْنَاءَ لَمْ يُغْلِهِ[8] الْمَهْرُ

———

الاِخْوَانِيَّاتُ

قال وكتب بها الى اخيه ابى الْهَيْجَاءَ[9]

١ حَلَلْتَ مِنَ الْمَجْدِ أَعْلَى مَكَانٍ   وَيُبَلِّغُكَ اللّٰهُ أَقْصَى الْأَمَانِى[10]

٢ فَـأَنْتَ لَا عَدِمَتْكَ الْعُلَى   أَخٌ لَا[11] كَإِخْوَةِ هٰذَا الزَّمَانِ

٣ كَسَوْتَ أُخُوَّتَنَا[12] بِالصَّفَـاءِ[13]   كَمَا كُسِيَتْ بِالْكَلَامِ الْمَعَانِى[14]

———

1) B₂ M فَقَصِّرْ, B₁ فَأَقْصِرِ.   2) B₂ نَدُوم.   3) B₂ نُعَاب.

4) B ٨٧, 6—7; DV₂ nur وله.   5) B لو توسط عندها.   6) V₂

يهون.   7) M طلب.   8) BB₁,₂ V₂ يغلبها (am Rande يغله).

9) MV₂ nur بها, قال, MO fehlt und قال, D fehlt و كتب الى أخيه.

10) O اقصى مكان.   11) لا fehlt in B₂   12) B كسونا باحوتننا,

D بالاخاء, B₁ بالصفات O 13)   كسونا أخوتننا OV₁,₂,

الصفا(ء), كما كسى الكلام حلى المعانى D 14)   بالاخام B₂.

وقال وكتب به الى صديق له وأحْسَنَ[1]

خفيف

١ لَمْ أُواخِذْكَ[2] بِالْجَفَآءِ[3] لِأَنّى[4]   وَاثِقٌ مِنْكَ بِالْوَفَآءِ[5] الصَّحِيحِ[6]

٢ فَجَمِيلُ الْعَدُوِّ غَيْرُ جَمِيلٍ   وَقَبِيحُ الصَّدِيقِ غَيْرُ قَبِيحِ

وله[7]

كامل

١ مَا كُنْتَ تَصْبِرُ فِى الْقَدِيـــمِ[8] فَلِمْ صَبَرْتَ الْآنَ[9] عَنّـا

٢ وَلَقَـدْ ظَنَنْتُ[10] بِكَ الظُّنُو نَ لِأَنّـهُ مَنْ ضَنَّ[11] ظَنّـا

وله[12]

كامل

١ أَشْفَقْتُ[13] مِنْ هَجْرِى فَسَلَّـطْتُ[14] الظُّنُونَ عَلَى الْيَقِينِ

٢ وَضَنَنْتُ[15] بِى فَظَنَنْتَ بِى[16]   وَالظَّنُّ مِنْ شِيَمِ الضَّنِينِ[17]

وله[18]

كامل

١ وَلَقَـدْ أَبِيتُ[19] وَجَلَّ مَا أَبْعُو بِهِ

---

1) B nur وقال , D وقال لصديق له واحسن , V[1] و(له) قال لصديق. 2) B لم اواجدك , B[2] لم اواخذ. 3) O ان جنيبت. 4) B بالاخاء. 5) D بالوداد , T[2] O B[1,2] . 6) D M V[2] لاننى , B[1] ولا ى الـيـوم. 7) وقال V[2]. 8) D بالقديم. 9) B[1,2] الصريح. 10) B[1,2] أَسَأْتُ , وقـال; 11) D ضنا , B[1,2] ظن. 12) B D V[2] فهلت in B[1,2]. 13) B اشفقت. 14) B فقلبت , M V[1] (am Rande). 15) B وظننت , V[1] وضننت. 16) B لما ظننت , فسالمت. 17) B المبين. 18) D V[1,2] الى اخيه (به) V[1,2] قال وكتب بها. 19) B انيت , O اقول ولله ohne (قل) V[1] , وقل V[2].

حَتَّى الصَّبَاحِ وَقَدْ أَقَضَّ [1] الْمَضْجَعُ

٢   لاهُمَّ إِنَّ أَخِى [2] لَدَيْكَ [3] وَدِيعَتِى [4]
أَبَدًا [5] وَلَيْسَ يَضِيعُ مَا تُسْتَوْدَعُ [6]

وكتب الى اى العشائر وهو اسير بالروم [7]

طويل

١   نَفَى السَّنَوْمَ عَنْ عَيْنِى خَيَالٌ مُسَلِّمُ
تَأَوَّبَ مِنْ أَسْمَاءَ وَالرَّكْبُ نُوَّمُ [8]

ومنها

٢   وَخَطْبٍ مِنَ الْأَيَّامِ أَنْسَانِى الْهَوَى [9]
وَأَحْلَى [10] بِغِى [11] الْمَوْتُ وَالْمَوْتُ عَلْقَمُ

٣   وَاللَّهِ مَا شَبَّبْتُ إِلَّا عُلَالَةً
وَمِنْ نَارِ غَيْرِ [12] الْحُبِّ قَلْبِى يَضْرَمُ [13]

٤   فَمَنْ مُبْلِغٌ [14] عَنِّى الْحُسَيْنَ الْوَكَةَ
تَضَمَّنَهَا دُرُّ الْكَلَامِ الْمُنَظَّمُ [15]

---

1) B D, B_2 أفض.   2) O الجّى.   3) M البيك.   4) O وديعة.

5) $B_{1,2}$ متّى.   6) B نُسْتَوْدِعُ, $B_{1,2}$ من يُسْتَوْدَع.   7) V_2 D

8) B_2 عوموا.   9) B الجوى.   10) O سقانى; B l.l, 17 ff. بارض الروم.

11) D M مذاق, O كؤوس statt بغى.   12) $B_{1,2}$ غير نار, O سرّ statt غير.

13) V_1 مضرّم, V_2 يضرّم.   14) B O ألّا مبلغ.   15) B تنظم.

٥   لَذِيذُ ٱلْكَرَى ١) حَتَّى أَرَاكَ مُحَرَّمٌ ٢)

وَنَارُ ٱلْأَسَى بَيْنَ ٱلْحَشَى تَتَضَرَّمُ

وَأَتْرُكُ أَنْ أَبْكِى عَلَيْكَ تَطَيُّرًا ٣)

وَقَلْبِى يَبْكِى وَٱلْجَوَانِحُ تَلْطِمُ

وَلَمْ اسمع ٤) أَحْسَنَ مِنْ هٰذا البيت فى ٱلتَّفَجُّعِ لِمَنْكُوبٍ ٥)

ومنها

٧   وَأُظْهِرُ لِلْأَذَاةِ عَنْكَ ٦) جَلَادَةً

وَأَكْتُمُ مَا ٱلْقَاهُ وَٱللّٰهُ يَعْلَمُ

ومنها

٨   وَمَا أَغْرَبَتْ ٧) فِيكَ ٱللَّيَالِى فَإِنَّهَا ٨)

لَتَصْدَعُنَا مِنْ كُلِّ شِعْبٍ وَتَثْلِمُ

٩   طَوَارِقُ خَطْبٍ مَا تَغِبُّ وُفُودُقَا ٩)

وَأَحْدَاثُ أَيَّامٍ تُسْفِدُّ ١٠) وَ تُنْئِمُ ١١)

١٠   فَمَا عَرَّفَتْنِى غَيْرَ مَا أَنَا عَارِفٌ

وَلَا عَلَّمَتْنِى غَيْرَ مَا كُنْتُ ١٢) أَعْلَمُ

---

١) B₂ اريد الكرى.   ٢) B₂ تحرّما.   ٣) B B₁ نتصبّرًا.   ٤) D V₂ لم يسمع ; و fehlt D.

٥) D بمنكوب.   ٦) B B₁,₂ D فيك.   ٧) B₂ اعزبت.

٨) B وانها , B₁,₂ D V₁ وانّها.   ٩) B تذعب وقودها.

١٠) B تفك.   ١١) B نيتم B₁,₂ نتنام.   ١٢) V₁ أنّا.

ومنها

١١ وَنَدْعُوا[1] كَرِيمًا مَنْ يَجُودُ بِمَالِهِ

وَمَنْ جَادَ بِالنَّفْسِ[2] ٱلنَّفِيسَةِ[3] أَكْرَمُ

ومنها[4]

١٢ إِذَا لَمْ يَكُنْ[5] يُنْجِي ٱلْفِرَارُ مِنَ[6] ٱلرَّدَى

عَلَى حَالَةٍ فَٱلصَّبْرُ أَرْجَى[7] وَأَحْزَمُ[8]

ومنها

١٣ لَعَمْرِي لَقَدْ أَعْذَرْتَ[9] أَنْ[10] قَلَّ مُسْعِدٌ[11]

وَأَقْدَمْتَ لَوْ أَنَّ ٱلْكَتَائِبَ تُقْدِمُ

ومنها

١٤ وَمَا عَابَكَ[12] أَبْنَ ٱلسَّابِقِينَ إِلَى ٱلْعُلَى

تَأَخُّرُ أَقْوَامٍ وَأَنْتَ تَقَدَّمُ[13]

١٥ وَمَا لَكَ لَا تَلْقَى بِمُهْجَتِكَ ٱلْقَنَا[14]

وَأَنْتَ مِنَ ٱلْقَوْمِ ٱلَّذِينَ هُمُ هُمُ

---

1) D أَنْدَعُو, V₁ وَنَدْعُو, B₁,₂ يَبْذُلُ النَّفْسَ.   2) B B₁,₂
3) B B₁,₂ O V₁ الْكَرِيمَةَ.   4) Der ganze Doppelvers f. in BO.   5) V₂
نَكُنْ.   6) B₂ عَن.   7) V₁ أَوْلَى.   8) V₂ أَجْزَمُ.   9) BM
أَعْذَرْت.   10) B M O V₁,₂ لَوْ أَنْ.   11) B M D O مُسْعِدًا.   12) B₂
عَابَك.   13) B D M O مُقَدِّم.   14) Die beiden Doppelverse 15 und 16
fehlen hier in BO. Der erste Doppelvers findet sich in B 1.,, 17 mit der Var.
الْقَنَا für الرَّدَى, die auch in B₁,₂ vorkommt.

١٦ لَعًا يَا أُخَيَّ¹) لَا مَسَّكَ²) ٱلسُّوءُ أِنَّمَا³)

هُوَ ٱلـدَّهْرُ فِي حَـالَيْهِ بُوسَى⁴) وَأَنْعُمْ

وكتب اليه قصيدة⁵) اخرى⁶) منها   كامل

أَ أَبًا⁷) ٱلْعَشَائِرِ إِنْ أُسِرْتَ فَطَالَمَا

أَسَرْتَ لَكَ ٱلْبِيضُ ٱلْخِفَافُ⁸) رِجَالَا

٢ لَمَّا أَجَلْتَ ٱلْمُهْرَ فَوْقَ رُؤُوسِهِمْ⁹)

نَسَجْتَ لَـهُ حُمْرُ ٱلشُّعُورِ¹⁰) عِـقَالَا

ما أحسن ما اعتذر له مع إحسانه التشبيه

٣ يَا مَنْ إِذَا حَمَلَ ٱلْحِصَانَ عَلَى ٱلْوَجَا¹¹)

قَالَ¹²) أَتَّخِذْ حُبَّكَ¹³) ٱلتَّرِيكِ¹⁴) نِعَالَا

٤ مَا كُنْتَ نَهْزَةً¹⁵) آخِذٍ¹⁶) يَوْمَ ٱلْوَغَى

لَوْ كُنْتَ¹⁷) أَوْجَدْتَ ٱلْكُمَيْتَ مَجَالَا

---

1) B₂ للقيا اخى (؟). 2) B₂ لا امسّك. 3) M D V₁,₂ انّه.

4) B₁,₂ M بوس. 5) B ٩٩, 8 ff. M وكتب اليه من قصيدة. 6) Fehlt in V₂. 7) B₁,₂ أبا. 8) B₂ الخفا و (!). 9) B D رؤسهم. 10) M حمّ الشعور. 11) B على الوغى, O على العدى. 12) Dieser und der folgende Halbvers fehlen in B. 13) B₂ حمرأ. 14) B₂ تريك. 15) V₁ نهذة, B₂ نهـرة. 16) O آسـر. 17) V₁ انت.

ومنها

٥   أَخَذُوكَ فِى كَيْدٍ[1] ٱلْمَضَائِقِ غِيلَةً[2]

مِـثْـلَ ٱلنِّـسَآءِ تُحَبِّبُ[3] ٱلـرِّيـبَـالَا

ومنها

١   زَلَّ[4] مِنَ ٱلْأَيَّامِ فِيـكَ يُقِيلُـهُ[5]

مَـلِـكٌ إِذَا عَـثَـرَ ٱلـزَّمَـانُ أَقَـالَا

ومنها

٧   بِٱلْخَيْلِ ضُمَّرًا[6] وَٱلسُّيُوفِ قَـوَاضِبًـا[7]

وَٱلسُّـمْرِ لُـدْنًـا وَٱلـرِّجَالِ عِـجَالَا

وقال   بسيط

مَا كُنْتُ مُذْ[8] كُنْتُ إِلَّا طَوْعَ خُلَّانِى[9]

لَيْسَتْ مُوَاحَدَةُ ٱلْإِخْوَانِ مِنْ شَـانِى

٢   إِذَا خَـلِـيـلِـى لَـمْ تُكَثِّرْ إِسَـآءَتَهُ[10]

فَـأَيْنَ مَـوْقِـعُ إِحْـسَـانِى وَغُـفْـرَانِى

O, نُرتنب B[1,2] ,B[2] ‎.تَـلَـك B (1   2) B[1,2] ‎.عِـذوة   3) B تربب, B[2]

5) B[2] ‎.زَلَـل für عِـذا B (4   نَجنب. ,B[2] تُجِّيب, V[1] ‎,ربتن

7) B ‎.بالخيل تَقيله (oder ز ؟).   6) B فالخيل ضربا ,B[1,2] شُعَّثًا بالخيل.

9) V[2] ‎.اخوانى قواطعا, B[1,2] مواضبيا.   8) B ١٣٩, 12 ff. B[1,2] ‎.اذ

10) O يُكَثّرْ إِسَآءَتَهُ لَمْ (M D) ‎.لَمْ تكثّر لِ). Der ganze Doppelvers fehlt in BB[1,2].

٣   يَجْنِنِى [1] عَلَىَّ وَأَحْنُو [2] دَائِمًا [3] أَبَدًا

لَا شَىْءَ أَحْسَنَ مِنْ حَانٍ [4] عَلَى جَانٍ

٤   وَيَنْبُعُ [5] ٱلْذَنْبَ ذَنْبًا حِينَ يَعْرِفُنِى [6]

عَمْدًا فَأُتْبِعُ [7] إِحْسَانًا [8] بِإِحْسَانٍ [9]

وقال   كامل

١   مَا [10] صَاحِبِى إِلَّا ٱلَّذِى مِنْ بِشْرِهِ [11]

عُنْوَانُهُ فِى وَجْهِهِ وَلِسَانِهِ

٢   كَمْ صَاحِبٍ لَمْ أَغْنَ [12] عَنْ إِنْصَافِهِ

فِى عِشْرَةٍ [13] وَغُنِيتُ عَنْ إِحْسَانِهِ

---

1) O يَجْفُو.
2) D وَاجْنُو، B فَاجْنُو.
3) B D M O V₂ صَافَكَا.
4) B B₂ D مِنْ جَانٍ; in Folg. B₁ D عَلَى جَانِى.
5) Der ganze Doppelvers ٤ fehlt in M D.
6) B يُسوِّفُبِينِى.
7) B B₁,₂ O وَأَتْبِعُ.
8) B B₁,₂ غُفْرَانَا بِغُفْرَانِى.
9) In einigen Handschriften (auch V₂ als Vers 2) kommt noch der Doppelvers vor:

٥   يَجْنِنِى ٱلْخَلِيلُ فَأَسْتَكْلِى جِنَايَتَهُ (حِمْنَايَتَهُ V₂)

حَتَّى أَدَلَّ (أَوَّلَ V₂، يَدِلَّ O، أَذَلَّ B) عَلَى عَفْوِى وَأَحْسَانِى (احسانى V₂)

Die Reihenfolge der Verse ist in einzelnen Hss. folgende: B 1, 5, 4, 3; D B₁,₂ 1, 5, 2, 3; M 1, 2, 3; O 1, 5, 4, 2, 3.
10) O يا.
11) B₁ سِرُّهُ.
12) B₂ أُخِلَّ.
13) M فِى عَسْرَةٍ، B₁,₂ فِى عُسْرَةٍ.

وكتب فى وصف كتاب ورد عليه١) من صديق له٢)

بسيط

وَوَارِدٍ مُوَرَّدٍ٣) أُنْسًا يُوَكِّدُهُ

صُدُورُهُ عَنْ سَلِيمِ ٱلْوِرْدِ وَٱلصَّدَرِ

شَدَّتْ سَحَائِبُهُ مِنْهُ عَلَى نَزِهٍ٤)

يَقْسِمُ٥) ٱلْحُسْنَ بَيْنَ ٱلسَّمْعِ وَٱلْبَصَرِ

عُذُوبَةً صَدَرَتْ عَنْ مَنْطِقٍ جَدِدٍ٦) ٣

كَٱلْمَآءِ يَخْرُجُ يَنْبُوعًا مِنَ ٱلْحَجَرِ

وَ٧) رَوْضَةٍ مِنْ رِيَاضِ ٱلْفِكْرِ نَبَّجَهَا٨) ٤

صَوْبُ ٱلْقَرَائِحِ لَا صَوْبٌ مِنَ ٱلْمَطَرِ

---

1) M fehlt عليه.   2) V₁ fehlt له· In B lautet die Überschrift (٧٨, 1—4) وقال O ,واجاب محمد ابن افلج عن كتاب ارسله نظما ونثرا مورد الانشا,   3) D مكاتبةً الى محمد بن افلج من جواب كتاب. Vers 1 fehlt in BB₁,₂.   4) In BB₁,₂, مورد M, OV₁ موردا انسا, O موردًا انشا, O lautet der erste Halbvers (وافى B₁,₂) كتنابك مطويًّا وفى, سحائته st. سحائبه D ;(O مطوّق) على قسم (O نزه B , نزر B, غزر).   5) BD نقسم.   6) In BB₁,₂ u O lautet der erste Halbvers جَزْلُ ٱلْمَعَانِى.   7) B₁,₂ او.   8) رَقِيقُ ٱلْلَّفْظِ مُونَقَةٌ (مونقه B₁,₂, رَنَّحَها, B₁,₂(?) , ربّحها V₁.

٥   كَأَنَّمَا نَشَرَتْ ١) أَيْدِى ٱلرَّبِيعِ بِهَا ٢)

بُرْدًا ٣) مِنَ ٱلْوَشْيِ أَوْ ٤) ثَوْبًا ٥) مِنَ ٱلْحِبَرِ

وقال ٦) لِأَبِى ٱلْحُصَيْنِ ٱلْقَاضِى ٧)   كامل

١   مِنْ بَحْرِ شِعْرِكَ ٨) أَغْتَرِفُ   وَبِفَضْلِ عِلْمِكَ أَعْتَرِفُ

٢   أَنْشَدْتَنِى فَكَأَنَّمَا   شَقَّقْتَ ٩) عَنْ دُرٍّ صَدَفْ

٣   شِعْرًا إِذَا ١٠) مَا قِسْتَهُ   بِجَمِيعِ أَشْعَارِ ٱلسَّلَفْ

٤   قَصُرْنَ ١١) دُونَ مَدَاهُ ١٢)   تَقْصِيرَ ٱلْحُرُوفِ عَنِ ٱلْأَلِفْ

وقال له ايضا ١٣)   كامل

١   إِنِّى عَلَيْكَ أَبَا حُصَيْنٍ عَاتِبٌ ١٤)

وَٱلْحُرُّ يَحْتَمِلُ ٱلصَّدِيقَ وَيَغْفِرُ ١٥)

٢   وَإِذَا وَجَدْتَ عَلَى ٱلصَّدِيقِ شَكَوْتَهُ

سِرًّا إِلَيْهِ وَفِى ٱلْمَحَافِلِ أَشْكُرُ

هكذا ١٦) شرط الصداقة لا كما شكاه ١٧) ابو اسحق الصابى فى قوله

---

1) O نثرت.   2) B B₁,₂ يُمْنَاك بَيْنَهُمَا.   3) B₁,₂ ثوبا.   4) B₁,₂ لا.

5) B نَوْمًا. Die Reihenfolge der Verse B 2, 3, 5; O 2, 3, 1, 4, 5; B₁ B₂ 2, 3, 5, 4.

6) B ۴۸, 8—11.   7) V₂ حصين.   8) B₁,₂ علمك.   9) B₂ شفقت.

10) O أن.   11) O قصر.   12) M مذاه.   13) D V₁ وقال ايضا.

14) B (pag. ۴۸, 16, 17) u. O lautet der erste Halbvers: لكننى من بعض امری عاتب ويصبر.

15) BO (امری st. امر O).

16) V₁ هذا.   17) V₂ قاله.

خفيف

١ وَمِنَ ٱلظُّـلْمِ أَنْ يَكُونَ ٱلرِّضَى بِـ
ـرًّا[1]) وَيَبْدُو ٱلْأِنْكَارُ وَسْطَ ٱلنَّـادِى[2])

٢ وَمِـنَ ٱلْعَـدْلِ أَنْ يُـشَاعَ بِـهَـذَا[3])
مِثْـلَـمَا شَاعَ[4]) ذَاكَ فِى ٱلْأَشْهَـادِ

———

الشكوى والعناب سِوَى ما وقع[5]) فى الروميّاتِ

طويل

١ أَرَانِـى[6]) وَقَوْمِى فَرَّقَتْنَـا مَذَاهِبُ
وَأَنْ جَمَعَتْنَا فِـى ٱلْأُصُولِ مَنَـاسِبُ[7])

٢ فَأَقْصَـاهُـمْ أَقْصَاهُمْ مِـنْ مَسَآءَتِى[8])
وَأَقْرَبُـهُـمْ[9]) مِـمَّـا كَرِهْتُ ٱلْأَقَـارِبُ

٣ غَرِيبٌ وَأَهْلِى حَيْـثُـمَا كَرَّ نَاظِرِى[10])
وَحِيدٌ وَحَوْلِى مِنْ رِجَالِى[11]) عَصَائِبُ[12])

———

1) M ان يساغ لهـذا ‏سطرا st. سِـرًّا.   2) V2 النّـاد.   3) M ان يساغ لهـذا
V2.   4) M ساغ.   5) M V2 ان تسـماع لهـذا يقع.
6) B ١٥٠، 16 ff.   7) B B2 T2 المنـاصب, V1,2 المناسب.   8) B
كيف ما كـن B1,2 مشارتى, اساءتى.   9) B1 واكرههم.   10) B كيف ما كـن
نـاظرى, B2 عصا آثب ‏.   11) B2 من رجـاتى.   12 B آثب عصابب.

٤ نَسِيبُكَ مَــنْ نَاسَبْتَ بِالْوُدِّ قَلْبَهُ ¹)

وَجَارُكَ مَــنْ صَافَيْتَهُ لَا ²) ٱلْمُصَاقِبُ ³)

٥ وَأَعْـظَـمُ أَعْـدَآءِ ٱلرِّجَـالِ ثِقَاتُـهَـا

وَأَهْوَنُ ⁴) مَــنْ عَادَيْتَهُ مَنْ يُحَارِبُ ⁵)

٦ وَمَـا ٱلـذَّنْبُ إِلَّا ٱلْعَجْزُ يَرْكَبُهُ ٱلْفَتَى

وَمَـا ذَنْبُهُ ⁶) إِنْ حَـارَبْتَهُ ⁷) ٱلْمَطَالِبُ

٧ وَمَنْ كَانَ غَيْرُ ٱلسَّيْفِ كَافِلَ رِزْقِهِ

فَلِلـذُّلِّ ⁸) مِنْـهُ لَا مَحَالَةَ جَاذِبُ

وقال ⁹)   بسيط

١ لِمَنْ ¹⁰) أُعَاتِبُ ¹¹) مَا لِى أَيْنَ يُذْهَبُ بِى

قَدْ صَرَّحَ ٱلـدَّهْرُ لِـى بِـالْمَنْعِ وَٱلْيَأْسِ

٢ أَبْغِى ¹²) ٱلْوَفَآءَ بِـدَهْرٍ لَا وَفَآءَ ¹³) لَهُ ¹⁴)

كَأَنَّنِى جَـاهِـلٌ بِٱلدَّهْرِ ¹⁵) وَٱلـنَّاسِ

---

1) B قبلته مالو.   2) T₂ صافيت ليس.   3) V₁ المعاقب, B₂ للصاقب ohne لا.   4) T₂ فاهون.   5) V₁ O المحارب لا B₁,₂ من نحارب. Die Disticha 6 und 7 fehlen in B, 6 auch in B₂, V₂, D M T₂.

6) T₂ وما عذره.   7) T₂ ان حاربته O وإن حاردته (?).   8) T₂ فلل زل (sic!)

9) B ٧٩, 2 ff.   10) B لمن مالى für (?).   11) B₁,₂ اغالب.   12) M

13) B₂ لافاء (?).   14) B V₁ بيه.   15) V₁ ابغى f. أرى (بالدهر am Rande) بانعصر.

وقل[1]   طويل

١   تَمَنَّيْتُمْ[2] أَنْ تَفْقِدُونِى وَأَنَّمَا[3]

تَمَنَّيْتُمْ أَنْ تَفْقِدُوا ٱلْعِزَّ أَغْيَدَا

٢   أَمَّا أَنَا أَعْلَى مَنْ[4] تَعُدُّونَ[5] هِمَّةً[6]

وَإِنْ كُنْتُ أَدْنَى[7] مَنْ تَعُدُّونَ[8] مَوْلِدَا

٣   إِلَى ٱللّٰهِ[9] أَشْكُو عُصْبَةً مِنْ عَشِيرَتِى

يُسِيئُونَ بِى[10] فِى ٱلْقَوْلِ[11] غَيْبًا وَمَشْهَدَا

٤   وَإِنْ[12] حَارَبُوا كُنْتُ ٱلْمَاجِنَّ[13] أَمَامَهُمْ[14]

وَإِنْ ضَرَبُوا[15] كُنْتُ ٱلْمُهَنَّدَ وَٱلْيَدَا

٥   وَإِنْ نَابَ خَطْبٌ أَوْ أَلَمَّتْ[16] مُلِمَّةٌ

جَعَلْتُ لَهُمْ نَفْسِى[17] وَمَا مَلَكْتُ فِدَا[18]

وقال[19]   طويل

١   أَيَا قَوْمَنَا لَا تُنْشِبُوا[20] ٱلْحَرْبَ بَيْنَنَا

---

1) M V, وقل فى شكوى والعتاب. 2) B ١١٠, 4 u. ff. 3) B M وربّما.
4) B١١٢ مـا. 5) T يعـدون, V١١٢ نعـدون. 6) B١١٢ نعمة.
7) B١١٢ اصبى. 8) V٢ يعـدون. 9) Fehlt in B٢.
10) B١١٢٢, V١ لى. 11) MO فِى ٱلْقَوْل. 12) V١ فان. 13) B٢ المحجر.
14) V١ لبأسهم. 15) B١١٢٢, D ضاربوا. 16) T ألـمّ.
17) B لهم كفى, T لها كفى. 18) B١ فنداء. 19) B ٩٢, 12—14,
20) B تنشّبوا, O V, تنبشوا.

أَيَا قَوْمَنَا لَا تَقْطَعُوا[1] ٱلْيَدَ بِٱلْيَدِ

٢ قَيَا لَيْتَ دَانِى ٱلرَّحْمِ مِنَّا وَمِنْكُمْ[2]

إِذَا لَمْ يُقَرِّبْ بَيْنَنَا لَمْ يُبْعِدِ

٣ عَدَاوَةُ ذِى ٱلْقُرْبَى أَشَدُّ مَضَاضَةً[3]

عَلَى ٱلْحُرِّ[4] مِنْ وَقْعِ ٱلْحُسَامِ ٱلْمُهَنَّدِ

وقال[5] طويل

١ وَيَغْتَابُنِى[6] مَنْ لَوْ كَفَانِى[7] غِيبَةً[8]

لَكُنَّنَ لَهُ ٱلْعَيْنَ ٱلْبَصِيرَةَ وَٱلْأُذْنَا

٢ وَعِنْدِى مِنَ ٱلْأَسْرَارِ[9] مَا لَوْ ذَكَرْتُهُ

إِذًا[10] قَرَعَ ٱلْمُغْتَاب مِنْ نَدَمٍ سِنَّا

وقال[11] طويل

١ إِذَا كَانَ فَضْلِى لَا يَسُوغُ نَفْعُهُ[12]

فَأَفْضَلُ[13] مِنْهُ[14] أَنْ أُرَى[15] غَيْرَ فَاضِلِ

---

1) B نقطوا. 2) M O B بينى وبينكم. 3) B مضاخة.

4) D B M O V₂ على المرء. 5) B ١٢٣, 15 ff. 6) B₂ ويغتابنى.

7) V₁, B₁ كفينت. 8) M O غيبه, V₁, B₁ اغتيابه, B₂ عيبه.

9) B D M O V₁,₂ من الأخبار. 10) M اذن. 11) Fehlt in B.

12) D V₁,₂, B₁,₂ نفعه (اسوغ V₂) لا أسوغ. 13) B₁,₂ فاصلح.

14) B₁,₂ عندى. 15) M أن يرى.

٢ وَمِنْ أَضْيَعِ ٱلْأَشْيَآءِ مُهْجَةِ عَاقِلٍ

يَجُوزُ[1] عَلَى حَوْبَائِهَا[2] حُكْمُ جَاهِلِ

ٱلْغَزَل وَٱلنَّسِيب

قال[3] وافر

١ تَبَسَّمَ إِذْ تَبَسَّمَ عَنْ أَقَاحٍ[4]

وَأَسْفَرَ حِينَ أَسْفَرَ عَنْ صَبَاحِ

٢ وَأَتْحَفَنِى بِرَاحٍ[5] مِنْ رُضَابٍ

وَرَاحٍ[6] مِنْ جَنَى[7] خَدٍّ[8] وَرَاحِ

٣ فَمِنْ لَأْلَاهُ[9] غُرَّتِهِ صَبَاحِى

وَمِنْ صَهْبَآءِ رِيقَتِهِ[10] ٱصْطِبَاحِى[11]

وقال[12] بسيط

١ سَكِرْتُ مِنْ لَحْظِهِ لَا مِنْ مُدَامَتِهِ[13]

وَمَالَ بِٱلنَّوْمِ عَنْ[14] عَيْنِى تَمَايُلُهُ

٢ فَمَا[15] ٱلسُّلَافُ دَهَنَّنِى[16] بَلْ سَوَالِفُهُ

---

1) M B₁ تَجُوز, B₂ يَجُوز.   2) V₂ حومانيبها, B₂ حوبانِها.   3) Fehlt in B.   4) V₁, B₁₂₃ أقاحِى.   5) TO بِكَاس.   6) B₂ وورد.   7) V₂ خبا.   8) TO ورد, B₂ خدى.   9) B₁ وكَأْس TO.   10) TO وجنته.   11) B₂ اصطباح!   12) Fehlt in B.   13) M مدامة.   14) M مِن.   15) O وما.   16) O ازدهننى.

ولا الشمولُ أزدهتنى ‏١)‏ بــلْ شمائلُـه

الــوى بِعَــزمـى أصـداعٌ ‏٢)‏ لَــويْــنَ لَــه ‏٣

وغالَ ‏٣)‏ صبرى ‏٤)‏ ما ‏٥)‏ تَحوى غَلائلُـه

وقل ‏٦)‏   كامل

١   مِــنْ أيــنَ لِلــرّشــاِ الغَــريــرِ الأحْــورِ

فى الخَدّ ‏٧)‏ مثـلُ عِـذارِه المُتحيّـرِ ‏٨)‏

٢   قَمَرٌ كأنَّ بِعَــارِضيْـه كِلـيْـهِـمَـا ‏٩)‏

مِسْكًـا ‏١٠)‏ تَسـاقطَ فَـوقَ وَرْدٍ ‏١١)‏ أحْمَـرِ

وقال ‏١٢)‏   بسيط

١   قَدْ كانَ بَدْرَ السَّمآءِ ‏١٣)‏ حُسْنًا   وَالنّاسُ فى حبِّـه سَوآءْ

٢   فَــزَادَهُ رَبُّـــهُ عِــذارًا ‏١٤)‏   تَــمَّ بِـه الحُسْنُ وَالبَهـآءْ

---

١) B₁,₂ O دهتنى.   ٢) B₂, O أصداع.   ٣) B₂ عال.   ٤) B₁,₂ قلبى.

٥) B₂ بما.   ٦) B ١٣٢, 3 П. M وقال ايضا.   ٧) B فى الجـدّ.

٨) BD المنحـدر, B₁,₂, M V₂ المتحـكـر.   ٩) B₁,₂ كلاهما.

١٠) B₁,₂ مسك.   ١١) B₂ درّ.   ١٢) B ٦٠, 11 П;

B, B₁,₂ u. O bietet statt des ersten Doppelverses:

كـان قضيبًا لــه انثنآء   وكان بــدرًا لــه ضيآء

In O lautet die erste Hälfte unseres 1. Doppelverses, der hier als 2 vorkommt:

كان كبـدّر السمـاء حسنـا in M , وكان يحكى الهلال وجـهـا.

١٣) B₁,₂ التمام.   ١٤) O فزادى حسنه عذارا.

٣ لَا تَعْجَبُوا رَبُّنَا قَدِيرٌ[1]   يَزِيدُ فِي ٱلْخَلْقِ مَا يَشَآءُ

وقال[2]   طويل

١ بِنَفْسِي مَنْ رَدَّ ٱلتَّحِيَّةَ ضَاحِكًا[3]

وَجَدَّدَ بَعْدَ ٱلْيَأْسِ فِي ٱلْوَصْلِ مَطْمَعِي[4]

٢ اِذَا مَا بَدَا أَبْدَى[5] ٱلْغَرَامُ سَرَائِرِي

وَأَظْهَرَ لِلْعُذَّالِ مَا بَيْنَ أَضْلُعِي[6]

٣ وَحَانَتْ دُمُوعُ ٱلْعَيْنِ بَيْنِي وَبَيْنَهُ

كَأَنَّ دُمُوعَ ٱلْعَيْنِ تَعْشَقُهُ مَعِي

وقال[7]   طويل

١ وَظَبْي[8] غَرِيرٍ فِي فُؤَادِي كِنَاسُهُ[9]

اِذَا ٱكْتَنَسَتْ[10] عِينٌ[11] ٱلْقَلَاةِ وَحُورُهَا[12]

٢ فَمِنْ خَلْقِهِ أَجْيَادُهَا وَعُيُونُهَا[13]

وَمِنْ خَلْقِهِ عِصْيَانُهَا وَنُفُورُهَا[14]

---

1) In B B[1,2] O lautet der erste Halbvers von 3 (B[2] فى) كذلك الله.
   2) Fehlt in B B[1,2] D O V[1].   3) V[2] صاحكا. كل وقت (O يوم).
4) V[2] مطمع.   5) V[2] ايدى.   6) V[2] اضلع.   7) M
وقال ايضا, B ٦١, 18 ff.   8) و fehlt in B[2].   9) B فى كناس لأمه,
فى فواد كناسة B[2].   10) B اكتنسمت, B[1] اكتنس, B[2] اكنسيت.
11) B عـون, B[2] العين.   12) O B[1,2] وصورها, B صبورها.
13) B B[1,2] O فتورها, 14) O وذحورها (B[1,2] لبانتها) لبانها ـ
V[2] نفارها.

وقال   بسيط

١   وَشَادِنٍ (1) قَالَ لِى (2) لَمَّا رَأَى (3) سَقَمِى (4)
وَضَعْفَ جِسْمِى وَالدَّمْعَ (5) الَّذِى ٱنْسَجَمَا

٢   أَخَذْتَ دَمْعَكَ مِنْ خَدِّى وَجِسْمَكَ مِنْ
خَصْرِى وَسُقْمَكَ مِنْ طَرْفِى ٱلَّذِى سَقَمَا (6)

وقال (7)   طويل

١   أَسَاءَ فَزَادَتْهُ (7) ٱلْإِسَاءَةُ حُظْوَةً (8)
حَبِيبٌ عَلَى مَا كَانَ مِنْهُ حَبِيبُ

٢   يَعُدُّ عَلَى ٱلْوَاشِيَانِ (9) ذُنُوبَهُ
وَمِنْ أَيْنَ لِلْوَجْهِ ٱلْجَمِيلِ (10) ذُنُوبُ

٣   فَيَا أَيُّهَا ٱلْجَانِى (11) وَنَسْأَلُهُ (12) ٱلرِّضَى
وَيَا أَيُّهَا ٱلْخَاطِى (13) وَنَحْنُ نَتُوبُ

---

1) M B₂ شانن‎.   2) Fehlt in B₁,₂, dafür لما ان‎.   3) B₂ ارا‎.

4) V₁ أَسفى‎.   5) M مع دمعى‎.   6) B₂ اسقفمما (!)‎.

7) B ١٣٠, 15 ff.; B فردتّه, V₂ وزادته‎.   8) B B₂ خطوة‎.   9) O العاذلون‎.

10) B M O المليح‎.   11) B الخاطى ونرجوك بالرضى‎. In B₁ statt ويا u ff.

12) B₁,₂ نَسْئَلك‎.   13) O الجانى, B₂ المجنى‎. وذا الذنب لا يجزى‎.

٤ لَحَمَى ٱللّٰهُ[1] مَنْ يَرْعَاكَ فِى ٱلْقُرْبِ[2] وَحْدَهُ

وَمَنْ لَا يُوَدِّى[3] ٱلْغَيْبَ[4] حِينَ تَغِيبُ[5]

وقال[6]   رَمَلٌ

١ أَيُّهَا[7] ٱلْغَازِى ٱلَّذِى يَغْـزُو بِجَيْشِ ٱلْحُبِّ جِسْمِى[8]

٢ مَا يَقُومُ ٱلْأَجْـرُ فِى غَـزْ وٍ[9] لِلرُّومِ[10] بِاسْمِى[11]

وقال[12]   كامل

وَإِذَا يَئِسْتُ مِنَ ٱلـدُّنُـوِّ رَغِبْتُ فِى فَرْطِ[13] ٱلْبِعَادِ

أَرْجُو ٱلشَّهَادَةَ فِى هَوَا هَ[14] لِأَنَّ رُوحِى[15] فِى جِهَادِ

وقال[16]   كامل

١ وَكَنَّى ٱلرَّسُولُ عَنِ ٱلْجَوَابِ تَظَرُّفًا[17]

فَلَئِنْ[18] كَنَّى[19] فَلَقَدْ عَلِمْنَا مَا عَنَى،

٢ قُلْ يَا رَسُولُ وَلَا تُحَاشِ قَائَهُ

لَا بُدَّ مِنْهُ أَسَاءَ بِى[20] أَمْ[21] أَحْسَنَا

---

1) B رعى اللّٰه، ‏وينترك عهد الغيب.‏   2) O فى الغرب.   3) O

4) B₂ العيب.   5) V₁ يغييب، ‏B₁,₂ ومن لا يردّ، ومن لا يود B

Die beiden Disticha 3 u. 4 fehlen in D.   6) B ١٣٢, 6 ff.   7) Fehlt

in B₁,₂.   8) B سُقمى.   9) B فى قتلك.   10) B بالروم، V₁

الروم.   11) BM باثم.   12) B ٩٨, 2, 3.   13) V₁ طول.   14) B

فى سـواك.   15) BB₁,₂ قلبى.   16) B ٧١, 14—16.   17) B₂

أسا بنا.   18) V₁,₂,₃ B₁,₃ ولئين.   19) B₁,₂ كنّا.   20) V₁ نطرقا.

21) MO, B₁,₂ او.

٣   اَلذَّنْبُ لِي فِيمَا جَنَاهُ لِأَنَّنِي [1]

مَكَّنْتُهُ مِنْ مُهَاجَتِي فَتَمَكَّنَا

وقال [2]   وافر

١ عَدَّنْنِي عَنْ زِيَارَتِهِ [3] عَوَادٍ   أَقَلُّ مَخُوفِهَا سُمْرُ [4] الرِّمَاحِ

٢ وَلَوْ أَنِّي أَطَعْتُ [5] رَسِيسَ شَوْقِي [6]   رَكِبْتُ إِلَيْهِ [7] أَعْنَاقَ الرِّيَاحِ

وقال [8]   خفيف

١ يَسَا عَسُوفًا بِالْمُسْتَهَامِ الشَّفِيقِ [9]

وَعَنِيفًا عَلَى الرَّفِيقِ الرَّفِيقِ

٢ لَوْ تَرَانِي إِذَا اسْتَهَلَّتْ دُمُوعِي [10]

فِي صَبُوحٍ ذَكَرْتُهُ أَوْ [11] غَبُوقِ

٣ أَسْرِقُ [12] الدَّمْعَ مِنْ نَدِيمِي [13] بِكَأْسِي [14]

فَأُحَلِّي [15] عِقْيَانَتَهَا [16] بِالْعَقِيقِ

---

1) $B_{1,2}$ فانني.   2) B ٧٤, 10, 13.   3) $BB_{1,2}$ T زيارتكم.   4) OT وخز الرماح.

5) $B_{1,2}$ T أقمنا لو اطعت O وقمت ولو اطعت B أقمت ولو اطعت لى صديق.   6) B_2 قولى.   7) $B_{1,2}$ البيك.   8) M وقل ايضا B ١٣٤, 8—10.

9) Doppelvers 1 lautet in BO على الزمان صديقى ورفيق مع الخطوب رفيقى.   10) Der zweite Doppelvers fehlt in D V_2 $B_{1,2}$.

11) BMO و.   12) $B_{1,2}$ MOV_1 أشرب (V_1 am Rande أسرق).   13) B_2 ندمى.   14) BDOB$_{1,2}$.

15) B_1 واحلى، B_2 واخلى بكأس.   16) B عقودها.

وقال [1]   بسيط (مخلع)

١ لِطَيِّرَتِى [2] بِالصُّدَاعِ نَالَتْ   فَوْقَ مَنْـال ٱلصُّدَاعِ مِنِّى

٢ وَجَدْتُ فِيهِ ٱتِّفَاقَ سُوءٍ   صَدَّعَنِى ثُمَّ صَدَّ عَنِّى [3]

وقال   بسيط

١ يَا لَيْلَةً لَسْتُ أَنْسَى طِيبَهَا أَبَدًا   كَأَنَّ كُلَّ سُرُورٍ حَاضِرٌ [4] فِيهَا

٢ بَاتَتْ وَبِتُّ وَبَاتَ ٱلزِّقُّ ثَالِثَنَا   حَتَّى [5] ٱلصَّبَاحِ تُسْقِينِى [6] وَأُسْقِيهَا

٣ كَأَنَّ سُودَ عَنَاقِيدٍ بِلِمَّتِهَا [7]   أَهْدَتْ سُلَافَتَهَا خَمْرًا [8] إِلَى فِيهَا

وقال [9]   وافر

١ أُمَيْسِئٌ مُحْسِنٌ طَوْرًا وَطَوْرًا   فَمَا أَدْرِى عَدُوِّى أَمْ حَبِيبِى

٢ وَبَعْضُ ٱلظَّالِمِينَ وَإِنْ تَنَاهَى [10]   شَهِىُّ ٱلظُّلْمِ مُغْتَفَرُ ٱلذُّنُوبِ [11]

---

1) B ٩٣, 17 ff., fehlt in B₁,₂.   2) D لِطَرقِى.   3) D V₂ صَدَّ عنّى.
4) B₂ حاضرا.   5) B₁,₂ الى.   6) D لتسقينى. مثل صدّعنى
7) B₁,₂ كان بنت حُميّا من مدامتها, O كان, يُسْتَقينى V₁.
8) B₁,₂ صرفا. سود عناقيد يكنمها مدامتها   9) B ٩٠, 14, 16.
10) B وان تبالى.   11) O مغفور الذنوب.

وقال [1] خفيف

١ قَمَرٌ دُونَ حُسْنِهِ ٱلْأَقْمَارُ وَكَثِيبٌ [2] مِنَ ٱلنَّقَا مُسْتَعَارُ

٢ وَغَزَالٌ [3] فِيهِ نِفَارٌ وَمَا [4] يُنْكَرُ [5] مِنْ شِيمَةِ ٱلظِّبَاءَ [6] ٱلنِّفَارُ

٣ لَا أَعَاصِيهِ [7] فِي ٱجْتِرَاحِ [8] ٱلْمَعَاصِى فِى قَوِى مِثْلِهِ تَطِيبُ ٱلنَّارُ [9]

٤ قَدْ حَذِرْتُ [10] ٱلْمِلَاحَ دَهْرًا وَلَكِنْ سَاقَنِى نَحْوَ حُبِّهِ ٱلْمِقْدَارُ [11]

٥ كَمْ أَرَدْتُ ٱلسُّلُوَّ فَٱسْتَعْطَفَتْنِى رُقْيَةٌ مِنْ رُقَاكَ يَا عَيَّارُ

وقال [12] هزج

١ مِنَ ٱلسَّلْوَةِ فِى عَيْنَيْكَ آيَاتٌ وَآثَارُ

٢ أَرَاهَا مِنْكَ بِٱلْقَلْبِ [13] وَفِى ٱلْأَضْلَاعِ [14] أَبْصَارُ

٣ إِذَامَا بَرَدَ ٱلْقَلْبُ [15] فَمَا تُسْخِنُهُ [16] ٱلنَّارُ

وقال [17] مجتث

١ يَا مَعْشَرَ ٱلنَّاسِ قُلْ لِى مِمَّا لَقِيتُ [18] مُجِيرُ

---

1) B ١٣١, 16 ff. 2) B وقضيب, B₂ كتشبمر (?). 3) Der ganze
Doppelvers 2 fehlt in B. 4) B₂ وصدّ, B₃ ولا يبدّع. 5) B₁ فمن
B₂ ohne شيمة من. 6) V₁ الغزال, B₂ الضباءَ. 7) B₂ أعتديه.
8) B فى اجنرام. 9) B₁ يطيب النيار, B₂ يطيب السيار. 10) B₂
حضرت. 11) D الاقدار. 12) B ٩٠, 3 ff., fehlt in O B₁,,₂.
13) BM الحبّ. 14) B وفى القلوب. 15) BM فى القلب.
16) B تنكنه, D V₃ يساخنه. 17) Fehlt in B. 18) B₁,,₃ انتيمن.

٢ أَصَـابَ غِـرَّةَ[1] قَلْبِى نَاكَ[2] ٱلْـغَـزَالُ ٱلْـغَـرِيـرُ

٣ قَعُمْـرُ لَـيْـلِى طَـوِيـلٌ وَعُمْـرُ نَوْمِى[3] قَصِيـرُ

وقال[4] رمل

١ أُجِـيـلِى[5] يَـا أُمَّ عَمْـرِو زَادَكِ[6] ٱللَّـهُ جَمَـالَا[7]

٢ لَا تَبِـيعِيـنِى بِـرُخْـصٍ إِنَّ فِى مِثْـلِى يُغَالَا[8]

٣ أَنَـا إِنْ جُـدْتِ بِـوَصْلٍ أَحْسَـنُ ٱلْـعَالَـمِ حَـالَا

ٱلْأَوْصَـاف وَٱلْـتَّشْـبِـيـهَـات

قال[9] فِى وَصْف ٱلجِسر[10] رجز

١ كَأَنَّمَا ٱلْـمَـآء عَلَيْـهِ ٱلْـجِـسْـرُ دَرْج بَيَـاض خُطَّ فِيهِ سَطُرْ

٢ كَأَنَّنَا لَمَّـا تَـهَـيَّـاً[11] ٱلْعُبَرُ أُسْرَة مُوسَى حِينَ شُقَّ[12] ٱلْبَّحَرْ

وجلس يوما فى البستان البديع والماء يتندرّج[13] فى البِرَك فقال فى
وصفه وكلّ واصفٍ فانّما[14] يشبّه الموصوف بمـا هو من جنس

___

1) M غُرَّة, B‚ عِزَّة.   2) O هـذا.   3) D B‚ يومى.   4) B

V‚, 9 ff., fehlt in B‚‚‚.   5) B اعلمى.   6) V‚ وزادك.   7) V‚

حمالا.   8) In B steht der Doppelvers 3 vor 2, Doppelvers 3 fehlt in D.

9) B ١٢٤, 16 ff., fehlt in B‚‚‚, B وقل يصف الماء, V‚, وصف الكسر.

10 V‚ جسر.   11) B لمّا استنشب.   12) B V‚ (B سقّ) يَوْمَ شُقّ

13) V‚ يندرج.   14) V‚ وانما.

صناعته و[1]) بما تكثر رويته[2]) له[3])

كامل

١   انظر إلى[4]) زهر الربيع　　والماء فى برك البديع

٢   وإذا الرياح[5]) جرت عليه　　فى الذهاب وفي الرجوع

٣   نثرت[6]) على بيض الصفا　　يح بيننا[7]) حلق[8]) الدروع

وله فى وصف النار والفحم[9])

كامل

١   لله برد ما أشد　　ومنظر ما[10]) كان أعجب

٢   جاء الغلام بنارہ[11])　　هوجاء[12]) فى فحم[13]) تلهب

٣   فكأنما[14]) جمع الحلى　　فمحرق[15]) فيها[16]) ومذهب

٤   وكأنها لما خبت[17])　　ما بيننا[18]) ند مشعب[19])

وقال[20])

طويل

مددنا علينا[21]) الليل والليل راضع

---

1) V_2 او.　　2) D V_2 يكثرر وبينته له.　　3) B ١٢٥, 11 ff. وقال يصف.

4) B_1 فى.　　5) B الرماح.　　6) B مرت.　　7) B_1 الماء والبرك.

8) B_2 خلق.　　9) B ١٢٥, 1 ff. وقال يصف غلاما جاءه. بنينا.

10) V_2 اما.　　11) B وله für وقال, V_2 والفحم, In V_1 fehlt بنارہ. B_2 بنار, بنارۃ.

12) B حمراء.　　13) B فى جمر.　　14) O فكأنها. Vers 3 fehlt in $B_{1,2}$.

15) M بمحرق.　　16) B M O D منها, V_2 منه.

17) B $B_{1,2}$, M O V_2 فكأنها (انطفت B_1) ثم انطفت. فكانما B.

18) B_1 ما بنينا.　　19) B D معشب, B_1 مثغب. منعشب.

20) Fehlt in B.　　21) $B_{1,2}$ لبسنا رداء.

إِلَـى أَنْ تَـرَدَّى رَأْسَـهُ بِمَـشِيبِ

٢ بِحَـالٍ تَرُدُّ[1] ٱلْحَـاسِـدِينَ بِغَيْظِهِمْ

وَنَطْرِفُ عَنَّـا عَيْـنَ كُلِّ رَقِـيبِ

٣ إِلَى[2] أَنْ بَـدَا ضَـوْءُ ٱلصَّبَـاحِ كَـأَنَّـهُ

مَبَـادِى نُصُولٍ فِي عِـذَارٍ خَضِيبِ[3]

وَقَالَ[4] رجز

١ وَجُلَّنَـارٍ مُشْرِفٍ عَلَى أَعَالِى شَجَرَهْ

٢ كَـأَنَّ فِى رُؤُوسِـهِ أَحْـمَـرَهْ وَأَصْفَرَهْ[5]

٣ قُرَاضَةٌ مِنْ ذَهَبٍ[6] فِى خِرَقٍ[7] مُعَصْفَرَهْ

وَقَالَ[8] فِى جَارِيَةٍ مَسْبِيَّةٍ[9] كامل

١ وَخَرِيـدَةٍ كَرُمَتْ عَلَى آبَـائِـهَا[10]

زَهَـنَـا وَعِنْدَ سِبَائِهَا لَمْ تُكْرَمِ[11]

٢ خُطِبَتْ بِحَدِّ ٱلسَّيْفِ حَتَّى زُوِّجَتْ

---

1) B₁,₂ يـرد.   2) Doppelvers 3 fehlt in M.   3) B₂ خـصيـب.

4) B ١٢٣, 1 ff.   5) B أصفـره واحمره; B₁,₂ أَحْمَرَهْ.   6) B من فِضّة.

7) O وقال يصف, B₁ خِرْقَة, حزق O.   8) B ١٢٥, 6 ff. وقال فى خَريدَةٍ.

9) V₁ سْبِيَتْ.   10) BO ارْبابِهـا.   11) In B lautet السبى

der 2. Halbvers von 1: وعلى بـوادر حيلها لم تكرم

وعلى تـوارد خيلنا لم تكرم B₁,₂

كُرُمًا[1] وَكَانَ[2] صَدَاقُهَا لِلْمَقْسِمِ[3]

٣ رَاحَتْ[4] وَصَاحِبُهَا بِعِرْسٍ حَاضِرٍ[5]

يُرْضِى ٱلْآلِهَةَ[6] وَأَهْلَهَا فِى مَأْتَمِ

ينظر معنى البيت الاوّل الى قول المتنبّى

طويل

١ نَبْكِى عَلَيْهِنَّ ٱلْبَطَارِيقُ[7] فِى ٱلدُّجَى

وَهُنَّ لَدَيْنَا مُلْقَيَاتٌ كَوَاسِدُ

٢ بِذَا[8] قَضَتِ ٱلْأَيَّامُ مَا بَيْنَ أَهْلِهَا

مَصَائِبُ قَوْمٍ عِنْدَ قَوْمٍ فَوَائِدُ

وَلِأَبِى فِرَاسٍ فِى طَعْنَةٍ أَصَابَتْ خَدَّهُ[9]

كامل

١ لَمَّا رَأَتْ أَثَرَ ٱلسِّنَانِ بِخَدِّهِ

ظَلَّتْ[10] تُقَابِلُهُ بِوَجْهٍ عَابِسِ

٢ خَلَفَ ٱلسِّنَانُ بِهِ مَوَاقِعَ لَثْمِهَا

بِئْسَ ٱلْخِلَافَةُ لِلْمُحِبِّ ٱلْبَائِسِ

---

1) M B₁,₂ كرمًا. 2) و fehlt in V₁. 3) B₁,₂ فى المقسم. 4) O وراحت. B₁ بانت, B₂ بانت. 5) M يعرّس حاضرًا. 6) M برضى الاله. 7) V₂ البطارق. 8) M بدا. 9) Fehlt in B, vergl. jedoch v٠, 11 ff. In B₁,₂ weicht das Gedicht gänzlich ab. 10) O طلّت.

٣   حُسْنُ ٱلثَّنَآءِ بِقُبْحِ مَا صَنَعَ ٱلْقَنَا

يَوْمَ ٱلطِّعَانِ بِصَحْنِ خَدِّ ٱلْفَارِسِ ¹)

ٱلْحِكْمَةُ وَٱلْمَوْعِظَةُ ²)

قَالَ ³)   هزج

١   غِنَى ٱلنَّفْسِ لِمَنْ يَعْقِلُ خَيْرٌ مِنْ غِنَى ٱلْمَالِ

٢   وَفَضْلُ ٱلنَّاسِ فِى ٱلْأَنْفُسِ لَيْسَ ٱلْفَضْلُ فِى ٱلْحَالِ ⁴)

وَقَالَ ⁵)   كامل

ٱلْمَرْءُ رَهْنُ ⁶) مَصَائِبَ لَا تَنْقَضِى

حَتَّى يُوَارَى جِسْمُهُ فِى رَمْسِهِ

٢   فَمُوَجَّلٌ يَلْقَى ⁷) ٱلرَّدَى فِى غَيْرِهِ ⁸)

وَمُعَجَّلٌ يَلْقَى ٱلرَّدَى فِى نَفْسِهِ

---

1) O bietet als 3 (auch B) und 4.

اذى ليعجبنى اذا اشتنجر القنا   اثر السنان بصحن خدّ الفارس

حسن الثناء بقبح ما فعل القنا   بجميل وجه نعم ثوب اللابس

2) V₂ والمـواعـظ الحـكـم D الحـال.   3) Fehlt in B, B₁,₂.   4) D الحـال.

5) B ١٢٨, 2, 3.   6) V₁,₂ MOD نصب   7) B باهله الدواء.

8) V₁, B₁,₂ اهله (am Rande von V₁ غيره).

وقال [1] كامل

١ أَنْفِقْ مِنَ الصَّبْرِ الْجَمِيلِ فَإِنَّهُ

لَمْ يَخْشَ فَقْرًا [2] مُنْفِقٌ مِنْ صَبْرِهِ

٢ وَالْمَرْءُ لَيْسَ بِبَالِغٍ فِى أَرْضِهِ

كَالصَّقْرِ لَيْسَ بِصَائِدٍ فِى وَكْرِهِ

وقال [3] كامل

١ خَفِّضْ [4] عَلَيْكَ وَلَا تَكُنْ [5] قَلِقَ الْحَشَى

مِمَّا يَكُونُ وَعَلَّهُ [6] وَعَسَاهُ

٢ فَالْعُمْرُ [7] أَقْصَرُ [8] مُدَّةً مِمَّا تَرَى

وَعَسَاكَ أَنْ تَكْفَى الَّذِى تَخْشَاهُ

وقال [9] هزج

١ عَرَفْتُ الشَّرَّ لَا لِلشَّرِّ لَكِنْ لِتَنَوُّقِيهِ

٢ وَمَنْ [10] لَا يَعْرِفُ الشَّرَّ مِنَ النَّاسِ يَقَعْ فِيهِ

وقال [11] طويل

١ لَعَمْرُكَ مَا الْأَبْصَارُ تَنْفَعُ أَهْلَهَا

إِذَا لَمْ تَكُنْ [12] لِلْمُبْصِرِينَ بَصَائِرُ

1) B ٥٩, 9, 8.   2) B٢ نَقْرًا.   3) B ١٢٩, 18 ff.   4) B١٠٠ هوّن.

5) O نَبِيتَنْ.   6) O فِى عِلّهِ.   7) B١٠٠ BOM DV٢ فالدهر, والدهر.

8) B٢ قَصُرَ.   9) Fehlt in B.   10) D فمن.   11) Fehlt in B, B١٠٠.

12) D M V٢ يكن.

٢   وَقَلَّ [1] يَنْفَعُ ٱلْخَطِّيُّ غَيْرُ مُثَقَّفٍ
    وَتَظْهَرُ [2] إِلَّا بِٱلصِّقَالِ [3] ٱلْجَوَاهِرُ

٣   وَكَيْفَ يُنَالُ ٱلْمَجْدُ وَٱلْجِسْمُ وَادِعُ
    وَكَيْفَ يُحَازُ ٱلْحَمْدُ وَٱلْوُفْرُ وَافِرُ

وقال [4]   طويل

١   إِذَا لَمْ يُعِنْكَ ٱللَّهُ فِيمَا تُرِيدُهُ [5]
    فَلَيْسَ لِمَخْلُوقٍ إِلَيْهِ [6] سَبِيلُ

٢   وَإِنْ هُوَ لَمْ يُرْشِدْكَ [7] فِي كُلِّ مَسْلَكٍ
    ضَلِلْتَ [8] وَلَوْ أَنَّ ٱلسِّمَاكَ دَلِيلُ

وقال [9]   خفيف

    لَسْتُ بِٱلْمُسْتَضِيمِ [10] مَنْ هُوَ دُونِي [11]
    اعْتِدَاءً [12] وَلَسْتُ بِٱلْمُسْتَضَامِ [13]

٢   رُبَّ [14] أَمْرٍ عَفَفْتُ عَنْهُ ٱخْتِيَارًا

---

1) In V_2 steht 3 vor 2.   2) V_1 وبظهر.   3) M الا بالصفاء.

4) B 10., 12, 14.   5) $B_{1,2}$ ومن لم يُرِدْه الله فى الامر كلّه.   6) D عليه BMT_2 البك.   7) $B_{1,2}$ يدلك.   8) $B_{1,2}$ ظالمت.   9) B 12v, 13 ff.   10) B_2 بالمستظيم.   11) B من سوء دونى.   12) B لاعتداء.   13) $B_{1,2}$ بالمستنظام.   14) In B steht 3 vor 2; so auch TO. In BM lautet der erste Halbvers لانخطى الى المكارم كفى $B_{1,2}$ لانخطى (نحطى B_2) الى المظالم كفى.

حَـذَرًا [1] مِـنْ أَصَابِـعِ [2] ٱلْأَيْتَـامِ

٣   أَبْـذُلُ [3] ٱلْحَـقَّ [4] لِلْخُصُومِ إِقَامَـا

عَـجَـزَتْ عَـنْـهُ قُـدْرَةُ ٱلْحُكَّـامِ

ٱلرُّومِيَّاتُ مِنْ غُرَرِ أَبِى فِرَاسٍ

لمّا أَدْرَكَتْ ابا فراس حِرْفَةُ الادب وأَصابته عينُ الكمال أسرتـه الروم فى بعض وقائعها وهو جريح وقد أصابه سهمٌ بقى نصلُه فى فخذه وحصل [5] مُثْخَنًا [6] بخرشنـة ثم بقسطنطينيّة وتطاولت مدّته بها لتنعذّر المفاداة وقد قيل على كل نَجْحٍ رقيب من الآفات وكان يُصْدِرُ [7] اشعارَه فى الاسر والمرض وٱسْتِزَادَةِ [8] سيف الدولة وفَرْط الحَنينِ إلى اهله وإخوانه وأحبابـه والتَبرُّم بحاله ومكانه عن صَدْرٍ حَرِجٍ [9] وقلب شَجٍ [10] فتزدادُ [11] رِقَّـةً ولطافةً وتُبكى سامعَها وتَعْلَقُ بالحِفْظ مِنْ سَلاستها [12] فمنها قولُه [13]

---

1) B₂ حَـذَرًا.   2) V₁ أَضَايِـع.   3) V₂ أَبْـدل.   4) B₂ وكانـت.   5) M وجعل.   6) M مَثْخَـنًا.   7) DM للحـق.

8) M استـزارة.   9) M جريـح.   10) D شاجى تنـدر.

11) D تزداد.   12) D لسلاتها.   13) B f., 18 ff. In B₂ ist V. 1. stark verdorben; nach الـذى folgt امـتـنـاع, worauf die 2 Hälfte von Vers 2.... ثم.

كامل

١   مَـا لِلْعَبِيد[1]‏ مِنَ ٱلَّذِى[2]‏   يَقْضِى بِـهِ ٱللّٰـهُ ٱمْتِنَـاعُ

٢   ذُدْتُ[3]‏ ٱلْأَسْوَدَ عَـنِ ٱلْقِرَا   يَسْ ثُمَّ تَفْرِسُنِى[4]‏ ٱلضِّبَاعُ

وَقَوْلُهُ[5]‏

سريع

١   قَدْ عَـذُبَ ٱلْمَوْتُ بِأَفْوَاهِنَـا   وَٱلْمَوْتُ خَيْرٌ مِنْ مَقَامِ ٱلذَّلِيلْ

٢   إِنَّا إِلَى ٱللّٰـهِ لِمَـا نَابَنَـا   وَفِى سَبِيلِ ٱللّٰهِ خَيْرُ ٱلسَّبِيلْ

وَلَمَّا شُقَّتْ فَخِذُهُ عَنْ نَصْلِ السَّهْمِ ٱلَّذِى اصابه قَالَ[6]‏

طويل

١   فَـلَا[7]‏ تَصِفَنَّ ٱلْحَرْبَ عِنْدِى فَإِنَّهَا
طَعَامِى مُـذْ بَعُنْ ٱلصِّبَـا وَشَرَابِى

٢   وَقَـدْ عَرَفْتُ وَقْـعَ ٱلْمَسَابِيرِ[8]‏ مُهْجَتِى
وَشُقِّقَ عَنْ زُرْقِ ٱلنُّصُولِ[9]‏ إِهَـابِى

٣   وَلَجَّجْتُ[10]‏ فِى حُلْـوِ ٱلزَّمَـانِ وَمُـرِّهِ
وَأَنْفَقْتُ مِنْ عُمْرِى بِغَيْرِ حِسَابِ

وَقَالَ بِخَرْشَنَة[12]‏

---

1) B₁ لِعَبْد, B₂ لَعَبِيد.   2) B₁ قِصَا.   3) Iu B₁ lautet V. 2

4) M تَـهْـرُبُ الاسَدَ لِخَوِفِى وَتَـوَلَّانِى الضِّبَاع (der in B₂ fehlt).

5) M وَقَالَ ابضا, B ٨١, 13 ff.   6) B ٨٢, 3—5.   7) B₁₁₂ تَفْرِعُنِى.

8) B المَسَابِير (زُرِّقَ), DOB₁₁₂ المَسَامِير.   9) B زُرِّقِ الفُصَّال.   وَلَا.

10) B وَلَتَّجَجْتُ, O وَجَمَّعْتُ; D وَلَتَّجَجْتُ.   12) B ٨٢, 7—9, 15.

كامل

١ اِنْ زُرْتُ[1] خَرْشَنَةَ[2] أَسِيرًا[3]   فَلَقَدْ حَلَلْتُ[4] بِهَا مُغِيرَا

٢ وَلَقَدْ رَأَيْتُ ٱلنَّارَ تَنْتَهِبُ[5] ٱلْمَنَازِلَ وَٱلْقُصُورَا

٣ وَلَقَدْ رَأَيْتُ ٱلسَّبْىَ يُسْجَلَبُ[6] تَحْوَنَا[7] حُوًّا وَحُورَا[8]

٤ مَنْ كَانَ مِثْلِى لَمْ يَبِتْ[9]   إِلَّا أَسِيرًا أَوْ أَمِيرَا[10]

٥ لَيْسَتْ[11] تَحِلُّ سَرَاتَنَا   إِلَّا ٱلصُّدُورَ أَوِ ٱلْقُبُورَا[12]

وكتب الى سيف الدولة قصيدة[13] منها[14]

طويل

١   نَعَوْتُكَ لِلْجَفْنِ ٱلْقَرِيحِ ٱلْمُسَهَّدِ[15]   لَدَى[16] وَلِلنَّوْمِ ٱلْقَلِيلِ[17] ٱلْمُشَرَّدِ

٢   وَمَا ذَاكَ بُخْلًا[18] بِٱلْحَيَوةِ قِيَانِهَا[19]

---

1) B₂ اِن زرفت, O اِن جزت.   2) B₁ خرشنة, B₂ حشرذه؟

3) B اميرا.   4) BB₁,₂ احططت, O حططن (قَلَّكُم).   5) Vers 2 fehlt in B₁,₂; B النار تحترق, O النفاس تحترق.   6) V₁,₂ تجلب.

7) B₁ دهورا تفرا, B₂ ناكو.   8) B جورا وحورا, حورا وحورا.   9) BB₁,₂ لم يبت.   10) B الا اميرًا أو اميرا, B₁,₂ zuerst اميرا dann اسيرا.

11) Der letzte Doppelvers fehlt in B; O لست.   12) M الا القصور والقبورا.   13) B ٢v, 11—14.   14) Fehlt in M.   15) B₂ المشهد.   16) M لدى الضيف.   17) B₁,₂ الطريد.   18) B₂ يخل.   19) BB₁,₂ D وانّها.

لِأَوَّلِ مَبْذُولٍ لِأَوَّلِ مُجْتَدِى [1]

---

٣ وَلَا زَالَ [2] عَنَّى [3] أَنْ شَخْصًا مُعَرِّضًا
لِنَبْلِ [4] الْعِدَى [5] إِنْ لَمْ يُصَبْ [6] فَكَأَنْ قَدِ [7]

٤ وَلَكِنَّنِى أُخْتَارُ مَوْتَ بَنِى أَبِى
عَلَى سَرَوَاتٍ [8] الْخَيْلِ غَيْرَ مُوَسَّدِ

٥ وَآبَى وَتَأْبَى [9] أَنْ أَمُوتَ مُوَسَّدًا [10]
بِأَيْدِى النَّصَارَى مَوْتَ أَكْمَدِ أَكْبَدِ [11]

٦ نَضَوْتُ [12] عَلَى الْأَيَّامِ ثَوْبَ جَلَادَتِى [13]
وَلَكِنَّنِى لَمْ أَنْضُ ثَوْبَ التَّجَلُّدِ

---

٧ فَمِنْ [14] حُسْنِ صَبْرٍ بِالسَّلَامَةِ وَاعِدِى [15]
وَمِنْ رَيْبِ دَهْرٍ بِالرَّدَى [16] مُتَوَعِّدِى

---

3) M 1) BB₂ مجتند, B₁ مَتَجَّدِى. 2) D ولا زل, B₁,₂ وما زال.

6) M 4) BB₁,₂ MG لنبيل. 5) BO السردى. علمى.

8) BB₁,₂ صهوات, B₂ اصب, اعمب, B₁ تصمب. 7) B لم يكند.

9) Der ganze Doppelvers o fehlt in B; B₁,₂ وانى (B₂ ونانى) D وتأنى.

10) M sic. وانّى قميين; O dafür وانى وتابى M, B₁,₂ موسدىا.

11) G موت اكيد اكيد. مضيعا. 12) B ٢v, 15, 17, 18, ٢٨, 5, 13, 15, 12, ٢٩, 1, 3, 4—7. 13) G سيف جلادنى. 14) B₂ بالورى, O بالردى.

15) BDV₂ GO واعد. فما. 16) B منتهدد, بالورى, B₂ DV₂ O منتوعّد, منتهّد بالرّدى.

٨

فَمِثْلُكَ ١) مَنْ يُدْعَى لِكُلِّ عَظِيمَةٍ

وَمِثْلِي مَنْ يُفْدَى بِكُلِّ مُسَوَّدِ

٩

نَشِبَّتْ ٢) بِهَا أُكْرُومَةٌ قَبْلَ فَوْتِهَا ٣)

وَقُمْ ٤) فِي خَلَاصِي صَادِقَ الْعَزْمِ ٥) وَاقْعُد ٦)

١٠

فَإِنْ ٧) تَفْتَدُونِي تَفْتَدُوا شَرَفَ الْعُلَى ٨)

وَأَسْرَعَ عَوَّادٍ إِلَيْهِمْ ٩) مُعَوَّدِ

١١

يُدَافِعُ ١٠) عَنْ أَعْرَاضِكُمْ ١١) بِلِسَانِهِ

وَيَضْرِبُ عَنْكُمْ بِالْحُسَامِ الْمُهَنَّدِ

١٢

مَتَى تَخْلُفُ ١٢) الْأَيَّامُ مِثْلِي لَكُمْ فَتًى

طَوِيلَ نِجَادِ السَّيْفِ رَحْبَ الْمُقَلَّدِ

١٣

وَلَا ١٣) وَأَبِى مَا سَاعِدَانِ ١٤) كَسَاعِدِى ١٥)

وَلَا وَأَبِى مَا سَيِّدَانِ كَسَيِّدِى ١٦)

---

1) BO ‏ومثلك‎. ‏فوقها‎.   2) GB ‏نشمب بها اكثر أمنت قول موتها‎.   3) B₁

4) B₂ ‏فقم‎. ‏او‎, B₁ ‏واقـصد‎,   5) BB₂GO ‏صادق الوعد‎.   6) M ‏اقعد‎.

7) Dieser Doppelvers fehlt in GO.   8) B₁ BD ‏شرف‎

9) B₁,₂ ‏البها‎. ‏العلى‎.   10) BO ‏يطاعن‎.   11) B, B₁,₂ G ‏احسابكم‎,

12) BMGO ‏تخلف‎. ‏احسابه‎ O.   13) B₁,₂ ‏فلا‎.   14) B₂ ‏ساعدانى‎ (!).

15) B₁ DBMGO ‏كساعد‎.   16) B₁ DBMGO ‏كسيد‎.

وَإِنَّكَ لَلْمَوْلَى[1] ٱلَّذِى بِكَ ٱقْتَدَى[2] ١٤

وَإِنَّكَ لَلنَّجْمُ[3] ٱلَّذِى بِكَ ٱهْتَدَى[4]

وَأَنْتَ[5] ٱلَّذِى عَرَّفْتَنِى طُرُقَ ٱلْعُلَى[6] ١٥

وَأَنْتَ ٱلَّذِى هَدَيْتَنِى[7] كُلَّ مَقْصِدِ[8]

وَأَنْتَ ٱلَّذِى بَلَّغْتَنِى كُلَّ غَايَةٍ[9] ١٦

مَشَيْتُ إِلَيْهَا فَوْقَ أَعْنَاقِ حُسَّدِى

____

فَيَا مُلْبِسِى ٱلنُّعْمَى[10] ٱلَّتِى جَلَّ قَدْرُهَا ١٧

لَقَدْ أَخْلَقَتْ تِلْكَ ٱلثِّيَابُ فَجَدِّدِ[11]

أَلَمْ تَرَ أَنِّى فِيكَ[12] صَافَحْتُ حَدَّهَا ١٨

وَفِيكَ شَرِبْتُ ٱلْمَوْتَ غَيْرَ مُصَرِّدِ

وَفِيكَ[13] لَقِيتُ ٱلْأَلْفَ[14] زُرْقًا[15] عُيُونُهَا ١٩

بِسَبْعِينَ فِيهِمْ[16] كُلَّ أَشْأَمَ أَنْكَدِ[17]

____

1) B‚‚‚ ‚B₂ كالنّاجم, B ‚ المولى. ‚ B₁ D افتندى. 3) B كالمولى.

لا النّاجم. 4) BG فيك.) Der Doppelvers ١٥ fehlt in G. 6) B₂

مقصدى. 7) B اهدينى, DB₂ هذبتنى. 8) B₂ العدى.

9) BB‚‚‚O كلّ رتبة. 10) BOB₂ النعما. 11) B₂ فاجددى.

12) MO كيف; O im folg. حدّها f. جدها. 13) Der Doppelvers ١٩

fehlt in B u. O. 14) G الف. 15) B‚‚‚DG زرقا. 16) DMG فيها.

17) G أُرْكَدِ. Die folgenden Verse 20—23 s. B ٢٩, 8—11.

٢٠ يَقُولُونَ جَنِّبْ ¹) عَادَةً مَا عَرَفْتَهَا

شَدِيدٌ ²) عَلَى ٱلْإِنْسَانِ مَا لَمْ يَعَوِّدِ

٢١ فَقُلْتُ أَمَا وَٱللَّهِ لَا ³) قَالَ قَائِلٌ

شَهِدْتُ لَهُ فِي ٱلْحَرْبِ ⁴) ٱلْآمَ ⁵) مَشْهَدِ

٢٢ وَلَكِنْ سَأَلْقَاهَا ⁶) قَائِمًا مَدِينَةٌ

هِيَ ٱلظَّنُّ أَوْ بُنْيَانُ ⁷) عِزٍّ مُوَطَّدِ ⁸)

٢٣ وَلَمْ أَدْرِ أَنَّ ٱلدَّهْرَ فِي عَدَدٍ ⁹) ٱلْعِدَى

وَأَنَّ ٱلْمَنَايَا ٱلسُّودَ يَرْمِينَ ¹⁰) عَنْ ¹¹) يَدِ

وكتب الى والدته وقد نقل من جراحه ¹²)

طويل ¹³)

١ مُصَابِى جَلِيلٌ وَٱلْعَزَآءُ جَمِيلٌ ¹⁴)

وَظَنِّى أَنَّ ¹⁵) ٱللَّهَ سَوْفَ يُدِيلُ ¹⁶)

٢ جِرَاحٌ تَحَامَاهَا ¹⁷) ٱلْأَسَاةُ ¹⁸) مَخُوفَةٌ ¹⁹)

---

1) G جانب.   2) B₂ عسير.   3) DBMGO ما.   4) DBMGO

5) B الآم.   6) B₁ سالقها.   7) B₂ تبيان. في الخيل.

8) BDG موبد, O مويّد, M موطّد.   9) BO من عدد.   10) O

11) B₁,₂ بأبيد.   12) DM بـه (D النى) من الجراح الذى. ترمين.

13) B ٢٩, 15—18, ٣٠, 1—4.   14) B جليل.   15) B₁,₂ وعلمى.

16) BD يذيل V₁,₂ يزيل.   17) B₁,₂ تحاماه. بأنّ.

18) B₂ الاساد.   19) B₁,₂ D مخافة.

وَسُقْمَانِ بَادٍ مِنْهُمَا[1] وَدَخِيلُ

٣ وَأَسْرُ أَقَاسِيهِ وَلَيْلٌ[2] نُجُومُهُ

أَرَى كُلَّ شَىْءٍ غَيْرَهُنَّ يَزُولُ

٤ تَطُولُ بِهِ[3] ٱلسَّاعَاتُ وَهْىَ قَصِيرَةٌ[4]

وَهْىَ كُلِّ دَهْرٍ لَا يَسُرُّكَ طُولُ

٥ تَنَاسَانِىَ ٱلْأَصْحَابُ إِلَّا عِصَابَةٌ[5]

سَتَلْحَقُ بِٱلْأُخْرَى غَدًا وَتَحُولُ

٦ وَمَنْ ذَا[6] ٱلَّذِى[7] يَبْقَى عَلَى ٱلْعَهْدِ[8] إِنَّهُمْ

وَإِنْ كَثُرَتْ دَعْوَاهُمُ لَقَلِيلُ

٧ أُقَلِّبُ طَرْفِى لَا أَرَى غَيْرَ صَاحِبٍ

يَمِيلُ مَعَ ٱلنَّعْمَاءَ حَيْثُ يَمِيلُ[9]

٨ وَصِرْنَا نَرَى أَنَّ ٱلْمُتَارِكَ مُحْسِنٌ

وَأَنَّ خَلِيلًا[10] لَا يَضُرُّ وَصُولُ[11]

كَأَنَّهُ مَأْخُوذٌ[12] مِنْ قَوْلِ ٱلْمُتَنَبِّى   بسيط

---

1) D بِى، B₂ فيهما مِنْهَا. 2) BM دليل. 3) B₁,₁,₁, V₁ مِن دون عَصَبَة، (V₁ am Rande بِه). 4) BM قصيرة. 5) B اِلَّا عُصَيْبَة، OV₁. 6) ذا fehlt in B₂. 7) الَّذِى fehlt in O. 8) B₂ على العد. 9) BB₂ MOV₁ تَمِيل. 10) O صديقا. 11) B لا يدوم خليل. 12) Fehlt in M.

إِنَّا لَفِى زَمَنٍ تَرْكُ ٱلْقَبِيحِ بِهِ

مِنْ أَكْثَرِ ٱلنَّاسِ إِحْسَانٌ[1] وَإِجْمَالُ

ومنها[2])

٩   تَصَفَّحْتُ أَحْوَالَ ٱلزَّمَانِ[3] فَلَمْ يَكُنْ[4]

إِلَى غَيْرِ شَاكٍ لِلزَّمَانِ[5] وُصُولُ

١٠   أَكُلٌّ[6] خَلِيلٍ هَكَذَا غَيْرُ مُنْصِفٍ[7]

وَكُلُّ زَمَانٍ بِٱلْكِرَامِ بَخِيلُ

١١   نَعَمْ دَعَتِ ٱلدُّنْيَا إِلَى ٱلْغَدْرِ دَعْوَةً[8]

أَجَابَ إِلَيْهَا عَالِمٌ وَجَهُولُ

ومنها

١٢   وَ فَارَقَ عَمْرُو بْنُ ٱلزُّبَيْرِ شَقِيقَهُ

وَخَلَّى أَمِيرَ ٱلْمُؤْمِنِينَ عَقِيلُ[9]

١٣   فَيَا حَسْرَتِى[10] مَنْ لِى بِنَخْلٍ مُوَافِقٍ

---

1) D انعام.   2) B ٣٠، 5—11, 14, 17, 18, ٣١، 1—3.   3) B‍,,‍,‍,‍ B

5) B‍,   4) O اجد.   أحوال الرجال O ,اقوال الرجال

في الزمان.   6) Der ganze Doppelvers steht in O vor dem Vorhergehenden.

7) B‍, مبغض.   8) BM عَدَّة.   9) Der ganze Doppelvers ١٢ fehlt

in O; B V‍, فيا حسرتا M (10   .عمرو ابن B‍, ,عمر ابن V‍,

ويا حسرتى V‍, ,ويا حسرتى.

أَقُولُ ١) بِشَجْوَى ٢) مَرَّةً وَيَقُولُ ٣)

١٤ وَإِنْ ٤) وَرَآءَ ٱلسِّتْرِ ٥) أُمَّا بُكَاؤُهَا

عَلَىَّ وَإِنْ طَالَ ٱلزَّمَانُ طَوِيلُ

١٥ فَيَا أُمَّتِى لَا تَعْدَمِى ٱلصَّبْرَ إِنَّهُ

إِلَى ٱلْخَيْرِ وَٱلنُّجْحِ ٱلْقَرِيبِ رَسُولُ ٦)

ومنها

١٦ تَأَسَّى ٧) كَفَاكِ ٱللّٰهُ مَا تَحْذَرِينَهُ ٨)

فَقَدْ غَالَ هٰذَا ٱلنَّاسَ قَبْلَكِ غُولُ ٩)

ومنها

١٧ لَقِيتُ نُجُومَ ٱلْأُفْقِ ١٠) وَهْىَ صَوَارِمُ

وَخُضْتُ ١١) سَوَادَ ٱللَّيْلِ وَهْوَ ١٢) خَيْلُ ١٣)

---

1) B₁,₂ O يقول.   2) V₁ بِشَجْو.   3) B₁,₂ اقول.   4) Der

ganze Doppelvers ١٤ fehlt in O.   5) B₂ الشر.   6) B has anstatt

dieses den Doppelvers:

فيا امّنا لا تخبطى الاجر انّه   على قدر الصبر للجميل جزيل

M liest فيا امّنا, sonst den ersten Halbvers wie im Texte, den zweiten wie

B. In O fehlt der ganze Doppelvers. In D folgt der Doppelvers in B

nach 15; im ersten steht فيا امنّا, im zweiten وبا امنّا und تخبطى.

7) V₂ تخذرينه, B₂ تجلدينه, V₁,₂,₃ تاشسى اقاسى B.   8) D تجلدينه,

وخفت B ١١)   .الليل B ١٠)   .غيل B₂ ٩)   .تخلدينه

.طويل B ١٣)   .وهى V₁ ١٢)   .وخضن ظلام الليل B₁,₂,₃

١٨ وَكَمْ[1] أُرْعِ لِلنَّفْسِ ٱلْكَرِيمَةِ خَلَّةً

عَشِيَّةَ لَمْ يَعْطِفْ عَلَىَّ خَلِيلُ

١٩ وَلَكِنْ لَقِيتُ[2] ٱلْمَوْتَ حَتَّى تَرَكْتُهُ[3]

وَفِيهِ[4] وَفِى حَدِّ ٱلْحُسَامِ فُلُولُ

٢٠ وَمَنْ لَمْ يَقِ ٱللَّهُ فَهْوَ مُمَزَّقُ

وَمَنْ لَمْ يُعِزِّ ٱللَّهُ فَهْوَ ذَلِيلُ

٢١ وَمَا لَمْ يُرِدْهُ[5] ٱللَّهُ فِى ٱلْأَمْرِ كُلِّهِ

فَلَيْسَ لِمَخْلُوقٍ إِلَيْهِ[6] سَبِيلُ

وكتب إلى سيف الدولة[7]   كامل

١ هَلْ تَعْطِفَانِ عَلَى ٱلْعَلِيلِ[8]   لَا بِٱلْأَسِيرِ وَلَا ٱلْقَتِيلِ

٢ بَسَاتَنْ تُقَلِّبُهُ ٱلْأَكُفُّ سَحَابَةَ[9] ٱللَّيْلِ ٱلطَّوِيلِ

____

٣ فَقَدَ ٱلضُّيُوفُ مَكَانَهُ وَبَكَاهُ[10] أَبْنَآءَ ٱلسَّبِيلِ

٤ وَتَعَطَّلَتْ[11] سُمْرُ ٱلرِّمَا ح وَأُغْمِدَتْ بِيضُ ٱلنُّصُولِ

٥ يَا فَارِجَ ٱلْكَرْبِ ٱلْعَظِي مِ وَكَاشِفَ ٱلْخَطْبِ ٱلْجَلِيلِ

____

1) Der ganze Doppelvers fehlt in O ebenso wie der folgende.   2) B رايت. 3) B تركتها. 4) B وفيها. 5) B وما لا يراه, O ومن لم يرد, M وما لا يرده. 6) BMO عليه. 7) B ٣١, 6—13, 15—18, ٣٢, 1. 8) M على علبيل. 9) B، سجايه. 10) BO وبكته. 11) B ونقطعت, B١,٢ ونتطلعن, وبكاء.

٦ كُنْ يَا قَوِيُّ لِذَا[1] ٱلضَّعِيفِ وَيَا عَزِيزُ لِذَا[2] ٱلذَّلِيلِ

٧ قَرِّبْهُ مِنْ سَيْفِ ٱلْهُدَى[3] فِى ظِلِّ دَوْلَتِهِ ٱلظَّلِيلِ

٨ لَمْ أَرْوُ مِنْهُ وَلَا شَفَيْتُ بِطُولِ خِدْمَتِهِ غَلِيلِى[4]

٩ وَلَئِنْ حَنَنْتُ[5] إِلَى ذَرَا[6] لَقَدْ[7] حَنَنْتُ إِلَى وُصُولِ[8]

١٠ لَا بِٱلْقَطُوبِ وَلَا ٱلْغَضُوبِ[9] وَلَا ٱلْكَذُوبِ[10] وَلَا ٱلْمَلُولِ

١١ يَا عُدَّتِى فِى ٱلنَّائِبَاتِ وَظُلَّتِى عِنْدَ ٱلْمَقِيلِ

١٢ أَيْنَ ٱلْمَحَبَّةُ وَٱلذِّمَامُ وَمَا وَعَدْتَ مِنَ ٱلْجَمِيلِ

١٣ اِحْمِلْ[11] عَلَى ٱلنَّفْسِ ٱلْكَرِيمَةِ فِى وَٱلْقَلْبِ[12] ٱلْحَمُولِ

كامل   وكتب الى والدّته[13]

١ لَوْلَا ٱلْعَجُوزُ بِمَنْبِجٍ مَا خِفْتُ[14] أَسْبَابَ ٱلْمَنِيَّةْ

٢ وَلَكَانَ[15] لِيسَ عَمَّا سَأَلْتَ[16] مِنَ ٱلْفِدَى نَفْسُ أَبِيَّةْ

---

1) B لـذى, B_2 لـدى.   2) B لـدى, B_2 لدى.   3) BO لـداره, D الهوى.

4) B غليل.   5) B خننت.   6) BO زراه, B_2 الى.

7) BO فلقد.   8) B الى وصول, O الى الوصول, B_2 الى وصولى.

9) BO لا بالغضوب ولا القطوب; B_{1-2} بالغضوب.

10) BM الكروب, O المطول, B_2 القطوب, B_2 القلوب, ولا الكذوب.

11) B_{1-2} اجمل.   12) O وفى القلب.   13) B ٣٢, 3—7, 13, 12;
Freytag, Selecta ex Historia Halebi 138. Kremer, a. a. O, II 385; auch von
Ahlwardt (mit Text) und Hammer übersetzt.   14) B ما عفت.

15) B_2 ولكن.   16) B_2 اسات.

٣ لٰكِنْ أَرَتْ مُرَادَهَا وَأَوْ¹) اِجْذَبَتْ²) إِلَى ٱلدَّنِيَّةْ

٤ وَأَرَى³) مُحَامَاتِى⁴) عَلَيْهَا أَنْ⁵) نُضَامَ مِنَ ٱلْحَمِيَّةْ

٥ أَمْسَتْ بِمَنْبِجَ حُرَّةً⁶) بِٱلْحُزْنِ مِنْ بَعْدِى حَرِبَّةْ

____

٦ فِيهَا ٱلنُّقَى وَٱلدِّينِ مَجْمُوعَانِ فِى نَفْسٍ زَكِيَّةْ

٧ لَا زَالَ تَطْرُفْ⁷) مَنْبِجًا⁸) فِى كُلِّ غَادِيَةٍ تَحِيَّةْ

____

٨ يَا أُمَّتَا⁹) لَا تَحْزَنِى¹⁰) وَتِقَى بِفَضْلِ¹¹) ٱللَّهِ فِيَّهْ¹²)

٩ يَا أُمَّتَا لَا تَيْأَسِى¹³) لِلَّهِ أَلْطَافٌ خَفِيَّةْ

١٠ أُوصِيكِ بِالصَّبْرِ ٱلْجَمِيلِ فَإِنَّهُ خَيْرُ ٱلْوَصِيَّةْ

خفيف   وكتب الى غلامين لَهُ¹⁴)

١   هَلْ تُحْسَانِ لِى رَفِيقًا رَفِيقًا

يَحْفَظُ ٱلْوُدَّ¹⁵) أَوْ¹⁶) صَدِيقًا صَدُوقًا¹⁷)

____

1) B₁,₂ وَلْوَى لِلْحَدِيثِ.   2) A اِجْحَدَرْتُ.   3) Der ganze Doppelvers ٤ fehlt in D F M.   4) B حَامَا لِى, O محامات, B₁,₂ مَا عَانَى.
5) B₂ وَأَنْ.   6) B حَسْرَةً.   7) D B M F يَطْرُف.   8) O
مَنْبِجَا(؟).   9) Der ganze Doppelvers ٨ fehlt in B.   10 B₁,₂ تَجْزَعِى.

11) B₁,₂ بِلُطْفِ.   12) B فِى.   13) B ٣٢, 14, 16. Vers ٩ fehlt
in B₁,₂.   14) B ٣٢, 18, ٣٣, 1—3. Statt 1 lesen wir in B₁,₂:

هل . . . . يَا خَلِيلِى بِالشَّامِ افيقا

كَثُرَ ٱلْغَدْرُ وَلْخِيَانَةَ فِى ٱلنَا   س فما أن أرى صديقا صدوقا

15) B الْوُدّ الْوُدَّ مُخلص, O يخلص. ohne الْوُدّ.   16) Fehlt in D; أم in O.
17) BO صديقا.

٢   لَا رَعَى ٱللَّهُ يَا خَلِيلَيَّ دَهْرًا

قَرَّقَتْنَا صُرُوفُهُ تَفْرِيقَا ١)

٣   كُنْتُ مَوْلَاكُمَا وَمَا كُنْتُ إِلَّا

وَالِدًا مُحْسِنًا وَ عَمًّا شَفِيقَا

٤   فَاذْكُرَانِى وَكَيْفَ لَا تَذْكُرَانِى

كُلَّمَا ٢) ٱسْتَاخَوْنَ ٱلصَّدِيقُ ٱلصَّدِيقَا ٣)

٥   بِتُّ أَبْكِيكُمَا ٤) وَأَنَّ عَجِيبًا

أَنْ يَبِيتَ ٱلْأَسِيرُ ٥) يَبْكِى ٱلطَّلِيقَا

وكتب إلى غلامه منصور ٦)   خفيف

١   مُغْرَمٌ مُوَلَّمٌ ٧) جَرِيحٌ أَسِيرُ   إِنَّ قَلْبًا يُطِيقُ ذَا ٨) لَصَبُورٌ ٩)

٢   وَكَثِيرٌ مِنَ ٱلرِّجَالِ حَدِيدٌ   وَكَثِيرٌ مِنَ ٱلْقُلُوب ١٠) صَخُورُ

٣   قُلْ لِمَنْ حَلَّ بِٱلشَّآمِ طَلِيقًا   بِأَبِى قَلْبُكَ ٱلطَّلِيقُ ٱلْأَسِيرُ

٤   أَنَا أَصْبَحْتُ لَا أُطِيقُ حَرَاكًا ١١)   كَيْفَ أَصْبَحْتَ أَنْتَ يَا مَنْصُورُ

---

1) Der ganze Doppelvers fehlt in B.   2) B‚ كل ما.   3) D V‚‚‚

6) B أن هذا الاسير.   5) B‚ ابيكما.   4) صديقا.

الصبور B‚‚‚.   9)   8) B‚ ذات.   7) D موَلَّم.   ٣٣، 5—8.

10) B مِنَ ٱلرِّجَال.   11) B فراقا.

وكتب اليه[1]

سريع

١ اِرْثِ[2]) لِصَبٍّ بِكَ[3]) قَدْ زِدْتَهُ عَـلَـى بَلَايَا[4]) أُسِرَهُ أَسْـرَا

٢ قَدْ عَدِمَ ٱلـدُّنْيَا وَلَذَّاتِهَا لَكِنَّهُ مَا عَـدِمَ ٱلـصَّبْرَا

٣ فَهْوَ أَسِيرُ ٱلْجِسْمِ فِى بَلْدَةٍ وَهْوَ أَسِيرٌ[5]) ٱلْقَلْبِ فِى أُخْرَى

وقل[6])

سريع

١ يَـا لَـيْـلُ مَا أَغْفَلَ عَـمَّـا[7]) بِـى
حَـبَـائِـبِـى[8]) فِـيـكَ وَ أُحْـبَـابِـى

٢ يَـا لَـيْـلُ نَـامَ ٱلنَّـاسُ[9]) عَـنْ مُوجَعٍ
نَـآءٍ[10]) عَـلَـى مَضْـجَـعِـهِ نَـابِى[11])

٣ هَـبَّـتْ لَـهُ رِيحٌ شَـآمِـيَّـةٌ
مَـتَّـتْ[12]) إِلَـى ٱلْقَلْبِ بِأَسْبَابِ[13])

٤ أَدَّتْ رِسَالَاتِ حَـبِـيبٍ بِـهَـا
فَهِمْتُهَا[14]) مِـنْ بَـيْـنِ أَصْحَابِى

---

1) Fehlt in B.   2) B₂ اردت.   3) B₁,₂ فِـيـك.   4) B₁,₂ بقايا. Das ganze Gedicht fehlt in B.   5) B₁,₂ حسيو.   6) D وكتب اليه ايضا.   7) B₂ fehlt.   8) B₂ حبابى.   9) Fehlt in B₂.   10) B, M نَاب, B₂ جاف.   11) B₁ آبى.   12) B₂ مشن.   13) B₂ باسبابى.   14) B₁ عرفتها, B₂ اعرفتها.

بلغنى أنَّ الصاحبَ كان يَسْتَظْرِفُ لهٰذَيْنِ البَيْتَيْنِ ويَسْتَمْلِحُهُما

ويُكْثِرُ الإعجابَ بها

مجتث   وكتب إلى[1] غلاميه[2]

١   لأَيِّكُمُ أُنْكِرُ   وَفِى[3] أَيِّكُمُ أُفَكِّرُ[4]

٢   وَكَمْ لِى عَلَى بَلْدَتِى[5]   بُكَاءٌ وَ مُسْتَعْبَرُ

٣   فَفِى حَلَبٍ عُدَّتِى   وَعِزّى[6] وَالْمَفْخَرُ

٤   وَفِى مَنْبِجٍ مَنْ رِضَا   أَنْفُسٍ[7] مَا أُذَخِرُ[8]

٥   وَمَنْ حُبُّها[9] زُلْفَةٌ[10]   بِها يُكْرِمُ الْمَحْشَرُ[11]

٦   وَأَصْبِيَةٌ[12] كَالْفِرَا   خِ أُكْبَرُهُمْ أَصْغَرُ[13]

٧   وَقَوْمٌ أَلِفْنَاهُمْ[14]   وَثَوْبُ الصِّبا أَخْضَرُ[15]

٨   يَتَخَيَّلُ لِى أَمْرُهُمْ   كَأَنَّهُمْ حَضَرُ

---

1) D وكتب اليهما   2) M غلامييها، B ٨٢، 17, 18، ٨٣، 1—4, 6, 5, 7, 11, 12, 14, 16.   3) B nur فى.   4) B₂ افكر.   5) B بلدة.   6) B₁₁₂ ركنى.   7) B انعس ما.   8) B₁₁₂ يُدَّخَرُ.   9) B وصبوة.   10) B₂ رلفه.   11) B₂ المحسر.   12) B حبه.   13) B₂ اصغرهم اكبر.   14) B بهم الفنا.   15) B₂ D اخضر(بة)، وثوب الصبى اخضر M، اخضر وغصن الهوى B، وغصن الصبا...

In D M steht 8 vor 7.

٩ فَأَحْزَنَنِي[1] لَا يَنْقَضِى[2]   وَدَمْعِى[3] لَا يَفْتُرُ[4]

---

١٠ أَبَا غَفْلَتَا[5] كَيْفَ لَا أُرْجِى كَمَا أَحْذَرُ[6]

١١ وَمَا ذَا ٱلْقُنُوطُ ٱلَّذِى أَرَاهُ وَ أَسْتَشْعِرُ[7]

---

١٢ بَلَى إِنَّ لِى سَيِّدًا[8]   مَوَاهِبُهُ أَكْثَرُ[9]

---

١٣ بِذَنْبِى[10] أَوْرَدَتْنِى[11]   وَمِنْ فَضْلِكَ ٱلْمَصْدَرُ

وقال وقد حضر[12] ٱلْعِيدُ[13]   السريع

١ يَا عِيدُ مَا عُدْتَ بِمَحْبُوبِ

عَلَى مُعَنَّى ٱلْقَلْبِ مَكْرُوبِ

٢ يَا عِيدُ قَدْ عُدْتَ عَلَى[14] نَاظِرٍ

عَنْ كُلِّ حُسْنٍ فِيكَ مَحْجُوبِ[15]

٣ يَا وَحْشَةَ ٱلدَّارِ[16] ٱلَّتِى رَبُّهَا

أَصْبَحَ فِى أَثْوَابِ مَرْبُوبِ

٤ قَدْ طَلَعَ ٱلْعِيدُ عَلَى أَهْلِهَا[17]

---

1) In B₁,₂ steht V. 9 zwischen 7 u. 8.   2) B M D ما ينقضى.

3) B₁ ودمع.   4) B M D ما يفتر.   5) B B₁,₂ غفلتى.   6) B B₂

سيّد B (8   .الذى احذر B₁, ما احذر   7) B₁,₂ أستغفر.

مرغوب.

9) B B₁ أكبر.   10) B₁ ذَنُوبِى.   11) B₁,₂ أوردتّنى.   12) D

حضره.   13) B ٨٣, 18 ff.   14) D الى.   15) M

16) M وحشة الدنيا.   17) B B₁,₂ أهله.

بِوَجْهِ لَا حُسْنٍ وَلَا طِيـــب

مَـا لِبى وَلِلدَّهْرِ وَأَحْدَاثِـهِ ٥

لَقَدْ رَمَانِـى بِالأَعَاجِـيب

وقال وقد سمع حمامة تنوح بقربه[1] على شجرة عَالِيَةٍ[2]

من الطويل

أَقُولُ وَقَدْ نَاحَتْ بِقُرْبِى حَمَامَةٌ ١

أَيَا جَارَتِى هَلْ بَاتَ حَالُكَ حَالِى[3]

مَعًا نَا ٱلْهَوَى[4] مَا[5] نُقْتِ طَارِقَةَ ٱلنَّوَى[6] ٢

وَلَا خَطَرَتْ مِنْكِ[7] ٱلْهُمُومُ بِبَالِ[8]

أَتَحْمِلُ[9] مَحْزُونَ[10] ٱلْفُؤَادِ قَوَادِمٌ[11] ٣

عَلَى[12] غُصْنٍ نَائِى ٱلْمَسَافَةِ[13] عَالِى[14]

أَيَا جَارَتَا[15] مَا أَنْصَفَ ٱلدَّهْرُ بَيْنَنَا ٤

تَعَالَىْ أُقَاسِمْكِ ٱلْهُمُومَ تَعَالِىْ

---

1) بقربه fehlt in BM.   2) B ٣٩, 6—10a.   3) ABM هـل.

5) M تَشْعُرِينَ بحالى.   4) B والهوى, ADB₁₁₁ معا, معان الهوى.

7) BM نلك.   6) AD طارقة الهوى; M طارقه.   B₂ ان, لا.

8) BB₂D بـجـالى.   9) AMOB₁₁B₂ أَيَحْـمـل.   10) B₁ مخزون.

11) B₂ ببـلـدة.   12) B₁₁₂ الى.   13) B بالمسافة نلـوى.

14) ABMO عال.   15) B ابا جارنى, O أجارتنا. In B₁₁₂ ist die Vers-
folge 3, 5, 6, 4, 7.

٥ تَعَالَىْ تَرَى رُوحًا لَدَىَّ ضَعِيفَةً[1]

تَرَدَّدُ فِى جِسْمٍ يُعَذِّبُ بَالِى[2]

٦ أَيُضْحِكَكَ مَأْسُورٌ وَتَبْكِى طَلِيقَةٌ

وَيَسْكُنُ مَحْزُونٌ[3] وَيَنْدُبُ سَالِى[4]

— — —

٧ لَقَدْ كُنْتُ أَوْلَى مِنْكِ بِالدَّمْعِ مُقْلَةً[5]

وَلَكِنَّ دَمْعِى فِى ٱلْحَوَادِثِ غَالِى

وكتب الى سيف الدولة[6]   من الطويل

١ أَمَّا[7] لِجَمِيلٍ عِنْدَكُنَّ ثَوَابُ[8]

وَلَا لِمُسِىءٍ عِنْدَكُنَّ مَتَابُ

— — —

٢ إِذَا ٱلْخِلُّ[9] لَمْ يَهْجُرْكَ إِلَّا مَلَالَةً

فَلَيْسَ لَهُ إِلَّا ٱلْفِرَاقِ عِتَابُ

٣ إِذَا لَمْ أَجِدْ مِنْ خُلَّةٍ[10] مَا أُرِيدُهُ

فَعِنْدِى لِأُخْرَى عَزْمَةٌ وَرِكَابُ

———

1) B طليقة.   2) O يعذب; M O بال. Die beiden Halbverse 5 b u.

6 a fehlen in R.   3) O محروم.   4) B M O سال; B ٣٩, 10 b, 11.

5) A فاعلمى.   6) B ٣٣, 11, 16—18; V₁ nur وقال.   7) Doppelvers

1 fehlt in O.   8) B₂ مثاب.   9) B₂ اذا لحل.   10) B T

في بلدة M, في حلّة O, من خلّه (انا لم يرد).

٤ وَلَيْسَ فِرَاقُ مَا اسْتَطَعْتَ فَـإِنْ يَكُنْ

فِرَاقٌ عَلَى حَالٍ فَلَيْسَ إِيَابُ

أَخَذَهُ مِن قَولِ القائلِ وهو أَوْس[1] بن[2] حاجر

من الطويل

إِذَا انْصَرَفَتْ نَفْسِي عَنِ الشَّيْءِ لَمْ تَكَدْ[3]

إِلَيْهِ بِوَجْهٍ آخِرَ الدَّهْرِ تَرْجِعُ[4]

رجع[5]

٥ صَبُورٌ وَلَوْ لَمْ تَبْقَ[6] مِنِّي بَقِيَّةٌ

قَـؤُولٌ وَلَوْ أَنَّ السُّيُوفَ جَوَابُ

٦ وَفُورٌ وَأَحْدَاثُ[7] الزَّمَانِ تَنُوشُنِي[8]

وَلِلْمَوْتِ حَوْلِي[9] جَيْئَةٌ وَذَهَابُ[10]

٧ بِمَنْ يَثِقُ[11] الْإِنْسَانُ فِيمَا يَنُوبُهُ

وَمِنْ أَيْنَ لِلْحُرِّ الْكَرِيمِ صِحَابُ

٨ وَقَدْ صَارَ هَذَا النَّاسُ إِلَّا أَقَلَّهُمْ

---

1) M من قول اوس etc.   2) ابن fehlt in V₁.   3) M لم يكن.

4) D M V₂ تَقَبَّل.   5) B ٣٣۴, 1, 2, 4—7, 10—16.   6) B B₁,₂, T D V₂

7) BT احوال.   8) B تنوبنى, B₂ بمقلة.   9) B₁ يبق.

10) B حيبة وذئاب, B₂ نحوى. عندى.   11) B يشىء.

ذِئَابُ[1] عَـلَـى أَجْسَادِهِنَّ ثِـيَابُ

٩ تَغَابَيْتُ عَـنْ قَوْمِى[2] فَظَنُّوا غَبَاوَتِى[3]

بِمَفْرِقِ[4] أَغْبَانَا[5] حَصًى وَ تُرَابُ[6]

١٠ وَلَـوْ عَرَفُونِى بَعْض[7] مَعْرِفَتِى بِـهِـمْ

إِذَا[8] عَـلِـمُوا أَنِّى شَهِدْتُ وَغَابُوا

———

١١ إِلَـى ٱللَّـهِ أَشْكُو أَنَّـنَا بِـمَنَازِل[9]

تَحَكَّمَ فِـى آسَادِهِنَّ كِـلَابُ[10]

١٢ تَـمُرُّ ٱللَّيَالِى لَـيْسَ لِلنَّفْعِ[11] مَوْضِعٌ

لَـدَى وَلَا لِلْـمُعْتَفِينَ[12] جَـنَـابُ[13]

١٣ وَلَا شُدَّ لِى سَرْجٌ[14] عَلَى مَتْنِ[15] سَابِحٍ[16]

وَلَا ضُرِبَتْ لِـى بِـٱلْـعِرَآءِ[17] قِـبَابُ

———

1) B₂ ذبابا. 2) DV₂ قوم, O خلى. 3) MTODV₂ غباوة,

B₂ غبارتى. 4) V₁₁₂ بمغرق. 5) B₂ اعبانا. 6) B

7) BT fehlt in M. و; حَصاً وتُراب, B₂ حصا وتراب OT, يراب تراب

ذئاب. 8) MT اذن. 9) B₁₁₂... انّى فى. 10) B₁₁₂

حق. 11) BM للنفع, D للنفس. 12) BB₂DV₂ للمعتفين. 13) DMV₁₁₂

سابق. 14) TO سرج لى. 15) MTO ظهر. 16) B₁

ثواب. 17) B بالعراق.

١٤ وَلَا بَرَقَتْ لِـي فِـى أَلْلِقَاءِ قَوَاطِعٌ

وَلَا لَمَعَتْ[1] لِـي فِـى أَلْحُرُوبِ حِرَابُ

١٥ سَتَـذْكُرُ أَيَّـامِـى نُمَـيْرٌ وَعَامِرٌ[2]

وَكَعْبٌ عَـلَـى عِلَّاتِـهَـا[3] وَكِلَابُ[4]

١٦ أَنَـا ٱلْجَـارُ لَا زَادِى بَطِىءٌ عَلَـيْهِـمُ

وَلَا دُونَ مَالِى فِـى ٱلْـحَـوَادِثِ بَابُ

١٧ وَلَا أَطْلُبُ[5] ٱلْعَـوْرَآءَ مِنْـهُـمْ أُصِيبِهَا[6]

وَلَا عَوْرَتِى لِـلْـطَّـالِـبِـيـنَ تُـصَابُ

١٨ بَنِـى[7] عَمِّنَا نَحْنُ ٱلسَّوَاعِدُ وَٱلظِّبَا[8]

وَيُـوشِكُ يَـوْمًـا[9] أَنْ يَكُونَ ضِـرَابُ

١٩ بَنِى عَمِّنَا مَا يَفْعَلُ[10] ٱلسَّيْفُ فِى ٱلْوَغَى

إِذَا قَـلَّ مِـنْـهُ مَـضْـرِبٌ وَذُبَـابُ[11]

---

1) M طعنتن (V₁ am Rande als richtig bezeichnet).   2) B نـمـيـر

ابـن عامـر.   3) M عادأتنهـا (V₁ am Rande als richtig bezeichnet) V₂

عادتنها.   4) O كعاب.   5) B ولا طلب.   6) B مصيبيبها.   7) B

مـنّا, 2, 1, 5, 6, 7.   8) B والضيبا, MTOD والظبى.   9) D M V₂

مـنّا.   10) BB₁,₂ T ما يصنع.   11) Die Aufeinanderfolge der Verse

18, 19 variirt in einz. Hss. (DOM: 19, 18).

٢٠. وَمَا أَدَّعِى[1] مَا يَعْلَمُ ٱللّٰهُ غَيْرَهُ

رِحَابُ عَلِيٍّ[2] لِلْعُفَاةِ رِحَابُ

٢١. وَأَفْعَالُهُ لِلرَّاغِبِينَ[3] كَرِيمَةٌ

وَأَمْوَالُهُ لِلطَّالِبِينَ[4] نِهَابُ

٢٢. وَلٰكِنْ نَبَا مِنْهُ بِكَفِّى صَارِمٌ

وَأَظْلَمَ فِى عَيْنَى مِنْهُ شِهَابُ

—————

أَلَمَّ فِيهِ بِقَولِ ٱلْبُحْتُرِى   (مِنَ ٱلطَّوِيلِ)

سَحَابٌ عَدَانِى[5] جُودُهُ وَهْوَ رَيِّقٌ

وَيَبْحَرُ خَطَّانِى[5] فَيْضُهُ وَهْوَ مُفْعَمُ

وَبَدْرٌ أَضَآءَ ٱلْأَرْضَ شَرْقًا وَمَغْرِبًا

وَمَوْضِعُ رِجْلِى[6] مِنْهُ أَسْوَدُ مُظْلِمُ

رجع[7]

٢٣. وَأَبْطَأَ[8] عَنِّى وَٱلْمَنَايَا سَرِيعَةٌ

وَٱلْمَوْتُ ظُفُرٌ[9] قَدْ أَطَلَّ[10] وَنَابُ

—— ———

1) O يدعى.   2) B عليه; fehlt in B₂.   3) T بالراغبين B,
V₂ عدانى,   4) V₁ للراغبين.   5) M بالراغبين(!), V₁ للطالبين

7) B رجلى). (in V₁ am Rande) رجلى DMV₁,₂ (6   حطانى.

۳٥, 8—14.   8) B تعوق.   9) B₂ طعن.   10) OB₁,₂ اطل.

٢٤ فَإِنْ[1] لَمْ يَكُنْ وُدّ قَدِيمٌ[2] عَهِدْتُهُ[3]
وَلَا نَسَبٌ بَيْنَ[4] الرِّجَالِ قُرَابُ

٢٥ فَأَحُوطُ لِلْإِسْلَامِ أَنْ لَا[5] يُضِيعَنِي[6]
وَلِي عَنْهُ[7] فِيهِ حَوْطَةٌ وَمَنَابُ[8]

٢٦ وَلَكِنَّنِي رَاضٍ[9] عَلَى كُلِّ[10] حَالَةٍ
لِيُعْلَمَ[11] أَيُّ الْحَالَتَيْنِ[12] صَوَابُ[13]

٢٧ وَمَا زِلْتُ أَرْضَى بِالْقَلِيلِ مَحَبَّةً
لَدَيْهِ[14] وَمَا دُونَ الْكَثِيرِ حِجَابُ

٢٨ وَأَطْلُبُ إِبْقَاءَا عَلَى الْوُدِّ أَرْضَهُ[15]
وَذِكْرَى مُنًى فِي غَيْرِهَا وَطِلَابُ

٢٩ كَذَاكَ الْوِدَادُ الْمَحْضُ لَا يُرْتَجَى لَهُ
ثَوَابٌ وَلَا يُخْشَى عَلَيْهِ عِقَابُ[16]

---

1) M O فَالّا, B₁,₂ وَالّا.   am قديم (in V₂ قريـب) 2) D M O V₂

Rande).   3) B T D V₁ نعـدّه, M V₂ يعده, O تعـدّه.   4) B T V₁

دون.   5) V₁ ألّا.   6) B تضيعنى (sic.), V₁ تضييعنى, V₁ يضيعنى.

7) B T V₁ عنك.   8) B مآب.   9) M O أرْضَى.   10) O اى.

11) B لتتعلم.   12) B T O الخلتين.   13) B T O V₁, B₁,₂ سَراب

(am Rande von V₁ صواب); Doppelvers ٢٧ fehlt in O.   14) B T لديك.

15) B راضيا.   16) M عتاب.

وَمِثْلُه[1] لِلْمُتَنَبِّى (مِنَ الطَّوِيل)

وَمَا أَنَا بِالْبَاغِى عَلَى ٱلْكُتْبِ رِشْوَةً
ضَعِيفُ هَوًى يُبْغَى عَلَيْهِ ثَوَابُ

رجع

٣٠ وَقَدْ[2] كُنْتُ أَخْشَى[3] ٱلْهَجْرَ وَٱلشَّمْلُ جَامِعُ[4]
وَفِى كُلِّ يَوْمٍ لَقْيَةٌ وَ خِطَابُ

٣١ فَكَيْفَ[5] وَفِيمَا بَيْنَنَا مُلْكُ قَيْصَرٍ
وَلِلْبَحْرِ حَوْلِى زَخْرَةً وَعُبَابُ

٣٢ أَمِنْ بَعْدِ بَذْلِ[6] ٱلنَّفْسِ فِيمَا تُرِيدُهُ[7]
أُثَابُ[8] بِمَرِّ ٱلْعَتْبِ حِينَ[9] أُثَابُ

٣٣ قَلَيْتَكَ تَحْلُو وَٱلْحَيْوةُ[10] مَرِيرَةٌ
وَلَيْتَكَ تَرْضَى وَٱلْأَنَامُ[11] غِضَابُ[12]

٣٤ وَلَيْتَ ٱلَّذِى بَيْنِى وَبَيْنَكَ عَامِرٌ
وَبَيْنِى وَبَيْنَ ٱلْعَالَمِينَ خَرَابُ[13]

---

1) و fehlt in M. 2) B ٣٥, 15—18, ٣٦, 1. 3) BT أرضى.

4) B بدا لى بدل, B₂ نزل. 5) B₁,₂ وكيف. 6) M بدل, B₂ والسمع.

7) M V₁ يريده. 8) O أجاب, V₂ إتاب. 9) B حلو. 10) D

والحياة. 11) O B₂ والانا (!). 12) B₂ غضابوا. 13) In D folgt noch:

اذا صَحَّ منك اولاد فالكل هين   وكل الذى فوق التراب تراب

وكتب اليه [1] (من الكامل)

١ بِٱلْكُرْهِ مِنَّى وَٱخْتِيَارِكَ أَنْ لَا [2] أَكُونَ حَلِيفَ دَارِكْ

٢ يَا تَارِكِى إِنِّى لِشُكْرِكَ [3] مَا حَيِيتُ لَغَيْرِ تَارِكْ

٣ كُنْ كَيْفَ شِئْتَ [4] فَإِنَّنِى ذَاكَ ٱلْمُوَاسِى وَٱلْمُشَارِكْ

وكتب اليه [5] (من الطويل)

١ أَبَى غَرْبُ هٰذَا ٱلدَّمْعِ إِلَّا تَسَرُّعًا
وَمَكْنُونُ هٰذَا ٱلْحُبِّ [6] إِلَّا تَضَوُّعًا

٢ وَكُنْتُ أَرَى أَنِّى مَعَ ٱلْحَزْمِ [7] وَاحِدٌ [8]
إِذَا شِئْتُ [9] لِى مُمْضًى وَإِنْ شِئْتُ مَرْجَعًا

٣ فَلَمَّا ٱسْتَمَرَّ ٱلْحُبُّ فِى غُلَوَائِهِ [10]
رَعَيْتُ مَعَ ٱلْمِضْيَاعَةِ [11] ٱلْحُبَّ [12] مَارِعًا [13]

٤ فَحَزَّنِى حُزْنُ ٱلْهَائِمِينَ مُبَرِّحًا
وَسَرَّى سِرُّ ٱلْعَاشِقِينَ مُضَيِّعًا

---

1) B ٣٤, 4—6.   2) V₁ أَلَّا.   3) B₁۰₂ لذكرك.   4) B رمتن.

5) B ٣v, 9—12, 15—18, ٣٨, 1—6, 8—16, ٣٩, 2.   6) B₁۰₂ السرّ.

7) DM الصبر, B₁۰₂ الحزن.   8) O B₁۰₂ واجد.   9) B₂ شنيتن (?)

10) V₂ غلوانه, B₂ غلوانته.   11) V₂ المضياعه.   12) BOV₂ العزّ,

MV₂D الغر.   13) BMOD ما رعى.

---

٥ وَقَبَضْنَ شَبَابِى وَٱلشَّبَابُ مَضَنَّةٌ[1]
لِأَبْلَجَ مِنْ أَبْنَاءَ عَمِّى أَرْوَعَا[2]

٦ أَبِيتُ مُعَنًّى[3] مِمَّنْ مَخَافَةِ عَتْبِهِ[4]
وَأُصْبِحُ مَحْزُونًا وَأُمْسِى مُرَوَّعَا

٧ فَلَمَّا مَضَى عَصْرُ[5] ٱلشَّبِيبَةِ كُلُّهُ
وَفَارَقَنِى[6] شَرْخُ[7] ٱلشَّبَابِ فَوَدَّعَا[8]

٨ تَطَلَّبْتُ بَيْنَ ٱلْهَجْرِ وَٱلْعَتْبِ[9] فَرْحَةً[10]
فَحَاوَلْتُ أَمْرًا لَا يُرَامُ مُمَنَّعَا[11]

---

٩ وَصِرْتُ إِذَامَا رُمْتُ[12] فِى ٱلْعَيْشِ[13] لَذَّةً
تَتَبَّعَنِّهَا[14] بَيْنَ ٱلْهُمُومِ[15] تَتَبُّعَا

١٠ وَهَا أَنَا قَدْ حَلَّ[16] ٱلزَّمَانُ مَفَارِقِى
وَتَوَّجَنِى بِٱلشَّيْبِ تَاجًا مُرَصَّعَا

---

1) B₁,₂ مظنّه. 2) B₂ واروعا. 3) B طروبا. 4) O غنّيه(؟), B₂ عنبة. 5) B₁ شرخ, B₂ شرح. 6) V₁ وفّتنى. 7) B₂ شرح. 8) B₁,₂ مُوَدِّعًا. 9) D O V₂ العتب والهاجر, V₁ العتب وانهم. 10) B M O فرجة, B₁,₂ راحة. 11) B₂ ممعّنا. 12) O صرت, V₁ ذلمن. 13) B B₁,₂ D فى الخير. 14) B₁ تتبعنّها(؟). 15) B₁ الضلوع, B₂ الظلوع. 16) B M O D V₂ حلّى, V₁ حلّا.

١١ وَآسُو[1]) أَنَّنِى مُكِّنْتُ مِمَّا أُرِيدُهُ
مِنَ الْعَيْشِ يَوْمًا لَمْ[2]) أَجِدْ فِىَّ[3]) مَوْضِعَا

١٢ أَمَّا[4]) لَيْلَةٌ تَمْضِى وَلَا بَعْضُ[5]) لَيْلَةٍ
أَسَرُّ بِهَا هٰذَا الْفُؤَادَ الْمُفَجَّعَا[6])

١٣ أَمَّا صَاحِبٌ فَرْدٌ يَدُومُ[7]) وَقَسَاوُهُ[8])
فَيُصْفِى[9]) لِمَنْ أَصْفَى وَيَرْعَى[10]) لِمَنْ رَعَى

١٤ أَفِى[11]) كُلِّ دَارٍ[12]) لِى صَدِيقٌ أَوَدُّهُ
إِذَا مَا تَفَرَّقْنَا[13]) حَفِظْتُ[14]) وَضَيَّعَا

١٥ إِذَا خِفْتُ مِنْ أَخْوَالِيَ[15]) الرُّومِ خُطَّةً
تَخَوَّفْتُ[16]) مِنْ أَعْمَامِيَ الْعَرْبِ أَرْبَعَا

١٦ وَإِنْ أَوْجَعَتْنِى[17]) مِنْ أَعَادِىَّ شِيمَةٌ[18])
لَقِيتُ مِنَ الْأَحْبَابِ أَدْهَى وَأَوْجَعَا

---

1) BDMOV₂ فلو. 2) B₁ مالم. 3) BMO فيه. 4) O وما.
5) B بعد, B₂ بيض. 6) M الموجعا. 7) V₁ يذم (darunter يدوم als صحيح bezeichnet). 8) B₂ وفائه. 9) V₁ وبصفى, B₁,₂ ... 10) MDV₂ يصفى, B₁ يصفو, B₂ اصفو. 11) BMO فيصفو. 12) B₁,₂ يوم. 13) B₁ نفارقنا. 14) B خفضت. 15) V₂ احوالى. 16) V₂ تخوفتن. 17) O اخرتنى. 18) Vers 16a lautet in B وان اخوفتنى من عداى توجعا.

١٧ وَلَوْ قَدْ أَمَلْتُ ١) ٱللَّهَ لَا شَىْءَ غَيْرَهُ

رَجَعْتُ إِلَى أَعْلَى وَأَمَلْتُ ٢) أَوْسَعَا

١٨ لَقَدْ قَنِعُوا بَعْدِى مِنَ ٱلْقَطْرِ بِٱلنَّدَى

وَمَنْ لَمْ يَجِدْ إِلَّا ٱلْقُنُوعَ تَقَنَّعَا

١٩ وَمَا مَرَّ إِنْسَانٌ فَأُخْلِفَ مِثْلُهُ

وَلٰكِنْ يُرَجَّى ٱلنَّاسُ أَمْرًا مُرَقَّعَا ٣)

٢٠ تَنَكَّرُ ٤) سَيْفُ ٱلدِّينِ لَمَّا عَتَبْتُهُ

وَعَرَّضَ بِى ٥) تَنَحَّتَ ٦) ٱلْكَلَامِ وَقَرَّعَا ٧)

٢١ فَقُولَا لَهُ مِنْ صَادِقٍ ٨) ٱلْوُدِّ إِنَّنِى

جَعَلْتُكَ مِمَّا رَابَنِى مِنْكَ مَقْرَعَا ٩)

٢٢ وَلَوْ ١٠) أَنَّنِى أَكْنَنْتُهُ ١١) فِى جَوَانِحِى

لَوَرَّقَ ١٢) مَا بَيْنَ ٱلضُّلُوعِ ١٣) وَثَرَّعَا ١٤)

---

1) O وأملت, D M V₂ ولو قد رجوت; O hat überdies am Rande noch
die Variante... ولولا رجوت الله لا ربّ غيره وعدت الى.   2) V₁
وآملت.   3) V₂ مرقعا.   4) V₁ تذكر (am Rande تنكر).   5) B₂
اصدق.   6) B₂ باكر.   7) B وافرعا, M O وقرعا.   8) BB₁,₂
في.   9) O مقرعا.   10) B فلو.   11) B أكمننته, B₂ اكنفته.
12) BB₁,₂ D M O لأورّق.   13) B₂ الظلوع.   14) M O B₁ وافرعا.

٢٣ فَلَا تَغْتَرِرْ¹) بِٱلنَّاسِ مَا كُلُّ مَنْ تَرَى²)

أَخُوكَ³) إِذَا أَوْضَعْتَ فِي ٱلْأَمْرِ أَوْضَعَا⁴)

—

٢٤ أَرَانِيَ طُرْقَ⁵) ٱلْمَكْرُمَاتِ⁶) كَمَا رَأَى⁷)

عَلِيٌّ وَأَسْعَانِي⁸) عَلِيٌّ⁹) كَمَا سَعَى

٢٥ فَإِنْ يَكُ بُطْؤُ¹⁰) مَرَّةً فَلَطَالَمَا

تَعَجَّلَ بِي¹¹) نَحْوَ ٱلْجَمِيلِ¹²) وَأَسْرَعَا¹³)

٢٦ وَإِنْ¹⁴) يَجْحَفْ¹⁵) فِي بَعْضِ ٱلْأُمُورِ فَإِنَّنِي

لَأَشْكُرُ¹⁶) ٱلنُّعْمَى ٱلَّتِي¹⁶) كَانَ أَوْدَعَا

٢٧ وَإِنْ يَسْتَنْجِدِ ٱلنَّاسَ بَعْدِي فَلَمْ¹⁷) يَزَلْ¹⁸)

بِذَاكَ ٱلْبَدِيلِ ٱلْمُسْتَنْجِدِ مُمْتَنِعَا¹⁹)

---

1) O تغرر. 2) V₁ يرى. 3) BOB₂ أخاك. 4) Zwischen
23 u. 24 hat D noch:

قَلِلَّهِ إِحْسَانٌ عَلَيَّ وَنِعْمَةٌ وَكِلَّهِ صُنْعٌ قَدْ كَفَانِي لِأَصْنَعَا

für لأصنعا bietet O النصتنعا. 5) O بطرق, B₁,₂ طريق. 6) B
الملك مات. 7) V₁ neben رأى im Texte اري unterhalb desselben.
8) DM عليًّا, D لى ,V₂ واسعى نى. 9) B علىّ. 10) Doppelvers 25 fehlt in B; DV₂ بطء, B₁ ابطى, B₂ ابطا, O unleserlich بسلى؟.
11) B₁,₂ O نحوى. 12) O بالجميل. 13) DMV₁,₂ فاسرعا.
14) B 39, 3, 4. 15) B يخفى, V₂ يخف. 16) M لاشكر.
17) B₁ MV₁,₂ فلا. 18) O نزل. 19) B₂V₁,₂ للنعمى الذى.
ممنعا.

وكتب[1] اليـه ابو فراس يعرّض بـان مغاداتى[2] إن تعذّرت[3]

علـيـك[4] فـأَذنْ[5] لـى فـى مكاتبة أقّـل خُراسان ومُراسلتهم[6]

لِيُقَادونى[7] وينوبوا عنك[8] فى امرى[9] فأجابه سيف الدولة[10] بكلامٍ

خَشِنٍ[11] وقال له[12] من[13] يَعرِّفُك بِخُراسان

فكتب اليه ابو فراس[14]   من المتقارب

١   أَسَيْفَ ٱلْـهُـدَى وَقَرِيعَ ٱلْـعَـرَبْ

    إِلَامَ ٱلْـتَـجَـفَـآءَ وَفِـيـمَ[15] ٱلْـغَـضَبْ

٢   وَمَـا بَـالُ كُـتْـبِـكَ قَـدْ أَصْـبَـحَـتْ

    تُنَـكِّبُنـى[16] مَـعَ[17] هٰـذَا[18] ٱلنَّـكَـبْ

٣   وَأَنْـتَ ٱلْـكَـرِيـمُ[19] وَأَنْـتَ ٱلْـحَـلِيـمُ[20]

    وَأَنْـتَ ٱلْـعَـطُـوفُ وَأَنْـتَ ٱلْـحَـدِبْ[21]

---

1) V₂ .فكتب   2) V₁ بان يفادا به; in D fehlt .يعرض بان   3) V₁

وان تعذر   4) Fehlt in V₁; M البيك.   5) D فأذن; V₁ اذن له.   6) V₁

عن السيف.   7) V₂ ليفادو بى (?), V₁ ليفادوه.   8) V₁ fehlt.

9) Fehlt in V₁.   10) V₇ nur السيف.   11) D V₂ حسن.   12) Fehlt

in V₁.   13) D V₂ ومن.   14) B ۴۱, 17, 18, ۴۲, 1, 2, 4—18, ۴۳,

1—4.   15) B مَّ الى, B₁₋₃ عـلَامَ مَ u. فى.   16) B تبكينى,

V تنبكيبنى (?), تبكننى.   17) O بعد.   18) B B₁₋₃ T, D V₁₋₃ هذى

الاحب.   19) B T₂ الكريم, O الحكيم.   20) B T₂ O الحليم.   21) B

الجذب, B₂ الحزب, D الحرب T₂ B₃ الحدب.

٤   وَمَا زِلْتَ تُسْعِفُنِي[1] بِالتَّجْمِيلِ

وَتُنْزِلُنِي[2] بِالتَّجْنَابِ[3] الْخَصَبْ[4]

———

٥   وَأَنَّكَ لِلتَّجَبُّلِ[5] الْمُشَمَّخِ(رّ)

رِّيسِي[6] بَلْ لِقَوْمِكَ[7] بَصْلٌ لِلْعَرَبْ

٦   عُلًى[8] تُسْتَنْقَادُ[9] وَعَافٍ يُنْقَادُ[10]

وَعِزٌّ[11] يُشَادُ[12] وَنُعْمَى تُرَبْ

٧   وَمَا غَضٌّ[13] مِنِّي هَذَا[14] الإِسَارُ

وَلَكِنْ خَلَصْتُ خُلُوصَ الذَّهَبْ

٨   فَفِيمَ يُسَقِّرُعْنِي[15] بِالْخُطُو(ب)

بِ[16] مَوْلًى بِهِ نِلْتُ أَعْلَى الرُّتَبْ

٩   وَكَانَ عَنِيدًا لَدَى[17] الْتَّجَوَابُ

وَلَكِنْ لِهَيْبَتِهِ لَمْ أُجِبْ

———

1) B₁ تسبقفنى, B₂ دتـفنى (؟).   2) B وتتركنى.   3) BT₂ D بالمكان.   4) MO الرحب.   5) B₁ للجميل (والمستنجير), B₂ كالجبل (؟), D الجبل.   6) B ولى.   7) MO لقومى.   8) BT₂ D علاً.   9) D يستنفاد.   10) B₁ يعاد.   11) B وغى.   12) V₁ يشاد (am Rande) يلدوم.   13) B₂ O عض.   14) B هكذا.   15) B يقربنى, B₂ يعرضنى, B₂ يغر عنى.   16) D B بالخمول, B₁ للاخمول, B₂ الخمول.   17) B₂ عنيدا على.

١٠ أَتُنْكِرُ أَنِّى شَكَوْتُ ٱلزَّمَانْ
وَأَنِّى عَتَبْتُكَ فِيمَنْ عَتَبْ

١١ فَهَلَّا[1] رَجَعْتَ فَأَعْتَبْتَنِى
وَصَيَّرْتَ لِى وَلِقَوْمِى ٱلْغَلَبْ[2]

١٢ فَلَا تَنْسُبَنَّ إِلَىَّ ٱلْخُمُولَ
عَلَيْكَ أَقَمْتُ[3] فَلَمْ أَغْتَرِبْ

١٣ وَأَصْبَحْتَ مِنْكَ فَفَضْلٌ يَكُونُ[4]
وَإِنْ كَانَ نَقْصٌ فَأَنْتَ ٱلسَّبَبْ

١٤ وَإِنْ[5] خُرَاسَانَ إِنْ أَنْكَرَتْ
عُلَاىَ[6] فَقَدْ عَرَفَتْهَا حَلَبْ

١٥ وَمِنْ أَيْنَ يُنْكِرُنِى ٱلْأَبْعَدُونَ
أَمِنْ نَقْصِ جَدٍّ أَمِنْ[7] نَقْصِ أَبْ

١٦ أَلَسْتَ وَإِيَّاكَ مِنْ أُسْرَةٍ
وَبَيْنِى وَبَيْنَكَ فَوْقُ ٱلنَّسَبْ[8]

---

1) BMOD فَأَلَّا, $B_{1,3}$ وإلاّ.   2) B القول لى والقلب, O ولقولى. ٱلْغَلَبْ.

3) $B_{1,3}$ اقمت عليه.   4) BMOD فان كان فضل.

5) B فان.   6) B_1 علائى.   7) B_2 أم من.   8) BMO هذا. النسب, $B_{1,3}$ قرب النسب.

١٧ وِدَادٌ[1] تَنَاسَبَ فِيهِ[2] ٱلْكِرَام
وَتَرْبِيَةٌ وَمَحَلٌّ أَشَبّْ[3]

١٨ وَنَفْسٌ تَكَبَّرُ[4] الَّا عَلَيْكَ
وَتَرْغَبُ إِلَّاكَ عَمَّنْ رَغِبْ

١٩ فَلَا تَعْذِلَنَّ[5] فِدَاكَ ٱبْنُ عَمِّ(ك)
كَلَا بَلْ غُلَامُكَ عَمَّا يَجِبْ

٢٠ وَأَنْصِفْ فَتَاكَ[6] فَٱنْصَافُهُ
مِنَ[7] ٱلْفَضْلِ وَٱلشَّرَفِ ٱلْمُكْتَسَبْ

٢١ أَكُنْتَ[8] ٱلْحَبِيبَ وَكُنْتَ ٱلْقَرِيبَ
لَيَالِيَ أَنْعُوكَ مِنْ عَنْ كَثَبْ[9]

٢٢ فَلَمَّا بَعُدْتَ بَدَتْ جَفْوَةٌ
وَلَاحَ مِنَ ٱلْأَمْرِ مَا لَا أُحِبّْ[10]

٢٣ فَلَوْ لَمْ أَكُنْ بِكَ ذَا خِبْرَةٍ
لَقُلْتُ صَدِيقُكَ مَنْ لَمْ يَغِبْ

---

1) B₁₁₃ وَدَارٍ.　　2) B₁₁₂ فيها.　　3) B اسمب.　　4) B₁₁₃ تنكرم.

5) B₃ تعذلن.　　6) M فداك.　　7) B₂ عن.　　8) BMO لكنت.

9) B₃ كشب.　　10) BM اجب.

وكتب اليه ايضا[1]

من الوافر

١   زَمَانِى كُلُّهُ غَضَبٌ وَعَتْبُ
وَأَنْتَ عَلَىَّ وَالْأَيَّامُ أَلْبُ

٢   وَعَيْشُ الْعَالَمِينَ لَدَيْكَ[2] سَهْلٌ
وَعَيْشِى وَحْدَهُ بِيُمْنَاكَ صَعْبُ

٣   فَكَيْفَ وَ أَنْتَ[3] دَافِعُ[4] كُلِّ خَطْبٍ
مَعَ[5] الْخَطْبِ الْمُلِمِّ عَلَى خَطْبُ

٤   إِلَى كَمْ ذَا الْعِتَابُ وَلَيْسَ جُرْمٌ
وَكَمْ ذَا الِاعْتِذَارُ وَلَيْسَ ذَنْبُ

____

٥   فَلَا تَحْمِلْ عَلَى قَلْبٍ جَرِيحٍ
بِهِ لِلْحَوَادِثِ الْأَيَّامِ تَدْبُ

٦   أَمِثْلِى تُقْبَلُ الْأَقْوَالُ فِيهِ
وَمِثْلُكَ يَسْتَمِرُّ عَلَيْهِ كِذْبُ

٧   جَنَانِى مَا عَلِمْتَ وَأَىُّ لِسَانٍ
يَقُدُّ الدِّرْعَ[6] وَالْإِنْسَانُ[7] غَضْبُ

____

1) B ٤٣, 6—9, 11—15, 18, ٤٤, 1.   2) MO عليك.   3) B, B₁,₃ روانت.   4) D دافعٌ.   5) BMO من.   6) B₂ الدروع.   7) B الانيان.

٨ وَزَنْدِى[1]) وَهُوَ زَنْدُكَ لَيْسَ يَكْبُو

وَنَارِى وَقْهَى نَارُكَ لَيْسَ تَخْبُو

٩ وَفَرْعِى فَرْعُكَ السَّامِى[2]) الْمُعَلَّى

وَأَصْلِى أَصْلُكَ[3]) الزَّاكِى وَحَسْبُ[4])

———

١٠ وَفَضْلِى تَعْجِزُ الْفُضَلَاءَ عَنْهُ

لِأَنَّكَ أَصْلُهُ وَالْمَجْدُ شِرْبُ[5])

١١ قَدَتْ نَفْسِى الْأَمِيرَ أَكَانَ[6]) حَظِّى

وَقُرْبِى عِنْدَهُ مَا دَامَ قُرْبُ

١٢ قَلَمَّا حَالَتِ الْأَعْدَاءَ دُونِى

وَأَصْبَحَ بَيْنَنَا تَبَحُّرُ وَدَرْبُ[7])

١٣ ظَلِلْتَ تَبَدَّلُ الْأَقْوَالَ[8]) بَعْدِى

وَيَبْلُغُنِى[9]) اغْتِيَابُكَ[10]) مَا يَغِبُّ

١٤ فَقُلْ مَا شِئْتَ فِى قَلِى لِسَانٌ

مَلِى[11]) بِالثَّنَاءِ عَلَيْكَ رَطْبُ

————

1) B فزندى. 2) O الزاكى. 3) B₂ واصلك. 4) B وعسب.

5) B₁,₂ ترب. 6) BB₁,₂ كان. 7) B الجرمود رب.

8) BB₁,₂ V₁ الاقوام. 9) BB₁,₂ نبلغنى. 10) BB₁,₂ اغنيابا.

11) BD مَلى.

١٥ وَعَامِلْنِى[1] بِٱنْصَافٍ وَ ظُلْمِ

تُجِدْنِى فِى ٱلتَّجْرِيبِ[2] كَمَا تُحِبُّ

وبلغ ابا فِراس[3] ان والدته حضرت[4] سيف الدولة[5] من منبج[6] تُكلّمه[7] فى المفاداة وتتضرّع اليه فلم يكن عنده ما رَجَتْ[8] من حُسْنِ الإجاب[9] و وافق ذلك عَنْفًا من الدمستق بأبى فراس ومن معه من الأَسْرَى وزيادةً فى أرْفاقِهِم فكتب الى سيف[10] الدولة[11] من المسرح

١ يَـا حَسْرَةً مَـا أَكَانَ[12] أَحْمِلُهَا

آخِرُقَـا مُزْعِجٌ وَأَوَّلُـهَـا

٢ عَلِيلَةٌ بِٱلشَّآمِ[13] مُفْرَدَةً

بَاتَ بِأَيْدِى ٱلْأَعدَى[14] مُعَلِّلُهَا

---

1) BMOD وقابلنى. 2) B_{١,٢} فى الامور. 3) V_١ وبلغه.

4) V_{١,٢} قصدت. حضرة سيف. 5) V_١ nur السيف; DV_٢.

6) Fehlt in V_١. 7) V_١ نسئله. 8) V_١ ماتحب. 9) V_{١,٢}

ايجاب. 10) V_٢ الى السيف. 11) B v٩, 6, 7, 9, 10, 11. Vgl.

Freytag, Selecta ex historia Halebi, 135 ff. (Varianten mit F bezeichnet).

12) B_٢ كان. 13) V_١ بانشآم, V_٢ بالشأم, B_{١,٢} بانشّام. 14) BFV_١

العدا.

٣ اِذَا اطْمَأَنَّتْ وَأَيْسَ أَوْ عَدَأَتْ [1]

عنّت [2] لَهَا ذِكْرَةً [3] نُقَلْقِلُهَا [4]

٤ تَسْئَل [5] عَنَّا [6] الرُّكْبَانَ [7] جَاهِدَةً [8]

بِأَدْمُعٍ مَا تَكَادُ [9] تُمْهِلُهَا [10]

٥ يَا مَنْ رَأَى [11] لِى بِحِضْنِ خَرْشَنَةٍ

أُسْدَ شَرًى [12] فِى الْقُيُودِ أَرْجُلَهَا [13]

٦ يَا [14] مَنْ رَأَى لِى [15] الدُّرُوبَ [16] شَامِخَةً [17]

دُونَ لِقَاءِ الْحَبِيبِ أَطْوَلُهَا

٧ يَا [18] أَيُّهَا الرَّاكِبَانِ [19] قَلْ لَكُمَا

فِى حَمْلِ نَجْوَى [20] يَخِفُّ [21] مَحْمِلُهَا

---

1) B₂ لوهدت(!).   2) MO عنّ.   3) B₁,,, F فكرة, D ذكره له, O لها ذكره.

4) DO يقلقلها.   5) B نسبل.   6) MO عنه.

7) B بكبل.   8) F جاهرة (ipsa velo non obtecta).   9) B كاد.

10) BOF تهملها, V₂ نحملها.   11) B₁ رألى, B₂ راى ohne folg. لى.

12) B وغى.   13) B₂ راجلها (!).   14) Doppelvers ٦ fehlt in B.

15) D فى, fehlt in B₂.   16) B₁,,₂ الدرب.   17) B₁..... و, B₂ بشامخه.

18) B v٩, 12, 14, ٨. ١.   19) F يابيها الركبان; auch B₂ hat الركبان.

20) B₂ نحوى.   21) B₂ نخيف(?).

٨

يَا أُمَّتَا[1] هٰذِهِ مَنَازِلُنَا
تَتْرُكُهَا[2] تَارَةً وَ تَنْزِلُهَا[3]

٩

يَا سَيِّدًا مَا تُعَدُّ[4] مَكْرُمَةٌ
إِلَّا وَفِى رَاحَتَيْكَ[5] أَكْمَلُهَا[6]

١٠

كَيْفَ[7] تَنَالُ ٱلْقُيُودُ مِنْ قَدَمِى
وَفِى ٱتِّبَاعِى رِضَاكَ[8] أَحْمِلُهَا

١١

لَا[9] تَتَيَمَّمْ[10] وَٱلْمَاءَ تُدْرِكُهُ[11]
غَيْرُكَ يَرْضَى ٱلصُّغْرَى وَيَقْبَلُهَا[12]

١٢

أَنْتَ سَمَاءٌ وَنَحْنُ أَنْجُمُهَا
أَنْتَ بِلَادٌ وَنَحْنُ أَجْبُلُهَا

١٣

أَنْتَ سَحَابٌ وَنَحْنُ وَابِلُهَا[13]
أَنْتَ يَمِينٌ وَنَحْنُ أَنْمُلُهَا[14]

---

1) MO أمّنا, B١,٢ امنى، نزلها F؛   2) BMO (تارةً وتنزلها) تنزلنا

(تنزلها), V١ ebenso.   3) V١,٢, B١,٢ تُنْزِلُهَا.   4) B لا يمد, O

لا نعدّ, M تعدّ لا ذعدّ.   5) BB٢ راحتيه.   6) B١,٢ افضلها.   7) FBB٢

ليست, DMOV٢.   8) B٢ رضى الامير.   9) B ٨٠, 2, 4, 5—7,

11, 12, 8—10, 13—18, ٨١, 2—5.   10) MO في تيمّم, V١ ينيمّم لا.

11) V٢ يدركه.   12) B١ يقلها.   13) B٢, FV١,٢ وابله.   14) B

اشملها.

١٤ بِسَأَقِى عُـــذْرٍ رَدَّتْ وَالـهَـنَةُ[1]

عَلَـيْـكَ دُونَ ٱلْـوَرَى[2] مُعَوَّلُـهَا

١٥ جَآءَتْكَ تَمْتَـاحُ رَدَّ وَاحِـدَهَا[3]

يَنْتَـظِرُ[4] ٱلنَّـاسُ كَيْفَ تُقْفِلُهَا[5]

١٦ تِلْكَ ٱلْعُقُودُ ٱلَّتِى عَقَدْتَ لَنَـا

كَيْـفَ وَقَدْ أُحْكِمَتْ تُحَلِّلُهَا[6]

١٧ أَرْحَامُنَا مِنْكَ[7] كَيْفَ[8] تَقْطَعُهَا[9]

وَلَـمْ[10] نَـزَلْ دَائِـمًـا[11] نُـوصِّلُـهَا

١٨ سَمَحْتَ مِنِّى بِمُهْـجَةٍ كَرُمَتْ

أَنْتَ عَلَـى يَأْسِـهَا مُؤَمِّلُـهَا[12]

١٩ إِنْ كُنْتَ لَمْ[13] تَبْدِلِ[14] ٱلْغِدَآءَ[15] لَهَا

<hr>

1) B ردَّت موجعه. 2) V₂ الورا. 3) B !وحدها. 4) B₁,₂ فانتظر, MO تنتظر FDV₂. 5) B₁ تغفلها, B₂ تكفلها. 6) O

7) V₂ منعك. 8) Fehlt in O; D لِـمُ. 9) FV₂ يحللها. لا يقطعها, O لا نقطعها B, لـم نقطّعها MOV₂, لـم تقطعها. 10) B₁,₂ FDV₂ توصلها (دائما B₁,₂), ولم تنزل دائبا, O ولم يزل جاهدًا. 11) MV₁,₂ دائبا. 12) V₁ مُعَوَّلُها, am Rande موّملها يوصلها. 13) O لا. 14) V₂ نبـدل. als صحيح bezeichnet. 15) B الغدا.

فَلَمْ[1] أَزَلْ فِى هَوَاكَ[2] أَبْذُلُهَا[3]

٢٠ تِلْكَ ٱلْمَوَدَّاتُ كَيْفَ تُهْمِلُهَا

تِلْكَ ٱلْمَوَاعِيذُ[4] كَيْفَ تُغْفِلُهَا[5]

٢١ أَيْنَ ٱلْمَعَالِى ٱلَّتِى عُرِفْتَ بِهَا

تَقُولُهَا[6] دَائِبًا[7] وَتَفْعَلُهَا

٢٢ يَا وَاسِعَ ٱلدَّارِ كَيْفَ تُوسِعُهَا[8]

وَنَحْنُ فِى صَخْرَةٍ نُزَلْزِلُهَا[9]

٢٣ يَا نَاعِمَ ٱلثَّوْبِ كَيْفَ تُبْدِلُهُ

ثِيَابُنَا ٱلصُّوفُ مَا نُبَدِّلُهَا

٢٤ يَا رَاكِبَ ٱلْخَيْلِ لَوْ بَصُرْتَ بِنَا

نَحْمِلُ أَقْيَادَنَا وَنَنْقُلُهَا

٢٥ رَأَيْتَ فِى ٱلضُّرِّ[10] أَوْجُهًا كَرُمَتْ

فَارَقَ فِيكَ[11] ٱلْجَمَالَ أَجْمَلُهَا

---

1) O لم‎.   2) BB‏١,٢‎ رضاك‎.   3) O ابيدلها‎ (sic).   4) B‏١,٢‎

المروّات‎.   5) O بععلها‎, B‏١,٢‎ تهملها‎. In V‏٢‎ folgen nach 20 die Verse

16 u. 17.   6) B‏٢‎ لقولها‎.   7) BB‏١,٢‎ دائما‎, O ذائبا‎.   8) B‏١,٢‎

تسكنها‎.   9) In einigen Handschriften (auch F) scheint تنزلزلها‎ vorzu-

kommen; sicher in V‏١,٢‎.   10) العز‎.   11) B‏١,٢‎ منك‎.

٢٦ قَدْ أَثَّرَ[1] الدَّهْرُ فِي مَحَاسِنِهَا
تَعْرِفُهَا تَارَةً وَتَجْهَلُهَا[2]

---

٢٧ لَا يَفْتَحُ النَّاسُ[3] بَابَ مَكْرُمَةٍ[4]
صَاحِبُهَا الْمُسْتَغَاثُ[5] يُقْفِلُهَا[6]

٢٨ أَيْنَبَرِى[7] دُونَكَ الْكِرَامُ[8] لَهَا
وَأَنْتَ قَمْقَامُهَا وَأَجْمَلُهَا[9]

٢٩ وَأَنْتَ إِنْ عَنَّ[10] حَادِثٌ جَلَلٌ
قَلْبُهَا[11] الْمُرْتَجَى وَحُوَّلُهَا

٣٠ مِنْكَ تَرَدَّى بِالْفَضْلِ أَفْضَلُهَا
مِنْكَ أَقَادَ النَّوَالَ[12] أَوَّلُهَا

٣١ فَإِنْ[13] سَأَلْتَهَا سِوَاكَ عَارِفَةً
فَبُعْدَ قَطْعِ الرَّجَاءَ[14] نَسْأَلُهَا[15]

---

1) V_2 آثر. 2) B_1 تجعلها. 3) BMO الله. 4) V_2 مكرمت.

5) B_2 المستعان. 6) B_1, V_1 مقفلها. 7) F اينيرى $B_{1,2}$ (!) اتنبرى.

8) $B_{1,2}$ الانام. 9) B افضلها, B_1, O V_1 جزّلها.

10) B غر, DV_2 عزّ, O حلّل, B_2 حلّ. 11) O احملها.

12) B_1 النوان. 13) O وان. Doppelvers 31 fehlt in B. 14) B_2 الرحاء.

15) V_1 نسئلها.

٣٢   لَمْ[1] تَبْقَ[2] فِي النَّاسِ[3] أُمَّةٌ عُرِفَتْ
إِلَّا وَفَضْلُ الْأَمِيرِ يَشْمَلُهَا

٣٣   نَحْنُ أَحَقُّ الْوَرَى بِرَأْفَتِهِ
فَأَيْنَ[4] عَنَّا[5] وَكَيْفَ[6] مَعْدِلُهَا[7]

٣٤   يَا مُنْفِقَ الْمَالِ لَا[8] يُرِيدُ بِهِ
إِلَّا الْمَعَالِي الَّتِي يُؤَثِّلُهَا[9]

٣٥   أَصْبَحْتَ تَشْرِي مَكَارِمًا فُضُلًا
فَدَاؤُنَا[10] قَدْ عَلِمْتَ[11] أَفْضَلُهَا

٣٦   لَا يَقْبَلُ اللَّهُ[12] قَبْلَ[13] قَرْضِكَ ذَا
نَافِلَةً عِنْدَهُ تَنَقُّلُهَا

وكتب الى ابى المعالى وابى المكارم وابنى سيف الدولة[14] [15] من الكامل

١   يَا سَيِّدَيَّ[16] أُرَاكُمَا لَا تَذْكُرَانِ أَخَاكُمَا

---

1) B ٨ا 7—11.   2) B₁,₂ FBDMOV, يبيض.   3) B الارض.

4) وأيبن ,V₁ فكيف M   5) B₂ هنا.   6) BM وأبين.   7) V₂

يومّلها ,V₁,₂ نعدلها ,B₂ معذلها.   8) B₂ fehlt لا.   9) M

10) B انا دنت.   11) FMDV₁,₂ ما علمت.   12) B₂ توثلها.

ابى المكارم وابى المعالى; B umgekehrt الكرام M (14   13) B فبيك.

ohne nachfolg. Worte.   15) B ٨ا, 16—18.   16) B₁ سيداى, B₂ ما لله

سيدى.

٢ أَوْجَدْتُـمَـا بَـدَلًا بِـهِ يَـبْـنِـى سَـمَـآءَ عُلَاكُـمَـا

٣ أَوْجَـدْتُـمَـا[1] بَـدَلًا بِـهِ يَـفْـرِى نُـحُـورَ عِدَاكُـمَـا[2]

٤ مَـنْ ذَا يُـعَـائِـبُ[3] مَا لَقِيـتُ مِـنَ ٱلْـوَرَى ٱلْأَكْـمَـا

٥ لَا تَـقْـعُـدَا[4] بِـى بَعْدَهَا وَسَلَا ٱلْأَمِـيـرَ أَبَـاكُـمَـا

٦ وَخُـذَا[5] فِدَاىَ جُعِلْتُ مِنْ رَيْـبِ ٱلـزَّمَـانِ[6] فِدَاكُـمَـا

وقال[7] لمّا طال اسرُه يسبّ الشامنِّين وينشوّق مَحلّه بمنبجَ[8]

من الكامل

١ قِـفْ[9] فِـى رُسُومِ ٱلْمُسْتَجَا بِ[10] وَنَادِ[11] أَكْنَافَ[12] ٱلْمُصَلَّى[13]

٢ نَـلْـكَ[14] ٱلْـمَـنَـازِلُ وَٱلْـمَـلَا عِبُ[15] لَا أَرَاهَا ٱللَّـهُ مَـحْـلَا

٣ أَوْطَنْتُهَا[16] زَمَـنَ ٱلصِّـبَـا وَجَعَلْتُ مَنْبِجَ لِى مَحَـلَّا

٤ خَيْثُ[17] ٱلْتَفَتُّ رَأَيْتُ[18] مَآ سَآئِـكَـا وَسَـكَـنْـتُ[19] ظِلَّا

٥ وَٱلْـمَـآءُ يَـفْـصِـلُ[20] بَـيْـنَ زَهْـرِ ٱلرَّوْضِ[21] فِى ٱلشَّطَّيْنِ[22] فَصْلَا

<hr>

1) Vers 3 fehlt in O.   2) Verse 4 bis zu Ende des Gedichtes fehlen in B.   3) B₁ DMO V₁,₂ يعاب بما.   4) B₂ لا تقعدا.   5) V₂ وخذا.   6) DV₁,₂ المنخور.   7) V₁ nur وقال; B يصنف.   8) M nur منبج.   9) B ٨٤, 6, 8.   10 B₂ منازله بمنبج.   11) BO وحى.   12) B₂ منبيج (؟).   13) V₁ المستجار.   14) Vers 2 fehlt in B₁,₂.   15) O الملاعب والمنازل.   16) Vers 3 fehlt in BO.   17) B ٨٤, 9, 14—18 ٨٥, 1—3.   18) B B₁,₂ المحلا.   19) B₂ وجدت.   20 B يجرى.   21 B روض.   22) B النصفين; B₂ بين زهرا, الزهر.

٦ كَبِسَاطٍ [1] وَشْيٍ جَرَّتَتْ أَيْدِى الْقُيُونِ [2] عَلَيْهِ نَصْلَا [3]

٧ مَـنْ كَانَ سَـرَّ بِمَـا غَـرَا نِى قَـلْيَـمَـتْ ضَرًّا [4] وَهَزْلَا

٨ مَا غَـصَّ [5] مِـنِّـى حَـادِثٌ وَالْقَرْمُ قَرْمٌ حَيْثُ حَـلَّا [6]

٩ أَنَّـى حَـلَلْتُ [7] فَـإِنَّـمَـا يَدْعُونَنِى [8] السَّيْفَ الْمُحَلَّا [9]

١٠ أَفَلَئِنْ [10] خَلَصَتْ قَـائِـنِـى شَرْقُ [11] الْعِدَى [12] طِفْلًا وَكَهْلَا

١١ امَا كُنْتُ الَّا السَّيْفَ [13] زَا دَ [14] عَلَى صُرُوفِ الدَّهْرِ صَقْلَا

١٢ وَلَـئِـنْ قُتِلْتُ [15] فَـإِنَّـمَـا مَوْتُ الْكِرَامِ الصَّيْدِ قَتْـلَا [16]

١٣ يَـغْـتَـرُّ [17] بِالدُّنْيَا الْـجَهُو لُ وَلَيْسَ بِالدُّنْيَا [18] مُمَلَّى [19]

وقل من قصيدة [20]   من الطويل

١ أَرَاكَ [21] عَصَى الدَّمْعُ شِيمَتَنَك الصَّبْرُ [22]

أَمَا لِلْهَـوَى نَـهْـىٌ عَلَيْكَ [23] وَلَا أَمْـرُ

---

1) B₂ كبشاط.   2) B القيبود.   3) V₂ نصلا (؟).   4) B

5) B غصص, MB₂ عَضّ, O عظّ.   6) O وَلَّى.   7) O ضَرًّا

8) B₁,₂ يدعونىّ.   9) MOD المحلّى.   10) D جللت

12) B العلى, B₁,₂ غيظ, شرف, 11) OV₂ وليّن, V₁,₂ ولئن

DV₁,₂ العدا.   13) B₂ الا سيف.   14) V₂ راد.   15) V₁

16) D قتلى.   17) Doppelvers 13 fehlt in BO.   18 B₁,₂ قتلت (؟).

19) V₁,₂ ممـلا, B₂ مخـلّا.   20) V₁ nur وقال; فى الدنيا

B ٨٥, 5—8, ٨٦, 6—9, 15—18, ٨٧, 1.   21) B₁ اواك.   22) O

سيمتنك (OV₁) لديك.   23) B₁,₂ الهاجر

٢   بَاسَى أَنَا مُشْتَاقٌ وَعِنْدِى لَوْعَةٌ   وَلَٰكِنَّ مِثْلِى لَا يُذَاعُ[1] لَهُ سِرُّ

٣   إِذَا ٱللَّيْلُ أَضْوَانِى[2] بَسَطْنَ يَدَ ٱلْهَوَى[3]   وَأَذْلَلْنَ دَمْعًا مِنْ خَلَائِقِهِ ٱلْكِبْرُ

٤   تَكَادُ تُضِيىُّ[4] ٱلنَّارُ بَيْنَ جَوَانِحِى[5]   إِذَا هِىَ أَذْكَتْهَا ٱلصَّبَابَةُ وَٱلْفِكْرُ

ومنها

٥   وَإِنِّى لَجَرَّارٌ[6] لِكُلِّ كَتِيبَةٍ[7]   مُعَوَّدَةٍ[8] أَنْ لَا[9] يُخَلَّ[10] بِهَا نَصْرُ[11]

٦   وَأَظْمَأُ[12] حَتَّى تَرْتَوِى ٱلْبِيضُ[13] وَٱلْقَنَا   وَأَسْغَبُ[14] حَتَّى يَشْبَعَ[15] ٱلذِّئْبُ[16] وَٱلنَّسْرُ

ومنها

٧   أُسِرْتُ[17] وَمَا[18] صَحْبِى بِعُزْلٍ[19] لَدَى[20] ٱلْوَغَى

---

1) B يزاع, $DV_{1,2}$ يضبع.   2) MOD اضسوى فى.   3) DMV_2 (؟) طرّاب.

4) BD ‹ نضى.   5) B_2 خوانحى (؟).   6) B_2 الرجا.

7) B_2 كثيبة.   8) M معوده.   9) $V_{1,2}$ الا.   10) $B_{1,2}$ يجل,

11) B سفر, $B_{1,2}$ النصر, MO النصر, B بحل.   12) B فاصدم,

13) BM الارض. Vgl. Muḥīṭ al-Muḥīṭ I 920 s. سغب. $MDV_{1,2}$ واصدأ.

14) B واشغب,   15) B يرتوى, V_2 يسبع.   16) $V_{1,2}$ الذيب.

17) B اثرت.   18) O ولا.   19) B تغل, D بغزل.   20) V_2 عن, B لذا.

وَلَا فَرَسِى مُنْهَصِرٌ وَلَا رَبَّتُهُ[1] غُمَرُ

٨ وَلٰكِنْ إِذَا حُمَّ ٱلْقَضَآءُ عَلَى ٱمْرِئٍ
فَلَيْسَ لَهُ بَرٌّ يَقِيهِ[2] وَلَا بَحْرُ

٩ وَقَالَ أُصَيْحَابِى ٱلْفِرَارُ أَوِ[3] ٱلرَّدَى
فَقُلْتُ هُمَا أَمْرَانِ أَحْلَاهُمَا مُرُّ[4]

١٠ وَلٰكِنَّنِى أَمْضِى لِمَا لَا[5] يَعِيبُنِى[6]
وَحَسْبُكَ مِنْ أَمْرَيْنِ خَيْرُهُمَا[7] ٱلْأَسْرُ

١١ وَلَا خَيْرَ فِى دَفْعِ[8] ٱلرَّدَى بِمَذَلَّةٍ[9]
كَمَا رَدَّها[10] يَوْمًا بِسَوْءَتِهِ[11] عَمْرُو[12]

وكتب الى سيف الدولة قصيدة[13] منها

من الكامل

١ مَا لِى جَزِعْتُ[14] مِنَ ٱلْخُطُوبِ وَإِنَّمَا
أَخَذَ ٱلْإِلٰهُ[15] لِبَعْضِ[16] مَا أَعْطَانِى

---

1) B لا منى. 2) D يبقّل، V₂ بقل. 3) V₁,₂ و. 4) B₁ المرّ. Vgl. Muḥīṭ al-Muḥīṭ I ١١٤٤. 5) O ما. 6) B يغيّبنى، B₂ يعيمنى. 7) B₂ خيرها. 8) B₁ ردّ. 9) V₁ بمسأة، B₁ بمذلّة. 10) B₁ ردّه. 11) D بسوأته، B₂ بسمّونه. 12) B, D عمر. 13) B ٩١، 14، ٩٢، 2، 3، 5—9. V₁,₂ وقال من اخرى. 14) B جذعت. 15) BOB₁,₂ المهيمن. 16) BOB₁,₂ بعض.

٢   إِنْ لَمْ تَكُنْ[1] طَالَتْ سِنِّى[2] فَإِنَّ لِى[3]
رَأَى ٱلْكُهُولَ وَنَجْدَةَ ٱلشُّبَّانِ

٣   فَمِنْ بِمَا[4] سَاءَ[5] ٱلْأَعَادِىَ مَوْقِفِى[6]
وَٱلدَّهْرُ يَبْرُزْ[7] لِى مَعَ ٱلْأَقْرَانِ

٤   يَا دَهْرُ[8] خُنْتَ مَعَ ٱلْأَصَادِقِ خُلَّتِى
وَغَدَرْتَ[9] بِى فِى جُمْلَةِ ٱلْإِخْوَانِ[10]

٥   لَكِنَّ سَيْفَ ٱلدَّوْلَةِ ٱلْمَوْلَى[11] ٱلَّذِى
لَمْ أَنْسَهُ وَأَرَاهُ لَا يَنْسَانِى

٦   أَيُضِيعُنِى مَنْ لَمْ يَزَلْ لِى حَافِظًا
كَرَمًا وَيَخْفِضُنِى[12] ٱلَّذِى أَعْلَانِى[13]

٧   إِنِّى أُغَارُ عَلَى مَكَانِى إِنْ أَرَى
فِيهِ رِجَالًا لَا تَسُدُّ مَكَانِى

---

1) V‚ قد طال يكن (يكن) (auch in B‚‚‚).　　2) So muss, falls die Lesart richtig ist, gelesen werden statt سِنِّى, das gegen Metrum ist; B M مناى.

3) V‚ إن لى.　　4) B M ممن بها.　　5) D V‚ سرّ.　　6) V‚ موقعى، وغدرتنى.　　7) D V‚ برز.　　8) V‚ عصر.　　9) B M V‚

10) V‚ الخوان.　　11) B M O القرم, V‚ الملك.　　12) B‚‚‚ (ذى V‚).　　13) O علآنى. يحفظنى.

من الوافر   وقال مِنْ قصيدة [1])

١   يَعِزُّ عَلَى ٱلْأَحِبَّةِ بِٱلشَّآمِ [2])

حَبِيبٌ بَاتَ مَمْنُوعَ ٱلْمَنَامِ [3])

٢   وَإِنِّى لَلصَّبُورُ عَلَى ٱلرَّزَايَا [4])

وَلَٰكِنَّ ٱلْكَلَامَ عَلَى ٱلْكَلَامِ

٣   جُرُوحٌ [5]) لَا [6]) يَزَلْنَ يَزِدْنَ [7]) مَتَّى

عَلَى جُرْحٍ قَرِيبِ [8]) ٱلْعَهْدِ دَامِى [9])

٤   تَأَمَّلَنِى ٱلدِّمَشْنُقُ إِذْ رَآنِى

فَأَبْصَرَ [10]) صِيغَةَ [11]) ٱلْلَّيْثِ ٱلْهُمَامِ

٥   أَتُنْكِرُنِى [12]) كَأَنَّكَ لَسْتَ [13]) تَدْرِى

بِأَنِّى ذَلِكَ ٱلْبَطَلُ ٱلْمُحَامِى

٦   فَلَا هُنِّيتَهَا [14]) نُعْمَى بِأُخْذَى [15])

وَلَا وَصَلَتْ سُعُودُكَ بِٱلتَّمَامِ [16])

---

1) B ٩۴, 4—8, 14—17, ٩٥, 1, 3, 6—9; V, nur وقَـال.   2) V, بالشَّآم, B₁,₂ .بالشَّئَام   3) V, ٱلْـكَلَام.   4) B البلايا.   5) V, خروج, B₁,₂ بعيد.   6) D V₁,₂ ما.   7) B B₁,₂,₃ V, يزدن.   8) B سريع, B₁,₂.   9) V, B دام.   10) V, B وابصر.   11) V, جبهة, B₁ صيغتن, B.   12) V, اتنكر فى.   13) B₂ ليس.   14) B D هنئتها.   15) B₁,₂ باسرى.   16) B₂ بالتَّمَام.

أَمَّا مِنْ أَعْجَبِ الْأَشْيَآءِ عِلْجٌ — ٧

يُعَرِّفُنِى[1] الْحَلَالَ مِنَ الْحَرَامِ

وَتَكْنُفُهُ بَطَارِقَةٌ نُيُوسٌ — ٨

نُبَارِى[2] بِالْعَثَانِينِ[3] الضِّخَامِ[4]

لَهُمْ خُلُفُ الْحَمِيرِ فَلَسْتَ تَلْقَى — ٩

فَتًى مِنْهُمْ يَسِيرُ بِلَا حِزَامٍ[5]

يُذِيعُونَ[6] الْعُيُوبَ وَأَعْجَزَتْهُمْ — ١٠

وَأَىُّ الْعَيْبِ يُوجَدُ فِى الْحُسَامِ

ثَنَآءٌ طَيِّبٌ لَا خُلْفَ[7] فِيهِ — ١١

وَآثَارٌ كَآثَارِ الْغَمَامِ

أَلَامُ عَلَى التَّعَرُّضِ لِلْمَنَايَا — ١٢

وَلِى سَمْعٌ أَصَمُّ عَنِ[8] الْمَلَامِ

بَنُو الدُّنْيَا إِذَا مَاتُوا سَوَآءٌ — ١٣

وَلَوْ[9] عَمَّرَ الْمُعَمَّرُ أَلْفَ عَامِ

أَلَا يَا صَاحِبَىَّ تَذَكَّرَانِى — ١٤

---

1) V₁ يعلّمنى. , B₂ بالعصى   2) B₂ يبارى.   3) B بالعشانين

4) B₂ الطعام.   5) B₂ حرام.   6) B₁ يذيعون, B₂ دين.

7) B عيب.   8) B على.   9) B وان.

إِذَا مَا شِمْتُمَا[1] ٱلْبَرْقَ ٱلشَّآمِى[2]

١٥   إِذَا مَا لَاحَ لِى لَمَعَانُ بَرْقِ

بَعَثْتُ إِلَى ٱلْأَحِبَّةِ بِٱلسَّلَامِ

وكتب إِليه[3] ابن الاسمر يُوصِيهِ بِالصَّبْرِ فقال[4]

من الطويل

١   تَأَدَّبْتَ لِحُسْنِ ٱلصَّبْرِ قَلْبَ نَجِيبِ[5]

وَنَادَيْتَ بِٱلتَّسْلِيمِ[6] خَيْرَ[7] مُجِيبِ

٢   وَلَمْ يَبْقَ مِنِّى[8] غَيْرُ قَلْبٍ مُشَيِّعٍ

وَعُودٍ عَلَى[9] نَابِ ٱلزَّمَانِ صَلِيبِ

٣   وَقَدْ[10] عَلِمَتْ أُمِّى بِأَنَّ مَنِيَّتِى

بِحَدِّ حُسَامٍ[11] أَوْ بِحَدِّ قَضِيبِ

٤   كَمَا عَلِمَتْ مِنْ قَبْلِ أَنْ[12] يَغْرَقَ ٱبْنُهَا[13]

بِمَهْلَكَةٍ[14] فِى ٱلْمَآءِ[15] أُمُّ شَبِيبِ[16]

---

1) B شمته.   2) V₁,₂ الشام (النشآم) M, البيمانى B₁,₂, الشـَّآم.

3) B ٩v, 6—13.   4) D V₁ فأجابه; V₂ fehlt.   5) B₂ صاجيب.

6) B₁,₂ للتسليم.   7) B₂ غير.   8) BV₁ شىء.   9) B₂ الى.

10) Vers 3 fehlt in B₁,₂.   11) B سنان.   12) Fehlt in BO.

13) B₁,₂ يهلك.   14) B₁,₂ M T D بمهلكه.   15) BO بالماء.

16) B بشبيب.

تَنَجَّشَمْتُ[1] خَوْفَ ٱلْعَارِ أَعْظَمَ خُطَّةٍ[2]   ٥

وَأَمَّلْتُ نَصْرًا كَانَ[3] غَيْرَ قَرِيبِ

وَلِلْعَارِ خَلَّى رَبُّ غَسَّانَ[4] مُلْكَهُ   ٦

وَفَارَقَ دِينَ ٱللَّهِ[5] غَيْرَ مُصِيبِ

وَلَمْ يَرْتَغِبْ[6] فِى ٱلْعَيْشِ عِيسَى[7] بْنُ مُصْعَبٍ   ٧

وَلَا خَفَّ[8] خَوْفٌ بِٱلْحَزُونِ[9] حَبِيبِ[10]

وَأَحْفَظَ[11] ابو فراس الدمستنق فى مُنَاظِرَةٍ جرت بينهما فقال له

الدمستنق انما انتم كُتَّابٌ ولا تعرفون الحربَ فقال[12] ابو فراس

نَحْنُ نَطَأُ أَرْضَكَ مُنْذُ سِتِّينَ سَنَةً بِٱلسُّيُوفِ أَمْ بِٱلْأَقْلَامِ ثُمَّ

قال[13]   من الطويل

أَتَزْعُمُ يَا ضَخْمَ ٱللَّغَادِيدِ[14] أَنَّنَا   ا

وَنَحْنُ[15] أُسُودُ ٱلْحَرْبِ لَا تَعْرِفُ ٱلْحَرْبَا

---

1) B‍₁,₂ نَجَشَمَلْت.   2) V₂ حطه.   3) B M منذ.   4) B

نَرْتَعِب.   5) B₁,₂ قسرا دين.   6) B₂ خلاب وخسران.

7) B₂ عيش.   8) B حـف.   9) V₁ im Texte باحْروس, am

Rande بالحزون, B, ولا حبّ خود بالحروب, O bictet: فى حروب B, M

بالحزون, B₁ خوف لحرب قـلـب حبيب. In V₂ am Rande die

Bemerkung: هذا البيت يحتاج الى تامّل ومراجعة.   10) D خبيب.

11) In V am Rande اغـصـب.   12) D vor ابو steht له.   13) B

٩ظ, 17, 18, ٩ن، 3, 11, 4, 13—15.   14) B₂ الرعاديد.   15) B₂

وناكن.

٢ فَوَيْلَكَ مَـنْ لِلْحَـرْبِ ¹) إِنْ لَمْ نَكُنْ لَهَا

وَمَنْ ذَا ٱلَّذِى يُضَاكِى وَيُمْسِى ²) لَهَا تِرْبَا

٣ وَوَيْـلَـكَ مَـنْ أَرْدَى أَخَـاكَ بِمَـرْعَـشٍ

وَجَلَّلَ ³) ضَرْبًا وَجْـهَـةَ وَالِـدَكَ ٱلْعَضْبَا ⁴)

٤ لَقَـدْ جَمَعَتْنَا ٱلْحَرْبُ مِـنْ قَبْـلِ هَـذِهِ

فَكُنَّـا بِـهَا أُسْدًا وَكُنْتُمْ ⁵) بِهَا كَلْبَا

٥ بِأَقْـلَامِـنَا أَجْرِحْتَ ⁶) أَمْ بِـسُـيُـوفِـنَا

وَأُسْدَ ٱلشَّرَى قُـلْنَا إِلَيْـكَ أَمِ ٱلْكُتْبَا

٦ تَفَاخِرِنَا ⁷) بِالضَّرْبِ وَٱلطَّعْنِ ⁸) وَٱلْقَنَا ⁹)

لَقَدْ أَوْسَعَتْنَكَ ¹⁰) ٱلنَّفْسُ ¹¹) يَا ٱبْنَ آسِنِهَا كِذْبَا

٧ رَعَـى ¹²) ٱللَّهُ أَوْقَانَا ¹³) اِذَا قَـالَ ذِمَّةً

وَأَنْـفَذَذَنَا ¹⁴) طَـعْـنَـا وَأَثْبَتْنَـا ضَـرْبَا

وَقُلْ مِنْ قَصِيدَةٍ ¹⁵)   من الطويل

1) للكروب. B₂   2) يمسى ويضاكى. B₁,₂   3) وجللك B

4) الغضبا, O العصبا. B   5) وكنت. B B₁ D O V₂   6) B B₁,₂

7) تفاخرنى. B   8) بالطعن والضرب. B₁,₂ V₁   اجحزت

9) الحرب. B B₁,₂ O   10) فى الوغى. B   11) V₁

12) دها. B   13) اوقانا. B B₂ V₂   14) انفدذنا. V₂   15) V₁

اخرى. Die Doppelverse 1 u. 2 fehlen in B.

١ خَلِيلَيَّ مَا أَعْدَدْتُمَا لِمُنَيَّمٍ

أَسِيرٍ لَدَى[1] ٱلْأَعْدَآءِ جَافِي[2] ٱلْمَرَاقِدِ

٢ فَرِيدٍ عَنِ[3] ٱلْأَحْبَابِ لَكِنْ[4] دُمُوعُهُ

مَثْنَانِ[5] عَلَى[6] ٱلْخَدَّيْنِ غَيْرُ فَرَائِدِ

٣ جَمَعْتُنَ[7] سُيُوفَ ٱلْهِنْدِ مِنْ كُلِّ وِجْهَةٍ[8]

وَأَعْدَدْتُ لِلْأَعْدَآءِ[9] كُلَّ مُجَالِدٍ[10]

٤ إِذَا كَانَ غَيْرُ ٱللَّهِ لِلْمَرْءِ عُدَّةً

أَتَتْهُ ٱلرَّزَايَا مِنْ وُجُوهِ ٱلْفَوَائِدِ

٥ فَقَدْ[11] جَرَتِ ٱلْحَنْفَآءُ[12] حَنْتَفَ حُذَيْفَةٍ

وَكَانَ يَرَاقَهَا[13] عُدَّةً لِلشَّدَائِدِ

٦ وَجَرَّتْ مَنَّايَا مَانِكَ بْنِ[14] نُوَيْرَةٍ

حَلِيلَتُهُ[15] ٱلْحَسْنَآءُ أَيَّامَ خَالِدٍ

٧ وَأَرْدَى ذُوَابًا[16] فِي بُيُوتِ عُتَيْبَةٍ

---

1) B₁,₂ مع.   2) B₁,₂ نائِى.   3) B₁,₂ على.   4) B₁,₂ صدب.

5) B₁,₂ مثانِى.   6) B₁ فى.   7) B ٩٩, 8, 10—13.

8) B, B₁,₂ O بلدة.   9) B, B₁,₂ O للهيجاء.   10) B مجاهد.

11) V₂ وقد.   12) B (قتل) الخفاء, O.... الحنقآ, M V₂ الحنتفاء.

13) V₂ يرها.   14) BB₁ MOV₁,₂ ابن; Der ganze Doppelvers fehlt in D.

15) B, B₁,₂ O عقيلتنه.   16) B دوابا, V₂ دُوابا, B₁,₂ ذوابا, D دوأبا.

بَنُوهُ[1] وَأَقْلُوهُ بِشَدْوِ[2] ٱلْقَصَائِد[3] ولَمَّا خُقِفَ عَنْ اَبِى فِرَاسٍ[4] وَرُقِّةَ[5] وَنُوظِرَ فِى ٱمَرِ ٱلْهُدْنَةِ[6] والاسارى وَأُجِيبَ الى مُلْتَمَسِه[7] بَعْدَ اَنْ اُكْرِمَ وَبُجِّلَ قال[8]

(من الطويل[9])

١ وَ لِلّٰه عِنْدِى فِى ٱلْاَسَارِ[10] وَغَيْرِه[11]
   مَوَاهِبُ لَمْ يُخْصَصْ[12] بِهَا اَحَدٌ قَبْلِى

٢ خُلِلْتُ عُقُودًا اَعْجَزَ ٱلنَّاس حَلُّهَا
   وَمَا زِلْتُ[13] لَا عَقْدِى يُذَمُّ[14] وَلَا حَلّى

٣ اِذَا عَايَنَتْنِى[15] ٱلرُّومُ كَفَّرَ[16] صِيدُهَا
   كَأَنَّهُم اَسْرَى يَدَىَّ[17] وَفِى[18] كَبْلِى[19]

٤ وَ اَوْسَعَ اَيَّامًا خَلِلْتُ كَرَامَةً
   كَأَنِّىَ مِنْ اَهْلِى نُقِلْتُ اِلَى اَهْلِى

---

1) B R₁,₂ ابوه.   2) B V₁ بِشَدّ.   3) M V₁ العمائد.   4) V₁ عنه.   5) Fehlt in M.   6) V₂ الهدية.   7) V₁,₂ ملتمسه.   8) Fehlt in V₂.   9) B ٣٧, 2—7.   10) B₂ الاسارى.   11) B₂ غيرهم.   12) V₂ يخصص, B (بها احدا) تخصص.   13) B₁,B₂ وما زال.   14) B,B₂ (?) يبدوم.   15) O الادعى.   16) Fehlt in O; B₁ كبر.   17) B M B₁ لدى.   18) B M ولا.   19) B كيلى.

٥   فَأَبْلِغْ[1] بَنِى عَمِّى وَأَبْلِغْ بَنِى أَبِى

بِأَنِّىَ فِى نَعْمَآءَ يَشْكُرُهَا مِثْلِى

٦   وَمَا شَآءَ رَبِّى[2] غَيْرَ نَشْرِ مَحَاسِنِى[3]

وَأَنْ يَعْرِفُوا مَا قَدْ عَرَفْتُمْ[4] مِنَ ٱلْفَضْلِ

———

مَا أُخْرِجَ مِنْ مُزْدَوِجَيْهِ ٱلطَّرْدِيَّةِ[5]

من الرجز

١ أَمَا ٱلْعُمْرُ مَا طَالَتْ بِهِ ٱلدُّهُورُ   ٱلْعُمْرُ مَا تَمَّ بِهِ ٱلسُّرُورُ

٢ أَيَّامُ عِزِّى وَنَفَادِ[6] أَمْرِى   هِىَ ٱلَّتِى أَحْسِبُهَا مِنْ عُمْرِى

ومنها

٣ لَوْ شِئْتُ مِمَّا قَدْ قَلَلْنَ جِدًّا[7] عَدَدْتُ[8]   أَيَّامَ ٱلسُّرُورِ عَدًّا

٤ أَنْعَتُ يَوْمًا مَرَّ لِى بِٱلشَّامِ   أَلَذَّ مَا مَرَّ مِنَ ٱلْأَيَّامِ

٥ دَعَوْتُ[9] بِٱلصَّقَّارِ[10] ذَاتَ يَوْمٍ   عِنْدَ ٱنْتِبَاهِى سَحَرًا مِنْ نَوْمِى

———

1) B وابلغ, B₁,B₂ O فقل لبنى.   2) O ومالى ذونب.   3) O

فضيلتى.   4) V₁, O عرفت.   5) Fehlt in den beiden

Berliner Handschriften. B ۱۱۲, 6, 7, 9—14, 16—18; ۱۱۳, 1—18; ۱۱۴, 2, 5;

۱۱۶, 1—3, 7—9.   6) V₂ نفاد.   7) B M O جِدًّا.   8) B M O

اعددت.   9) M ذَادَيْتُ.   10) B بالعقار.

٦ قُلْتُ لَهُ أَخْتَرْ سَبْعَةً كِبَارًا ‏‏‏‏‏‏كُلَّ نَجِيبٍ يَنْثِبُ ١) ٱلْغُبَارَا

٧ يَكُونُ لِلْأَرْنَبِ مِنْهَا ٱثْنَانِ ‏‏‏‏‏‏وَخَمْسَةٌ تُفْرَدُ لِلْغِزْلَانِ

٨ وَٱجْعَلْ كِلَابَ ٱلصَّيْدِ نَوْبَتَيْنِ ‏‏‏‏‏‏يُرْسَلُ ٢) مِنْهَا ٱثْنَانِ ٣) بَعْدَ ٱثْنَيْنِ

ومنها

٩ ثُمَّ تَقَدَّمْتُ إِلَى ٱلْفَهَّادِ ‏‏‏‏‏‏وَٱلْبَازِدَارِيِّينَ ٤) بِٱسْتِعْدَادٍ ٥)

١٠ وَقُلْتُ إِنَّ خَمْسَةً ٦) لَتَقْنَعُ ٧) ‏‏‏‏‏‏وَٱلزُّرَّقَانِ ٨) ٱلْفَرْخُ ٩) وَٱلْمُلَمَّعُ

١١ وَأَنْتَ يَا طَبَّاخُ لَا تَبَاطَا ١٠) ‏‏‏‏‏‏عَجِّلْ لَنَا ٱللُّبَّاتِ ١١) وَٱلْأَوْسَاطَا ١٢)

١٢ وَيَا شَرَابِيُّ ٱلْبَلَسْقِيَّاتِ ١٣) ‏‏‏‏‏‏تَكُونُ لِلرَّاحِ ١٤) مُيَسِّرَاتٍ ١٥)

١٣ بِٱللَّهِ لَا تَسْتَصْحِبُوا ثَقِيلًا ‏‏‏‏‏‏وَٱجْتَنِبُوا ٱلْكَثْرَةَ وَٱلْفُضُولَا

١٤ رُدُّوا ١٦) فُلَانًا وَخُذُوا فُلَانًا ‏‏‏‏‏‏وَضَمِّنُونِي ١٧) صَيْدَكُمْ ضَمَانَا

---

1) B M D V‌‌1,2 بَيِّد. In V1 am Rande ينثب als صحيح bezeichnet; O يسرد.

2) B V1 نُرْسِل. ‏‏‏‏‏3) B V1 اثنـين. ‏‏‏‏‏4) B M V1 وانبار ياريـين,

5) D والبـازى يـازيـن, O والـبـاز داريين, V2 والباريـاريـن.

6) V2 خمسنه. ‏‏‏‏‏7) B M لتغنع, V2 ليقنع. ‏‏‏‏‏8) B بالاستعداد.

9) V2 الـفـرح; im folg. vocalisirt D والـمُلَمَّع. M والرزقان, والزرقاف.

10) M O V2 نباطـا, V1 نـبـاطـى. ‏‏‏‏‏11) B M D V2 (V1 am Rande)

ذا الاوساط. ‏‏‏‏‏12) M O الكفّات, O اللغات. ‏‏‏‏‏13) 12 fehlt in O; B

بالشرآب. ‏‏‏‏‏14) D الباسقيات, وبا شرابى البلسقيات. ‏‏‏‏‏15) B M

مبشّرات. ‏‏‏‏‏16) M ذروا. ‏‏‏‏‏17) V1 ضمنو بى.

١٥ فَٱخْتَرْتُ ١) لَمَّا وَقَفُوا طَوِيلاً   عِشْرِينَ أَوْ فُوَيْقَهَا قَلِيلاً

١٦ عِصَابَةٌ أَكْرِمْ بِهَا عِصَابَةً   مَعْرُوفَةٌ ٢) بِٱلْفَضْلِ وَٱلنَّجَابَةْ ٣)

١٧ ثُمَّ قَصَدْنَا صَيْدَ عَيْنٍ قَاصِرٍ ٤)   مَظِنَّةٍ ٥) ٱلصَّيْدِ لِكُلِّ خَابِرِ

١٨ جِئْنَاهُ وَٱلشَّمْسُ قُبَيْلَ ٱلْمَغْرِبْ   تَخْتَالُ فِى ثَوْبِ ٱلْأَصِيلِ ٱلْمُذْهَبْ

١٩ وَأَخَّذَ ٦) ٱلدُّرَّاجَ فِى ٱلصِّيَاحِ   مُكْتَنَفًا مِنْ سَائِرِ ٱلنَّوَاحِى

٢٠ فِى غَفْلَةٍ ٧) عَنَّا وَثِى ضَلَالٍ   وَنَحْنُ قَدْ زُرْنَاهُ بِٱلْآجَالِ

٢١ يَطْرَبُ لِلصُّبْحِ وَ لَيْسَ يَدْرِى   أَنَّ ٱلْمَنَايَا ٨) فِى طُلُوعِ ٱلْفَجْرِ

٢٢ حَتَّى اِذَا أَحْسَسْتُ ٩) بِٱلصَّبَاحِ ١٠)   حَتَّى عَلَى ٱلْفَلَاحِ نَادَيْتُهُمْ ١١)

٢٣ نَحْنُ نُصَلِّى وَٱلْبُزَاةُ نُخْرِجُ ١٢)   مُجَرَّدَاتٍ وَ ٱلْخُيُولُ نُسْرِجُ ١٣)

٢٤ وَقُلْتُ لِلْقُهَّادِ ١٤) فَٱمْضِ ١٥) وَٱنْفَرِدْ   وَصِحْ بِنَا اِنْ عَنَّ ظَبْىٌ وَٱجْتَهِدْ

٢٥ فَلَمْ يَزَلْ غَيْرَ بَعِيدٍ عَنَّا   إِلَيْهِ يَمْضِى مَا يَفِرُّ مِنَّا ١٦)

٢٦ وَسِرْتُ فِى صَفٍّ مِنَ ٱلرِّجَالِ   كَأَنَّمَا نَزْحَفُ لِلْمُقِتَالِ

---

1) BMO واختّرت.   2) BO شرطك.   3) BM وبالنجابه O,

5) O مطيّنة, V‍‍₂ مظنّه.   4) B باصرِ, O جابر.   وفى النجابة O مطينّة

6) V‍‍₁ فاخذ, V‍‍₂ واخذ.   7) V‍‍₂ عفلة.   8) B المنيلا(!).   9) B

10) BMO بالصياح.   11) B نادّاهُم.   12) B تنجرح. احسّ.

13) B تنجرح.   14) B فقلت للعهاد.   15) BMODV‍‍₂ امض.

16) V‍‍₁ عنّا.

٢٧ فَمَا ٱسْتَوَيْنَا حَسَنًا[1] حَتَّى وَقَفْ   غُلَيِّمٌ كَانَ قَرِيبًا مِنْ شَرَفْ

٢٨ ثُمَّ أَتَانِى[2] عَاجِلًا قَالَ ٱلسَّبَقْ[3]   فَقُلْتُ إِنْ كَانَ ٱلْعِيَانُ قَدْ صَدَقْ

٢٩ سِرْتُ إِلَيْهِ فَأَرَانِى جَاثِمَةْ[4]   ظَنَنْتُهَا[5] يَقْظَى[6] وَكَانَتْ نَائِمَةْ

ومنها

٣٠ ثُمَّ[7] تَمَكَّنْتُ فَلَمْ أُخْطِ ٱلطَّلَبْ   لِكُلِّ حَتْفٍ سَبَبٌ مِنَ ٱلسَّبَبْ

ومنها

٣١ ثُمَّ دَعَوْتُ[8] ٱلْقَوْمَ هَذَا بَازِى   فَأَيُّكُمْ يَنْشَطُ لِلْبِرَازِ

٣٢ فَقَالَ مِنْهُمْ رَشَأٌ[9] أَنَا أَنَا   وَلَوْ دَرَى[10] مَا بِيَدَى[11] لَا دَعْنَا[12]

ومنها

٣٣ جِئْتُ بِبَازٍ حَسَنٍ[13] أَصْبَهْرَجِ[14]   دُونَ ٱلْعِقَابِ وَقُوَيْقَ ٱلزُّمَّجِ[15]

٣٤ زَيْنٌ لِرَآئِيهِ[16] يَنْظُرُ[17]   مِنْ نَارَيْنِ فِى غَارَيْنِ

٣٥ كَأَنَّ فَوْقَ صَدْرِهِ وَٱلْهَادِى   آثَارَ مَشْيِ[18] ٱلذَّرِّ[19] فِى ٱلرَّمَادِ

---

1) MO حَسْبَنَا.   2) O أتانا, V₁ أثاني.   3) M البَّنْتَق; am Rande von V₁ ist البَّنْتَق als صاكيح bezeichnet.   4) BD جاشمه.

5) B حسبتنها.   6) V₂ يقضى.   7) BO حتّى.   8) B دعين.   9) B اغيبذ, V₁ رَجُلّ, am Rande رشا als richtige Lesart bez.

10) M راى   11) B يبتدى.   12) O لادعنا.   13) Fehlt in O.   14) B وهرج, O اضمرج, V₂ اصيبهرج.   15) B الرمج, V₁,₂ الدمج (mit ذ P).   16) V₁,₂ لراييه.   17) D بنظر.   18) B منن, (V₁,₂) اثار.   19) O V₂ الدار, B الدرّ.

٣٦ سِيرَ وَقَالَ هَاتِ قُلْتُ مَهْلًا   احْلِفْ[1] عَلَى الرُّدِّ فَقَالَ[2] كَلَّا

٣٧ أَمَّا يَمِينِى فَهْىَ عِنْدِى غَالِيَةٌ   وَكَلِّمَتْنِى[3] مِثْلَ يَمِينِى وَافِيَةٌ

٣٨ فَقُلْتُ[4] خُذْهُ[5] هِبَةً[6] بِقُبْلَةٍ   فَصَدَّ عَنِّى وَعَلَيْهِ[7] خَاجِلَهْ

٣٩ ثُمَّ[8] نَدِمْتُ[9] غَايَةَ النَّدَامَةْ   وَلُمْتُ نَفْسِى أَكْثَرَ الْمَلَامَةْ

٤٠ عَلَى مِزَاحِى وَآرْتِجَالِ حُضَّرْ   وَهُوَ يَزِيدُ خَاجِلًا وَيُحْصَرْ

٤١ فَلَمْ[10] أَزَلْ أُسَاكِرُهُ[11] حَتَّى آنْبَسَطْ   وَهَشَّ لِلصَّيْدِ قَلِيلًا وَنَشَطْ

وَمِنْهَا فِى وَصْفِ[12] الْبَازِ وَ[13] اسْتِيلَائِهِ عَلَى الْكُرْكِى

٤٢ حَتَّى[14] إِذَا جَدَّلَهُ[15] كَالْعِدْلِ   أَيْقَنْتُ أَنَّ الْعَظْمَ غَيْرُ[16] الْفَضْلِ[17]

وَمِنْهَا

٤٣ حَنَّتْ إِلَى الطَّبَّاخِ مَا ذَا تَنْتَظِرْ   اِنْزِلْ عَنِ الْمُهْرِ[18] وَقَاتِ مَا حَضَرْ

٤٤ جَاءَ بِأَوْسَاطٍ[19] وَ جَرْدَنَاجٍ[20]   مِنْ حَبَاجِلِ الصَّيْدِ[21] وَمِنْ دُرَّاجٍ

---

1) B V₁ اخلف.   2) M قل, O وقل.   3) B وكنتى.   4) BO قلت.

5) BO فاخذه, V₂ خذه.   6) M عوضا.   7) BDV₂ وعزته, O وعزته (undeutlich).   8) 39 u. 40 fehlt in BO.   9) V₁ امزحه, V₁ امسكه ندمنا.

10) B III٢, 10.   11) BDV₂ اسكره.   12) V₁ يصف.   13) DV₁₂₃ البازى; in V₁ folgt nur darunter اسكره.

14) B IIv, 17, II٨, 2—4.   15) BO له, O جد (جد). مع الكركى.

16) O الفطم عين. كالعندل، جندله D حركه mit folg. حركه V₂, خرله M.   17) O انفصل, V₂ المفصل.   18) B على النهر, O على الدهر.

19) B باوشاط.   20) O وجردقاج, M وجردباج, D.   21) BO انطير. وجرد باج.

٤٥ فَمَا تَنَازَلْنَا عَنِ ٱلْخُيُولِ يَمْنَعُنَا ٱلْحِرْصُ مِنَ [1] ٱلنُّزُولِ [2]

٤٦ وَجِىءَ [3] بِٱلْكَأْسِ وَ بِٱلشَّرَابِ فَقُلْتُ وَقِّرْهَا عَلَى أَصْحَابِى [4]

٤٧ أَشْبَعَنِى ٱلْيَوْمَ [5] وَرَوَّانِى ٱلْفَرَحْ فَقَدْ كَفَانِى بَعْضُ [6] وَسْطِ [7] وَقَدَحْ

ومنها

٤٨ ثُمَّ [8] ٱنْصَرَفْنَا وَٱلْبِغَالُ مُوقَرَةٌ فِى لَيْلَةٍ مِثْلَ ٱلصَّبَاحِ مُسْفِرَهْ

٤٩ حَتَّى أَتَيْنَا رَحْلَنَا بِٱلَّيْلِ وَقَــدْ سَبَقْنَا بِجِيَادِ ٱلْخَيْلِ

٥٠ ثُمَّ نَزَلْنَا فَطَرَحْنَا ٱلصَّيْدَا [9] لَمَّا [10] عَدَدْنَا مِائَةً [11] وَزِيْدَا

٥١ فَلَمْ نَزَلْ نَقْلِى [12] وَنَشْوِى وَنَصُبْ حَتَّى طَلَبْنَا [13] صَاحِبًا [14] فَلَمْ نَصِبْ [15]

٥٢ شُرْبًا كَمَا [16] عَنَّ مِنَ ٱلرِّقَاقِ بِغَيْرِ تَرْنِيبٍ وَغَيْرِ سَاقِ [17]

٥٣ وَلَمْ [18] نَزَلْ سَبْعَ لَيَالٍ عَدَدًا أَسْعَدَ مَنْ رَاحَ وَأَخْطَى [19] مَنْ غَدَا

وحكى بديعُ الزمان ابو الفضل الهَمْدانِىّ ذل قال الصاحب ابـو القسم [20] يومًا لِجُلَسَائِهِ وأَنا فيهم وقد جرى ذكر ابى فراسٍ لا يقدر [21]

---

1) BMO عن.   2) 46 u. 47 fehlen in B.   3) M وحى.   4) V₁ بسط.   الاصحاب.   5) M النوم, V₁ النوم.   6) O فرد.   7) M بسط.

8) B 119, 6—11.   9) BM وطرحنا.   10) BO حتى.   11) BMO مئة.

12) B نلقى, DMV₂ نشوى و نقلى.   13) B طلبت.   14) O صاحبا.   15) B اصب, V₂ نصب.   16) O لما.   17) D ساق.

18) BMO فلم.   19) DBMOV₁₂₃ واحظى.   20) Fehlt in V₁.   21) V₂ لا يقد.

احدٌ ان يَزوِرَ عـلى ابى فـراس شـعرًا فـقلْتُ ومن يـقـدرُ علـى

ذلك وهو الذى يقول[1]

(من الوافر)

١ رُوَيْدَكَ لَا تَحِمِلْ يَدَهَا بِبَاعِكَ وَلَا تَعِزُّ[2] اَلسِّبَاعَ اِنِّى رِبَاعِكَ

٢ وَلَا تَعِدْ[3] اَلْعَدُوَّ عَلَىَّ اِنِّى يَمِينٌ اِنْ قَحَعْتَ فَمِنْ ذِرَاعِكَ[4]

فـقـال الصاحب صَدَقْتَ فَقُلْتُ[5] أَيَّدَ اللّه مـولانا قـد فعلت

ولَعَمْرى اِنّـه قـد أَحْسَنَ ولكن لم يشقّ غبار ابى فراس وكتب

عـلى ظهر الجزء[6] المشتمل عـلى مزدوجته اَلّتى أوّلها

ما العمر ما طالت به الدهور[7]

هٰذِه اَلْأَبِّيَاتُ من الرَّجَز

١ أُرَوِّحُ اَلْقَلْبَ بِبَعْضِ اَلْهَزَلِ تَجَاهُلاً مِنِّى بِغَيْرِ جَهْلِ

٢ أَمْزَحُ فِيهِ مَزْحَ أَهْلِ اَلْفَضْلِ وَالْمَزْحُ أَحْيَانًا جِلَاءَ اَلْعَقْلِ

تَفَضُّلٌ قَـدْ أَطْلَتُ عِنَانَ اَلْاخْتِبَارِ فِى[8] مَحَاسِنَ أَشعَار[9] أبى

فـراس وما محاسنُ شىءٍ كـلّه حَسَنٌ وذلـك لتنفاسبها وعذوبة

---

1) V₁ وهو القائل.   2) M V₂ تغرى, V₁ نـفـرى (P).   3) M
هٰذا من كلام.   4) Eine Anmerkung in V₁ besagt: تغرى, V₂ تعن.
steht عـلى ظهـر unter الجزو; 6) V₂ قلمت. 5) V₁‚₂ الثعالبى
in V₁: اى ابـو فـراس.   7) V₂ citirt noch den zweiten Halbvers.
8) V₂ D من.   9) V₁‚₂ D شعر.

الفاظها[1]) ولا سيّما الروميّات التي رمى بها هدف[2]) الاحسان وأصاب شاكلة الصّواب ولعمرى انها كــما قرأته[3]) لبعض البُلغآء لو سمعته الوَحش أنسن[4]) أو خوطبت[5]) به الخُرس نطقت او استدعيت[6]) به الطاير نزلت ولمّا خرج قمر الفضل من[7]) سرّاره وأُطلق أسَدُ الحرب عن اساره لم تطل أيّام فرجته[8]) ولم تسمح النّوائب بالتّجافى عـن مهجته ودلَّـت قصيدة قرائـها لابى اسحق الصابى فى مرثيته على أنّه قُتل (سنة ٣٥٧)[9]) فى وقعة كانت بينه وبين بعض موالى أسرته وما أحسَنَ واصدقَ[10]) قول المتنبّى[11])

(من البسيط)

١   فَــلا تَـنَـلْـكَ ٱلْـلَّيَـالِى انْ أيْـدِيَـهَا

إذَا ضَـرَبْـنَ كَسَرْنَ ٱلـنَّبْعَ[12]) بِالْغَرَبِ

٢   وَلا يُــعِــنَّ[13]) عَــدُوًّا أنْــتَ قَــاهِرُهُ

فَانَّهُنَّ يَصِدْنَ ٱلصَّقْرَ بِالْخَرَبِ[14])

---

1) V‌‌₁,‌₂ D مشارعها.‌   2) M عـن هـدف.   3) V₁ قرأت.

4) V₁ آنسن.   5) M V₂ خُوطِبَ.   6) B D M O V₂ استدعى.   7) من

fehlt in V₂.   8) V₂ D فرحته.   9) Die Zeitaugabe fehlt in D M V₂.

10) واصدق fehlt in V₂.   11) V₂ folgt: سامحه الله.   12) V₁

بالنبع.   13) V₁ يعزّ, V₂ تعزّ.   14) V₂ D بالحرب.

وذكر ابنُ خالويه أَنَّ آخِرَ شِعْرٍ لابى[1] فراس قوله عند موته[2]

من الكامل

١ أَ بُنَيَّتِى[3] لَا تَجْزَعِى[4]   كُلُّ ٱلْأَنَامِ إِلَى ذَهَاب

٢ نُوحِى عَلَىَّ بِحَسْرَةٍ   مِنْ خَلْفِ سِتْرِكِ وَٱلْحِجَاب[5]

٣ قُولِى إِذَا كَلَّمْتِنِى[6]   فَعَيِيتِ عَنْ رَدِّ ٱلْجَوَاب

٤ زَيْنُ ٱلشَّبَابِ أَبُو فِرَا سٍ[7] لَمْ يُمَتَّعْ[8] بِٱلشَّبَاب

اللهمّ ارحم تلك الروح الشريفة[9]

تمّ

---

1) V_2 ابى.

2) B VI, 18; D V_2 setzt hinzu رحمه الله تعالى.

3) B انيسنى; B_2 fehlt أ.

4) $B_{1,2}$ تحزنى.

5) Doppelvers 2 fehlt in B.

6) B VI, 3, 4; $B_{1,2}$ BO ناديتنى.

7) $B_{1,2}$ vokalisirt hier ausdrücklich ابا فراس, V_2 ابو قرّاس.

8) B_1 ما تَمَنَّعَ, B_2 ما نمنتع.

9) Das Ganze fehlt in M.

DAS DRITTE CAPITEL.

Über Abû Firâs al-Hâriṯ ben Saʿîd ben Ḥamdân und die Glanzpunkte seiner Lebensgeschichte sowie seiner Poësie.

Er war das Unicum seines Zeitalters und die Sonne seiner Zeit, was Bildung und Trefflichkeit, Seelenadel und Vornehmheit, Ruhm und Beredsamkeit, Ernst (Eifer) und Vollkommenheit, Ritterlichkeit und Tapferkeit anlangt. Und seine Poësie ist berühmt. Sie bewegt sich zwischen Schönheit und Güte, Leichtigkeit und Fülle, Süsse und Würde, Anmuth und Solidität. Und in ihr vereinigt sich die Schönheit der Natur mit den Zeichen der Geistesfeinheit sowie königlicher Würde, Eigenschaften, die sich vor ihm nicht vereinigt finden, ausser in der Poësie des ʿAbdullâh ben Muʿtazz. Doch wird Abû Firâs von den Kunstrichtern und Abwägern der Sprache für grösseren Dichter gehalten als er. Und Ṣâḥib [1]) pflegte zu sagen: "Die Poësie wurde durch einen König begonnen und durch einen König beschlossen, d.h. durch Imruulḳais und Abû Firâs". Und Mutanabbî gestand ihm den Vorrang und die Überlegenheit zu und nimmt sich in Acht (= meidet es), ihm an die Seite gestellt (= mit ihm verglichen) zu werden. So tritt er ihm

---

. 1) Unter Ṣâḥib ist hier aṣ-Ṣâḥib Abul-Ḳâsim Ismâʿîl ben ʿAbbâd gemeint († 385 = 995), dessen Lobe ein eigenes Capitel in Taʿâlibî's Jetîma gewidmet ist (Theil III Cap. 3, II pag. ٣٣١ ff. der Ausgabe von Damascus). Vgl. Hammer, Litteraturg. der Araber V, 115 u. V. 649.

denn weder entgegen, es ihm nachzumachen, noch wagt er
es mit ihm zu concurriren. Nur lobte er ihn nicht — und
er lobte die übrigen [1]) Hamdâniden — (und zwar) aus Ehrfurcht vor ihm und Hochachtung, nicht aus Vernachlässigung und Geringschätzung. Und Saifuddaula bewunderte
die Vorzüge des Abû Firâs sehr und zeichnete ihn durch
Ehrenerweisungen vor seinen übrigen Leuten aus und
wählte ihn zur Besorgung seiner Geschäfte, nahm ihn zum
Begleiter auf seinen Feldzügen und machte ihn zu seinem
Stellvertreter in seinen Provinzen. Und Abû Firâs streute
kostbare Perlen aus in seinem Briefwechsel mit ihm und
that ganz seine Schuldigkeit ihm gegenüber als seinem
Herrn und vereinigte in seinem Dienste die beiden Adabs,
des Schwertes und des Schreibrohres.

I. Etwas aus seiner Lebensgeschichte mit Saifuddaula und seinen Gedichten auf ihn mit Ausschluss der Rûmijjât.

Ibn Ḫâlawaihî [2]) († 370 H in Ḫaleb) erzählt: Abû Firâs
schrieb an Saifuddaula, nachdem er sich von seiner Residenz (auch: seiner Gegenwart) nach seinem Absteigequartier
(= auf seinen Posten) in Manbiǵ begeben hatte, einen
Brief, dessen Anfang lautete: "Mein Brief (= ich schreibe)
— Gott lasse unsern Herrn lange leben — aus dem Absteigequartiere, nachdem ich daselbst gesund und wohlbehalten
angekommen, mit Beute beladen, schwer belastet, innerlich

---

1) Kann auch übersetzt werden: lobte diejenigen, die unter ihm waren
(= ihm nachstanden) aus dem Geschlechte des Ḫamdân.

2) S. Jetîmet-ud-dahr I. ٧٦, wo er als einer "von den Unica der Zeit in allen
Zweigen der Bildung und des Wissens" geschildert wird, auch Flügel, die grammatischen Schulen der Araber S. 230.

und äusserlich (wörtlich: im Bauche und am Rücken), durch Lasten und Dank".

Da billigte (fand schön und gut) Saifuddaula seine Beredsamkeit und pries seine Trefflichkeit. Dies wurde dem Abû Firâs hinterbracht. Da schrieb er ihm:

"Kann denn Wolredenheit, Grossmuth und Adel von mir sich abwenden,

da du mein Herr bist, der mich erzogen, da mein Vater selig war (wohl auch: nebst meinem Vater Saʿîd)?

Tagtäglich suche ich an Höhe (Grösse) zu profitiren und mehr zu erhalten

und es nimmt in mir zu, wann ich dich in (deiner) Freigebigkeit sehe, Altes und Neues" [1]).

Saifuddaula war selten gut aufgelegt für eine gesellige Versammlung (Unterhaltung), weil er davon durch seine Beschäftigung mit Heeresdispositionen und Handhabung von (anderweitigen) wichtigen Geschäften sowie Kriegsübungen (oder Kriegführen) abgehalten wurde. Da kam eine Sängerinn aus Bagdâd, eine von denjenigen, die sich auf ihre Kunst gut verstehen, in seiner Residenz an. Abû Firâs' Seele sehnte sich darnach, sie zu hören, doch wollte er sie nicht als erster, noch vor Saifuddaula, herbeirufen (wörtlich: wollte nicht den Anfang machen mit ihrer Herbeirufung vor Saifuddaula).

Da schrieb er ihm, ihn auffordernd, sie vorzuladen [2]):

"Dein Wohnort ist Ġauzâ oder (noch) höher

und deine Brust ist Dahnâ oder (noch) weiter.

---

1) Vielleicht auch: Meine Anlagen (خُلُقَف = خُلُق) vermehren sich um neue (جديد).

2) "Hammer, Litteraturgeschichte der Araber V, 734 übersetzt diese Stelle: Dem Abû Firâs, der immer nur Schlacht und Kämpfe sann, hatte Saifeddewlet eine Sängerin Bagdâd's geschenkt, welche ihn lange zu Hause hielt, so dass er vor Saifeddewlet nicht erschien. Saifeddewlet schrieb ihm, um ihn zu bewegen, dieselbe in Vorschein zu bringen.

Und dein Herz ist der weite Raum, in welchem nie
aufgehört hat ein Platz zu sein für Ernst und Scherz.

Berühre morgen angenehm durch Lauteschlagen ein
Gehör, welches zumeist nur das Anprallen von Lanzenspitzen hört" [1]).

Diese Verse kamen dem Wezîr Muhallibî [2]) zu Gehör;
da befahl er den (= seinen) Sängerinnen und Sängern, sie
dem Gedächtnisse einzuprägen und sie abzusingen. Und seit-
dem trank er nicht anders als bei deren Vortrage.

Und Abû Firâs schrieb an Saifuddaula: [3])

"O Herrscher, dem sämmtliche Trefflichkeiten zu Theil
geworden!

Es leistete der Frühling (Geburts) hilfe den Schönheiten,
die die weissen von den Wolken geschwängert haben [4]).

Glänzend schimmernd breiten sie sich über den Boden
aus und ihr Hauch (Duft) ist fein:
so gleichen sie uns den Gestalten der Geliebten [5]).

Der Wein ist da, doch es ist nicht angenehm (schmecket
nicht), den Wein zu trinken, wenn du abwesend bist".

---

1) Den letzten Doppelvers übersetzt v. Hammer a. a. O: Es wird vom Schall
der Laute übertönt, der Stoss, der von den hohen Lanzen dröhnt.

2) Über Muhallibî † 352 (= 963) vgl. Jetîmet-ud-dahr II Cap. 2 (pag.
٨), Slane (Ibn Ḥalliḳân) I 410; Hammer, Litteraturg. der Araber V, 107 ff.

3) v. Hammer a. a. O.; Ahlwardt, Über Poësie und Poëtik der Araber,
48 u. ٨.

4) Diese Deutung sowie die Lesart نَتَّيَّ scheint mir besser dem ganzen

Vergleiche zu entsprechen als die Lesart نَنَّيَّ (Ahlwardt), nach welcher der

Frühling selbst als der Gebärende, Hervorbringende dargestellt wird.

5) v. Hammer übersetzt a. a. O. die Verse 2 u. 3:
O König, den die Frühlingswolken
beträufen mit des Regens Molken,
Geklärt hat der Ost den Wein,
der hellen Blasen Augen lachen drein.

Und er wurde durch ein Leiden, das er sich zugezogen, zurückgehalten, bei ihm zu erscheinen. Da schrieb er ihm:

"Das Schicksal zeigte sich mir neidisch, indem es mich von deiner Gegenwart (= bei dir zu erscheinen) zurückhielt.

So fügte es mir denn nicht (soviel) von dem Leiden zu, wie es mir vom Kummer zugefügt".

Und Leute sandten (od. brachten) dem Saifuddaula Geschenke und thaten viel darin (= und zwar in Fülle).

Da schrieb ihm Abû Firâs:

"Meine Seele ist dein Lösegeld (= opfere ich für dich auf); schon habe ich meine Verpflichtung (wörtlich: das, wozu ich mich verpflichtet habe; Var.: mein — schriftliches — Versprechen) durch die Hand des Boten abgesandt.

Ich habe dir meine Seele zum Geschenke gemacht; denn nur Herrliches wird dem Herrlichen geschenkt.

Und ich habe (alles), was meine Hand besitzt, als Gabe für denjenigen bestimmt, der mir die frohe Botschaft von der Annahme (meines Geschenkes) verkündet".

Und er schrieb ihm, indem er ihm Vorwürfe machte:

"Einst warst du meine Zurüstung, zu der ich griff, und meine Hand, wann die Zeit hart wurde, und mein Vorderarm.

Dann wurde ich aber von dir gegen alle Erwartungen verworfen;

— man (wörtlich: der Mann) bekommt ja Erstickungsanfälle durch leicht hinabgleitendes, kaltes Wasser —

Ich aber ertrug es geduldig, dem frommen Kinde gleich, welches in seiner Kinderliebe

die Augenlider ob des Schmerzes zusammenpresst, den ihm die Schläge des Vaters verursachen".

Und Saifuddaula beschloss, einen Feldzug zu unternehmen und Abû Firâs zu seinem Stellvertreter über Sâm zu ernennen. Da schrieb ihm dieser eine Ḳaṣîde, der folgende Verse entnommen sind:

"Sie sagten (= Man sagte): die Reise! Da schüttelte die Lanze, wer sie führte,

und es regte freudig in seiner Scheide sich das nicht abprallende, schneidige Schwert.

Wahrhaftig! schon missfällt mir (auch: betrübt mich) ein Befehl (ein Geschäft), dem gegenüber ich sonst sage (sagen muss oder kann): Wäre deine Trennung (= die Trennung von dir) nicht, es wäre nichts Schmerzliches an ihm zu finden.

Beschäftige mich nicht mit Syriens Angelegenheiten, sie (Var.: es — Syrien —) zu überwachen,

denn Syrien gilt Jedermann, der daselbst eingekehrt, für geheiligt

Und die (= seine) ungeschützte Grenzstelle besitzt eine Mauer von Furcht, die man vor ihm hat:

ihre Felsstücke sind die Leiber von den Feinden seines Volkes.

Nicht beraube mich Saif-ud-dîn seiner Gesellschaft,

denn sie ist das Leben, wodurch die Menschen am Leben erhalten werden.

Doch ich widersetze mich ihm nicht in seinen Befehlen,

sondern ich habe gebeten und zu seiner Gewohnheit gehört es, "ja" zu sagen".

Und er schrieb ihm, ihn zu trösten:

"Es gibt kein Entkommen (= es geht nicht anders), es muss Verlust geben und Verlierende;

Weit entfernt, dass unter den Menschen etwas ewig dauern würde.

Sei getröstet! gibt es nichts, wodurch du getröstet werden könntest?

Wenn dem auch so ist, sicher ist es der Einzige (= sicher kommt der Trost von dem Einzigen)" [1]).
Und er sagte zu ihm:

"Was ist mit mir? Nicht preise ich dich, und (doch) ist es lange her. dass du dein Versprechen mir gegenüber haltest (deinen Verpflichtungen nachkommest) [2]), obwohl die Treue selten ist.

Und (= denn) du hast mir (so lange) gedroht, bis du, als du meiner Herr wurdest, mir verziehest; und das Verzeihen der Herren ist etwas schönes". —
Und Abû Firâs schrieb ihm:

"O Zürnender (= der du mir zürnest und) dessen Zorn gegen mich ich nicht dem Schicksal auflege, obwol bei mir nie ein Läugnen seiner Wohlthaten vorgekommen:

Schweigen will ich mit Rücksicht darauf, dass es dir bekannt ist, dass, wenn du nicht mein Gegner im Streit geworden bist, ich dafür sehr wohl disputirbare (= schlagende) Gründe (Beweise) habe".
Und Saifuddaula hatte einen Burschen Namens Naǵâ [3]); den hatte er auferzogen, seinen Namen berühmt gemacht und ihn (schliesslich) mit den Abzeichen der Würde eines Statthalters von Ṭarsûs bekleidet. Da fing er an, an die Thüre des Ungehorsames und der Undankbarkeit zu klopfen und sein Übermuth (wörtlich: sein sich breit machen) sowie schlechte Behandlung in seinem Verkehre mit seinen Genossen nahmen zu. Da griffen ihn drei Männer von ihnen

---

1) Könnte auch übersetzt werden: Es gibt Niemand, durch den man getröstet werden könnte. Gibt es einen, sicher ist es (nur) der Eine!

2) Mit der Lesart وَفِيتُ, auf Abû Firâs bezogen, würde es bedeuten: dass ich mein Versprechen halte, meinen Verpflichtungen nachkomme.

3) Naǵâ vgl. Ibnul Aṭîr VIII, 404; Elmacin 279 u. 280.

mit Gewalt an und tödteten ihn. Saifuddaula ertrug es aber schwer und so befahl er, seine Mörder zu tödten.

Da schrieb ihm Abû Firâs:

"Nicht hast du aufgehört, eifrig und schnell der Demütigung deiner Feinde zugewandt nachzugehen.

Du siehst etwas für deine Person, doch was Gott sieht, ist trefflicher".

Und er schrieb ihm, ihn geneigt zu machen (oder = indem er ihn zu gewinnen suchte):

"Bist du auch vor den Sünden nicht zurückgewichen, die du an uns zahlreich vorgefunden (= hast du dich von ihnen nicht weggewendet, sie nicht verkannt),

so ist es doch deine schöne Gewohnheit über (= trotz) dem Gesehenen (= absichtlich) die Augen zu Boden zu senken (als ob du es nicht sehen wolltest)".

Und er schrieb ihm:

"Lass Thränen stromweise fliessen und das Feuer der Sehnsucht hell lodern!

Kann denn mein Kummer erlöschen und meine Augen sich abkühlen (= zu weinen aufhören),

da ich nicht das Feuer mit denjenigen angezündet habe, die ausgerückt sind (= wenn ich nicht am Feldzuge theilnehme)?

Ich halte Stand (= verharre, widme mich) bei dem Fürsten und gehöre zu denjenigen, denen es schwer vorkommt, sich freiwillig von ihm zu trennen.

Wann der Fürst verreist ist, so giebt es keinen Führer für mich selbst, oder er kehrt zurück, aber auch keine Ruhe.

Er wird sich schon meiner erinnern, wann in ununterbrochenen Reihen die Männer angerannt kommen werden, unter denen ich zu wiederholten Malen die Lanze erhoben, die Erde mit Männern füllend und in der Luft den Staub aufregend.

Wann (nur) der Fürst glücklich bleibt, wollen wir für ihn uns aufopfern, freiwillig und (= sowol als) nothgedrungen.

Er breitet seine Flügel über den Grossen von uns aus (= gewährt Schutz....) und nimmt der Kleinen sich an in (zur Zeit) ihrer Noth.

Lasse Gott mich sein Antlitz baldigst schauen,

ihm (aber) mache er Wohlfahrt (wörtl. Unversehrtheit) zum Begleiter, wohin immer er reist.

Und lasse ihn seine Wünsche sämmtlich erreichen

und sei vor dem Unglück ihm Beschützer".
Und er schrieb ihm:

"Wohlan! wer überbringt den Häuptlingen meines Volkes und Saifuddaula, dem grossherzigen Fürsten die Nachricht davon, dass ich die jungen Mädchen meines Volkes nicht verlassen (im Stiche gelassen) habe?

— Wenn sie davon erzählen, sprechen sie undeutlich (gleichsam es verheimlichend). —

Erkauft habe ich mir ihr Lob durch eigene Aufopferung, da das Feuer des Kampfes hell flammte.

Und als ich nichts Anderes fand als Flucht, die schlimmer ist als der Tod, oder den Tod (selbst),

da stürzte ich mich (w. meine Seele) dorthin, wo der Tod sich darbot (w. herabkam),

und sprach zu meinen Gefährten: "Sterbet als Edle".

Bedarf es denn einer Entschuldigung, da doch Saifuddaula meine Stütze ist, wenn ich keine grossen Geschäfte unternehme,

sondern in jeder Sache (nur) sein Thun nachahme

und seine Trefflichkeit für alle Zeiten mir zum Führer mache?

Denn ich gelte als zu seiner Familie gehörend (mit ihm verwandtschaftlich verbunden)

und (= wiewol) ich habe genug daran, sein Diener zu sein.

Er zeigte mir, wie ich Grösse erwerben kann,

und gab mir Schutz gegen das Schicksal.

Und er zog mich auf und so habe ich durch ihn die (alle) Geschöpfe übertroffen,

und er machte mich aufkommen

und so bin ich durch ihn Anführer der Menschen geworden.

Drum erhalte Gott ihn uns lange am Leben,

und vermehre Gott unaufhörlich sein Glück (auch: sein Reich)".

Auszüge aus seinen Ruhmesgedichten (Selbstlob).

Er sprach (aus einer Ḳaṣîde, in welcher er seines Angriffes auf Benî Ka'b gedenkt, da er sich in der Vorhut des Saifuddaula befand; und seine Tapferkeit hatte sich schon in diesem Zusammenstoss schön bewährt):

"Hast du nicht gesehen, dass wir unter den Menschen am meisten geschätzt werden als Eidgenossen

und dass wir unter ihnen am meisten gefürchtet werden und unser Hofraum am meisten unzugänglich ist?

Uns gehört der Ǵebel (Berg) an, der auf Nizâr herabschaut (Nizâr beherrscht):

Von ihm aus sind wir nach dem Hochlande (Neǵd) und den Anhöhen (Hiḍâb) abgestiegen (und haben uns daselbst niedergelassen).

Es ziehen die Menschen uns vor (betrachten uns als Anderen überlegen), und doch machen wir keine Ausnahme.

Und wir werden als gut geschildert und doch kommt bei uns keine Nachsicht vor.

Rebî‘a, ja Nizâr, hatte schon kennen gelernt, dass wir das Haupt sind, während die (übrigen) Menschen der Vogelschwanz sind.

Und als die thörichten Ka‘b widerspenstig wurden, öffneten wir zwischen uns (und ihnen) das Thor zum Krieg.

Wir haben ihnen das geplünderte Gut geschenkt, ohne ihnen (jedoch), als sie den Schutz anflehten, die Pfeile (Speere) zu schenken.

Und als Saif-ud-dîn sich erhob, erhoben wir uns, gleichsam als ob du grimmige Löwen erregt hättest.

Wenn seine Lanzenspitzen dem Kampfe (w. gegenseitigem Stossen) mit Lanzen begegneten,

(und) seine schneidigen Schwerter dem gegenseitigen Schlagen entgegen gingen, da rief er uns zu, indess die Lanzenspitzen gerade gerichtet waren;

da waren wir die Antwort bei seinem Anrufen (= auf seinen Anruf).

(Die Lanzenspitzen und die schneidigen Schwerter) waren (erwiesen sich) als Kunstwerke, deren Schöpfer hervorragend war und so (= infolge dessen) auch sie hervorragten,

und Setzlinge, deren Anpflanzer gut war und infolge dessen auch sie gut waren.

Und wir waren wie Pfeile (von denen es gilt): wenn sie ihr Ziel getroffen haben, so hat es (eigentlich) derjenige getroffen, der sie geworfen".

Dies ist schöner als alles übrige, was im gleichen Sinne gesagt worden ist. Es bedeutet: Mir kommt kein Ruhm dafür zu, dass ich (das Ziel) getroffen habe, denn ich bin wie der Pfeil und (= indess) er ist der Werfende. Es hat auch der Meister Abul-‘Abbâs Ahmed ben Ibrâhîm aḍ-Ḍabbî (den Ausspruch) aufgenommen und (über denselben) im Buche des Sieges (Kitâb-ul-Fatḥ) geschrieben, welches es zu Ispâhân dem Ṣâḥib praesentirte:

"Gott erfreue unsern Herrn, den Genügsamen der Genügsamen! Dies sind Triumphe, welche das Ergebniss fester Entschlüsse und Früchte von Beharrlichkeit sind. Sein Diener und sein Gesandter, sowie die übrigen von denjenigen, die sein Schatten beschirmt und seine Huld mit dem Nöthigen versorgt, betrachten ihre Seelen (sich selbst), wenn sie in irgend welcher Richtung von den verschiedenen Richtungen in seinem Dienste Erfolg haben und zur Erfüllung irgend welcher Schuldigkeit für die (seine) Güte recht geleitet werden, nicht anders als für Pfeile, von denen es gilt: wenn sie das Ziel getroffen haben, so ist er derjenige, der sie geworfen, auch derjenige der das Ziel getroffen hat. Ihnen (den Pfeilen) kommt kein Antheil an dem Ruhme zu".

Und Abû Firâs gehören (folgende Verse) aus einer Ḳaṣîde an, deren Anfang lautet:

"Wie! schmäht mich denn ein Schmähender wegen meiner Thränen,

nachdem die Tadler alle Hoffnung aufgegeben, ich könnte mich bessern?

Es hat meiner sich die Liebe bemächtigt, nachdem ich mich gegen sie gesträubt.

Und die Liebe suchte mich zufrieden zu stellen (mit ihr zu versöhnen) nach der (meiner) Widerspenstigkeit.

---

1) Vgl. Jetîmet-ud-dahr III, Cap. IV, pag. ١١٨, wo er "ein Scheit vom Feuer des Ṣâḥib und ein Fluss von seinem Meere genannt wird, sein Stellvertreter, so lange dieser am Leben war, und sein Nachfolger nach seinem Tode"; pag. ١١٩ heisst es weiter, dass die Wohlredenheit der Zeit nach Ṣâḥib und Ṣâbi sich an Abul 'Abbâs festhielt.

O du! gibt es denn keinen Mittagsschlaf für die Gäste der leidenschaftlichen Liebe oder sonstige Erholung?

Denn wärest du nicht, nicht wackelte mein Steigbügel, und nicht würden meine Winde dem Hochlande zuwehen.

Und um deinetwillen wurde ich veranlasst, gefährliche Wüsten zu meinem Wohnsitze zu wählen,

und dir zu Liebe wurde mir die Milch von Milchkamelinnen als Nahrung gegeben.

Mein unruhiges Wesen (w. der Umstand, dass ich nicht ruhig an einem Orte verweilen kann) macht mich jedem treuen Freunde zum Gesellen,

und durch Freigebigkeit heile ich jedes Übel.

Erscheint ein Unglück mir in irgend welchem Lande, ich reite zu ihm auf Erfolg verbürgenden Thieren.

Und ich habe bei Gewaltthätigen (denjenigen, die das Recht überschreiten, aber auch Feinden) in jedem Lande Schuldverpflichtungen (mit bestimmtem Zahlungstermin), deren richtige Zahlung mir die (meine) Lanzen verbürgen".

Und ihm gehören (folgende Verse) an aus einer Ḳaṣîde, die er an Ǵaʿfar ben Warḳâ geschrieben:

"Fürwahr, von uns gilt: Wenn die Zeit hart ist (ein schwieriges Geschäft über uns kommt) und wie die Finsterniss der Nacht auf uns lastet,

(da) finde ich rings um unsere Zelte Kriegsrüstungen (Vorräthe) von Tapferkeit und Grossmuth:

für das Zusammentreffen mit dem Feinde — blanke Schwerter,

für reiche Gaben (Freigebigkeit) — rothes Vieh.

Das eine wie das andere ist unsere Sitte:

(einmal) wird das (vergossene) Blut (der Mord) durch Zahlung des Blutgeldes gesühnt, ein andermal wird Blut vergossen.

Und ihm gehören (diese Verse) aus einer Ḳaṣíde an, deren Anfang lautet:

"Vermindere (deinen Tadel), denn die Tage des Liebenden sind gering an der Zahl und in seinem Herzen eine Beschäftigung, die ihn dem Tadel entzieht (die es mit etwas anderem als Tadel zu thun hat)".

Er sagt daselbst:

"Es verlangen von mir die blanken Schwerter und Lanzen dasjenige, was verschiedene Anzeichen hinsichtlich meiner meinem Grossvater versprochen.

Und bei Gott! nicht habe ich zu wenig gethan, der Höhe (= dem Ruhme) nachstrebend;

doch es schien, als ob das Schicksal mich unbeachtet gelassen hätte.

Es vertröstet mich mit der Erfüllung des von den Tagen Versprochenen das einschmeichelnde Wesen der Tage sowie das mir schön thuende Schicksal.

Doch wann immer ich von den zum Bunde mit mir verschworenen Tagen eine Gefälligkeit zu erlangen suchte, ich molk Kamelinnen mit wenig Milch, obwohl sie ganz voll waren.

Es halten mich die Tage ab von demjenigen, was ich will, ebenso wie der die Zahlung aufschiebende Schuldner die Schuldverpflichtung (mit bestimmtem Zahlungstermin) zurückweist.

O meine beiden Freunde! sattelt mir euere Kameelinnen (für die Reise zur Zeit),

wann das Morgengrauen erscheint, sich aus (nach) der Morgenröthe entfärbend [1]).

---

1) Vgl. Bistânî, Muḥîṭ ul-muḥîṭ II, ١٥٧٤ s. v. فجر: وهو ضوء الصباح جمرة الشمس فى سواد الليل وهو فى آخر الليل كانشفق فى اوّله الخ.

Denn einer wie ich erreicht die Grösse mit seinem Schwerte,

obwohl ihn oft Unglücksfälle, die unversehens eintreten, plötzlich von ihr hinwegraffen.

Denn nicht jeder von den Menschen, der sucht, erreicht auch,

und nicht jeder, der dem Ruhme nachgeht, gelangt zu ihm.

Denn sieh! ein Ansässiger, der alle Kräfte aufbietet (wörtlich: angedeihen lässt), wird in seinen Hoffnungen getäuscht,

indess einer, der in ein fruchtbares Land kommt, ohne Anstrengung (oder: aller Hilfsquellen entbehrend), Erfolg hat (wörtlich: erreicht).

Der Mann ist nichts (= gilt nichts) ausser dort, wo (auch: insoferne) er sich selbst setzt (d. h. ausser ein selbstgemachter Mann).

Und fürwahr, ich habe meine Seele über die beiden Simâk gesetzt.

Die Kleinsten von uns sind die Grössten in hochherzigen Thaten (edlen Eigenschaften, Adel)

und die Letzten von uns sind die Ersten in rühmlichen (denkwürdigen) Leistungen.

Mache ich einen ungestümen Angriff, ich finde keinen, der den Kampf mit mir aufnehmen würde,

rede ich eine Rede, ich finde Niemand, der mir widersprechen würde (mit mir desputiren könnte)".

Und ihm gehören aus einer andern Kaşîde (folgende Verse) an:

"Wer entschuldigt mir denn die Erscheinungen (des Alters) auf meiner Wange sowie die Zurückgabe der entlehnten Jugend?

Von wie manchem schönen Kleide, das ich anzog,
schleifte ich stolz die Schleppe nach inmitten der Mädchen!
Und nicht hatte mein Alter die Zahl zwanzig überschritten:
Welche ist also die Entschuldigung dafür, dass Er-
grauen (= graues Haar) auf meine Wange (eigentlich:
den hinteren Theil meiner Wange) sich herablässt?"
Er hat es den Worten des Abû Nuwâs entnommen:
"Und als ich meine Jahre zählte, wie viel deren sind,
 da fand ich keine Entschuldigung dafür, dass graues
Haar auf mein Haupt sich herabgelassen".

"Und ich habe keinen Gebrauch gemacht von (den Einladungen) des zur leidenschaftlichen Liebe Einladenden,
 bis zur Zeit, wo der mich zum Ernste (gesetzten Wesen)
Einladende zu mir kam.
Es treiben mit mir ihr Spiel auf schnellen Reitthieren
die angeborenen Eigenschaften, die sich durch Kleinigkeiten nicht fesseln lassen (w. nicht veranlasst werden
können, bei Kleinigkeiten zu verharren),
 und eine Seele, deren Verlangen über die Plejaden
hinaus reicht (wörtlich: unter deren Verlangen, Vorhaben
die Plejaden sich befinden),
 und eine Hand, der (an Freigebigkeit) das Überströmen
der Meere nachsteht.
Doch weitgehende Pläne stellen dich nicht zufrieden
(genügen dir nicht, oder in Form einer Frage: doch was
von den weitgehenden Plänen kann . . . .), wenn du an
beschränkte Verhältnisse gebunden bist.
Geschätzt, wo immer die Reise meinen Sattel hinab-
geworfen (= wo immer ich unterwegs meinen Wohnsitz
aufgeschlagen),

schmeicheln die Leute mir, obwol ich (bei Niemanden)
mich einschmeichle.

Denn mein Familiengenosse ist jeder, bei dem ich meine
Kamelin niederknieen lasse,

und mein Haus, wo immer von den Wohnstätten ich
mich befinde".

Und ihm gehört an:

"Wir besitzen ein Zelt auf dem Halse der Plejaden,
mit weit von einander abliegenden Zeltstricken und hoch.

Die Reiter beschatten es mit Lanzen (eig. oberer Theil
des Lanzenschaftes), indess die Mädchen mit Speisen es
belegen".

Und ihm gehört an:

"Fürwahr, es wissen die Stammeshäuptlinge, dass wir
den Ġabal besitzen, dessen beide Seiten unnahbar sind.

Es kehren zurück die Verlangenden zu seinem Hofraume,
und die sich Fürchtenden suchen (und finden) Unterkunft (= kehren ein) in seinem Gehege". [1]

Und ihm gehört an:

"Fürwahr, wenn die (= alle übrigen) Menschen erschaffen worden wären (oder: sind, nur) Becher zu rühren
und Pfeife, Mandoline und Laute zu schlagen,

nicht wären (od. sind) die Benî Ḥamdân erschaffen
worden ausser zum Ruhme oder Tapferkeit oder Freigebigkeit".

Und ihm gehört an:

"Wir stiegen hinauf auf Ġaušan (Name eines Berges

---

1) D. h. sowol diejenigen, welche einer Sache bedürftig sind, als diejenigen,
welche Schutz und Zuflucht suchen, haben freien Zutritt zu uns, ein Beweis
unserer Freigebigkeit und Ritterlichkeit. Die verschiedenen Varianten des zweiten
Doppelverses lassen den zweiten Halbvers desselben durchgehend als Wortspiel
zum ersten Halbvers erscheinen. Doch ist es sehr unsicher und dem ganzen

in der Nähe von Ḥaleb; der Name bedeutet Panzer) mit etwas stärkerem als er (d. h. stärker bepanzert als er, eine Anspielung auf den Namen des Berges),

und er hielt Stand im Handgemenge der Lanzen,

mit einem Heere, das ein Gewoge von Reitern war, so dass du hättest meinen können, das Festland sei zu einem Meere von Waffen geworden,

und Zungen, an Spitzen roth, die uns durch den Mund der Winde anredeten.

Und die Schrecken Erregenden von seinem Heere waren (= glichen der) die dunkle Nacht,

doch sein (des Heeres) Anführer, der war ein Strahl zum Morgen,

verzeihend (grossmüthig) in der Macht (= dort, wo es in seiner Macht war, zu verhängen), edelgesinnt,

indess Nachsicht unter den flachen Schwertern nur selten zu finden ist.

Und es war seine Standhaftigkeit dem Herzen ein Herz,

und seine Furcht (= die Furcht, die er einflösste) ein Flügel dem Flügel".

Und er sprach:

"Ich tödtete einen jungen Mann von den Benî ʿAmr ben ʿAbd,

und zwar denjenigen von ihnen, dessen Hof die meisten Gäste in sich fasste (= den gastfreundlichsten von ihnen).

Doch ich sehe kein Verderben in einem Verderben,

Charakter der Abû Firâs'schen Poësie nach auch wenig wahrscheinlich, dass etwas solches in der Absicht des Dichters gelegen sein sollte. Der so aus den Varianten rekonstruirte Vers würde lauten:

يَـفَى الـرَّاغِـبُـون اِلَى ذَرَاهُ وَيَـأْوِى الـرَّاعِبُون اِلَى ذَرَاهُ

welches für zwei (beide) Parteien Frieden nach sich zieht (zur Folge hat)".

Saifuddaula hatte die Kilâb entfernt und sie in die Flucht gejagt. Da wandten sie sich gegen Abû Firâs, der mit einem kleinen Trupp seiner Gefährten in Bâlis sich aufhielt. Ihnen (den Kilâb) stand Ketîr ben ʿAusaġa vor. Da schlug er (Abû Firâs) sie und trieb sie in die Flucht. Darauf erniedrigten sie sich vor ihm und ihre Gesandten kamen zu ihm. Da ging er heraus und machte in ihrer Angelegenheit den Vermittler (zwischen ihnen) und dem Saifuddaula. Und darüber sprach er:

"Frage nach mir die Anführer (Häuptlinge) der Benî Kilâb

zu Bâlis beim Handgemenge der Lanzen.

Wir trafen mit ihnen zusammen mit kurzen Schwertern, die uns die Dienste der langen Lanzen leisteten.

Und es wandte den Rücken (= entfloh) mit ʿAusaġa ben Ketîr

das weitschreitende (edle) Pferd in der Enge (Bedrängniss) des Kampfplatzes.

Er sieht den Burġûṯ (Name des Pferdes), nachdem er ihn vor uns gerettet,

als den herrlichsten von dem Wertvollsten und den liebsten von der Habe an.

Es drehen um ihn sich im Kreise (= bilden einen Kreis um ihn) die Sklavinnen der Benî Ḳuraiẓ,

und Weiber fragen ihn nach Männern, indem sie zu ihm sagen: "Rettung ist der beste Gewinn".

Und fürwahr, Niedrigkeit liegt in (wohnt inne) solcher Rede. —

Und sie kehrten zurück (zu uns), uns gehorchend; da kehrten (auch) wir von ruhmreichen Thaten zu vertragsmässigen Bestimmungen.

Und nachdem wir nach (unserem) Zorne zufriedengestellt worden waren,

heilten wir durch Gaben (Freigebigkeit, Wohlthaten) die Wunden, die wir beigebracht hatten."

Und er hat es (den letzten Halbvers) den Worten des Abû Nuwâs entnommen:

"Du hast zum Verwalter über das Schicksal ein Auge bestellt, welches nichts aus Sorglosigkeit unbeachtet lässt.

Es heilet (aber auch: du heilest) durch die Freigebigkeit deiner Hand Alles,

was (das Schicksal) verletzt (= all die Wunden, die das Schicksal geschlagen)".

Und ihm gehören (folgende Verse) an aus einer Ḳaṣîde, deren Anfang lautet:

"Es ist eine Schande für dich, in den Wohnstätten zu verweilen (= dass du . . .),

nachdem die entlehnte Jugend schon zurückgegeben worden ist.

Und wie manche Nacht gab es, durch welche mein Durst nicht gestillt wurde,

nach welcher ich Verlangen hatte und (deren) Erinnerung mich dünn machte.

Ich fasste in ihr mit Gewalt das mir von den Nächten leihweise Gebotene:

Ammeisten verdient von den Pferden mit den Füssen zum Laufe getrieben zu werden das mit dem Reiter vom Wege abbiegende Pferd [1]).

So brachte ich denn die ganze Nacht zu, indem ich, eins nach dem Andern (= ununterbrochen), einen Wein vom Speichel trank,

dem wohl ein Rausch, doch kein Kopfweh innewohnte,

bis das Kleid der Nacht so dünn wurde, dass es uns nicht mehr barg,

und sie rief: Steh auf, denn schon machen die Armringe mich frieren.

Ist Ruhm irgendwo zu finden, ich strebe hinauf zu ihm, wenn der zu besuchende Ort auch noch so weit entfernt ist.

Mein Aufenthalt dort, wo ich nicht liebe, ist gering, und mein Schlaf bei einem, den ich hasse, von kurzer Dauer.

Es wehrt mir (darin) mein höheres Streben und die Schneide meines Schwertes,

und mein fester Entschluss und das Reitthier sowie die Wüsten,

und eine Seele, der Niedrigkeit nie Nachbarin ist, und eine Ehre,

auf welche kein Schandfleck je sich niedergelassen (wörtlich: die Flügel ausgebreitet),

und Leute, gleich dem edel, den sie begleiten,

und Pferde, ebenso trefflich, wie derjenige ist (diejenigen sind, welche), welchen sie tragen.

Und wie manche Gegend giebt es, in welcher wir sie zum Plündern sich zerstreuen liessen,

------

1) Das im arab. Texte vorliegende Wortspiel zwischen عواري und معار, dessen sich hier der Dichter absichtlich bedient, lässt sich im Deutschen nicht wiedergeben.

beim Aufleuchten des Tages, da auf ihren Kanzeln (noch) Staub lag.

Und wie manchem Könige haben wir das Reich entrissen,

und wie manches Tyrannen daselbst Blut erlaubt vergossen (wörtlich: "und wie manchen Tyrannen gab es daselbst, dessen vergossenes Blut ungesühnt geblieben ist)".
Und ihm gehört an aus einer Ḳaṣîde.

"Würde auch die Welt im Übermaasse mit Vortrefflichkeiten bedacht, gleichwie ich sie damit beschenkt habe, welche sie (nicht nur) ganz umfassen würden, sondern noch darüber Vortrefflichkeiten übrig blieben:

die Tage ändern nicht ihren Lauf (wörtlich: fliessen, sowie sie fliessen),

so zwar, dass das Höchste (Edelste) in ihnen herabkommt (erniedrigt wird),

indess das Geringste (= die Geringsten) hinaufsteigt (erhoben wird).

Fürwahr, schon triffst du selten Jemanden von den Menschen, der schön handelt,

und ich befürchte sogar bei nahen Verwandten, dass ein freundlich Entgegenkommender eine Seltenheit wird.

Ich sehe nicht mürrischen Gesichtes meinem Freunde ins Gesicht,

selbst wenn er sein Leben lang dasjenige verlangen sollte, was er verlangt".
Und ihm gehört an:

"Ich geizte in meiner Person (= was mich selbst anlangt), so dass es hiess: "einer, dem Geiz vorgeworfen wird",

und ich stellte die Feigheit in den Vordergrund, so dass es hiess: "Ein Feiger".

Und doch ist mein (ganzer) Besitz nur der Rest davon, was ich reichlich verschenkt habe, dazu ein Speer, ein schneidiges Schwert und eine Lanze".

Und ihm gehört an:

"Mit gerade gemachten, langen Lanzenspitzen,

haben wir die Attribute der Grösse erworben, durch welche wir einzig in unserer Art dastehen.

Und die gepflückten Früchte des Ruhmes (der Grösse) schmecken nicht süss an einem Tage (= nie), wenn nicht die braunen Lanzenspitzen sie gepflückt haben.

Unser Besitz ist, was wir selbst erworben haben (oder: unsern Besitz haben wir selbst erworben),

wo sonst Männer von Männern ihn erben (= während er bei (anderen) den übrigen Menschen ererbt zu sein pflegt).

Ist für mich in einem Lande am Abend kein Feuer vorhanden,

so bringe ich die Nacht bei fremdem Feuer zu, ohne selbst eins zu schüren".

Und ihm gehört an:

"Einen Andern als mich verändert ungerechte Behandlung,

und er weicht ab (= verändert sich) vom Charakter des Edlen, Getreuen (Pflichttreuen).

Ich bin mit einer Liebe nicht zufrieden, wenn sie nicht fortdauert,

(selbst) bei Misshandlung und Abgang (Seltenheit) von Billigkeit.

Es geht zu Grunde der Begierige, und (= denn) nur gering ist, womit er kommt (= was erholt, bekommt) als Ersatz für seine Zudringlichkeit (ungestümes Fordern) und sein Bestehen auf einer Sache.

Fürwahr! reich ist derjenige, der mit sich selbst zufrieden ist, wenn auch seine Schultern nackt und er baarfuss ist.

Nicht Alles, was auf der Erde ist, ist genug (reicht hin) —
bist du aber genügsam, dann ist Alles genug (reicht dir
jede Sache hin).

Es empfindet mir Widerwillen gegen die Gier des Hab-
süchtigen meine Ritterlichkeit,

sowie meine Mannhaftigkeit, Genügsamkeit und Ent-
haltsamkeit.

Denn Menge edelster Pferde vermehrt meinen Adel
(Ruhm) nicht,

ebenso wie (grosse) Anzahl freiweidenden, gutgenährten
Viehes.

Meine Pferde sind, wenn sie auch gering an der Zahl sind,
(doch) von grossem Nutzen inmitten der schneidigen Schwerter und blutigen (stark bluttriefenden) Lanzen.

Und meine Edelthaten sind zahlreich wie die Sterne,
und mein Halteort der Aufenthaltsort der Edlen, sowie
der Halteort der Gäste.

Ich verschaffe mir keine Zurüstung für meine Schicksalswechsel,

so dass es den Anschein hat, als ob seine (des Schicksals) Schläge meine zum Bunde mit mir verschworenen
Freunde wären.

Ähnliche angeborene Eigenschaften, wie ich durch sie
bekannt geworden bin, seit ich herangewaschen bin,

habe ich fürwahr schon an meinen Vorfahren kennen
gelernt".

Und ihm gehört an:

"Wie? du wunderst dich, dass wir mit Gewalt Besitz
von der Erde genommen, und dass (= da doch) die Reisesäcke
unsere Kissen sind, in unseren Versammlungen (Var. an
unsere Kopfkissen) die rüstigen Pferde angebunden wer-

den und die Reitkamele zwischen unseren Füssen (Var.
Geräthschaften) sich niederlassen (Var. niederknieen)?

Und diese (d. h. die in unseren Lebensumständen zu
Tage tretende) Grösse liess grosse Leistungen uns erben,

und (= indess) der Kampf uns dieses Reich in Besitz
gab [1]).

Lass also ab (von deinem Tadel): denn ein Zustand,
der uns zum Besitzer machte (oder: ein Reich verschaffte),

verdient nicht (wörtlich: wird nicht) getadelt und missbilligt zu werden".

Und ihm gehört an aus einer Ḳaṣîde:

"Und wir sind Leute, bei denen es kein Mittelding
gibt; uns gehört (entweder) der erste Platz (die Anführer-
schaft) in der Welt oder das Grab;

Unsere Seelen sind uns gering (verächtlich) in unseren
grossen Leistungen: Denn, wer um die Schöne wirbt, dem
vertheuert sie die Morgengabe nicht (wörtl. dem ist es
nicht zu theuer, die Morgengabe zu zahlen)".

Brüdergedichte.

Er sprach und er schrieb es an seinen Bruder Abul Haiǵâ.

"Vom Ruhme bist du am höchsten Orte eingekehrt,

und Gott liess dich die äussersten Wünsche erreichen.

Und doch bist du — die Grösse (wörtlich: Höhe) hat
dich nicht verdorben —

ein Bruder, unähnlich den Brüdern unserer Zeit.

Wir haben unsere Bruderschaft mit Aufrichtigkeit bekleidet,

ebenso wie Gedanken in Worte gehüllt werden".

---

1) Dem Parallelismus würde die Uebersetzung:

⁎Und diese Grösse machten die Lanzen ('awâlî) zu unserem Erbe,
und dieses Reich gab der Kampf (wörtl.: das gegenseitige Schlagen) in
unseren Besitz" besser entsprechen; doch ist sie grammatisch nicht zulässig.

Und er sprach und schrieb es an einen (treuen) Freund
und er hat es schön gemacht:

"Ich nehme dir nicht übel die (= deine) ungerechte
Behandlung,

da ich von dir (= auf deine) unverfälschte (vollkom-
mene) Treue fest vertraue.

Das Schöne (= die gute Handlung) des Feindes ist
aber nicht schön,

ebenso wie das Hässliche (= die schlechte Handlung)
des Freundes nicht hässlich ist".
Und ihm gehört an:

"Einst warst du nicht geduldig,

wie kommt es also, dass du jetzt unsere Abwesenheit
(die Trennung von uns) geduldig ertragest?

Fürwahr! ich habe dich schon verdächtigt (an dir ge-
zweifelt),

denn wer an etwas zäh festhält, wird argwöhnisch".
Und ihm gehört an:

"Du besorgtest meine Scheidung (Trennung)

und die Folge davon war, dass du die Vermuthung
(= die Befürchtung, ich möchte fortgehen) über die
Wirklichkeit (dass ich noch nicht fort bin) stelltest (d. h.
glaubtest, ich wäre schon fort).

Und du hieltest zäh fest an mir und infolge dessen
zweifeltest du an mir;

denn Zweifel (Argwohn) gehört mit zu der Natur des
an etwas Festhaltenden".
Und ihm gehört an:

"Und ich übernachte dann und wann (= bringe die
Nacht schlaflos zu)

und rufe ihm (dem Bruder) den grössten Theil derselben
nach, bis zum Morgen,

und fürwahr, es ist ein hartes Lager.

O Gott! sieh! mein Bruder ist mein Depositum bei dir (das dir meinerseits anvertraute Gut),

für immer; denn es geht nicht verloren, was deiner Obsorge anempfohlen worden ist".

Und er schrieb an Abul-ʿAšâir, als dieser als Gefangener in Griechenland gehalten wurde:

"Es verscheuchte den Schlaf von meinem Auge ein grüssendes Traumgesicht,

das von Asmâ zur Nachtzeit gekommen war, indess die Reiter schliefen.

Und ein Unglück (oder: wie manches Unglück), womit die Tage mich getroffen, liess mich die Liebe vergessen

und machte den Tod süss meinem Munde, da doch der Tod bitter ist.

Und bei Gott! nicht habe ich die Schönheit der Geliebten gepriesen, ausser zur Unterhaltung;

denn von anderem Feuer als dem der Liebe war mein Herz entbrannt.

Wer überbringt nun Ḥusain (= Abul-ʿAšâir) eine Botschaft von mir, die die schön an einander gereihten Perlen der Rede in sich enthalten?

Ich empfinde Vergnügen am Schlaf, damit ich dich (im Traume) sehe, ich, dem es untersagt ist (dich persönlich zu sehen), indess das Feuer der Traurigkeit zwischen den Gedärmen brennt (= mein Inneres verzehrt).

Und ich lasse davon ab, dich zu beweinen, indem ich mir Geduld auferlege, (mich bemühe, geduldig zu scheinen; Var. aus Unglücksahnung, indem ich darin böse Vorbedeutung erblicke), indess mein Herz weint und die Herzrippen sich heftig bewegen".

Und ich habe keinen Vers gehört, der schöner wäre, als dieser, über das schmerzlich betroffen sein von (bei) einem, der von Unglück betroffen worden ist (einem Elenden).

"Und ich zeige den Feinden (= gebe mir den Anschein, als ob ich ...), wie muthig ich die Trennung von dir ertrage, und verheimliche, was mir begegnet, doch Gott weiss es!

Und nicht haben die Nächte (nur) *dich* seltsam behandelt, denn, fürwahr, sie spalten uns auf allen Seiten schartig.

(Wegen, überall wo es einen Spalt giebt) und machen

Die Ankömmlinge der Unglücksfälle kommen nicht nach Zwischenräumen, und die Ereignisse der Tage gebären zu eins und zu zweien.

Doch haben sie mir nichts Anderes mitgetheilt, als dasjenige, was ich schon wusste, und mich nichts Anderes gelehrt, als was ich schon kannte.

Und wir nennen edel denjenigen, der von seiner Habe reichlich spendet; doch derjenige, der seine edle (Var. kostbare) Seele (Leben) aufopfert, ist edler.

Wenn in einem Zustande die Flucht vor dem Zugrundegehen nicht rettet, dann ist es verheissender und klüger, auszuharren (und sich zu gedulden).

Bei meinem Leben! du hast dich fürwahr entschuldigt, dass es wenige gab, die dir helfend beistanden;

und (doch) giengst du kühn voran, (indem du bei dir dachtest):

vielleicht dass (auch) die Reiterschaar muthig vorgeht (sich zeigt).

Und nicht hat dich, den Sohn der zur Höhe Vordringenden, entehrt, dass die (= deine) Leute zurückblieben, indess du als Anführer an der Spitze vorangiengest.

Und was ist (jetzt) mir dir? Du begegnest den Lanzen nicht mit deiner Seele und doch bist du von den Leuten, von denen es gilt: Sie sind sie.

Auf! mein Bruder, nicht berühre dich das Übel! Das Schicksal ist (nur) so (= nicht anders): in seinen zwei Zuständen giebt es Elend und Wohlstand".

Und er schrieb an ihn eine andere Ḳaṣîde, welcher (folgende Verse) entlehnt sind:

"O Abu-l-ᶜAšâir! Ist es, da du gefangen genommen worden bist,

nicht lange her, dass die leichten Lanzen für dich Männer gefangen nahmen?

Als du das Pferdefüllen über ihren Häuptern tummeltest,

flochten ihm die (= ihre) rothen Haare die Fussfesseln".

Wie schön ist, was er zu seiner Entschuldigung anführt, und wie schön hat er den Vergleich gemacht!

"O derjenige (= o der du . . .), welcher, als er sein Vollblutpferd trotz der abgeriebenen Hufe zum Angriffe antrieb, sprach: Nimm dir die krausen Locken des Zurückgelassenen (Zurückgebliebenen) zu Hufeisen.

Nicht wärest du Raub Eines geworden, der dich plötzlich überfallen hätte,

wenn du auch noch so sehr Freiheit deinem rothbraunen Pferde gewährt hättest, sich zu tummeln.

Durch Verrath (Hinterlist) fiengen sie dich in die Fallstricke der Bedrängniss, gleich wie die Weiber den Löwen zu ihrem Geliebten machen.

Ein Ausgleiten war es, von den Tagen an dir verübt, welches der König verzeiht, welcher verzeiht, wenn die Zeit stolpert".

———

“Das Pferd sei mager, die Schwerter scharf,
die Lanzen biegsam, die Männer flink”.
Und er sprach:
“Nicht war ich, seit ich bin (= lebe),
ausser freiwillig gehorsam und unterwürfig meinen
Freunden:
Übelaufnehmen den Brüdern gegenüber gehört nicht
zu meiner Art (Gewohnheit).
Würde mein Freund mich nicht häufig schlecht behandeln,
wo gäbe es denn einen Ort für mein Wohlthun und
Verzeihen?
Er vergeht sich wider mich und ich zeige ihm (dafür)
meine Zuneigung, immer und ewig:
es ist ja nichts Schöneres als Einer, der sich demjenigen zuneigt, der sich wider ihn vergeht.
Und lässt er Schuld auf Schuld folgen (= häuft er Schuld
an Schuld) zur Zeit, wann er mich genau kennen lernt,
(selbst) absichtlich, so lasse ich Wohlthat auf Wohlthat folgen”.
Und er sprach:
“Mein Genosse ist nur derjenige, von dessen Freude
(darüber) auf seinem Antlitze und seiner Zunge eine
Etiquette zu lesen ist.
Wie manchen Genossen giebt es, dessen Billigkeit ich
in einer Schwierigkeit nicht entbehren konnte, indess
ich seiner Wohlthat nicht bedurfte”.
Und er schrieb als Beschreibung eines Schreibens, das
ihm von einem seiner Freunde zugekommen war:
“Wie manchen Ankömmling giebt es, der Vertraulich-
keit mit sich bringt, die der Umstand befestigt (bekräf-
tigt), dass er von Einem herrührt, dessen Ein- und
Ausgehen fehlerlos ist.

Seine Pergamentstreifen sind von ihm (als Einband)
zusammengeschnürt über den Gedanken, die, fern von
allem Abstossenden (Gemeinen),

die Schönheit zwischen Gehör und Gesicht vertheilen.

Eine Süssigkeit ist es, feinkerniger Beredsamkeit ent-
strömend,

dem Wasser gleich, welches als Quelle dem Felsen
entspringt,

und ein Paradies von den Paradiesen der Gedanken,
welches der Ausguss des Genius, nicht ein Regenguss,
zu einem mit Figuren bemalten Brokatstoffe gemacht hat.

Es ist, als ob die Hände des Frühlings darüber eine
Burda von bunt gesticktem Seidenstoff ausgebreitet hät-
ten, oder ein Kleid von gestreiftem Stoffe aus Jemen".
Und er sprach zum Ḳâdî Abul-Ḥuṣain [1]).

"Ich schöpfe aus dem Meere deiner Poësie
und gestehe die Trefflichkeit deines Wissens.

Du trugst mir vor — und es war, als ob du von der
Muschel die Perle gespalten (getrennt) hättest —
eine Poësie, hinter deren Bereich, wenn ich sie mit allen
Dichtungen der Früheren vergleiche (wörtlich: nach dem
Maasse .... messe), letztere (ebenso weit) zurückbleiben,
wie die übrigen Buchstaben (des Alphabets) hinter dem
Alif zurückbleiben".
Und er sprach ebenfalls zu ihm:

"Ich zürne dir, o Abû Ḥuṣain! (wörtl. ich habe Manches an deinem Thun zu missbilligen);

doch der Edle ist nachsichtig dem Freunde gegenüber
und verzeiht.

---

1) Nach Cod. Ber. 60b ارتجالا dh aus dem Stegreife, als er seine Poësie
schön fand.

Wenn ich also (Grund habe), dem Freunde zu zürnen, so klage ich es ihm insgeheim, in der Gesellschaft (wörtlich: den Versammlungen) aber lobe ich (ihn)".

So ist (lautet) die Vorschrift der Freundschaft, nicht wie Abû Isḥâḳ aṣ-Ṣâbï [1]) darüber klagt in seinen Worten:

"Und es gehört zum (= es ist) Unrecht, dass Billigung (Zufriedenheit) insgeheim stattfindet, indess Missbilligung immitten der Versammlung zu Tage tritt.

Gerechtigkeit ist es dagegen, dass dies öffentlich bekannt gemacht werde, wie es (vor) Augenzeugen zu Tage trat".

Klage und Tadel

ausser dem, was (davon) in den Rûmijjât vorkommt.

"Ich sehe, dass mich und meine Leute (unsere) Wege getrennt haben,

obwol uns ursprünglich gleiche Herkunft vereint hat,

so zwar, dass die Entferntesten von ihnen auch am meisten entfernt sind unter ihnen, gegen mich schlecht zu handeln,

indess die Nächstverwandten von ihnen dem am nächsten stehen, was ich verabscheue.

Fremd bin ich, obwol, wohin mein Auge sich wendet, (nur) meine Leute sind,

und alleinstehend (verlassen), obwol rings um mich Schaaren von meinen Männern sich befinden.

Dein Verwandter (wörtlich: Stammes- oder Familien-angehöriger) ist derjenige, dessen Herz du durch Liebe verwandt gemacht hast,

und dein Nachbar derjenige, gegen den du aufrichtig gehandelt, nicht derjenige, der dir gegenüber (nahe) wohnt.

---

1) Vgl. über ihn Jetîmet-ud-dahr II. Cap. 3, pag. ٢٢٣ ff.

Die grössten (gefährlichsten) Feinde der Menschen sind ihre Vertrauten (Vertrauensmänner),

der kleinste von denjenigen, denen gegenüber du feindselig stehst, ist (dagegen) derjenige, der dich (offen) bekämpft.

Es gibt kein Verbrechen, dass der Edelmann begehen könnte, ausser Schwäche.

Dagegen ist es nicht seine Schuld, wenn die Anforderungen ihn bekämpfen.

Und wem etwas anderes als das Schwert für sein tägliches Brot (für seinen Unterhalt) sorgt,

der biegt unumgänglich zur Niedrigkeit ab".
Und er sprach:

"Wem soll ich. Vorwürfe machen, wegen dem, was ich habe (= worin ich mich befinde = meiner Lage) und wohin ich getragen werde?

Schon hat das Schicksal mir deutlich und offen (die Worte) ausgesprochen: Verweigerung und Verzweiflung.

Ich begehre (suche) Treue von (bei) der Zeit, die keine Treue besitzt,

als ob ich die Zeit und die Menschen nicht kennen würde".
Und er sprach:

"Ihr habt von Herzen gewünscht, mich zu vermissen (verlieren),

und ihr habt (dadurch) nur von Herzen gewünscht, den Ruhm (die Grösse) jung und zart zu vermissen.

Bin (stehe) ich denn nicht höher als alle diejenigen, mit denen ihr rechnet, was hohes Streben anlangt,

wenn ich auch meiner Geburtszeit nach denjenigen nachstehe, die ihr zählt (mit welchen ihr rechnet, die in Betracht kommen)?

Bei Gott klage ich über eine Schaar von meiner Stammesgenossenschaft, die geheim und offen schlecht von mir reden.

Und doch war ich, wenn sie kämpften, der Schild vor ihnen,

und wenn sie schlugen, das Schwert aus indischem Stahl und die Hand.

Und wenn ein Unglück über sie kam oder ein Schicksalsschlag bei ihnen einkehrte (sie traf),

machte ich meine Seele und was sie besass zum Lösegelde für sie (= opferte ich für sie Leben und Habe auf)".
Und er sprach:

"O unser Volk! verwickelt uns nicht in Bruderkrieg, o unser Volk! schneidet nicht Hand um Hand ab.

O dass doch nahe Verwandte von uns und von euch, wenn sie nicht Annäherung unter uns schaffen, uns (wenigstens) nicht entfernen (entfremden) möchten!

Die Feindschaft der Verwandten ist schmerzlicher

für einen Edlen, als der Schlag des schneidigen Inderschwertes".
Und er sprach:

"Es verläumdet mich in meiner Abwesenheit einer, der, wenn er mir genug wäre (= mir dafür stehen würde), ihn zu verläumden, ich ihm fürwahr sehendes Auge und (hörendes) Ohr wäre;

Denn ich weiss von den Geheimnissen (so viel), dass der Verläumdete, wenn ich es erwähnen (sagen, verrathen) würde, vor Reue mit den Zähnen knirschen würde".
Und er sprach:

"Wenn es mir nicht erlaubt ist, von meiner Trefflichkeit Nutzen zu ziehen,

dann ist besser als dies, wenn ich als nicht trefflich angesehen werde;

Denn zu den verlorensten (vergeblichsten) Sachen gehört das Leben eines Vernünftigen,

über dessen Person das Urtheil eines Dummen erlaubt ist".

L i e b e s g e d i c h t (Gazel) u n d F r a u e n l o b (Nasîb).

Er sprach:

"Er lächelte, wann er lächelte, aus den Kamillen (der
Zähne),

und leuchtete zur Zeit, wo er leuchtete (= sein strah-
lendes Antlitz zeigte), aus der Morgenröthe (der Wangen).

Und er beschenkte mich köstlich mit einem Weine vom
Speichel

und einem Weine von den Früchten der Wange und
der Handflächen.

So rührt denn mein Morgen von dem Glanze seines
Stirnfleckes her

und mein Morgentrunk vom weissen Weine seines
Speichels".

Und er sprach:

"Berauscht bin ich von seinem Blicke, nicht von seinem Weine,

und das schmucke und stolze Wiegen seines Ganges
(wörtlich: sein sich im Gange Neigen nach rechts und
links)

hat den Schlaf von meinem Auge verscheucht (wörtlich: abgeneigt).

Nicht der Ausbruch (der reine Traubensaft) hat mich
berückt, sondern sein Vorderhals,

nicht der kühle Wein hat mich heiter gemacht sondern
seine Naturanlage.

Es haben meinen festen Entschluss vereitelt (wörtlich:
gebogen) seine sich krümmenden Schläfenlocken,

und meine Geduld geraubt dasjenige, was sein Ringpanzer einschliesst" [1]).

Und er sprach:

"Woher für das unerfahrene Gazellenjunge mit grossen schwarzen Augen (etwas zu nehmen), was dem verwirrten (Var. der sich herabgelassen) Flaume auf seinen Wangen ähnlich wäre?

Ein Mond ist es, auf dessen beiden Wangen Moschus zu sein scheint, der auf rothe Rose gefallen".

Und er sprach:

"Er war schon Vollmond am Himmel, was Schönheit anlangt,

und alle Menschen waren gleich in der Liebe zu ihm (gleich in ihn verliebt).

Da gab ihm sein Herr noch einen Wangenflaum,

durch welchen die Schönheit und der Glanz (erst) vollkommen wurden.

Verwundert euch nicht! unser Herr ist mächtig!

Er giebt den Geschöpfen mehr, was er will (oder: er fügt zur Schöpfung hinzu, was er will)".

Und er sprach!

"Bei meiner Seele! Wer lachend den Gruss erwiedert,

und nach der Verzweiflung (= nachdem ich schon ...) meine Gier nach der Vereinigung erneuert,

wenn er erscheint, (da) offenbart heftiges Verlangen meine innersten Gedanken und zeigt den Tadlern, was zwischen meinen Rippen sich befindet.

Und es treten Thränen des Auges zwischen mich und ihn,

als ob die Thränen des Auges ihn mit mir zusammen liebten".

---

1) Vergl. Ahlwardt, Ueber Poësie und Poëtik der Araber 57 u. o.

Und er sprach!

"Wie manche Gazelle von glänzender Schönheit giebt
es, deren Lager in meinem Herzen ist,

wenn die Schönäugigen der Wüste (wörtlich: die Gross-
äugigen der Wüste und ihre Schwarzäugigen) sich in ihr
Lager zurückziehen.

Zu ihrer Schöpfung (natürlicher Beschaffenheit) gehören ihre (der Gazellen) Hälse und ihre Augen,

zu ihren Eigenschaften (ihrem Charakter) ihre Widerspenstigkeit und ihr Scheuwerden".

Und er sprach:

"Wie manche junge (kräftig herangewachsene) Gazelle
sprach zu mir, als sie meine Krankheit sah,

sowie die Schwäche meines Körpers und die Thränen,
welche strömend flossen:

Du hast deine Thränen von meiner Wange [1]) genommen, deinen (schwachen) Körper

von meiner Taille und deine Krankheit von meinen
Augen, die krank (= schmachtend) sind".

Und er sprach:

"Er handelte schlecht, doch seine schlechte Handlungs-
weise vermehrte (nur) seine Achtung.

Ein Freund ist (bleibt) Freund, trotz dem, was (= was
immer) von ihm kommt (kommen mag).

Es zählen mir die zwei Ohrenbläser (Var. die Tadler)
seine Sünden auf,

doch woher sollte ein schönes Gesicht Sünden haben?
O der du dich (an uns) versündigst, indess wir um
dein Wohlgefallen bitten;

o der du Fehler begehst, indess wir reuig uns bekehren!

---

1) Anspielung auf das thränenförmige Schönheitspflasterchen.

Gott verfluche denjenigen, der dich für sich allein in der (seiner) Nähe bewacht,

und der keine Abwesenheit zulässt, (nicht einmal) zur Zeit, wo du (andere — wohl bessere — Lesart: er) abwesend bist (ist)".

Und er sprach:

"O Sieger, der meinen Körper mit dem Heere der Liebe überfallen!

Worin besteht der Lohn dafür, dass du durch meine Schuld den Feldzug gegen Rûm unternommen?"

Und er sprach:

"Habe ich die Hoffnung aufgegeben, (dir) nahe zu sein, so wünsche ich möglichst weit entfernt zu sein.

Ich hoffe in der Liebe zu dir Märtyrer zu werden, denn mein Geist ist im heiligen Kampfe begriffen".

Und er sprach:

"Und es deutete der Bote die Antwort witzig an (spielte auf die Antwort an),

doch, wenn er sie auch nur angedeutet hat, fürwahr, wir haben schon verstanden, was er gemeint hat.

Sprich, o Bote, und fürchte nichts;

denn, behandelt er mich schlecht oder gut, unbedingt (durchaus)

trifft die Schuld mich in Allem, was er verbrochen;

denn ich habe ihn zum Herrn meiner Seele gemacht (ihm Macht über meine Seele verliehen) und infolge dessen hat er die Macht dazu (ist er Herr davon)".

Und er sprach:

"Es haben mich von seinem Besuche Hindernisse abgewandt,

von denen am wenigsten furchtbar die braunen Lanzen waren.

Denn hätte ich den ersten Symptomen meiner Sehnsucht nachgegeben,

ich wäre auf Hälsen der Winde zu ihm gefahren".
Und er sprach:

"O der du ungerecht bist gegen den leidenschaftlich Verliebten und zärtlich Theilnehmenden,

und grausam behandelst den Freund, der gegen dich mild (gütig) verfährt!

O sähest du mich (zur Zeit), wann meine Thränen sich zu zeigen anfangen,

beim Frühtranke, da ich seiner gedenke, oder beim Abendtrunke!

Ich nehme heimlich weg (fange heimlich auf) die Thränen von meinem Tischgenossen (Vertrauten) mit meinem Becher

und verziere so sein gediegenes Gold mit Karneolen".
Und er sprach:

"Wegen meines Leichtsinnes verursachte (wörtlich: gab) er mir Kopfschmerzen,

noch bevor er meinerseits von Kopfschmerzen ergriffen (wörtlich: erreicht) wurde.

Ich fand in ihm ein Zusammentreffen von Übel (ein doppeltes Übel):

er verursachte mir Kopfschmerzen, dann wandte er sich von mir ab".
Und er sprach:

"O Nacht, deren Annehmlichkeit ich nie vergessen werde,

welche war, als ob sämmtliche Freuden in ihr vorhanden gewesen wären!

Sie wachte die Nacht über und ich wachte und es wachte der Weinschlauch als dritter von uns

bis zum Morgen, indem sie mir und ich ihr zu trinken gab (einschenkte, aber auch zutrank).

Es war als ob die schwarzen Trauben in ihren Locken
ihren reinen Saft als Wein ihrem Munde zugeführt hätten".
Und er sprach:

"Einmal behandelt er mich schlecht, ein andermal behandelt er mich gut,

so dass ich nicht weiss, ob er mein Feind ist oder
mein Freund.

Und ein Theil der Unrechtthuenden (Tyranneiüben-
den) erreicht die Verzeihung der Sünden, selbst wenn
der nach Unrecht Gierige an der äussersten Grenze davon
angelangt ist".
Und er sprach:

"Ein Mond (= ein Gesicht), dessen Schönheit die (übrigen) Monde nachstehen,

und ein Sandhügel (= eine Brust), dem Haufen reinen
Sandes entlehnt.

Und eine Gazelle, der Wildheit eigen ist — und Wildheit ist bekanntlich (wörtlich: wird nicht verkannt, aber
auch missbilligt, als) angeborene Eigenschaft der Gazellen.

Ich widersetze mich ihm nicht, wenn er Auflehnung
(Empörung) plant (wörtlich: zu erwerben strebt);

denn in einer Liebe, die der seinigen gleicht, ist feu-
riges Wesen (Hitze) gut.

Einst habe ich mich schon vor dem Winde, der mein Schiff
(in den Hafen der Liebe zu ihm) trieb, in Acht genommen,

doch es trieb mich zu seiner Liebe das Schicksal selbst.

Wie oft wollte ich ihn mir aus dem Sinne schlagen, doch
(immer wieder) gewann mich

ein Zauber von deinen Zaubern, o Schelm (Spitzbube)!"
Und er sprach:

“Vom Troste (d. h. dass du dich über meinen Verlust getröstet, mich aus dem Sinne geschlagen hast) giebt es in deinen Augen Zeichen und Spuren.

Gezeigt werden sie von dir meinem Herzen (oder: ich sehe sie an dir mit dem Herzen),

denn zwischen den Rippen giebt es (auch) Augen.

Ist das Herz kalt, so macht kein Feuer es warm”.
Und er sprach:

“O Gesellschaft der Menschen! giebt es denn für mich Jemanden, der mich in Schutz nimmt (vertheidigt) gegen das, was mir begegnet?

Getroffen hat mein unerfahrenes Herz diese Gazelle von glänzender Schönheit.

Infolge dessen ist die Dauer meiner Nacht lang und die Dauer meines Schlafes kurz”.
Und er sprach:
“Zeige dich gefällig mir gegenüber, o Umm ‘Amr!

— Gott vermehre deine Schönheit! —.

Verkaufe mich nicht um billigen Preis,

denn einer wie ich wird theuer verkauft.

Erweisest du mir die Wohlthat der Vereinigung mit dir,

dann ist mein Zustand der schönste auf der Welt”.

Beschreibungen und Vergleiche.

Er sprach, eine Brücke beschreibend:
“Es ist, als ob das Wasser mit der Brücke darüber

eine Rolle weisses Papier wäre, worauf eine Linie gezogen (eine Zeile geschrieben) ist.

Es ist, als ob wir, nachdem der Übergang hergestellt worden ist, das Volk Moses wären zur Zeit, wo das Meer gespalten wurde [1])".

Und er sass eines Tages im wundervollen Garten, während das Wasser stufenweise in Bassine herabfiel.

"Da sprach er zu dessen Beschreibung — und jeder, der etwas beschreibt, vergleicht das Beschriebene nur mit demjenigen, was in die Kategorie seiner Beschäftigung gehört und wodurch seine (des Beschriebenen) Erscheinung desto deutlicher hervortritt (wörtlich: viel wird)":

"Richte den Blick auf die Frühlingsblüthen

und das Wasser in den wundervollen Bassinen.

Wenn die Winde darüber hin und herwehen (wörtlich: im Fortgehen und Zurückkommen sind),

streuen sie auf die weissen Platten (Flächen) zwischen uns Ringe von Panzern aus [2])".

Und ihm gehört an als Beschreibung von Feuer und Kohle:

"Um Gottes Willen! wie streng ist die Kälte!

und wie wunderschön der Anblick!

Es kam der Bursche mit seinem Feuer,

lustig flackernd in einer Kohle, die angezündet worden ist (aber auch: die in hellen Flammen brennt).

Und es schien, als ob er allen weiblichen Schmuck gesammelt hätte,

denn (auch: so dass) es befand sich darunter Verbranntes und Vergoldetes (Rothbraunes).

Und es war, nachdem es (das Feuer) erloschen war, als ob im ganzen Zwischenraum ein Parfum von Ambra oder Aloeholz sich nach allen Seiten hin verbreitet hätte".

Und er sprach:

---

1) Vgl. Fr. Dieterici, Mutanabbi und Seifuddaula, Seite 158.
2) Vgl. Hammer, Literaturgeschichte der Araber V. Seite 735.

“Wir breiteten über uns die Nacht aus, da die Nacht (noch) ein Säugling war (d.h. von der Abenddämmerung an)

bis (zum Augenblicke, wo) dass ihr Haupt mit einem Überwurfe von grauen Haaren sich bedeckte (= bis zum Morgengrauen),

in einem Zustande, der die Neider mit ihrem Zorne zurückweist

und das Auge jedes Nebenbuhlers von uns abwendet,

bis dass das Morgenlicht erschien, ähnlich den Eisenspitzen der Lanzen in der blutigen Wange am Orte, wo sie (aus der Wange) heraustreten”.
Und er sprach:

“Wie manche strahlende Granatblüthe giebt es

hoch oben auf dem Baume!

Es scheint, als ob das Rothe und das Gelbe auf ihren Häuptern

Goldabfälle wären in safrangefärbten Fetzen”.
Und er sprach auf eine Sklavin, die gefangen genommen worden war:

“Wie manche ungebohrte Perle giebt es, die einst bei ihren Eltern geehrt wurde,

während sie bei ihrer Gefangennahme (= in ihrer Gefangenschaft) nicht geehrt wurde.

Es wurde mit der Schneide des Schwertes um sie geworben, bis sie gegen ihren Willen verheirathet wurde; und ihre Morgengabe war (geschah, wurde geleistet) wegen (für die, Var. am Orte) der Theilung (vielleicht auch Trennung — قسم = فرّق —, bestand in der Trennung von den Ihrigen?).

Sie ist weggegangen und ihr Herr dankt (wörtlich: macht zufrieden, befriedigt) Gott für die nahe bevorstehende Vermählung, indess ihre Leute in Trauer sind”.

Der Sinn des Doppelverses berücksichtigt die Worte des Mutanabbî [1]):

"Es beweinen die Patricier sie in der Finsterniss (der Nacht), während sie bei uns verworfen und wertlos sind.

So beschliessen die Tage unter ihren Menschen:

Die Unglücksfälle eines Volkes sind Vortheile für das andere".

Und Abû Firâs gehören (folgende) Verse an auf einen Lanzenstich, der seine Wange getroffen:

"Seit (als) sie die Spur der Lanzenspitze auf seiner Wange gesehen,

empfing sie ihn mit finsterblickender Miene:

Es hinterliess das Speereisen daselbst Stellen, wo seine Küsse niederfielen.

Was für eine schlechte Hinterlassenschaft ist für den armen Liebenden die Schönheit des Lobes mit der Hässlichkeit, welche (wörtlich: dessen, was) die Lanze am Tage des Lanzenkampfes auf der Fläche der Wange des Reiters bewirkt hat!

Weisheitssprüche und Ermahnungen.

Er sprach:

"Reichthum der Seele ist (gilt) demjenigen, der vernünftig ist, (für) besser als Reichthum an Gütern;

denn die Trefflichkeit der Menschen liegt in den Seelen, die Trefflichkeit liegt nicht in den (äusseren) Umständen, (in denen Jemand sich befindet)."

Und er sprach:

"Der Mann ist ein Pfand (Var. eine Pflanzung) der Unfälle, die nicht aufhören, bis sein Leib in seinem Grabe geborgen ist.

---

1) Fr. Dieterici, Mutanabbii carmina ٤٤٥, ٣١, ٣٢; Hammer, Motenebbi 234, 19 fg.

So begegnet denn derjenige, dessen Todesstunde aufgeschoben ist, dem Verderben in (Var. seinen Leuten) Anderen,

indess derjenige, dessen Todesstunde beschleunigt ist, dem Verderben in sich selbst begegnet".

Und er sprach:

"Mache Aufwand von der herrlichen Geduld;

denn einer, der von seiner Geduld Aufwand macht, fürchtet die Armut nicht.

Der Mann reift ja nicht in seinem Lande,

ebenso wie der Adler nicht in seinem Neste jagt".

Und er sprach:

"Nimm (Alles) leicht auf und sei nicht im Herzen bekümmert

wegen dessen, was ist und vielleicht geschehen wird.

Denn das Leben ist von kürzerer Dauer, als es dir scheint,

und vielleicht dass von dir dasjenige abgehalten (fern) bleibt, was du fürchtest".

Und er sprach:

"Ich habe das Böse kennen gelernt, nicht um des Bösen Willen,

sondern um mich davor in Acht zu nehmen;

denn derjenige von den Menschen, der das Böse nicht kennen lernt, verfällt in dasselbe".

Und er sprach:

"Bei deinem Leben! die Augen nützen Nichts ihren Besitzern,

wenn den Sehenden der geistige Blick fehlt.

Nützt denn die Lanze anders (= in anderem Zustande) als gerade gemacht?

und kommen die Edelsteine zum Vorschein ausser durch Schleifen?

Wie soll also der Ruhm erreicht werden, wenn der Körper ruhiges (bequemes) Leben führt,

und wie das Lob in Besitz genommen werden, wenn der Überfluss reichlich ist (= Alles in Hülle und Fülle vorhanden ist)?"

Und er sprach:

"Wann Gott dir nicht beisteht in dem, was du willst (anstrebst),

so giebt es für kein Geschöpf einen Weg dazu (ein Mittel, dazu zu gelangen).

Und führt Er dich nicht den rechten Weg auf allen Pfaden,

so gehst du irre, selbst wenn Simâk dein Führer ist".

Und er sprach:

"Ich thue Unrecht Niemanden, der mir untersteht, aus Feindseligkeit, und erfahre auch selbst kein Unrecht.

Gar manchen Befehl giebt es, dessen ich mich freiwillig enthalten habe, aus Furcht vor den Fingern der Waisen.

Ich schenke das Recht den Gegnern,

wann die Macht der Richter dies nicht vermag".

Und die Rûmijjât gehören zu den Glanzpunkten von Abû Firâs' (Poësie).

Als Abû Firâs sein Glück verliess und der böse Blick ihn traf, nahmen ihn die Byzantiner in einem Treffen gefangen, da er verwundet war, von einem Pfeile getroffen, dessen Spitze in seinem Schenkel stecken blieb.

Und er wurde schwer verwundet nach Ḥaršana gebracht, darauf nach Constantinopel Und es verlängerte sich sein Aufenthalt daselbst infolge der Schwierigkeiten des Loskaufes. Es ist ja gesagt worden: "Über jedem glücklichen Erfolge lauert als Nebenbuhler irgend ein Unglück." Und (in dieser seiner Lage) liess er seiner wunden Brust und seinem

betrübten Herzen seine Gedichte erfliessen über die Gefangenschaft, die Krankheit, den Wunsch von Saifuddaula
mehr zu erhalten (= Saifuddaula möge mehr für ihn und
seine Befreiung thun), das Übermaas (die Maaslosigkeit)
seiner zärtlichen Liebe zu (und Sehnsucht nach) seiner Familie, seinen Brüdern und Freunden, sowie den Überdruss
an seiner Lage und an seinem Orte.

Und ihre (= der Gedichte) Zartheit und Anmuth nimmt
(mit jedem neuen Gedichte) zu und sie machen weinen denjenigen, der sie hört, und prägen sich infolge ihrer Leichtigkeit (Sanftheit) dem Gedächtnisse ein. So gehört zu ihnen
sein Wort:

"Es gibt für die Diener kein Verhindern dessen, was
Gott beschlossen.

Ich jagte die Löwen zurück von der Beute (od. vom
Zermalmen ihrer Jagdbeute),

darauf zerreissen die Hyäuen mich" [1]).
Und sein Wort:

"Schon ist der Tod unserem Munde wohlschmeckend
(süss) geworden,

denn der Tod ist besser als der Standort des Verächtlichen (= Verweilen in Verachtung, Niedrigkeit).

Fürwahr, zu Gott (kommen) wir infolge dessen (dadurch),
dass er (der Tod) über uns kommt [2]),

auf dem Wege Gottes (= der Weg zu Gott) ist aber
der beste Weg".
Und er sprach, nachdem sein Schenkel durch Aufreissen

---

1) Vergl. Freytag, Selecta ex historia Halebi, pag. 134, als Worte angeführt, die Abû Firâs zu sagen pflegte, als er gefangen genommen im Glauben
Trost suchte.

2) Kann auch bedeuten: Wir nehmen unsere Zuflucht zu Gott vor dem,
was über uns kommt.

von der Spitze des Pfeiles, der ihn getroffen, befreit worden war:

"So schildere mir denn den Krieg nicht, denn

meine Nahrung ist er, seit ich die heisse Jugendliebe
verkauft (= ihr entsagt) habe und mein Trank.

Und meine Seele hat schon das Einlassen der Wund-
sonden kennen gelernt,

und meine Haut ist durch Aufreissen von bläulichen
Pfeilspitzen befreit worden.

Und ich bin tief getaucht in die Süssigkeiten (Annehmlichkeiten) der Zeit sowie ihre Bitterkeiten

und habe zahllos mein Leben aufgeopfert (= von meinem Leben unzählige Opfer gebracht)".
Und er sprach zu Ḥaršana.

"Wenn ich (jetzt) Ḥaršana als Gefangener besuche,
so bin ich ja fürwahr schon als Plünderer daselbst
eingekehrt

und habe fürwahr das Feuer gesehen,

wie es Häuser und Paläste (Schlösser) raubte,

und habe fürwahr Kriegsgefangene gesehen, wie sie
zu uns geschleppt wurden, mit dunkelbraunen Lippen
und grossen schwarzen Augen.

Wer so ist wie ich, der verweilt nirgendswo anders
als entweder Gefangener oder Fürst.

Unsere Häuptlinge verweilen (lassen sich nieder) nur
auf Ehrenplätzen oder aber in Gräbern".
Und er schrieb an Saifuddaula eine Ḳaṣîde, welcher
(folgende Verse) entnommen sind.

"Ich rief dich herbei zu (auch: wegen) meinem wunden
(wörtlich: schwärenden), schlaflos gemachten Augenlide,
sowie wegen des geringen Schlafes, der mich flieht
(wörtlich: des von meinen Augen verscheuchten).

Und nicht geschieht dies aus Geiz mit dem Leben;
denn es (mein Leben) ist das erste, was ich dem ersten,
der um eine Gabe bittet, spende.

Denn es weicht nicht von mir (die Überzeugung), dass
ein Individuum, welches den Pfeilen der Feinde ausgesetzt ist, wenn es (noch) nicht getroffen worden ist, als
ob es schon wäre.

Doch ich ziehe den Tod der Söhne meines Vaters vor,
auf dem Rücken der Pferde, ohne Polster,

und verabscheue, ebenso wie du es verabscheust, auf
Polstern zu sterben, in den Händen der Christen, wie
blasse Leberleidende sterben (= gleich einem . . . .)

Ausgezogen habe ich im Laufe der Tage das Kleid
meiner Stärke (Heftigkeit),

doch habe ich nicht das Kleid meiner Geduld (Ausdauer) ausgezogen (= nicht aufgehört, mich mit Geduld
zu waffnen).

Denn es gehört zur Schönheit der Geduld, dass sie
mir Heil (Rettung) verheisst,

indess die Unsicherheit der Zeit (das Missgeschick) mir
Verderben androht.

Einer wie du ist nun derjenige, der zu jeder grossen
(Aufgabe) gerufen wird,

indess einer wie ich um jeden Häuptling (wörtlich:
der zum Fürsten designirt ist) losgekauft wird.

Nimm sie (meine Befreiung) fest in die Hand, als eine
Edelthat, bevor sie entweicht,

und steh auf zu meiner Befreiung als einer, dessen
Vorhaben aufrichtig ist, und halte Stand (lass nicht eher
ab, bis sie zu Stande gebracht ist) [1]).

---

1) Es wäre vielleicht auch möglich قام und قعد hier als sich gegenseitig

Denn, wenn ihr mich loskaufet, so kaufet ihr euch
einen Ersticker der Feinde los, den schnellsten unter
denjenigen, die (immer wieder) zu ihnen zurückkehren,
die geübt sind.

Er wird euere Ehre mit seiner Zunge vertheidigen
und mit dem scharfen Schwerte aus indischem Stahl
von euch (die Feinde) abwehren.

Wann geben euch die Tage zum Ersatz einen Ritter
wie ich,
lang von Schwertgehenk und breit von Schultern (wörtl.:
geräumig, breit an der Stelle der Schulter, über welche
das Schwert hängt)?

Denn, bei meinem Vater, nicht sind (gibt es) zwei Arme
wie mein Arm
und, bei meinem Vater, nicht sind zwei Herren wie
mein Herr.

Denn du bist fürwahr der Herr (Fürst), dem ich nachahme,
und du bist fürwahr der Stern, durch den ich geleitet
werde.

Und du bist derjenige, der mich die Wege kennen
gelehrt hat, die zum Ruhme (zur Höhe, Grösse) führen,
und du bist derjenige, der mich den rechten Weg
finden liess nach jedem Orte, wohin ich wollte (oder:
zu Allem, wonach ich strebte).

Und du bist derjenige, der mich jeden höchsten Grad
(auch: jedes Ziel) erreichen liess;
ich stieg empor zu ihm auf Hälsen meiner Neider.

Darum o du, der du mich mit Gunst (Wohlthaten)

---

ergänzende Gegensätze zu betrachten und das auf قم folgende في خلاصى
auf beide zu beziehen Die Uebersetzung würde dann lauten: Stehe und sitze
in meiner Befreiung, dh. lass meine Befreiung nie aus dem Sinne, im Stehen
wie im Sitzen.

bekleidet hast, deren Maass (aber auch: Wert) gross ist!

fürwahr! diese Kleider sind schon abgetragen, so erneuere sie denn.

Hast du nicht gesehen, dass ich um deinetwillen zu seiner (des Schwertes) Schneide griff

und um deinetwillen den Tod getrunken habe, und zwar nicht wenig (= zur vollen Sättigkeit).

Und um deinetwillen begegnete ich Tausend Blauäugigen mit (bloss) Siebzig, von denen (allerdings) jeder unheilbringend und verderbendrohend (schwierig zu bewältigen) war.

Sie sagten: "Meide einen Brauch, den du nicht kennst, denn hart ist für den Menschen etwas, worin er nicht geübt (woran er nicht gewöhnt) ist."
Da sprach ich: Hat denn, bei Gott! nicht Jemand gesagt:

"Ich war ihm im Kampfe Augenzeuge des schmählichsten Zugegenseins (= der schmählichsten Gegenwart beim Kampfe") [1]).

Doch ich will ihm (im Kampfe) begegnen;

denn wenn es sich (dabei) um den Tod handelt, (was den Tod anlangt), (so tritt er entweder nicht ein und) ist (so nur) Vermuthung, oder (er tritt ein und) ist dann Grundlage soliden Ruhmes (Grösse).

Denn ich weiss nicht, dass das Schicksal in der Anzahl der Feinde bestehen sollte,

auch nicht, dass der schwarze Tod von (mit) der Hand Pfeile abschiessen sollte (und so treffen müsste)".

---

1) Oder: ich bezenge ihm (d.h. zu seinen Gunsten) das schmählichste Beisein unter der Reiterschaft (Var.: في الخيل), d. h. das er unter der Reiterschaft hervorgerufen.

Und er schrieb an seine Mutter, schwermüthig infolge seiner Wunden:

"Das, wovon ich betroffen bin (= mein Unglück) ist gross, doch die Geduld ist schön,

und ich glaube, dass Gott mir Sieg (über mein Unglück) geben wird.

Wunden sind es, vor welchen selbst Ärzte zurückschaudern, furchtbar,

und eine doppelte Krankheit, die eine von ihnen äusserlich zu Tage tretend (sichtbar), die andere innerlich;

und eine Gefangenschaft, die ich mit Ausdauer ertrage,

und eine Nacht, von deren Sternen es gilt:

ich sehe Alles vergehen nur sie nicht.

Es werden dadurch lang die Stunden, obwohl sie sonst kurz sind,

und doch freut dich Langwierigkeit zu keiner Zeit.

Es vergessen, einer nach dem Andern, mich die Genossen ausser eine kleine Schaar (wenige),

(und auch die) hält sich (wohl) Morgen an eine andere und verändert sich.

Und wer ist, der im Bündniss verharrt (dem Versprechen treu bleibt)?

Fürwahr, wenige sind sie, wenn auch ihre Ansprüche zahlreich sind.

Ich wende meine Blicke nach allen Seiten hin — nichts sehe ich als Freunde, die trotz der Wohlthaten planlos

(aufs Geratewol) ihre Zuneigung zeigen (wörtlich: sich zuneigen, wohin sie sich zuneigen) [1]).

Und wir sind zu der Einsicht gelangt, dass derjenige, der uns verlässt, uns gut thut (eine Wohlthat erweist),

---

1) Var.: die sich mit (=je nach) der Gunst hinneigen, wohin sie sich hinneigt.

ein Freund aber, der nicht schadet, (schon) viel giebt (uns eine grosse Wohlthat erweist?) [1])

(Letzterer Vers erscheint), als ob er den Worten Mutanabbî's entnommen wäre:

"Fürwahr, wir leben in einer Zeit, wo das Unterlassen von Abscheulichem von den meisten Leuten als Wohlthat und Grossmuth angesehen wird".

"Ich widmete Aufmerksamkeit den Zuständen der Zeit: da gab es kein Gelangen ausser zum Klagenden über die Zeit (= da fand ich Niemanden, der nicht über die Zeit klagte).

Ist denn jeder Freund so ungerecht

und jede Zeit so geizig mit den Edlen?

Ja wohl! Es rufet die Welt zur Treulosigkeit an mit einem Rufe, den Weise und Dumme erwiedern.

Und (so) verliess 'Amr ben Zubair seinen leiblichen Bruder [2]),

und 'Akîl liess den Fürsten der Gläubigen allein [3]).

O Schmerz! Wer verschafft mir einen aufrichtigen, mit mir übereinstimmenden Freund,

dem ich einmal meinen Kummer sagen könnte, (ein andermal) er mir.

Und (zu all dem) siehe hinter dem Vorhange eine Mutter, deren Weinen

über mich, obwohl es schon lange her ist, noch immer andauert.

O meine Mutter, verliere nicht die Geduld! Denn sie ist

---

1) Auch "uns schon sehr verbindlich macht"; so übersetze ich das arab. وصول.

2) Ueber 'Amr b. Zubair und seinen Bruder 'Abdullâh b. Zubair s. Weil, Geschichte der Chalifen, I. 324.

3) 'Akîl ben Abî Tâlib, ein Bruder des Chalifen 'Alî, den verlassend er zu Mu'âwijja überging, Weil a. a. O. 247.

ein Bote zum Guten und zum nahen glücklichen Erfolge.

O meine Mutter! Vereitele (andere Lesart: tritt mit den Füssen) nicht den Lohn (der deiner für dein Leiden harrt);

denn nach dem Maasse der schönen Geduld ist (auch) er reichlich.

Tröste dich! habe genug an Gott als Beschützer vor dem, was du befürchtest!

Denn (auch) vor dir hat schon plötzlich eintretendes Unglück diese Menschen zu Grunde gerichtet.

Ich begegnete Sternen am Horizonte, und es waren schneidende Schwerter;

und ich watete durch die Schwärze der Nacht, und es waren Pferde (Reiter auf Pferden);

und ich besorgte keine Noth für die hochherzige Seele

am Abende, wo kein treuer Freund mir wohlwollend zur Seite stand,

sondern gieng dem Tode entgegen, bis ich ihn verliess, schartig ¹) ebenso wie die Schärfe des Schwertes.

Denn, wen Gott nicht beschützt, der wird zerrissen (= geht zu Grunde),

und wen Gott nicht ehrt (geehrt macht), der wird verachtet (ist verächtlich).

Und was (Var.: wen) Gott nicht will (liebt, für ihn sorgt) in jeder Sache:

dazu zu gelangen giebt es kein Mittel für ein Geschöpf" ²).

Und er schrieb an Saifuddaula:

"Seid ihr zwei denn wohlwollend dem Kranken (Schwachen) gegenüber,

---

1) dh. mit durchbrochenen und in die Flucht geschlagenen Schlachtreihen.
2) dh. man gelangt nur zu demjenigen, was Gott für Einen bestimmt hat und ihm geben will.

nicht aber dem Gefangenen und nicht dem Gemordeten gegenüber?

Die Nacht über lassen die Hände ihn die (Alles einhüllende) Wolke der langen Nacht umwenden (= durchsuchen).

Gäste vermissen schmerzlich seinen Ort (sein Haus), und Söhne des Weges (Wanderer) beweinen ihn.

Die braunen Speere sind unbeschäftigt, und in die Scheide gesteckt die weissen Eisenspitzen (der Schwerter).

O der du grossen Kummer zerstreuest (wörtlich: zerspaltest)

und grosse (wichtige) Angelegenheiten (Geschäfte) aufdeckest (erforschest und erledigst)!

Steh bei, o Starker, diesem Schwachen, und, o Geehrter, diesem Erniedrigten!

Bringe ihn nahe dem Schwerte der richtigen Führung (= dem Saifuddaula)

in den schattigen (schattenden) Schatten (bekanntlich ein Name des Paradieses) seiner Macht (seines Reiches, auch Herrscherhauses).

Nicht bin ich von ihm gesättigt worden, noch habe ich durch die Länge seines Dienstes (= durch den langen Dienst bei ihm) meinen heftigen Durst gestillt (wörtlich: geheilt, bin davon befreit worden).

Habe ich nach seinem Hofe (auch: Schutze) mich gesehnt (wörtlich: zärtlich geschrieen),

fürwahr, ich habe nach der Vereinigung (mit ihm) mich gesehnt,

doch nicht mit dem die Stirne Runzelnden, Zornigen, auch nicht mit dem Lügnerischen (Falschen) und Überdrüssigen.

O meine Zurüstung in den Wechselfällen des Glückes,

und meine Beschattung (Schirm) zur Zeit meiner Musse
(wörtlich: meines Mittagsschlafes)!

Wo ist die Liebe (Freundschaft) und die Schutzpflicht
(Schutz)

und was du (sonst) von dem Schönen (mir) versprochen?

Lass vom Edelsinne dich tragen in deinem Verhältnisse
zu mir (= sei edelgesinnt mir gegenüber) und vom sanft-
müthigen Herzen".

Und er schrieb an seine Mutter:

"Wäre nicht das Altmütterchen in Manbiǵ,

ich fürchtete nichts, wodurch der Tod veranlasst wird,

und gewiss hätte meine Seele aus Stolz dasjenige zurückgewiesen,

worum ich gebeten — den Loskauf.

Doch ich habe das gewollt, was ihr Wille (Wunsch) war,

selbst wenn ich (dadurch) in Schmach hingerissen werden sollte.

Und ich sehe (weiss, halte es für meine Pflicht), dass
sie zu vertheidigen,

damit ihr kein Unrecht angethan werde, meine Ehrenpflicht ist (zu meinem Ehrgefühl gehört).

Sie verweilt in Manbiǵ als eine Freie,

(doch) angemessen der Trauer, die sie nach mir empfindet.

In ihr sind Gottesfurcht und Glaube

vereinigt in einer reinen Seele.

Es hört nicht auf zur Nachtzeit in Manbiǵ anzukommen

ein Gruss in jeder Wolke, die in der Morgenfrühe sich hebt.

O Mutter, trauere nicht

und vertraue, dass Gott (auch) mir gnädig sich erweisen
wird!

O Mutter, verzweifle nicht!

Gott hat geheime Gnaden.

Ich empfehle dir die Geduld an, die treffliche,

denn sie ist das beste, was man anempfehlen kann".

Und er schrieb an zwei Burschen, die er hatte.

"Nehmet ihr denn wahr, dass ich einen gütigen Genossen hätte,

der die Liebe bewahrt, oder einen aufrichtigen Freund?

O meine beiden Freunde! Gott hat nicht die Zeit bewacht,

deren Wechselfälle unsere Trennung herbeigeführt haben!

Ich war euer Herr, und doch war ich nichts weiter als wohlthuender Vater und zärtlich theilnehmender Oheim.

So gedenket denn meiner! und wie solltet ihr auch meiner nicht gedenken,

so oft der Freund den Freund zu täuschen sucht?

Die Nacht habe ich zugebracht mit Weinen über euch; und ein Wunder ist es fürwahr,

dass der Gefangene die Nacht durchwacht, den Freien beweinend".

Und er schrieb an seinen Burschen Manṣûr.

"Leidenschaftlich verliebt, von Schmerzen geplagt, verwundet, gefangen:

fürwahr, ein Herz, das dies vermag, (im Stande ist zu ertragen), ist geduldig!

Doch viele von den Menschen sind Eisen,

und viele von den Herzen sind Felsen.

Sage dem, der als Freier in Syrien verweilt:

Bei meinem Vater! dein freies Herz ist der Gefangene!

Ich befinde mich in einer Lage, wo ich ausser Stande bin, mich zu regen;

wie befindest du dich, o Manṣûr?"

Und er schrieb ihm:

"Kondolire dem von zärtlicher Liebe zu dir Erfüllten,
dem du zu den Mühsalen seiner Gefangenschaft eine (neue)
Gefangenschaft hinzugefügt.

Verloren hat er die Welt und ihre Genüsse,
doch hat er die Geduld nicht verloren.

So ist denn in einem Lande sein Leib,
im andern sein Herz gefangen (wörtlich: so ist er Gefangener des Leibes, des Herzens)".
Und er sprach:

"O Nacht! wie lassen meine Geliebten und meine Freunde
in dir aus Sorglosigkeit das unbeachtet, was bei (mit) mir
ist (= wie wenig kümmern sich um meine jetzige Lage
diejenigen, mit denen ich einst zur Nachtzeit dem Vergnügen mich ergeben)!

O Nacht! es schlafen die Leute, frei von Schmerzen,
indess Einer in der Ferne (= ich entfernt) auf seinem
Bette sich hin und her wirft (= keine Ruhe findet).

Ein Wind aus Syrien wehte zu ihm,
dehnte zum Herzen seine Stricke (اسباب dh. dasjenige,
wodurch man zu etwas gelangt, Zutritt erhält, dh. lenkte
seine Pfade zum Herzen),

überbrachte Botschaften eines Freundes daselbst, die
ich als aus der Mitte meiner Genossen herrührend erkannt habe".
Es ist mir überliefert worden, dass Ṣâḥib diese zwei Doppelverse für schön und geistreich hielt und sie sehr bewunderte.
Und er schrieb an seine zwei Burschen.

"Wen von euch soll ich mir in's Gedächtniss zurück-
rufen
und an wen von euch denken?

O wie oft (viel) weine und trauere ich (oder: habe ich

geweint und getrauert) über mein Land (dh. dessen Verlust)!

Denn in Haleb ist meine Zurüstung, meine Grösse und mein Ruhm,

und in Manbiǵ derjenige, dessen Zufriedenheit mir köstlicher ist

als alle Schätze (wörtlich: was ich in meine Schatzkammer lege),

und diejenige, deren Liebe eine Auszeichnung ist, durch welche die Versammlung geehrt wird;

und Knaben wie Vogeljunge, älter und jünger (grössere und kleinere),

und Leute, an welche wir uns gewöhnt haben, da das Kleid der heissen Jugendliebe (noch) grün war.

Es kommen mir ihre Angelegenheiten so vor, als ob sie (selbst) gegenwärtig wären.

So geschieht es denn, dass meine Trauer nicht aufhört, und meine Thränen nicht nachlassen.

(Doch) o meine Vergessenheit! wie sollte ich nicht hoffen, sowie ich fürchte?

und wozu die Verzweiflung, die ich sehe und empfinde?

Allerdings! denn ich habe einen Herrn, dessen Gaben zahlreicher sind.

Wegen meiner Sünde hast du mich herabkommen lassen, von deiner Gnade kommt das Aufkommen".

Und er sprach, als das Fest eintraf:

"O Fest! Nicht bist du (wohlthuend) mit dem Geliebten wiedergekommen (zurückgekehrt) zu dem im Herzen Schwerbekümmerten (wörtlich: dessen Herz ermüdet, bekümmert ist), Betrübten!

O Fest! zurückgekehrt bist du zu einem Sehenden, dessen Blicken jedoch all die Schönheit entzogen ist, die dir innewohnt!

O über die Einsamkeit des Hauses, dessen Herr in Sklavenkleidern steckt!

Das Fest ist seinem Bewohner erschienen (wörtlich: aufgekommen über) mit einem Antlitze, das weder schön noch gut ist.

Was ist mir (mit mir) und was hat das Schicksal mit seinen Wechselfällen —

denn mit Erstaunlichem hat es mich fürwahr getroffen".
Und er sprach, als er eine Taube in seiner Nähe auf einem hohen Baume klagen hörte.
Ich sage, denn eine Taube hat in meiner Nähe geklagt:

"O meine Nachbarin! ist denn dein Zustand wie der meinige?

Zusammen (gemeinschaftlich) haben wir (nur) diese [1]) Liebe (die auch dein klagendes Girren verräth) nicht hast du das Unglück der Entfernung (Trennung) erfahren (wörtlich: gekostet),

und Kummer ist dir nicht in den Sinn gekommen (oder dir in's Herz gedrungen).

Tragen denn die vordersten Federn einen, dessen Herz betrübt ist,

auf einen weit entfernten, hohen Ast?

O Nachbarin! das Schicksal hat nicht gleich gerecht gegen uns gehandelt!

Komm her, ich will die (= meine) Sorgen mit dir theilen, komm!

Komm her! Du wirst bei mir einen Geist sehen, schwach, der sich hin und her bewegt (als Zeichen der Ungewissheit) in einem Körper, der mein Herz foltert.

---

1) Var. صَفَاقَل bei Ahlwardt, Chalef elahmar S. 103, wo dieses Gedicht in Text und Uebersetzung vorliegt. Auch Hammer hat das Gedicht a. a. O. S. 737 übersetzt.

Wie! lacht denn (oder: soll denn lachen) ein Gefangener und weint eine Freie?

und schweigt ein Betrübter und klagt ein Getrösteter?

Fürwahr! meinem Auge läge es näher Thränen zu vergiessen als dir,

doch sind meine Thränen in den (vielen) Schicksalsschlägen theuer (= selten) geworden".
Und er schrieb an Saifuddaula:

"Giebt es denn bei euch keine Belohnung des Guten (= schön, edel Handelnden) und keine Reue bei euch für den Böses Thuenden?

———

Hat treuer Freund dich verlassen (dir die Freundschaft aufgesagt), aus keinem andern Grunde als Verdrossenheit,

dann giebt es für ihn keinen andern Vorwurf als die Trennung.

Habe ich von einer Freundschaft nicht dasjenige erlangt, was ich will,

so entschliesse ich mich für eine andere und steuere ihr zu.

Trennung ist (aber) nicht, was ich vermag (= ich vermag mich nicht selbst von einem Freunde zu trennen),

ist aber Trennung eingetreten in irgend welchem Zustande (auf Grund ... = irgendwie), dann giebt es keine Rückkehr".

———

Er hat es (den letzten Doppelvers) den Worten desjenigen entlehnt, der es gesagt hat, und dies ist Aus ben Ḥaǵar:

"Wendet meine Seele sich von einer Sache ab,

kaum kehrt sie je irgendwie zu ihr zurück bis an's Ende der Welt".

———

"Geduldig bin ich, selbst wenn von mir nichts mehr übrig bleibt,

gesprächig, selbst wenn die Schwerter Antwort sind,

ernst, indess die Ereignisse der Tage (die Wechselfälle der Zeit) mich ergreifen

und der Tod rings um mich kommt und geht.

Auf wen soll der Mensch vertrauen in dem, was über ihn kommt,

und woher kommen Freunde (Genossen) dem edlen Rechtschaffenen?

Denn diese Menschen sind bis auf wenigste von ihnen Wölfe geworden,

deren Leiber mit Kleidern angethan sind.

Ich stellte mich sorglos meinem Volke gegenüber; da hielten sie meine Unachtsamkeit

für eine Wegscheide ¹): Kiesel und Staub haben auf uns einen starken Regenguss herabgesandt.

Und (doch), wenn sie mich nur zum Theil so gekannt hätten, wie ich sie kenne,

hätten sie gewusst, dass ich anwesend war, indess sie abwesend waren.

Gott klage ich, dass wir uns an Orten befinden, über deren Löwen die Hunde Macht besitzen und ausüben.

Es vergehen die Nächte. Bei mir giebt es keinen Ort (= ich habe keine Gelegenheit), nützlich zu sein (mich nützlich zu erweisen),

denn für diejenigen, die um eine Gunst bitten, gibt es keine Unterkunft. (Ehrentitel).

Und nicht ist für mich ein Sattel auf dem Rücken eines schnellen Pferdes festgebunden,

---

1) Als Relativsatz wäre zu übersetzen: "die uns Kiesel und Staub verborgen haben" (غبّانا = اغبيانا).

noch sind für mich auf freiem Platze (in der Wüste)
Zelte aufgeschlagen.

Schneidende Schwerter leuchten mir nicht im Treffen
und Lanzenspitzen blinken mir nicht im Kampf.

Es werden aber schon meiner Tage gedenken (sich
erinnern) Numair und ʿÂmir und Kaʿb unter allen Umständen (عَلى عَلَّاتِهَا S. Lane V. 2124. 2 Col.; nach einer
Glosse in V، عَلى عَلَّاتِهَا, trotz der Verschiedenheit ihrer
Mütter) [1] und Kilâb.

Ich (war) ja der Nachbar, dessen Mundvorrath ihnen
nicht vorenthalten blieb

und vor dessen Habe zur Zeit der Unfälle kein Riegel
vorgeschoben wurde (wörtlich: keine Thür sich befand).

Und ich suche nicht ihre Schande (Laster) zu erreichen
(wiewohl es mir leicht wäre),

indess meine Schande (weil nicht existirend) von den
Suchenden nicht erreicht wird.

Söhne unseres Oheims! Wir sind Löwen und Gazellen,
und manchmal fehlt nicht viel, dass ein Schlagen
(Kampf) entstünde.

O Söhne meines Oheims! Was macht (taugt oder wird
gemacht mit) das Schwert im Kampfgetümmel,

wenn seine Schlagfläche (Schneide) [2] und Spitze schartig
geworden sind?

Ich nehme — so Gott weiss — Niemanden Andern in
Anspruch als ihn,

(denn) die Liberalität des ʿAlî (= Saifuddaula) ist

---

1) Var.: nach ihrer Gewohnheit.

2) Im Originale sind hier die Worte مـضـرب und ذِبـاب, ersteres nach
Ǵauharî I, ٧٤: ومضرب السيف ايضا نحو و من شبر من طرفه,
letzteres daselbst ٥٠: وذباب السيف طرفه الذى يضرب به.

ein weit offener Raum für diejenigen, welche eine Gunst verlangen.

Denn seine Thaten sind eine Wohlthat für diejenigen, die nach ihnen verlangen,

und seine Güter eine Beute für diejenigen, die sie suchen.

Doch es sprang ab (= wurde stumpf) durch ihn in meiner Hand das schneidige Schwert,

und finster wurde in meinen Augen durch ihn der glänzende Stern".

Er nähert sich darin den Worten Buḥturî's:

"Eine Wolke, deren Freigebigkeit an mir vorüberging, obwohl sie noch nüchtern war,

und ein Meer, dessen Überströmen an mir vorüberschritt, obwohl es voll war,

und ein Vollmond, der die Erde beleuchtete im Osten und im Westen,

indess der Ort, wo mein Fuss stand, durch ihn schwarz und finster war".

"Und er zögert mit mir (dh. in meiner Angelegenheit), indess das Schicksal eilt,

und der Tod eine Kralle besitzt, die schon zum Vorschein kommt (sich zeigt) [1]) und einen Reisszahn.

So zwar, dass, wenn nicht das alte Freundschaftsverhältniss wäre, das ich mit ihm eingegangen (geschlossen),

sowie nahe Beziehungen unter den Menschen,

es das vernünftigste und räthlichste wäre, in Sicherheit zu gelangen, (dafür zu sorgen), dass er (Domesticus) mich nicht zu Grunde richte.

Für mich läge darin nicht bloss eine Vorsichtsmassregel, sondern auch ein Ersatz (wörtlich: Stellvertretung,

---

1) Var : die schon Blut vergossen.

nämlich für dasjenige, was ich an meinen Leuten verloren).

Doch ich bin mit jedem Zustande zufrieden,

damit es bekannt werde, welcher von den beiden Zuständen das Richtige sei.

Und ich habe nicht aufgehört, mit Wenigem zufrieden zu sein wegen der Liebe,

die ich bei ihm fand, obwohl vor dem Vielen kein Vorhang hieng.

Und ich wünsche (suche, verlange) aus Liebe (zu ihm), (Gott möge) sein Land erhalten,

indess mein tägliches Gebet (meine eigenen) Wünsche in einem andern (Lande) und Reclamationen sind.

So ist die reine Liebe; nicht wird eine Belohnung für sie erwartet, noch fürchtet man eine Strafe für sie".

––––––––

Und etwas Ähnliches findet sich bei Mutanabbî:

"Ich begehre kein Geschenk für (meine) Liebe;

denn schwach ist die Liebe, für welche eine Belohnung begehrt wird".

––––––––

"Ich befürchtete die Trennung schon damals, wo Vereinigung uns zusammenbrachte

und alle Tage eine Begegnung und eine Ansprache stattfand (dh. wir alle Tage einander begegneten und sprachen).

Wie erst dann, da das Reich des Kaisers uns trennte, und ringsum mich das Meer überströmte und wogte.

Werde ich denn, nachdem ich meine Seele für dasjenige aufgeopfert, was dein Wille ist,

mit bitterem Tadel belohnt, zur Zeit, wo ich belohnt werde?

O wenn du doch süss wärest, da das Leben bitter ist,
und wenn du doch zufrieden wärest, da die Leute
zornig sind!
Und möge unser gegenseitiges Verhältniss blühend sein,
indess zwischen mir und der Welt Verwüstung herrscht".

Und er schrieb ihm:

"Wider meinen Willen und freiwillig deinerseits ist
es geschehen, dass ich nicht (mehr) Verbündeter deines
Hauses bin.

O der du mich verlassen! aus Dankbarkeit zu dir will
ich, so lange ich lebe, dich nicht verlassen.

Thue, wie du willst, ich bin (bleibe) derjenige, der
dir tröstend beisteht und (an Allem mit dir) theilnimmt".
Und er schrieb ihm:

Es weiset das Überströmen dieser Thränen (alles Andere)
zurück ausser Eile,

und das Geheimgehaltene dieser Liebe (Alles) ausser
Verbreitung (Bekanntwerden).

Denn ich sah, dass ich mit meinem Kummer allein bin,
als du für mich das Gehen wolltest, (obwohl) ich die
Rückkehr wollte (wünschte).

Als nun die Liebe in ihrer Jugendhitze fortfuhr,
da weidete ich die Liebe mit Verschwendern gleich
einem grasreichen Orte ab.

So ist denn meine Betrübniss der Betrübniss der Liebes-
tollen gleich, was das Bekümmertsein anlangt,

und mein Geheimniss dem Geheimnisse der Verliebten
gleich, was das Verlorensein (= Verbreitung) anlangt.

Ich habe meine Jugend — und Jugend ist etwas, woran
man zäh festhält,

dem Glänzendsten von den Söhnen meines Oheims,
dem Bewunderung erregenden geschenkt,

indem ich die Nächte schaflos zubrachte, von der
Furcht vor seinem Zorne (Tadel) geängstigt,

und betrübt in den Morgen (= war Morgens betrübt)
und erschrocken in den Abend eintrat.

Als dann die ganze Zeit der Jugend vorbei war,

und die erste Jugendblüthe von mir sich trennte (mich
verliess) und Lebewohl sagte,

verlegte ich mich auf das Suchen von Zufriedenheit
(Gemüthserheiterung) zwischen Trennung und Tadel,

so zwar, dass ich Sachen begehrte, die man sonst nicht
wagt zu begehren, die verwehrt (unzugänglich) sind.

Und ich bin so geworden, dass ich, wenn ich irgend-
wann ein Vergnügen (einen Genuss) begehrte,

demselben inmitten der Sorgen eifrigst nachging.

Und sieh da! schon hat die Zeit auf meinen Scheitel
sich niedergelassen

und krönte mich mit grauen Haaren, gleichwie mit einer
mit Juwelen besetzten Krone,

(so zwar) dass, wenn man mir eines Tages das vom
Lebensgenuss gewährte, was ich will,

ich in mir keinen Platz dafür fände.

Vergehen denn die Nächte nicht? und (doch) giebt es
keine einzige Nacht [1]),

in welcher (oder: durch welche) ich dieses bekümmerte
Herz erheitern würde.

Giebt es denn einen einzigen Freund, dessen Treue
dauernd wäre,

----

1) Kann auch übersetzt werden: Gibt es denn keine Nacht, ja keinen Theil
einer Nacht, in welchem....

so zwar, dass er dem gegenüber aufrichtig wäre, der aufrichtig ist, und denjenigen hüten (bewahren) würde, der (ihn) hütet (bewahrt)?

Habe ich nicht in jedem Hause einen Freund, den ich liebe (und von dem es dennoch gilt):

zur Zeit, wann wir uns trennten, bewahrte ich ihn, indess er mich verlor (vergass).

Wenn ich von meinen griechischen Oheimen mütterlicher Seits Etwas befürchtet habe (oder: befürchte),

so fürchtete (oder: fürchte) ich von meinen arabischen Oheimen väterlicher Seits viermal so viel.

Und wenn mich von meinen Feinden irgend eine Eigenschaft schmerzlich berührt hat,

so habe ich von Freunden Furchtbareres und Schmerzlicheres erfahren.

Hätte ich doch an Gott gehofft und nichts weiter [1]),

ich hätte zum Höhern mich hingewandt und hätte in meinen Hoffnungen weiter gehen können [2]).

Man liess sich fürwahr nach mir schon an der Feuchtigkeit genügen, die von einem Tropfen herrührte (= tropfenweise fiel),

denn, wer nur Genügsamkeit (Genügsame) [3]) findet, begnügt sich auch selbst.

Und es geht kein Mensch dahin, ohne dass für ihn Jemand ihm Ähnlicher als Ersatz träte (gemacht würde);

doch die Menschen erwarten etwas Verbessertes (Var. Erhabeneres).

---

1) oder: an Gott, über den es nichts gibt.
2) auch: „hätte meine Hoffnungen in einen Freigebigeren gesetzt".
3) hier wohl = Mittelmässigkeit.

Es veränderte zum Schlechteren sich (es entfremdete sich mir) Saifuddaula, als ich ihn tadelte (ihm Vorwürfe machte),

und verläumdete mich unter der Hand (insgeheim) und schalt.

Drum saget ihm von einem, dessen Liebe aufrichtig ist: Fürwahr

ich habe dich zu (meinem) Zufluchtsorte gemacht, (sogar) vor dem, was deinerseits mir Furcht einjagte!

Selbst wenn ich sie (die Liebe) unter meinen Herzrippen versteckt hätte,

fürwahr sie hätte zwischen meinen Rippen Blätter bekommen und Zweige getrieben.

So lasse dich denn nicht durch die Menschen täuschen;

nicht jeder, den du siehst (oder: dafür hältst, der dir scheint), ist dein Bruder, (von dem gesagt werden könnte): wann du in irgend welcher Sache Verlust erlitten hast, trägt er den Verlust mit.

Es zeigte mir ʿAlî die Pfade der edlen Thaten, wie er sie selbst sah,

und trieb zur Eile mich ʿAlî, sowie er selbst eilte.

Und wenn einmal Langsamkeit (Zurückbleiben) eingetreten ist, so ist es schon lange her,

dass er mit mir zum Schönen eilte und mich schnell (dazu) führte.

Und hat er in einigen Angelegenheiten mich ungerecht behandelt,

so verdanke ich ihm fürwahr Wohlthaten (Gunstbezeugungen), die er früher bei mir niedergelegt hat.

Und hat er die Menschen nach mir erneuert (= nach mir, für mich neue, andere Menschen genommen), so hat er nicht aufgehört, bei (mit) diesem neuen Ersatz Gegenstand des (meines) Genusses zu sein".

Und Abû Firâs schrieb ihm, indem er ihm vorschlug: "Wenn dir mein Loskauf zu schwer vorkommt, so erlaube mir, an die Bewohner von Ḫurâsân zu schreiben und einen Brief zu schicken, damit sie mich loskaufen und dich in meiner Angelegenheit vertreten". Da antwortete ihm Saifuddaula mit derben Worten und sagte zu ihm: "Wer kennt dich denn in Ḫurâsân?" Da schrieb ihm Abû Firâs:

O Schwert der rechten Führung und Trefflichster unter den Arabern!

bis wohin (soll) die Unbill (gehen) und warum (wörtlich: worin) der Unwille (Zorn)?

Und was bedeuten deine Briefe, die so geworden sind, dass sie mich bei diesem (meinem) Elend noch elender machen?

Und doch bist du der Edle, und doch bist du der Sanftmüthige,

und doch bist du der Wohlwollende, und doch bist du der Gütige.

Und du hast nicht aufgehört, mir helfend mit Gutem beizustehen

und mich an fruchtbaren Orten zu unterbringen.

Denn du bist der hochragende Berg fürwahr,

für mich, ja für deine Leute, ja vielmehr für die Araber überhaupt.

Höhe wird von dir erstrebt (gewonnen) und dem Armen wird genützt,

Macht wird (einer Mauer gleich) in die Höhe getrieben,

und Wohlstand (auch Wohlthaten) vermehrt.

Und diese Gefangenschaft hat meinen Wert um nichts geschmälert,

sondern rein wie Gold bin ich geblieben.

Warum schlägt mich also mit Schwierigkeiten [1])

der Herr, durch den ich die höchsten Stufen erreicht?

Und es war bereit bei mir die Antwort (für ihn),

doch aus Ehrfurcht vor ihm habe ich keine Antwort gegeben.

Missbilligst du denn, dass ich über die Zeit geklagt, sowie dass ich dich getadelt unter denjenigen, die dich tadelten?

Hast du aber nicht dasselbe gethan, so zwar, dass du meinen Tadel zuliessest (= mich tadeln liessest, denjenigen, die mich tadelten, Gehör schenktest),

und mir und meinen Leuten [2]) (= ihrem Tadel) ein Überwiegen werden liessest (d. h. im Tadel mich und meine Leute (Var. Worte) weit übertrafst)?

Drum schreibe (wirf) mir Namenlosigkeit nicht zu (vor);

dir (deinem Dienste) habe ich mich gewidmet, so zwar, dass ich von dir mich nicht trennte (dich nicht verliess) [3]).

Und durch dich bin ich geworden, (was ich bin); wars Vorzug

oder Mangel, (von allem) warst du der Urheber.

Wenn Ḫurâsân fürwahr meine Höhe (Grösse) nicht kennt, so kennt sie Ḥaleb schon genau.

Woher sollten auch (= wie, warum) die weiter Entfernten mich verkennen?

Etwa aus Mangel an Grossvater oder Mangel an Vater?

---

1) Kann auch bedeuten: macht mir zum Vorwurfe meine schwierige Lage, mein Unglück. Var. Ohnmacht, Namenlosigkeit, Vergessenheit (خمول).

2) Var. meinen Worten (dh. meinem Tadel).

3) Vielleicht besser: kann also nicht fremd, unbekannt geworden sein.

Bin denn ich und du nicht aus einer Sippe,

und giebt es nicht zwischen mir und dir etwas, was noch über die gleiche Herkunft geht,

(nämlich) die Freundschaft, durch welche Edle zu einander in verwandtschaftliche Beziehung (in das richtige Verhältniss) treten,

und Erziehung und eine Lebensstellung, in welcher unsere Thätigkeit (gleich den Ästen eines dicht verwachsenen Baumes) sich berührte und kreuzte,

und eine Seele, die nur auf dich stolz ist,

und von Anderen absehend nur nach dir verlangt.

So weiche denn nicht davon ab, was nothwendig (= deine Pflicht) ist:

— dein Loskauf sei (gelte dem) der Sohn deines Oheims (= dem Vetter), nein, vielmehr dein Bursche —.

Und sei gerecht und billig deinem Junker gegenüber; denn die Gerechtigkeit zu ihm

gehört mit zu dem, wodurch Trefflichkeit und Grösse gewonnen wird.

Warst du denn Freund, so lange du nahe warst?

Nächte hindurch rufe ich dich an von dort, wo du nahe warst (= wie du damals warst, wo du nahe warst).

Denn als ich entfernt war (nachdem ich mich entfernt hatte), fing die Ungerechtigkeit an,

und es erschien von den Dingen, was ich nicht liebe,

so zwar, dass, wenn ich dich nicht gut kennen würde,

ich fürwahr gesagt hätte: "Dein Freund ist, wer nicht abwesend (entfernt) ist."

Und er schrieb ihm ebenfalls:

"Meine ganze Zeit ist (nur) Unwille und Zorn,

indem du und die Tage gegen mich euch versammelt (= feindlich auftretet).

Und der Lebensunterhalt aller Welt ist bei dir etwas
Leichtes,
nur mein Lebensunterhalt an deinem Hofe kommt dir
schwierig vor.
Wie kann es aber, da du alle Schwierigkeiten abzu-
halten verstehst,
seine Schwierigkeit haben mit der schwierigen Lage
(dem Unglück), in welche ich gerathen bin (das mich betroffen)?
Bis wann soll dieser Tadel dauern, ohne dass eine
Schuld vorhanden ist,
und wie lange diese Entschuldigung (meinerseits), ohne
dass eine Sünde vorliegt?

———

So auferlege (lege nicht bei, gieb nicht Schuld) denn
nicht (mehr) dem wunden Herzen,
welches (schon) ob der Ereignisse der Tage klagt.
Werden denn über unser Einen Reden angenommen,
und findet Lüge bei Einem wie du dauernden Anklang?
Fälschlich hat man (oder: Einer) mich (dessen) beschuldigt, was dir bekannt ist (auch: wie du weisst); doch eine
Zunge zerreisst den Ringpanzer, und die Menschen (oder:
der Mensch, der mich beschuldigt) haben böse Zungen.
Denn mein Feuerzeug ist dein Feuerzeug, es versagt
nicht,
und mein Feuer ist dein Feuer, es erlischt nicht.
Und meine Zweige sind deine Zweige, hoch und er-
haben,
und mein Stamm ist dein Stamm, der reine, und genug.

———

Meiner Trefflichkeit sind die Trefflichen nicht gewachsen,
weil du ihr Ursprung bist und der Ruhm ihr Trank.

Meine Seele möge des Fürsten Lösegeld sein! hat denn mein Glück bei

und meine Verwandtschaft mit ihm nur solange gedauert, so lange die Nähe dauerte (= so lange ich bei ihm war)?

Als aber die Feinde dazwischen kamen,

und Meer und Bergpfade uns trennten,

nahmst du andere Leute an meiner Stelle nach mir [1]),

und es kam jeden zweiten Tag eine Verläumdung meiner, des Abwesenden, deinerseits zu meinem Gehöre.

Sage du aber, was du willst über mich; meine Zunge ist voll von Lob auf dich und frisch.

Und behandle mich mit Billigkeit oder ungerecht,

du findest mich in Allem, so wie es dir lieb ist."

Und es kam Abû Firâs die Nachricht zu, dass sich seine Mutter aus Manbiǵ zu Saifuddaula begeben hatte, mit ihm über den Loskauf zu sprechen (ihn um Loskauf zu bitten) und sich vor ihm demütigte. Doch es war bei ihm nicht (= sie fand nicht), was sie gehofft, von der Schönheit der zustimmenden Antwort. Und es stimmte [2]) dies überein mit Domesticus' Rauheit gegen Abû Firâs und seine Mitgefangenen und kam einer Vermehrung ihrer Schwierigkeiten gleich. Da schrieb er an Saifuddaula:

"O Schmerz, den ich kaum zu tragen vermöge,

dessen Ausgang ebenso beunruhigend ist wie sein Beginn!

Krank (schwach) und einsam (verlassen) [3]) ist sie in Syrien,

---

1) Var.: الأقوال ändertest du die Worte nach mir dh. du fingst an, über mich anders zu reden.

2) Kann auch bedeuten: „Es geschah dies eben um die Zeit, wo Domesticus gegen A. F. etc. hart handelte ...

3) Freytag a. a. O. 136: quae unum solummodo peperit filium.

indess ihr Besänftiger in den Händen der Feinde weilt.

———

Sitzt ruhig sie — doch wo denn — oder legt sie zur
Ruhe sich,
(immer) bietet sich ihr eine Erinnerung [1]), die sie er-
schüttert.
Eifrig [2]) fragt sie die Reiter nach uns,
unter Thränen, die sie kaum hinhält.
"O wer sah mir in der Festung von Ḥarśana
den Berglöwen an Füssen gefesselt [3])!
O wer mir die (= meine) Wege hochfahrend sah,
deren längster war, ohne einem Freunde zu begegnen [4])!

———

O ihr beiden Reiter! ist euch denn,
wenn ihr die geheime Mittheilung traget, ihre Doppel-
kamelsünfte leicht [5])?

———

O Mütterchen! dies sind unsere Absteigequartiere;
einmal verlassen wir sie und (ein andermal) kehren
wir daselbst ein.

———

O Herr, von dem es heisst: Es kann keine Tugend
(مَكْرُمَة) aufgezählt werden (oder: es wird bei dir nichts
als Tugend (مَكْرُمَة) angerechnet),
ohne dass in deinen Handflächen das Vollkommenste
von ihr sich befindet:

———

1) Freytag: cogitatio (فِكْرَة).
2) Freytag: Ipsa velo non obtecta (جَاهِرَة).
3) O quis mihi vidit (tantum malum)! In arce Charschanae leonibus Scharae
pedes catenis onerati sunt.
4) Freytag: longiores earum, quominus dilecto occurram, me impediunt.
5) O cquites! num verba mea, quorum onus leve est, perferre potestis?

wie können die Fussfesseln von meinen Füssen hinweg-
genommen werden [1]),

da ich sie trage, deinem Wohlgefallen nachgehend?

———

Nimm die Waschung mit Sand nicht vor, wenn du
Wasser erreichen kannst;

ein anderer wird sich mit der kleineren zufrieden erklären und sie annehmen (davon Gebrauch machen).

———

Du bist der Himmel und wir seine Sterne,

Du bist das Land und wir seine Berge.

Du bist die Wolke und wir ihr Regenguss,

du bist die Rechte und wir ihre Fingerspitzen.

Mit was für einer Entschuldigung hast du die in Verzweiflung Gerathene [2]) zurückgewiesen,

die vor allen Anderen (oder: von den übrigen Menschen
absehend nur) auf dich vertraut?

Sie kam zu dir, die Zurückgabe ihres Einzigen verlangend,

und die Leute erwarteten, wie du sie entlassen wirst
(wie du sie zurückkehren machen wirst).

———

Diese Bande der Freundschaft, die du mit uns geknüpft,

wie lösest du sie, nachdem sie befestigt worden sind?

Unsere Verwandtschaft rührt von dir her; wie unter-
brichst du sie,

da wir nie aufgehört haben, sie zu knüpfen? [3])

———

1) Freytag: Catenis pedes mei non sunt digni.
2) Freytag: lugentem.
3) Freytag: Amorem erga nos nunquam abrupisti; imo semper operam dedisti
ut eum confirmares.

Freigebig opferte ich meine edle Seele auf,

der du Hoffnung machtest (deren Gegenstand der Hoffnung du warst مُؤَمَّلُها), wann sie schon verzweifelte.

Wenn du ihr auch den Loskauf nicht gewährt hast (auch: nicht gewähren solltest),

so habe (werde) ich doch nicht aufgehört (aufhören), sie dir zu Liebe aufzuopfern.

Wie lässt du diese Freundschaftskundgebungen ausser Acht?

wie vernachlässigst du diese Versprechen?

Wo sind die Tugenden (edlen Handlungen), durch welche du bekannt geworden bist

als einer, der sie sowol eifrig im Munde führte als auch bethätigte?

O du, dessen Haus geräumig ist! wie machst du es dir daselbst bequem,

indess wir uns in einem Felsen befinden, den wir erbeben machen (den unsere Klagen erschüttern und der infolge dessen auf uns herabzustürzen droht)?

O du, dessen Kleider fein sind, wie wechselst du sie, indess wir unsere Kleider aus Wolle nicht wechseln?

O der du auf Pferden reitest! sähest du uns, wie wir unsere Fussfesseln tragen und uns damit von einem Orte zum andern fortbewegen!

Du sahst zur Zeit des Unglückes Individuen, die (sonst) edelmütig waren —

es trennte der Beste von ihnen sich (= verliess) vom anständigen Benehmen dir gegenüber.

Die Zeit hat auf ihre schönen Eigenschaften Einfluss geübt,

einmal erkennst du sie, (ein andermal) bist du ausser Stande, sie zu erkennen.

Die Leute öffnen nicht die Pforte der Grossmuth,

es verschliesst sie ihr Herr, wenn er um Hilfe angerufen wird [1]).

Sollen denn (od. wie sollten auch) die Edlen (Var. die Leute) ohne dich (aber auch: ausser dir = die übrigen) dazu (zur Grossmuth) bereit sein,

da du doch ihr Fürst und der Beste unter ihnen bist (und sie — die Grossmuth — nicht übst)

und da du, wenn ein grosses Ereigniss sich den Blicken darbietet,

unter ihnen der erhoffte Geschäftsgewandteste und Vorsichtigste bist?

Durch dich (veranlasst) [2]) zieht der Trefflichste unter ihnen den Mantel der Trefflichkeit an,

von dir nimmt seine Geschenke (Gaben) derjenige unter ihnen, der das meiste erlangt,

so zwar, dass, wenn wir anderswo als bei dir um eine Gunst bitten,

wir erst nach dem Aufgeben aller Hoffnung (bei dir) darum bitten [3]).

Es bleibt kein Volk unter den Menschen bekannt, ausser wenn des Fürsten Trefflichkeit (Gunst) es umfasst.

Wir verdienen ammeisten (= sind ammeisten würdig) von aller Menschheit seine Güte;

doch wo (= wie entfernt) ist sie von uns und wie ist der Weg zu ihr zu finden?

O der du dein Vermögen verausgabst und damit nichts weiter bezweckest

---

1) Kann mit Rücksicht auf Saifuddaula auch bedeuten:
deren *Herr* (= Saifuddaula) oder wenn ihr *Herr* ... sie verschliesst.
2) Auch: von dir als dem Urheber.
3) Vielleicht besser: wir ganz hoffnungslos darum bitten.

als edle Handlungen, die du so hochhältst!

Grossmüthige Handlungen hast du als Arbeitskleid
dir gekauft:

Unser Loskauf ist, wie du (schon) weisst, das Trefflichste davon!

Gott nimmt vor dieser deiner Pflicht kein freiwilliges
Werk an,

das du über das Mass deiner Pflichten bei ihm thuest."

Und er schrieb an Abul-Maʿâlî und Abul-Makârim, zwei
Söhne des Saifuddaula:

"O meine Herren! ich sehe euch

eueres Bruders nicht gedenkend;

habt ihr denn einen Ersatz für ihn gefunden,

der den Himmel euerer Grösse baut?

Habt ihr einen Ersatz für ihn gefunden,

der die Kehlen euerer Feinde durchschneidet?

Wer ist von den Menschen, der dasjenige tadelt, was
ich erfahren habe, ausser euch zweien?

Lasset mich fürderhin nicht sitzen,

sondern bittet den Fürsten, eueren Vater,

und nehmet meinen Loskauf in die Hand.

Könnte ich (dafür) euch von der Unsicherheit der Zeit
(Zeitumschwung, Unglück) loskaufen!" —

Und er sprach, als seine Gefangenschaft schon lange
dauerte, indem er sich über die Schadenfrohen (Var. Syrer)
beklagte und sich nach seinem Wohnorte in Manbiǵ sehnte:

"Bleibe stehen (halte inne) in den Spuren des Mustegâb
und rufe den Abhängen von Muṣallâ zu.

Diese Stationen und Spielplätze
hat Gott nicht unnütz gezeigt.

Zu meinem Wohnsitze habe ich sie zur Zeit der heissen Jugendliebe ausgewählt

und Manbiǵ zu meinem Wohnorte gemacht.

Wo immer ich mich hinwandte, (überall) sah ich fliessendes Wasser und befand mich im Schatten.

Und das Wasser bildete die Scheidewand zwischen den Blüthen der Gärten auf beiden Ufern,

ähnlich einem gestickten Teppiche, auf welchem

die Hände der Schmiede eine eiserne Lanzenspitze blossgelegt.

Wer darüber erfreut war, was mich betroffen (über mich gekommen),

der sterbe elend und verspottet.

Mich hat kein Ereigniss (der Tage) geringer gemacht,

denn Held bleibt Held, wo immer er sich niederlässt (verweilt, geräth).

Wo immer ich abgestiegen bin, man nennt mich nicht anders als das herabgelassene Schwert.

Und fürwahr, wenn ich mit heiler Haut davongekommen bin,

ich werde derjenige sein, durch den die Feinde Erstickungsanfälle bekommen werden, jung und alt.

(Denn) ich bin nur ein Schwert, dessen Polirung in dem Schicksalswechsel (in den Unglücksfällen, durch die Unglücksfälle) zunimmt.

Und werde ich auch getödtet, so tritt

der Tod der Edlen, der Stolzen (Muthigen), nicht anders ein, als durch Tödtung.

Es lässt sich durch die Welt täuschen der recht Thö-
richte,

und doch giebt es kein langes Geniessen der Welt."
Und er sprach (folgende Verse) aus einer Ḳaṣîde:

"Ich sehe dich widerspenstig gegen die Thränen als
einen, dessen angeborene Eigenschaft Geduld ist.

Gibt es denn für die Liebe weder Verbot noch Befehl
über dich?

Ja wohl! ich bin sehnsüchtig verlangend und habe
Liebesschmerz,

doch das Geheimniss Eines wie ich wird nicht öffentlich bekannt gemacht.

Wenn mich die Nacht veranlasst, mich irgendwohin zu-
rückzuziehen, so strecke ich die Hand nach der Liebe aus;

doch halte ich die Thränen für verächtlich (bei demjenigen), zu dessen angeborenen Eigenschaften der Stolz
gehört.

Es fehlte wenig, dass Feuer zwischen meinen Vorder-
rippen (Herzrippen) geleuchtet hätte,

als Liebe und Gedanken es anzündeten.

Und ich bin fürwahr ein tapferer Soldat für jede Armee-
abtheilung,

die gewohnt ist, dass der Sieg sie nicht im Stiche lasse.

Und ich stehe aufrecht (halte Stand, Var. ich durste) [1]),
bis dass glänzende Schwerter und Lanzen zur Genüge
getränkt sind (ihren Durst gestillt haben),

und ich hungere, bis dass Wölfe und Adler gesättigt sind.

----

1) Var. Dem Parallelismus würde im ersten Halbvers die Lesart أظماء
besser entsprechen. Doch findet sich أصبى lexikalisch belegt. Vgl. Bîstâni,
Muḥît-al-Muḥît I. 920 s. سغب.

Ich bin gefangen genommen worden, da meine Genossen im Kampfgetümmel nicht ohne Waffen waren,

und mein Pferd (Stute) kein Pferdefüllen war, und sein
Herr kein Unerfahrener.

Doch wenn das Schicksal über Jemanden verhängt ist,
so giebt es kein festes Land, ihn davor zu bewahren,
und auch kein Meer.

Und es sprach mein Gefährte: (Es bleibt nichts übrig
als) Flucht oder Verderben;

da sprach ich: Das sind zwei Dinge, von denen das
süssere bitter ist [1]).

Ich aber gehe zu dem, was mich nicht beschimpft,

dir aber genüge von den zwei Dingen das bessere,
nämlich die Gefangenschaft.

Denn es giebt nichts Gutes im Abwehren des Verderbens
durch Schmach,

wie es einst zu seiner Schande ʿAmr abgewehrt."

Und er schrieb an Saifuddaula eine Ḳaṣîde, der folgende
Verse angehören.

"Was ist mit mir? bekümmert bin ich wegen der
Schwierigkeiten (meiner Lage),

und doch hat Gott nur etwas davon genommen, was
er mir gegeben.

Wenn mein Lebensalter nicht lang ist, so besitze ich
fürwahr

----

1) Der Doppelvers findet sich citirt in Bistânî's Muḥîṭ-al-Muḥîṭ I. ١٢٢ s. v.
شيأ.

die Ansicht (Klugheit) der Alten sowie die Kraft (Energie, den Muth) der Jungen.

Mein Standort ist durch dasjenige, was er den Feinden Schlimmes angethan (sie geschädigt), wohl geeignet (wie geschaffen),

dass das Schicksal mit den Zeitgenossen (auch: Gegnern) gegen mich in den Kampf auszieht (mir feindlich entgegentritt).

O Schicksal! mit den Freunden hast du die Freundschaft mir gebrochen

und mich mitsammt den Brüdern im Stiche gelassen.

Doch Saifuddaula ist der Herr (Patron, Wohlthäter), den ich nie vergessen habe und der, wie ich sehe, auch mich nicht vergisst.

Sollte mich auch derjenige verlieren (= zu Grunde gehen lassen), welcher nicht aufgehört hat, mir Beschützer zu sein, (bloss) aus Edelsinn,

und mich derjenige erniedrigen, welcher mich erhoben?

Ich bin eifersüchtig auf meinen Posten (den ich bei Saifuddaula eingenommen), wenn (= da) ich in ihm Männer sehe, die meine Stelle nicht ausfüllen."
Und er sprach (folgende Verse) aus einer Ḳaṣîde:

"Hart ist den Freunden in Syrien (die Lage) eines Freundes [1]), der seine Nächte schlaflos zubringt.

Ich bin wahrlich derjenige, der die Unglücksfälle geduldig erträgt;

doch (mein Körper) ist Wunde auf Wunde.

Wunden hören nicht auf, sich zu mehren

---

1) Auch (wohl besser): Beschwerlich ist.... ein Freund...., oder: Es kommt den Freunden in Syrien schwer vor, etwas zu thun für...

auf einer Wunde, die noch frisch ist (wörtlich: die erst unlängst sich gebildet hat) und blutet.

Lang und aufmerksam betrachtete mich Domesticus, als er mich sah;

darauf blickte er (sah er mich scharf an) nach Art (Var. mit der Stirn) des muthigen Löwen.

Verkennst du mich denn, als ob du nicht wüsstest, dass ich jener vertheidigende Held war?

So bist du also nicht erfreut worden durch das Vergnügen, mich gefangen genommen zu haben,

und hat dein Glück nicht Vollkommenheit erreicht?

Gehört denn nicht zum Wunderbarsten ein Barbar, der mich das Erlaubte von dem Verbotenen erkennen lehrt?

Und ihm zu Hilfe kommen Patricier (auch wohl Patriarchen), Böcke, die mit grossen Bärten mit einander wetteifern.

Sie haben das Naturel von Eseln, so zwar, dass du unter ihnen keinem Ritter begegnest, der ohne Gurt reitet.

Sie suchen Fehler (an mir zu entdecken), doch ist es ihnen nicht möglich:

denn welcher Fehler ist an einem schneidigen Schwerte zu finden?

Ein Lob, gut und keinen Widerspruch findend, und Spuren (= eine Hinterlassenschaft) gleich den Spuren dunkler Wolken [1].

---

[1] Der unmittelbar vor diesem vorhergehende Doppelvers lautet in B 1, 2:

Ich werde getadelt, dass ich dem Tode mich in den
Weg stelle;

doch ich habe ein Gehör, das taub ist, den Tadel
zu hören.

Die Söhne der Welt sind einander gleich, wenn (wann)
sie sterben,

wenn auch derjenige, dem langes Leben beschieden
worden ist, Tausend Jahre lang gelebt hat.

Denket ihr denn, o meine zwei Gefährten, nicht an mich,
so oft ihr die Blitze am nördlichen Himmel beobachtet?

So oft mir das Leuchten eines Blitzes sich zeigt,
entbiete ich einen Gruss an (meine) Freunde".

Und es schrieb ihm Ibn Asmar, ihm Geduld anempfehlend.
Da sprach er:

"Du fordertest das Herz eines Edlen zur schönen Geduld auf

und riefest zur Ergebung den Besten der Bejahenden.

Und doch ist von mir nichts mehr übrig geblieben als
ein muthiges (wörtlich: ermuthigtes) Herz

und ein Geist, ungebändigt (oder: unbändig) durch
den Reisszahn der Zeit.

Hat es ja meine Mutter schon gewusst, dass mein Tod
durch die Schneide eines scharfen oder durch die Schneide
eines dünnen Schwertes erfolgen werde,

وَمَنْ أَبْقَى الَّذِى أَبْقَيْتُ هَانَتْ عَلَيْهِ مَوَارِدُ الْمَـوْتِ الزُّؤَامِ

„Wer nach sich dasjenige hinterlässt, was ich hinterlassen, für den sind
leicht (= verächtlich) die Tränkplätze des plötzlich eintretenden Todes". Der folgende Vers ist nun eine Erklärung dessen, was durch die Worte أبقيت nur
allgemein angedeutet ist.

ebenso wie es Umm Sabîb (schon) [1]) vorher gewusst,
dass ihr Sohn an einem verderbendrohenden (gefahrvol-
len) Orte im Wasser untertauchen (= ertrinken) werde.

Gedrückt war ich von der Furcht vor Schande gleichwie von der wichtigsten Angelegenheit

und hoffte auf den Sieg (oder: auf eine Hilfe), der (die)
nicht nahe war.

Und wegen der Schande verliess der Herr von Ġassân
sein Reich [2])

und trennte von der Religion des Allâh sich als einer,
der nicht das (= ohne das) Richtige getroffen (zu treffen).

Und ʿÎsâ ben Muṣʿab [3]) verspürte keine Neigung nach
Lebensgenuss,

und nicht gering (leicht) war die Furcht mit der (= sowie die) Traurigkeit (Kummer) des Ḥabîb [4]).

---

1) In der Jetima lesen wir hier folgende Anmerkung:

كانت ام شبيب رأت فى منامها وهى حُبلى كانّ نارا خَرَجَت من
بطنها * فأشعلت الاقوام ووقعت فى الماء فانطفأت فلـمّـا كان ** من
امرها ما كان ونُعِىَ اليها *** غير *** مرّةٍ لم تُصَدَّق حتّى قيل
انه قد غَرِقَ † فاقامت المناحة †† عليه

D. Cod V₁ (in V₂ fehlt diese Anmerkung)

*D ثمّ الآفاق فاشتتعلمت D** من امره D*** فехlt †D فى الماء غرق
††D fehlt.

2) Es ist der letzte König von Ġassân Ġebelet. Vgl. Hammer, Literaturg. I. 83 ff.

3) Vgl. Weil, Geschichte der Chalifen I. 406 ff.

4) In V₂ steht folgende Randbemerkung:

هذا البيت يحتاج الى تامل ومراجعة

(Dieser Vers verlangt Nachdenken und wiederholtes Studium (w. Zurükkom-
men auf denselben). Vgl. Weil a. a. O. I. 192.

Und es reizte Abû Firâs den Domesticus zum Zorne in einer Kontroverse, die zwischen ihnen vorgekommen war. Da sagte ihm Domesticus: "Ihr seid ja nur Schreiber und versteht den Krieg nicht". Da sprach Abû Firâs:

"Wir treten dein Land seit sechzig Jahren mit unseren Füssen; ist es mit Schwertern geschehen oder Rohrfedern?" Darauf sprach er:

"Glaubst du denn, o Dickhalsiger, dass wir

uns auf das Kriegführen nicht verstehen, da wir doch Löwen des Krieges sind?

Wehe dir! Wer ist denn für den Krieg da, wenn wir uns für ihn nicht schicken?

Und wer ist es, der sein Genosse ist, des Morgens und des Abends?

Und wehe dir! Wer richtete denn deinen Bruder in Mar'aš zu Grunde

und bedeckte ganz mit Schlägen das scharfzüngige (Var. zornige) Gesicht deines Vaters?

Der Krieg hat uns fürwahr schon vordem zusammen- gebracht:

da waren wir Löwen in ihm, indess ihr Hunde in demselben waret.

Bist du durch unsere Rohrfedern verwundet worden oder durch unsere Schwerter?

und haben wir Berglöwen dir zugeführt oder Bücher?

Du rühmst dich gegen uns der Schläge und Stiche, (die du uns) im Kampfgetümmel (versetzt hast) —

die Seele hat dich, o Feigling, fürwahr reich an Lügen gemacht!

Gott behüte! er hat uns das Versprechen gehalten, als er das Wort: "Schutz" sprach:

denn er liess unsere Stiche durchdringen und machte unsere Schläge festsitzen".
Und er sprach (folgende Verse) aus einer (andern) Ḳaṣîde:

"O meine zwei Freunde! was habt ihr bereitet dem von der Liebe zum Sklaven Gemachten,

dem Gefangenen, der sich bei den Feinden unruhig auf dem Lager hin und herwirft;

der fern von Genossen, vereinsamt ist; doch seine Thränen

strömen paarweise auf den (seinen) Wangen und sind nicht vereinsamt.

Ich sammelte indische Schwerter von allen Seiten

und rüstete jeden Kämpfer zum Kampfe mit den Feinden aus.

(Doch) wenn Jemand Anderer als Gott dem Manne als Zurüstung dient,

kommt verschiedenartige Beeinträchtigung über ihn daraus, wovon er sich mannigfachen Nutzen versprochen.

So führte der Bogen den Tod des Ḥuḏaifa herbei,

indess er ihn doch für eine Zurüstung gegen allerlei Widerwärtigkeiten hielt.

Und den Tod des Mâlik ben Nuwaira

führte seine schöne Frau in den Tagen von Ḫâlid herbei [1]).

Und den Ḏuâb richteten in den Zelten des ʿUtaiba

---

1) Vgl. Freytag, Prov. arab. III. 2 pag. 288.

seine Söhne sowie seine Angehörigen durch das Reciliren von Kaṣîden zu Grunde".

Und als bei Abû Firâs eine Erleichterung eintrat, ihm bequemeres Leben verschafft wurde und man in Angelegenheit des Waffenstillstandes und der Gefangenen verhandelte und zu seiner (diesbezüglichen) Bitte zustimmende Antwort gegeben wurde, nachdem er (schon früher) mit Ehrenbezeugungen und Preis ausgezeichnet wurde, da sprach er:

"Und Gott hat mir in der Gefangenschaft und sonst Gaben zuteil werden lassen,

durch welche vor mir Niemand ausgezeichnet worden ist.

Bande sind mir gelöst worden, die zu lösen die Menschen ausser Stande waren,

unter Umständen, wo weder mein Gebundensein noch mein Gelöstsein aufhörte, Gegenstand des Tadels zu sein.

Wenn die Griechen mich mit eigenen Augen sehen, verneigen sich die Stolzesten von ihnen vor mir,

als ob sie die Gefangenen meiner Hände wären und in meinen Fusseisen steckten.

Und ich werde, seit meine Bande gelöst worden sind, so reichlich mit Grossmuth und Güte behandelt,

dass es mir so vorkommt, als ob ich von meinen Leuten zu meinen Leuten versetzt worden wäre.

So berichte denn den Söhnen meines Oheims und berichte den Söhnen meines Vaters,

dass ich mich in einem Wohlstande befinde, für welchen einer wie ich dankbar ist.

Denn mein Herr will nichts Anderes als die Verbreitung meiner Vorzüge (= dass meine Vorzüge sich verbreiten, öffentlich bekannt werden),

sowie dass sie (die Griechen) das von der (meiner)
Trefflichkeit kennen lernen, was ihr schon kennen gelernt habt".

Aus seinem paarweise gereimten Jagdgedichte [1]).

"Leben ist nicht, wodurch der Jahre Kreislauf lange
wird,

Leben ist, wodurch die Freude vollkommen wird.

Die Tage meiner Grösse und der Ausführung meiner
Befehle,

sie sind es, die ich zu meinem Leben rechne (für mein
Leben halte).

Wollte ich, ich würde selbst aus der Zeit, wo sie schon
äusserst selten waren,

eine Anzahl Freudentage aufzählen.

Ich will einen Tag beschreiben, der mir in Syrien verstrichen,

der angenehmer war als alles, was sonst von den Tagen
verstrichen (= als alle übrigen Tage).

Ich rief herbei den Habichtmeister am nämlichen Tag,

bei meinem Erwachen zur Zeit des Morgengrauens aus
meinem Schlafe.

Ich sprach zu ihm: Wähle mir eine Sieben aus, grosse,

sämmtlich edel, die in den Staub springen;

----

1) S. Ahlwardt, Über Poësie und Poëtik der Araber, 37 ff.; Hammer, Litteraturg. der Araber V. 738 ff.

es werden davon zwei für Hasen sein,

und fünf für Gazellen abgesondert (= je einer für sich
verwendet) werden.

Und stelle die Jagdhunde in zwei Reihen (= paarweise
in Reihe) auf;

es sollen von ihnen zwei nach zweien ausgeschickt
werden".

———

Dann begab ich mich zum Abrichter von Jagdpanthern
und den Falknern (mit dem Befehle), sich in Bereitschaft
zu setzen.

Und ich sprach: "Fürwahr, fünf (Jagdpanther) sind
genug

und zwei weisse Falken, ein Junges und einer, der
stark mit den Flügeln schlägt [1]).

Und du, o Koch! säume nicht

und bereite uns rasch die Brust- [2]) und die Mittelstücke.

Und du, o Schenke! (nimm) die Flaschen mit,

die uns zum Weine verhelfen sollen.

Bei Gott! nehmet keinen Schwerfälligen mit in die
Gesellschaft

und meidet die Vielheit, sowie alles Überflüssige.

Weiset den und den zurück und nehmet den und den,

und lasset Bürgen mich für eure Jagd sein".

Ich wählte dann, nachdem sie lange gestanden,

zwanzig oder ein wenig darüber aus,

eine Schaar, wie sie edler nicht zu finden ist,

berühmt durch Trefflichkeit und Adel.

Darauf brachen wir auf zur Jagd in ʿAin Ḳâṣir

---

1) الملمع; Ahlwardt: einen jungen und fleckigen.

2) Var. لَقَّات = gefüllte Pasteten.

einem Orte, wo jeder Kundige (gute) Jagd vermuthet.

Wir kamen daselbst an zur Zeit, wo die Sonne, kurz
vor Untergang, im goldverbrämten Kleide der Abendröthe
stolz einherschritt.

Und es fingen die Rebhühner zu schreien an,
umringt von allen Seiten,

indem sie sorglos uns nicht merkten und im Irrthume
befangen waren,

da wir mit unserem Besuche ihnen schon die Todesstunde gebracht.

Freudig erregt flattern sie dem Morgen entgegen und
wissen nicht,

dass im Aufsteigen der Morgenröthe (ihr) Tod enthalten ist. —

(So gings), bis dass ich den Tagesanbruch wahrnahm;
da rief ich ihnen zu: auf zum Heile!

Wir beteten, indess die Falken einzeln ausgelassen
und die Pferde gesattelt wurden.

Und ich sprach zum Abrichter von Jagdpanthern: "So
gehe denn und stehe allein an

und rufe uns, wenn eine Gazelle zum Vorschein kommt,
und sei eifrig bemüht".

Und er entfernte sich nicht weit von uns;
zu ihm kam, was von uns floh.

Und ich schritt einher in einer Reihe von Männern,
als ob wir zum Kampfe auszögen.

Doch haben wir nichts Schönes in unsere Gewalt bekommen, bis ein Bürschlein Halt machte (bis wir zum
Standorte eines Bürschleins kamen(?)),

das unweit einer Anhöhe stand.

Darauf kam er eilig zu mir und sprach: "Schnell voran!"

Da sagte ich: "Hat er das mit eigenen Augen gesehen,

so hat er die Wahrheit gesagt (= so hat er recht)".

Ich schritt zu ihm, da zeigte er mir eine mit der
Brust gegen die Erde gedrückt sitzende (Gazelle);
ich glaubte sie wach, während sie schlief.

———

Dann setzte ich mich fest an einem Orte (= stellte mich
zum Schusse) und verfehlte nicht das Gesuchte —
ein jeder Tod hat irgend eine Ursache. —

———

Dann rief ich den Leuten zu: "Dies da ist mein Falke:
wer von euch hat denn Lust, den Wettlauf einzugehen?"
Da sprach ein Gazellenjunge von ihnen: "Ich, ich".
Und hätte er gewusst, was in meiner Hand ist, er wäre
nicht so vorschnell gewesen.

———

Ich kam mit (= brachte) einem schönen Falken, einem
Schmerlin,
(an Grösse) dem Adler nachstehend, doch etwas über
dem Geier.
Ein Schmuck erschien er dem, der ihn sah, und mehr
als Schmuck,
blickend aus zwei Feuern in zwei Höhlen.
Es schien, als ob auf seiner Brust und dem Halse
Spuren wären, die der Gang der Ameisen in der Asche
hinterlassen.
Er war erfreut und sprach: "Her mit ihm"; ich sprach:
"Langsam"!
Schwöre mir, ihn zurückzubringen!" Da sprach er:
"Keineswegs;
Was meinen Schwur betrifft, so ist er bei mir theuer,
doch mein Wort dem Schwure gleich vollwichtig".

Da sprach ich: "Nimm ihn als Geschenk für die Bürgschaft".

Da wandte er sich von mir ab und war schaambedeckt.
Sofort empfand ich die bitterste Reue
und machte mir selbst die heftigsten Vorwürfe
dafür, dass ich mir (mit ihm) einen Scherz erlaubt,
da Leute anwesend waren.

Seine Schaamröthe aber nahm zu und er war beengt.
Da hörte ich nicht auf, ihn mit Worten und Blicken
für mich zu gewinnen, bis dass er (wieder) heiter wurde
und allmälig munter und willig an die Jagd gieng".

Und demselben gehören (folgende Verse) an, als Schilderung des Falken und seines Sieges über den Kranich:

"Bis dass er ihn einem Waarenballen gleich zu Boden
warf,
da überzeugte ich mich fest davon, dass Grösse etwas
Anderes ist als Trefflichkeit.

Ich rief dem Koche zu: Worauf wartest du (noch)?
Steig ab von deinem Pferdefüllen und her damit, was
eben fertig ist.

Er brachte Mittelstücke sowie aufgespiesst gebratene
Rebhühner, die wir erlegt hatten, und Haselhühner.
Da stiegen wir nicht (erst) von den Pferden ab,
denn Gier (nach dem Essen) hinderte uns abzusteigen.
Und man brachte auch Becher und Wein;
da sprach ich: "schenke ihn reichlich ein meinen
Genossen;
mich hat Freude heute gesättigt und getränkt,
so dass ich fürwahr genug habe an einem Mittelstück-
chen und einem Becher".

Darauf kehrten wir zurück, da die Maulthiere beladen
waren,

in einer Nacht, die der Morgenhelle gleich (licht) be-
leuchtet war,

bis wir zu unserem Quartier gelangten, (noch) bei Nacht,

von trefflichen Pferden um die Wette (w. einer den
anderen überholend) ans Ziel getragen.

Dann stiegen wir ab und warfen hin das Erjagte,
nachdem wir Hundert und mehr (Stücke) gezählt hatten.

Da hörten wir nicht auf zu backen und zu braten
und einzuschenken,

bis dass wir Einen suchten, der sich vom Rausch erholt hätte, aber keinen fanden,

indem wir den Wein tranken, sowie er aus den Schläu-
chen zum Vorschein kam,

ordnungslos und ohne Schenken.

Und wir hörten der Zahl nach sieben Nächte hindurch
nicht auf:

(Unser Gelage) machte glücklich den, der Abends kam, und
zum Theilnehmer des Glückes (احظى; Var. اخطى = أُخْطَأ;
doch es fehlte derjenige, der erst ....; Ahlwardt: "des
Morgens in trauriger Lage") denjenigen, der am Morgen erschien.

"Badî'uz-zamân (das Wunder der Zeit) Abul-Faḍl al-Hama-
dânî — bekanntlich der erste Verfasser von Maḳâmen, der
Vorgänger des Ḥarîrî — erzählt (Folgendes):

"as-Ṣâḥib abul-Ḳâsim [1]) sprach eines Tages zu seinen
Gesellschaftern, unter denen auch ich mich befand, nachdem die Rede auf Abû Firâs gekommen war (auch: als Abû

---

[1]) Vgl. S. 245.

Firâs erwähnt wurde): Niemand ist im Stande, dem Abû Firâs ein Gedicht nachzumachen (oder: ein Gedicht schöner zu machen als Abû Firâs). Da sprach ich: "Und wer dies vermag, ist derjenige, welcher sagt:

Langsam! Verbinde nicht ihre Hand mit einem Dummen,

und führe reissende Thiere nicht auf deine Frühlingskamele zurück,

und leiste dem Feinde nicht Beistand gegen mich:

denn ich bin die (deine) rechte Hand; wenn du sie abschneidest (abhauest), so geschieht dies (nur) von deinem Arme".

Da sprach Ṣâḥib: "Hast du die Wahrheit gesagt"? Da sprach ich — "Allâh stärke unseren Herrn! ich habe es gethan". Da sprach Ṣâḥib: "Bei meinem Glauben! er hat schön gesprochen (es schön gemacht), doch Abû Firâs hat er nicht eingeholt" [1]).

Und er schrieb auf den Rücken (die Rückseite) des Bandes, welcher seine (des Abû Firâs) nach Halbversen reimenden Gedichte enthielt, deren erstes das Gedicht war [2]):

"Leben ist nicht, wodurch der Jahre Kreislauf lang wird", diese Verse:

"Ich beruhige das (mein) Herz durch ein wenig Scherz, indem ich mich unwissend stelle, ohne unwissend zu sein.

Ich scherze dabei nach Art der Trefflichen, zu scherzen:

Denn Scherz von Zeit zu Zeit (hie und da einmal zu scherzen) ist Beweis (Zeichen) von Verstand".

Ich habe die Zügel der freien Auswahl in (aus) den

1) Über die Phrase لم يبشف غبار ابى فراس v. Lane VI. 2224 s. v. غبار.
2) Könnte auch heissen: sein paarweise reimendes Gedicht enthielt, dessen Anfangsvers lautet:

Schönheiten von Abû Firâs' Gedichten lang schiessen lassen. Doch schön ist nicht (bloss) etwas, sondern Alles ist schön, und zwar wegen der Gleichmässigkeit der Gedichte sowie der Süsse ihrer Ausdrucksweise (andere Lesart: Süssigkeit ihrer Tränkplätze), gar nicht zu reden von den Rûmijjât, durch welche er das Ziel der Wolredenheit (selbst) getroffen und die Gestalt des Richtigen (selbst) erreicht hat. Und, bei meinem Glauben, sie sind derart, — wie ich's bei Einem von den Beredten gelesen habe — dass, wenn wilde Thiere sie hörten, sie zahm würden, oder wenn Stumme damit angeredet würden, sie sprächen, oder wenn Vögel durch sie herbeigelockt würden, sie sich herabliessen. Und als der Mond der Trefflichkeit aus der letzten Nacht des Monates (dh. der Nacht vor dem Mondwechsel) hervortrat und der Löwe des Krieges aus seiner Gefangenschaft freigelassen wurde, da dauerten die Jahre seines Freiseins von Sorgen (seiner Gemüthserheiterung nach überstandenen Drangsalen) nicht lange und das Unglück (wörtlich: die Wechselfälle des Glückes) erwies sich nicht grossmüthig, sich von seiner Seele abzuwenden. Und eine Kasîde, die ich bei Abû Isḥâk aṣ-Ṣâbî gelesen habe, als Elegie auf seinen Tod, gibt einen Fingerzeig dafür ab, dass er im J. 357 H (= 968 Chr.) getödtet wurde, in einem Kampfe, der zwischen ihm und einem Vetter seiner Sippe vorgefallen war.

Und wie schön und wahr ist das Wort des Mutanabbî [1]
"So mögen denn die Nächte dich nicht erreichen; denn ihre Hände zerbrechen, wenn sie einen Schlag versetzen, Hartes wie Weiches (wörtlich: mit dem Nabholze das Garabholz).

---

[1] Vgl. Fr. Dieterici: Mutanabbii carmina cum commentario Wâhidii, pag.

Und sie stehen dem Feinde, den du besiegst, nicht (einmal) bei,

Denn sie jagen den Falken mit dem Trappen (d.h. sie lieben es, den Starken mit Schmach zu bedecken, indem sie ihn durch Schwache umbringen lassen)".

Und Ibn Ḫâlawaihî berichtet, dass des Abû Firâs letztes Gedicht seine Worte waren, die er bei seinem Tode sprach [1]):

"O mein Töchterchen! klage nicht bestürzt:

alle Geschöpfe sind dem Fortgehen (= Untergange) geweiht.

Beklage mich mit Seufzen von hinten deines Schleiers und des Vorhanges;

sprich, wann du mich anredest, ich aber ausser Stande (eigentlich: zu schwach) bin, dir Antwort zu geben:

Der Zierde der Jugend, dem Abû Firâs, ist es nicht gewährt worden, die Jugend zu geniessen".

٦١٢, ٥—٨ (Verse 37 u. 38 von Mutanabbî's Trauergedichte auf den Tod der älteren Tochter des Seifuddaula; Hammer: Motenebbi, der grösste arabische Dichter 318, 3 ff.).

1) Vgl. Kremer, Culturgeschichte II 385, wo dieses Gedicht, in dem "ein zugleich zartes und stolzes Gemüth hervortritt", in Übersetzung mitgetheilt wird. Der zweite Doppelvers fehlt in der Jetîma. Unrichtig erscheint die Annahme, dass wir es hier mit einem Gedichte an die Geliebte zu thun haben. Cod. Ber.₁.₂. berichten über den Anlass dieses Gedichtes, wie folgt (ersterer fol. 13 *b*, letzterer fol. 12 *a*):

وبلغنى أن ابا فراس اصبح يوم مقتله حزينا كثيبًا وكان‌قد قلق فى تلك الليلة قلقا عظيمًا فرأته ابنته امراة ابى العشائر كذلك فاحزنها حُزْنًا شديدا (.Ber عظيما) ثُمَّ بكت وهو على تلك الحالة فأنشا يقول ورجله فى الـركاب والخـادم يضبط السير عليها واتّما قال ذلك كالّذى يَنْعِى نَفْسَهُ وان لم يقصد ذلك.

NACHWORT.

Der Name Abû Firâs ist in Europa keineswegs unbekannt. Hervorragende Arabisten wie Ahlwardt [1]), von Kremer, De Lagarde und Graf Landberg haben nicht nur sein dichterisches Verdienst nach Gebühr gewürdigt "als eines der zartesten und gemüthvollsten Dichter" (Ahlwardt, Verzeichniss der arab. Hss. der Königl. Bibl. von Berlin, VI, 578), sondern auch eine Ausgabe bez. Übersetzung desselben geplant, zum Theile schon in Aussicht gestellt. Trotzdem bleiben beide, Ausgabe wie Übersetzung, bis zur Stunde Desiderata der arabischen Philologie. Auch vorliegende Arbeit will nicht eine Erledigung dieser Aufgabe sein; sie ist vielmehr nur ein vorbereitender Schritt zu derselben, der etwa dasselbe bezweckt, was seiner Zeit Dieterici's Mutanabbî und Saifuddaula, ebenfalls vor seiner Ausgabe des Mutanabbî erschienen. Verfasser hofft, dass es ihm möglich sein wird, in nicht ferner Zukunft eine Herausgabe der erhaltenen Gedichte des Abû Firâs auf Grundlage des gesammten zugänglichen Handschriftenmateriales zu liefern. Dieselbe wird dann auch Nachträge zu der vorliegenden Arbeit enthalten, die sich dem Verfasser zum Theil schon jetzt aus weiterem Handschriften-

---

1) Ahlwardt verdankt auch der Verfasser die erste Anregung zu dieser Arbeit.

materiale ergeben haben, ohne dass es ihm möglich war,
sie schon jetzt aufzunehmen.

Verfasser benützt diese Gelegenheit, den löbl. Verwaltungen der Königl. Bibliothek in Berlin, der k. k. Hofbibliothek in Wien sowie der Bibliothek der Deutschen Morgenl. Gesellschaft in Halle a. S. für die Liberalität, mit welcher sie ihm ihre betreffenden Handschriften zur Verfügung stellten, pflichtschuldig zu danken. Ganz besonders gilt sein Dank jedoch der Kaiserlichen Akademie der Wissenschaften in Wien, deren Unterstützung erst den Druck dieser Arbeit ermöglichte, sowie der bewährten Verlagshandlung E. J. Brill in Leiden, die die Herausgabe übernahm und mit gewohnter Correctheit ausführte.

Prag, August 1895.

Prof. Dr. RUDOLF DVOŘÁK.